고양이 이야기

고양이 이야기 猫物語 黑

니시오 이신
西尾維新

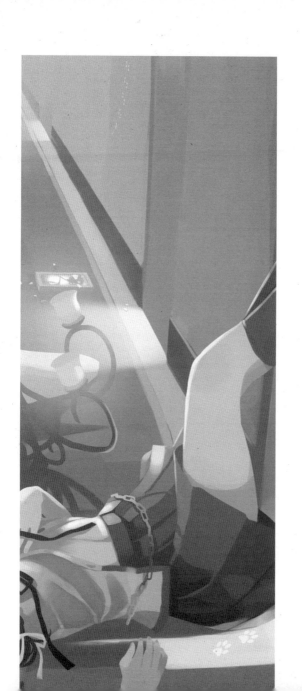

제금(禁)화 츠바사 패밀리

HAN EKAWA TSUBA SA

001

하네카와 츠바사羽川翼와 마음껏 놀았던 그 골든위크를 새삼스럽게 떠올려 보자. 씁쓸한 추억이자 텁텁한 추억이면서도 어딘지 모르게 새콤달콤한 추억이지만, 만약 가능하다면 잊어버리고 싶은, 설령 불가능하더라도 없었던 일로 만들어 버리고 싶은 그 황금빛으로 반짝이는 9일간을 떠올려 보자.

하네카와 츠바사. 열일곱 살. 성별 여자. 고등학교 3학년. 우리 반 반장. 우등생. 앞머리를 단정하게 정리한 땋은 머리. 안경. 성실. 착실. 선량. 아주 머리가 좋다. 누구에게나 공평하며 자상하다. 그러나 나는 그런 식으로 알기 쉬운 기호로서의 정보, 캐릭터 설정을 아무리 늘어놓더라도 너무나 예외적인 그녀를 표현할 수 있다고는 전혀, 털끝만치도 생각하지 않는다. 그렇다. 그녀에게는 실제로 마주한 자가 아니라면, 실제로 만나 본 자가 아니라면 이해할 수 없는, 인간의 언어로는 제대로 표현할 수 없는 어떠한 뭔가가 있는 것이다. 실제로 하네카와 츠바사, 그녀를 표현하고자 생각한다면 그때는 신들의 언어가 필요하게 될 것이다.

혹은 악마의 언어일까.

그러니까 툭 털어놓고 말하자면, 정말로 진심으로 미안하기 이를 데 없지만 나는 골든위크에 있었던 일을 이제부터 상세히, 아주 미세한 곳까지 구석구석 남김없이 다 말한다 하더라도 그 악몽 같은 9일간의 진실은, 어쩌면 그 악몽 같은 9일간의 진실에 한없이 가까운 모조품 같은 것은 아무에게도 전해지지 않을 거라고 애초부터 체념하고 있다. 전달을 완전히 포기한 나는 체념 그 자체, 체념의 화신이다.

애초에 나는 누군가에게 내 생각을 전달하고 싶은 것이 결코 아니다.

단지.

단순히, 단적으로.

하네카와 츠바사라는 내 은인에 대해서, 하네카와 츠바사라는 내 친구에 대해서 끊이지 않는 혼잣말을 중얼중얼 계속하고 싶을 뿐이다.

아마, 의미도 없이.

확실히… 아무것도 없이.

누구에게도, 나에게조차도, 의미도 없이, 아무것도 없이.

텅 빈 허무란 이런 걸 두고 하는 말이다.

나중에 만나게 되는 센조가하라 히타기나 칸바루 스루가 쪽에서 보기에는, 목적을 위해서는 앞뒤 가리지 않고 돌진하며 무엇을 희생하는 것조차 두려워하지 않고, 경우에 따라서는 자신이 소중히 여기는 보물을 짓밟는 것조차 주저하지 않는 강함을 지닌 그녀들이 보기에는, 내가 이제부터 시도하려는 회고주의나 복고주의는 실로 경박한 노스탤직이며 실소할 만하고 조소할 가치도 없는, 생산성이 결여된 소극적인 행위로 비칠 것이 틀림없다.

인간은 긍정적으로 살아야만 하며 포지티브하지 않더라도 액티브하게, 적극적이지는 않더라도 궁극적으로 살아야만 한다는 것이 강하면서 약한 그녀들의 가치관이다.

아름답지 않아도 괜찮다고 말한다.

살며 더러워져도 괜찮다고 말한다.

탐욕스러워도 괜찮다고 말한다.

그런 가치관은… 다르다.

나하고는 다르다.

약하면서 얄팍한, 그녀들에게 도저히 못 미치는 아라라기 코요미와는 다르다.

기가 약하고 소심하며 좌우는 물론이고 뒤를 한 번 확인하지 않으면 횡단보도도 건널 수 없는, 인간이 되다 만 그런 존재와 그녀들은 다르다.

그리고.

그런 나와 하네카와 츠바사는 같다.

동일하다.

의외로 보인다고 할까.

의중대로 같다고 할까.

빼어나게 우수한, 어떤 의미에서 인간의 지혜를 초월한 존재인 그녀와 나를 겹쳐 생각하다니, 송구스러운 일에도 정도가 있는 법이다. 그러나 그 골든위크를 거치며 내가 얻은, 교훈에 한없이 가까운 개념이 있다고 한다면 그것이 유일한 것이리라. 교훈이라니, 정말 사기꾼 같은 말이지만 그것이 흔들림 없는 사실이니까 어쩔 수 없다.

어쩔 수 없다고… 포기하자.

나와 그녀의 공통점.

아라라기 코요미와 하네카와 츠바사의 공통점.

마음속의 같은 부분.

지금이라면 알 수 있다. 그 골든위크로부터 시간이 흘러 2학기가 시작되려고 하는 바로 이때, 지금이라면, 이제 와서 새삼스럽지만 큰 아픔을 동반하며 이해할 수 있다.

문자 그대로 통감痛感한다.

하네카와 츠바사가 나에게 말을 걸어 줬던 이유를.

하네카와 츠바사가 나와 만나 줬던 이유를.

하네카와 츠바사가 나를 구해 줬던 이유를.

하지만 그것은 '지금이라면 알 수 있는' 일이고 '이제 와서 뒤늦게 알아 버린' 일이며 요컨대 지금 와서는 어떻게 할 수 없는, 어쩔 방법이 없는 일이기도 하다. 어떻게도 되지 않고 되돌릴 수도 없는, 되돌릴 방도도 없는 일일 뿐이다.

만난 직후에는 무리였다고 해도, 하다못해 골든위크 단계에서 그런 쪽의 주변사정을 알아차렸더라면 혹시나 뭔가가 어떻게든 되었을지도 모르는데.

약하고 얄팍한 우리들은.

어떠한 형태를 이루었을지도 모르는데.

그러니까 이것은 역시 방과 후의 아무도 없는 교실에서 읊는 독백이며, 그리고 특색 없는 의자에 앉아서 장황하게 적어 나가는 정형적인 틀에 따른 반성문이다.

졸업 직전에 못으로 책상에 새기는 후회의 문구다.

반성은 하고 있다, 하지만 후회는 하지 않는다… 라는, 그럴싸하게 들리는 입에 발린 소리는 굳이 하지 않겠다.

반성은 하고 있고 후회도 하고 있다.

없었던 일로 해 버리고 싶고, 다시 시작할 수 있다면 다시 시작하고 싶다.

나는 그 골든위크가 너무 너무 분해서 견딜 수가 없다. 어째서 좀 더 잘 할 수 없었는가. 어째서, 어째서, 어째서. 불사신이 아니었다면 죽어 버리고 싶을 정도로 분하고 분한 나머지 눈물이 나와 버릴 것 같고, 지금도 꿈에 나올 정도다.

그것은 틀림없이 악몽이다.

하네카와 츠바사翼.

기이異한 날개羽를 가진 소녀.

시기적인 부분을 설명해 두자면 그것은 고등학교 2학년에서 고등학교 3학년에 이르는 2주간의 봄방학, 내가 지옥을 경험한 그때부터 약 한 달 뒤가 된다. 현대의 일본에서 정말 어찌된 영문인지 흡혈귀에게 습격당한다는 실로 로맨틱한 경험을 했던 어리석은 나는, 그 후유증에 고민하면서도 어떻게든 일상생활로 복귀해 있었다. 나를 시대착오적인 불량학생이라고 착각했던 하네카와 츠바사의 책략으로 억지로 맡게 된 부반장이라는 직책과 어떻게 맞서야 할지 아직 한창 고민하고 있던 중이었는지, 아니면 이미 그 무렵에는 미련을 떨쳐 버렸는지는 잘 기억나지 않지만… 어쨌든 그 무렵.

그녀는 고양이에게 흘렸다.

고양이.

식육목 고양이과의 포유류.

그래서 나는 골든위크 이후로 고양이를 꺼리게 되었던 것이다.

나는 고양이가 무섭다.

그렇다, 하네카와 츠바사가 무서운 것처럼.

서론이 조금 길어졌는지도 모르겠지만, 초조해 할 필요는 전혀 없다. 방과 후라는 시간은 생각 외로 기니까.

그러면 내가 어제 꾸었던 꿈 이야기를 들어 주었으면 한다.

002

후일담이라고 할까, 이번의 결말.

다음 날, 나는 평소처럼 두 명의 여동생 카렌과 츠키히에게 두들 겨 맞고 일어나게 된다. 평일이든 토요일 일요일 휴일이든 관계없 이, 그러니까 그날이 골든위크의 첫날인 4월 29일이든 그렇지 않 든 관계없이 여동생들은 그렇게 만들어진 기계라도 되는 것처럼 아침 일찍 나를 깨운다. 밤새 나가 노는 너희들도 그렇게 일찍 일 어나는 건 쉽지 않았을 텐데라고 말하고 싶을 정도의 바지런함, 거 기에 있는 것은 오빠의 생활 사이클을 염려해서라는 기특한 생각 이 아니라 아마도 내 잠을 방해하는 것으로 자신들의 힘을 과시하 고 있다는 생각이겠지. 시위행위라고 말해야 할, 가정 내에서의 영 역 다툼 같은 것이다.

그 여동생들이 나를 어떤 방법으로 깨우는가에 대해서는 이제까지 별로 언급하지 않았는데, 그것은 언급할 정도의 일이 아니었기 때문이라는 점이 가장 큰 이유라고 할 수 있을 것이다.

애니메이션 판에서는 계단에서 떠밀거나 캐멀 클러치를 먹이거나 근육 드라이버*를 작렬시키거나 하는 등, 실로 풍부한 베리에이션으로 나를 깨우기 위해 어프로치해 오는 여동생들이기는 하지만, 그것은 뭐, 정말 텔레비전다운 연출이라고 할 수 있다. 이미지를 부숴 버리는 것 같아서 미안하지만, 유감스럽게도 현실에서 그런 짓을 하는 큐트한 여동생은 실존하지 않는다.

뭐, 다른 가정이 어떤지는 모르지만, 적어도 우리 집에서 카렌과 츠키히는 "언제까지 자고 있을 거야, 일어나."라고 부드럽게 말을 거는 정도고….

"왜 일어났다가 다시 자는 거야. 죽어."

내 머리맡으로 크로우바crowbar가 날아왔다.

"으어어어엇!"

튕겨 일어나듯이 그것을 피하는 나.

아니, 완전히 피하지 못해서 머리카락이 한 움큼 날아갔다.

그리고 그 머리카락째로 크로우바의 끄트머리가 내 베개를 꿰뚫었다.

깃털이 화악 공중에 흩어졌다.

천사가 내려온 것 같은 그 광경에 나는 죽은 게 아닐까 하는 생

※근육 드라이버 : 만화 『근육맨 2세』에서 주인공인 스구루가 사용하는 기술.

각이 들었지만, 가슴 안쪽 심장에서 느껴지는 32비트의 고동을 봐서는 아무래도 목숨을 건진 것 같다.

그쪽을 보니.

그곳에는 귀신같은 얼굴을 한 중학교 2학년짜리 내 여동생 아라라기 츠키히가, 유카타차림을 한 채 베개는 물론이고 그 아래의 침대까지 관통해 버린 듯한 크로우바를 뽑아내려고 안간힘을 쓰고 있었다.

크로우바 같은 물건.

아니, 그게 아니라 그냥 크로우바다.

세계 제일의 크로우바다.

"츠, 츠키히?! 너 무슨 짓을 하는 거야! 오빠를 죽일 셈이야?!"

"한 번 일어났다가 도로 자 버리는 오빠는 당연히 죽어도 싸잖아. 모처럼 나하고 카렌이 깨워 줬는데 다시 자다니, 의미를 모르겠어. 죽는 게 나아, 죽는 게 나아, 죽는 게 나아."

"너, 이야기 시작부터 캐릭터 설정이 엉망진창이 되지 않았냐?!"

전작前作하고 어떻게 이어 나갈 거야, 그거!

"나는 어차피 다른 모두에 비해서 캐릭터가 눈에 띄지 않으니까, 시험 삼아서 얀데레*가 되어 보았어."

"그건 얀데레라기보다는 그냥 미친 사람이야!"

※얀데레(ヤンデレ) : 병들었다는 뜻의 야무(病む)와 부끄러워하는 모습을 나타내는 데레데레(デレデレ)를 조합한 단어. 심리적으로 불안정해지면 좋아하는 사람에 대한 과도한 집착을 보이거나 흉행을 저지르기도 한다.

"하지만 오빠, 피할 수 있었다는 건 자는 척 했다는 거구나."

"아니, 깊이 자고 있었는데…."

아무래도 인간은 자고 있어도 의외로 위기에 대응할 수 있는 모양이다.

진화가 끝에 도달했다는 이야기도 있는데, 이거 정말, 인간은 아직 가능성이 있는 생물이구나.

"캐릭터가 돋보이는가에 신경 쓰다니, 정말로 완전히 중학교 2학년생이구나, 너."

"중학교 2학년생이다, 뭐."

"그랬던가."

뭐, 나도 남 이야기를 할 만한 중학교 시절을 보낸 것은 아니다. 아니, 경험자이기 때문에 말해 줘야 하는 것일지도 모르겠지만.

"어쨌든 쓸데없는 짓은 하지 마. 너의 캐릭터는 아침에 깨우러 오는 여동생이라는 것만으로 충분해."

"완벽한 단역 캐릭터잖아, 그거."

난 싫어, 라고 츠키히는 말했다.

하긴, 그렇게 오빠에 부속되어 있는 듯한 캐릭터 설정은 누구라도 싫어하겠지.

"나도 카렌처럼 화려한 캐릭터를 갖고 싶어. 그건 정말, 여동생의 최종진화형이잖아."

"아니, 그건 최종진화형이라기보다 '저렇게 되면 끝장'이란 캐릭터라고. 알겠어? 너에게는 아직 희망이 있어. 진지한 캐릭터가 될 수 있도록 노력해."

"진지한 여동생 캐릭터를 목표로."

"그래."

여동생 캐릭터를 지향한다는 시점에서 이미 상당히 진지하지 않다는 사실을 깨닫는 사람은 이 자리에 없다.

"구체적으로는 『빨강머리 앤』에 등장하는 마릴라를 노리는 거야."

"마릴라?!"

"그런 것이지~."

나는 매튜의 말투로 대답했다.

갓 잠에서 깨어난 탓도 있다.

"이야~, 마릴라는 진짜로 이상적인 여동생이지~. 나는 그런 여동생을 갖고 싶었어. 그야말로 츤데레 중의 츤데레야. '난 남자애를 원했어요! 여자애가 오면 조금도 도움이 안 돼!'라고 했던가? 하지만 라스트에 가면 앤에게 데레데레지."

"아하, 본래 의미 쪽의 츤데레구나."

"아니, 지금의 의미에서도 츤데레야. 데레 모드에 들어간 뒤에 앤을 향해 날리는 가시 돋친 대사도 엄청 모에하다고."

"오빠, 『빨강머리 앤』을 그런 눈으로 읽고 있었어?"

"그래. 『빨강머리 앤』을 읽었을 때, 내 머릿속에서 마릴라의 성우는 단연코 쿠기미야 리에* 씨였다고."

"특정 인물 이름을 꺼내지 마!"

※쿠기미야 리에(釘宮理惠) : 일본의 여성 성우. 유명한 츤데레 캐릭터를 다수 맡았다.

마릴라가 몇 살인데, 라고 츠키히는 말했다.

바보 녀석, 아무것도 모르는군.

여동생은 쉰 살을 넘어서부터가 진국인데.

"그렇게 생각하면 매튜는 최고의 승리자네. 계속 여동생과 단둘이 지내면서 피가 이어지지 않은 땋은 머리의 딸을 키우고 있잖아. 그 녀석은 신지 군*을 뛰어넘는, 음울한 히키코모리 남자의 희망이야."

"매튜를 음울한 히키코모리 남자라고 말하지 마…"

"앤을 위해서 크리스마스 선물을 사러 가는 장면 같은 건 읽다가 눈물이 난달까, 상당히 공감이 가. 아아, 이거 참, 쓸데없는 걸 사 버렸다면서."

나는 절절히 그 걸작을 회상했다.

"그러니까 츠키히, 너도 그렇게 하라고. 그러면 나는 장래에 그린 게이블스에서 너와 같이 살며 노후를 보내 주겠어."

"오빠, 그거 프러포즈에 가까워."

"훗. 프러포즈가 아니야. 폴로네즈*야."

"구혼 댄스?!"

아아, 정말. 이제부터 어떤 얼굴로 『빨강머리 앤』을 읽어야 좋을까, 하며 츠키히는 머리를 끌어안았다.

곤란한 여동생이라고 탄식하며 가볍게 어깨에서 힘을 빼고 침대에서 내려와 나는 옷을 벗기 시작했다.

※신지 군 : 애니메이션 〈신세기 에반게리온〉의 주인공 이카리 신지.
※폴로네즈(Polonaise) : 폴란드의 대표적인 민속무용.

물론 이제부터 여동생에게 외설스런 행위를 하려는 게 아니라 단순히 잠옷에서 평상복으로 갈아입는 것뿐이다.

"으음. 그건 그렇고 카렌은 뭐 하고 있어?"

"응?"

말을 걸고 보니, 츠키히는 내가 다시 자는 걸 방해한 시점에서 자기 역할은 다 끝낸 것인지, 만족스럽다는 듯 내 침대 위에서 칠칠치 못하게 뒹굴뒹굴하기 시작했다.

마릴라와는 거리가 멀다…기보다, 크로우바를 뽑는 것은 포기한 모양이다.

오늘 밤에 난 어디서 자라는 거야.

게임에서처럼 방을 나갔다 다시 들어오면 원래대로 돌아가 있는 건가?

그건 그렇고, 츠키히가 유카타 앞섶이 벌어지는 것도 개의치 않고 오른쪽으로 왼쪽으로 구르는 그 모습은 마치 애벌레 같았다.

여동생 '매妹' 자로 바꿔서 매벌레라고 이름 붙이자.

"오빠. 여동생에게 문란한 별명을 붙이지 마."

"지문을 읽지 마. 그것보다 질문에 대답해. 네가 항상 일심동체처럼 같이 다니는, 나보다도 키가 큰 캐릭터에 위치한 덩치 큰 운동복녀는 어쨌냐고 묻고 있는 거야. 그 포니테일, 같이 있는 거 아니었어?"

"카렌은 조깅하러 나갔어."

"조깅? 조깅이라면 달리기 말하는 거야? 별일이네. 별로 그런 걸 하는 녀석이 아니잖아, 그 녀석."

"오늘은 특별해. 카렌은 골든위크 시작을 축하하기 위해서라고 말했어."

"대체 뭘 축하한다는 거야?"

"성화 봉송 주자 같은 느낌이라고 봐."

"그렇구나. 오늘도 그 녀석은 바보구나."

"골든위크와 올림픽이 카렌 안에서 헷갈리고 있는 거라고 봐."

"그렇구나. 첫 글자하고 끝 글자 발음만 조금 비슷한 단어를 헷갈리다니, 정말 평소처럼 바보스러워."

훈훈하다.

그렇구나, 그래서 두 번째로 깨울 때에는 츠키히 혼자 온 건가.

이른 아침(이라기보다는 한 시간 전)에 늦잠을 자고 있던 나를 깨우러 왔을 때에는 2인 1조였는데, 그 뒤에 두 여동생들을 내보낸 뒤에 다시 잘 생각이었던 나의 페이크를 간파하고 다시 깨우기(뭐냐, 그건)에 츠키히가 홀로 재도전해 왔다는 소리구나.

그래서 크로우바인가.

이 녀석은 혼자서 행동하게 놔두면 안 되겠다.

카렌과 츠키히 중에서 흉포한 것은 격투기를 생업으로 하는 카렌 쪽이지만, 보다 위험한 것은 브레이크란 것을 모르는 츠키히 쪽인 것 같다.

"아～. 그건 그렇고 오늘부터 골든위크인가. 좋은 일 따윈 하나도 없네～."

"첫날부터 갑자기 소극적이네, 오빠."

4월 29일, 토요일.

녹색의 날.

"골든위크는 시작된 지 아직 아홉 시간도 지나지 않았단 말야~."

"나 정도의 달인은 아홉 시간만 있으면 어지간한 건 알 수 있어."

"오빠는 휴일이나 이벤트가 있는 날이나 일요일은 싫어하니까. 평일을 사랑하는 평일 인간이니까~."

"평일 인간이라니."

초라해 보이네, 그렇게 말하니까.

아무런 매력도 느껴지지 않는다.

뭐, 확실히 나는 초라하지만.

"싫어하는 건 아니야. 어쩐지 거북한 거야."

"똑같은 거야."

"똑같은 걸까."

싫다는 것과 거북하다는 건 다르다는 느낌이 드는데.

같다고 하자면 같지만.

'반성은 하고 있다, 하지만 후회는 하지 않는다' 라는 말에 반성과 후회는 같은 거라고 딴죽을 걸어 온 듯한 기분이지만… 뭐, 반론의 실마리는 잡을 수 없다.

"하지만 골든위크라고 해 봤자 딱히 바뀌어서 나아진 것도 없잖아. 아침은 변함없이 찾아오고, 여동생은 변함없이 깨우러 오고, 손톱은 평소와 변함없이 자라고, 키는 평소와 변함없이 자라지 않고."

"뭐, 그렇지~. 학교에 안 갈 뿐이지~."

"사람은 전쟁을 그만두지 않고, 배신과 거짓말은 끊이지 않고 반복되고."

"어? 왜 이야기가 장대하게 커진 거야?"

"오늘도 반드시 이 세상 어딘가에서 틀림없이 누군가가 죽고 있다니까? 그걸 제쳐 두고 뭐가 공휴일이야! 상복을 입으라고!"

"오빠, 무슨 일로 누구에게 화를 내는 거야?"

쉬는 날은(할 일이 없으니까) 시간이 남아돌아서 거북하다는 이유로 격앙하는 오빠의 모습에, 여동생이 정말로 움찔 뒤로 빼고 있었다.

그 기분은 이해한다.

그렇지만 나는 흥이 나기 시작해서 계속 밀어붙였다. 나는 여동생을 배려하는 타입의 오빠가 아니었던 것이다.

"내 기분은 언제나 상중喪中이야. 연하장 같은 건 쓴 적이 없어."

"그건 보낼 친구가 없기 때문이잖아?"

"다 안다는 듯이 입을 놀리지 마! 네가 나의 뭘 안다는 거야!"

"적어도 매년 보내는 연하장의 숫자는 알고 있어."

"그랬지."

"정확히는, 오지 않는 연하장의 숫자는 알고 있어."

"그랬지."

고등학생이 되고 난 뒤로는 드디어 누구에게서도 연하장이 오지 않게 된 나. 반의 모든 학생에게 빠짐없이 연하장을 보내는 녀석도 나에게는 보내지 않는다. 즉, 특별히 기분이 어떻다는 것이 아니라 그냥 매년 상중이었다.

"그렇구나~. 내가 공휴일을 싫어하는 건 친구가 없어서 놀 수 없기 때문인가~. 이건 새로운 발견이네."

"깨닫지 않아도 될 걸 깨달아 버렸네, 오빠."

츠키히가 친오빠를 동정 어린 눈빛으로 슬픈 듯 보고 있었다. 참고로 츠키히(와 카렌)는 연하장 숫자를 백의 배수 단위로 보내야만 할 정도의 우호 네트워크를 가지고 있어서, 아라라기 가의 재정과 우편함을 압박하고 있다.

실로 극단적인 남매다.

적절히 세 점의 중심을 잡을 수는 없는 걸까?

"뭐, 그렇다고 해서 공휴일이 평일과 전혀 다르지 않은, 바뀌어서 나아진 것이 없는 나날이라는 현실에 변함은 없어. 어떤 꿈을 꿔도 현실은 흔들리지 않는다고. 내 개인적인 사정은 접어 두더라도, 바뀌어서 나아진 게 없어. 항상 평소대로의 매일을 지향하면서 뭐가 골든위크야. 어떻게 금색이냐고. 호밀밭의 파수꾼이 잡아갈 거라고… 아니, 그건 홀든*이지만. 아침은 변함없이 찾아오고, 여동생은 변함없이 깨우러 오고, 손톱은 평소와 변함없이 자라고, 키는 평소와 변함없이 자라지 않고, 사람은 전쟁을 그만두지 않고, 배신과 거짓말은 끊이지 않고 반복되고, 너의 팬티는 항상 변함없이 흰색이고."

"내 팬티를 언급하지 마."

※홀든 : 제롬 데이비드 샐린저의 소설 「호밀밭의 파수꾼」의 주인공인 홀든 콜필드.

츠키히의 딴죽은 문장만 보면 마치 묘령의 귀부인의 말처럼 부끄러움에 차 있는 것처럼 받아들여질지도 모르겠지만, 그녀는 들쳐 올라가서 안이 훤히 보이는 유카타의 옷자락을 전혀 신경 쓰지 않는 한창 사춘기인 중학교 2학년생이었다.

한쪽 어깨를 드러낸 모습…이라기보다, 거의 상반신을 다 드러내고 있다.

정말이지 대범하게 흐트러뜨려 입었다.

카렌도 그렇지만 여성에 대한 환상이란 것을 천 번 노크로 박살 내 주는 여동생이었다.

"그레고르 잠자*는 즐거웠을 거야~. 아침에 일어나니 벌레가 되어 있었다니까? 어떻게 되어 먹은 메타모르포제냐고. 똑같이 여동생을 가진 사람으로서 부럽기 짝이 없어. 안 그래, 매벌레?"

"여동생에게 문란한 닉네임을 정착시키려고 하지 마."

"으음."

하긴.

말은 그렇게 해도, 그 점에 대해서는 벌레는커녕 흡혈귀로 메타모르포제해 버린 경험과 비추어 보면, 나도 잠자 씨를 단순히 부러워할 수만은 없지만.

그렇구나.

그 봄방학으로부터 벌써 한 달인가.

여러 가지 일들이 있었지… 하고, 그렇게 최종회 같은 생각을 할

※그레고르 잠자(Gregor Samsa) : 프란츠 카프카의 소설 「변신」의 주인공.

장면도 아니지만, 문득 돌아보면 의외라는 기분에 사로잡히기도
한다.

봄방학의 그 경험은 나에게 아주 인상적인 일이었다. 요컨대 너
무 강렬해서 그 2주간이야말로 내 인생의 클라이맥스라고까지 생
각하고 있었다.

인생에 피크가 있다면, 그 봄방학.

그러니까 의외였다.

그 봄방학이 끝난 뒤로도 계속 인생이 이어지고 있다는 이 상황
이.

끝없이, 영원히.

계속해서 이어진다.

인생은 게임이 아니라고 하는 이유는 리셋 버튼이 없기 때문인
것 같지만, 굳이 말하자면 엔딩이 없기 때문에 인생은 게임과 다른
것이 아닐까.

최근에는 인터넷 게임이다 엇갈림 통신이다 뭐다 하는, 이른바
엔딩이 존재하지 않는 게임도 만들어지고 있다. 그것은 뭐랄까, 오
히려 게임 쪽이 인생스러워지기 시작하고 있다고 말할 수 있을 것
같다.

어쨌든 무슨 일이 있더라도 죽지 않는 한, 인생은 끝나지 않는
다. 인생은 계속된다.

엔딩 테마도 스태프 롤도 없다.

고교생이 되더라도.

낙오자가 되더라도.

친구가 없어지더라도.

흡혈귀가 되더라도.

인간으로 돌아오더라도.

인생은 계속된다.

계속은 힘이다.

또는, 계속은 무력無力이다.

"애초에 골든위크라는 소리나 하고 말이야. 그런 영화업계의 상술에 그대로 넘어가 버리다니, 부끄럽지 않은 거냐고. 난 그럴 시간에 좀 더 정진하고 싶어."

"정진하고 싶구나."

"정지하고 싶지."

"멈추고 싶어?"

"좋은 일은 하나도 없어. 정지란 얘기가 나와서 말인데, 골든위크에는 인쇄소도 총판도 스톱해 버리니까 서둘러 진행해야만 해."

"어째서 오빠는 출판업계인의 위치에 서서 발언하는 거야?"

"골든위크 때문에 4월에 나와야 했을 책이 7월에 나오기도 한다고!"

"구체적인 사례네."

참고로 출판업계뿐만 아니라 골든위크라도 전혀 쉴 수 없는 직종의 사람들도 적지 않으므로 모 공중방송에서는 골든위크라는 화려하고 현란한 명칭은 사용하지 않고 단순히 '대형 연휴'라고 바꿔 말하고 있다.

아니.

뭐라고 말하든 쉴 수 없지만 말이야.

"상술이라고 하자면 크리스마스나 밸런타인데이 같은 것도 그렇지. 화이트데이에 이르러서는 영문을 알 수 없잖아. 예수 그리스도라든가 성 발렌티누스 같은 번듯한 유래가 있는 거냐고."

"그건 없어 보이네."

"그렇다면 화이트데이가 아니라 화이트 라이*구나!"

"응?"

고개를 갸웃거렸다.

기세로 밀어붙일 수 있겠다 싶었지만 소용없었던 것 같다.

"하지만 뭐… 말을 반복하게 되는데, '골든'이란 표현은 역시 어떻게 생각해도 말이 지나쳐. 황금 연휴라니. 토요일과 일요일의 위치에 따라서는 그 길이가 변동되는 주제에 왜 이 세상에서 가장 안정된 물질 중 하나에 비유되고 있는 거냐고."

"으음. 그렇게 구체적으로 비난할 필요는 없다고 생각하는데. 뭐, 확실히 황금은 지나칠지도 몰라."

"자아. 너는 지금, 무슨 생각을 하고 있을까…?"

"갑자기 왜곡왕*이 되지 마."

멋진 대사를 하고 싶을 뿐이라면 관둬, 라고 여동생에게 혼났다.

깊이 반성했다.

"휴일이 연속되는 황금 연휴란 것이 그렇게 기뻐할 만한 건가?

※화이트 라이(white lie) : 악의 없는 거짓말.
※왜곡왕 : 카도노 코헤이의 부기팝 시리즈 중 『부기팝 오버드라이브 왜곡왕』에서 등장하는 존재. 극중에서 내내 황금을 언급하며 황금을 추구한다.

확실히 한 세대 전에는 연휴가 드물었을지도 모르지만, 지금은 해피 먼데이* 같은 게 있잖아."

참고로 그것도 출판업계 사람의 입장에서 보자면 언해피 먼데이지만. 토요일과 일요일까지도 없어져 버리라고 생각하는 업계다.

"내가 휴일을 싫어한다는 걸 제쳐 두더라도, 역시나 겉만 번드르르해서 이름이 아깝다고 생각하는데 말이야."

"으음. 이름이 아깝다기보다는 이미지 전략 같은 거지. 즐거움을 느끼게 하기 위한 연출이라고 할지. 라벨링 효과는 아니지만, 사람은 나이스한 네이밍을 원하고 있다고. 알아, 오빠? 그린란드는 극한의 툰드라 지대이지만 그래도 사람이 많이 오길 원했기 때문에 신록이 가득한 이미지를 주고 싶어서 그린란드란 이름을 붙였대."

"오빠를 얕보지 마. 그 정도는 알고 있어. 그것뿐만이 아니야. 그린란드의 중심도시는 고트호브*라고 이름 붙여졌대. 신의 희망이지."

"알아, 알아. 지금은 누크라고 부르지만."

언뜻 보기에는 오빠와 여동생의 사이좋은 모습을 가장한, 그러나 사실은 험악하고 불꽃 튀기는 잡학대결이 실로 조용히 펼쳐졌다.

※해피 먼데이 : 일본의 제도. 공휴일에 쉬지 못하는 것을 막기 위해 공휴일과 일요일이 겹칠 경우 해당 공휴일을 그 주의 월요일로 옮기는 제도이다.
※고트호브(Godthab) : 그린란드의 수도. 덴마크어로는 고트호브, 현지어로는 누크(Nuuk)라고 한다. 실제 뜻은 좋은 희망(Good hope).

다만 그 승패는.

"참고로 그린란드는 덴마크령領이지."

츠키히의 그 한마디가 결정타가 되어 내 패배로 끝나고 말았다.

진짜로.

덴마크령이었나.

역시 이러쿵저러쿵해도 머리가 좋으니까, 이 녀석.

잡학도 뭣도 아닌 평범한 지식으로 대응하면 승산이 없다.

"으음. 녹색의 날인 만큼 그린란드 이야기가 되어 버렸네."

"오빠. 뭔가 착각하고 있는 것 같은데, 요즘은 4월 29일을 쇼와의 날*이라고 해. 녹색의 날은 5월 4일."

"어. 국경일이 아니라?"

"응."

"시대는 흐르는구나. 지금이 서력 몇 년인지 전혀 모르겠어. 도대체 아날로그 방송은 지금 하고 있는지 안 하고 있는지. 그렇지만 뭐, 네 말대로 골든위크 같은 경우는 확실히 이름이 아깝다기보다는 이름에 부끄럽지 않다고 말해야 할지도 몰라. 나라 이름으로 말하자면 일본도 '해의 근본'이라고 하며, 기껏해야 극동의 섬나라를 상당히 좋게 말하고 있으니까. 여기고 저기고 전부 이미지 전략에 기를 쓰고 있어. 다만 이름이 아깝든 이름에 부끄럽지 않든, 양

※쇼와의 날 : 천황의 생일을 공휴일로 지정하는 일본에서는 1989년 쇼와 천황이 사망한 뒤로 그의 생일이던 4월 29일을 더 이상 공휴일로 지정할 수 없는 상황이 되었다. 그러나 쇼와시대에 관한 휴일로 존속시키자는 의견이 대두되어 논의 끝에 '녹색의 날'이란 이름의 공휴일로 바뀌었다. 그 이후 '쇼와의 날'을 만들자는 꾸준한 의견 개진과 법안 개정을 거쳐, 2007년부터 4월 29일은 '쇼와의 날'이 되었고 '녹색의 날'은 5월 4일로 옮겨졌다.

두구육인 점만은 다를 바 없잖아. 나는 역시 그냥 모 공중방송처럼 대형 연휴라고 말하면 되지 않을까 하는 생각을 하는데 말이야. 물론 이 9일간에 한해서 츠키히의 팬티가 눈부실 정도의 황금색이 된다면 이야기는 다르겠지만."

"그런 악취미스러운 팬티는 안 입어."

"하얀색이냐?"

"하얀색이다."

그렇게 말하며 스스로 유카타의 발치를 크게 벌려서, 훤히 드러나 있던 그것을 더더욱 당당히 보이는 츠키히.

완전 변태 짓이다.

뭐, 보게 되는 내 입장에서는 목욕하고 나와서 집 안을 속옷차림으로 돌아다니는 여동생의 속옷 따위야 또 본다고 해 봤자 아무런 느낌도 들지 않지만.

기분으로서는 색 견본책을 보고 있는 것과 아무것도 다를 바 없다.

다만, 그렇게 분위기를 못 맞추는 것은 현대를 살아가는 오빠로서 좋지 않다고 생각해서 힘껏 박수를 치며 크게 칭찬해 보았다.

"휘유! 여동생 팬티 최고!"

"야아~! 고마워~!"

츠키히도 장단을 맞췄다.

뭐냐, 이 남매.

나는 역시나 상당한 질량의 의문을 느꼈지만, 츠키히는 전혀 망설임이 없는 것인지 더욱 떵떵거렸다.

"역시 팬티는 하얀색이어야지. 나는 하얀색이 아니면 팬티가 아니라는 생각까지 하고 있어."

"오오. 그 기세! 왔구나, 왔구나, 왔구나! 아무래도 여기서부터는 앞뒤 한 장에 걸친 너의 팬티 토크가 시작될 것 같은걸?"

"맞아. 그런 것이 싫은 사람은 건너뛰어서 읽어요."

이제까지의 대화도 대부분 변변치 못한 것이어서 정말 이제 와서 새삼스럽게 무슨 소리냐는 기분도 들지만, 츠키히가 그런 주석을 달았다.

"팬티에 한정된 이야기가 아니라 나는 브래지어든 뭐든 속옷이란 기본적으로 하얀색이어야 한다고 생각해, 오빠."

"오오. 정말 앞뒤 한 장으로 계속 나가는 거냐."

할 수 없지, 장단을 맞춰 줄까.

마음 단단히 먹었다고!

계속 이야기를 나누는 통에 옷 갈아입기는 진척이 별로 없어, 아래만 입고 있을 뿐 나는 아직 웃통을 벗어젖힌 채였다. 하지만 손가락을 앞뒤로 맞잡고 팔을 위아래로 움직이고 어깨를 좌우로 비틀어서 근육을 풀고, 그 자리에 털썩 앉아서 책상다리를 했다.

자아, 속을 터놓고 이야기하자.

"그런데 츠키히, 기세를 올리는 참에 트집을 잡아서 미안한데, 나는 그런 의견에는 찬성할 수 없어."

"으음? 뭐야, 오빠는 내 적인가?"

"적이라고 하면 적이지. 다만 매력적이란 이름의!"

상대가 여동생이라서, 그리 멋지지도 재미있지도 않은 대사를 아무렇지도 않게 할 수 있었다. 잠에서 갓 깨어난 직후임을 고려해서 너그럽게 봐주기 바란다.

혹은 보지 말기 바란다.

"요컨대 그냥 적이란 얘기구나."

"착각하지 마. 나는 하얀 속옷이 안 된다고 말하고 있는 게 아니야. 오히려 크게 환영하지. 아라라기 코요미는 팬티에 대해서 문호를 넓게 개방하고 있어. 다만, 한 번 생각해 보자고. 그래도 색에는 베리에이션이 있어야 한다고 생각하지 않아? 컬러이려면 컬러풀해야 하고, 컬러풀하기에 컬러지. 하얀색뿐만이 아니라 어느 누구나 똑같이 동일한 색의 속옷을 착용하고 있는다면 세상은 너무나도 살벌해지지 않겠어?"

"않겠냐고 해도…."

"컬러풀이야말로 세상을 구할지도 모른다고. 아니, 구할지도 모르지 않다고!"

"구할지도 모르지 않다고 해도…."

딱히 나도 다른 색을 부정하려는 것은 아니야, 라고 츠키히는 말했다.

아무래도 그녀에게도 그냥 문득 떠오른 것이 아닌 일가견이 있는 얘기인 것 같다. 하긴 취향이 전통 복장 방향으로 편중된 경향은 있지만 츠키히는 기본적으로 멋쟁이 드레서, 여중생의 패션 리더이므로 속옷에 구애되는 점이 있더라도 이상하지는 않다.

"다만 여러 가지 색이 무수히 존재하는 가운데서도 하얀색이라는 색은 그 최상급에 위치할 수 있다고 생각해. 색의 피라미드가 있다면 틀림없이 그 꼭대기는 화이트야. 랭킹이라는 말은 이제부터 화이트닝이라고 바꿔 말하고 싶을 정도야. 이번 주의 화이트닝 톱 텐이지."

"흐음…. 하긴 완전색이라는 의미에서 하얀색에 필적하는 것은 확실히 검은색이 되겠지. 하지만 모든 것을 덧칠해 버리는 어둠과 동등한 흑색을 여기서 우선적으로 생각할 수 없다는 것은 이해가 안 되는 것도 아니네."

듣기에 따라서는 미대생간의 진지한 대화로 들리지 않는 것도 아니겠지만, 우리가 하고 있는 것은 어디까지나 속옷 색깔 이야기다.

팬티 이야기라고.

"근데, 츠키히. 통설에 대해 이제 그만 다들 속내를 털어놓아도 된다고 생각하는데 말이야."

"뭘?"

"검은 속옷은 그리 에로틱하지 않지."

"그렇지!"

하이터치.

여동생과 속옷 취향으로 의기투합했다.

"예이!"

"꺄호!"

정취 있는 문화적인 대화였다.

뭣하면 문화유산에 등록해 줘도 좋다.

"이름이 아깝다거나 이름에 부끄럽지 않다는 얘길 했었는데, 그런 의미에서 말하자면 색에 대한 이미지도 여러 가지가 있지."

"여러 가지 있지."

"그만둬, 따라하지 마."

그러고 보니 츠키히는 조금 전에 여러 가지 색, 이라고 능숙하게 회피하고 있었다. 고식姑息적인 여자 같으니.

"한색寒色 계열과 난색暖色 계열. 아령을 하얗게 칠하면 가벼워 보인다든가 하는 그런 거."

"아니야, 오빠. 하얀색은 성실하고 순진하고 청초하게 보이는 거야."

하마터면 빗나갈 뻔한 이야기를 츠키히가 궤도 수정했다. 상당히 날카로웠지만, 그러나 어쩌면 원래의 테마 자체가 돌아가지 않아도 될 만한 화제였다는 기분이 든다.

"자, 봐. 오빠."

그렇게 말하며 츠키히는 슥, 하고 옷의 띠를 풀어서 유카타를 벗었다. 팬티는 고사하고 브래지어까지 바깥 공기에 노출된다. 유카타를 옆에 개어 놓고 이쪽을 향한 츠키히는, 팬티와 브래지어는 물론이고 신고 있는 하이삭스까지 하얀색으로 통일하고 있었다. 토털 코디네이트라는 건가.

그리고 무릎을 세워서 포즈를 취하는 아라라기 츠키히.

"어때? 성실하고 순진하고 청초하게 보이지?"

"아니, 불성실하고 불순하고 부정하게 보여…."

너, 별 생각 없이 그런 포즈를 잡았다간 그대로 피겨로 만들어지게 될 거라고.

그 포즈가 넨도로이드 푸치*로 만들어질 거라고.

등 뒤에 있는 크로우바가 박힌 베개가 딱 좋은 옵션이 되어서 저속함이 넘치는 그라비아 사진 같은 느낌을 주고 있었다.

"그건 오빠가 나라는 인간에 대한 선입관이나 편견 같은 걸 가지고 있기 때문이잖아? 자, 이렇게 손으로 얼굴을 가려서 개성을 지우고 익명성을 연출하면!"

츠키히는 오른손 손가락을 모아서 자기 얼굴의 윗부분을 가렸다.

눈 주위를 가린 형태다.

그 상태로 포즈를 잡는다.

"……."

저속함은 보다 증가했다.

역시 바보구나, 이 녀석.

학교 성적은 아주 좋을 텐데.

올 A에 한없이 가까울 텐데.

결국 학교 성적 따윈 지능의 한 가지 측면일 뿐인가. 하지만 이런 녀석의 성적이 좋다는 건, 반 친구들로부터 공부할 의욕을 송두리째 빼앗겠구나.

"하지만 오빠가 입고 있는 그 죄수복 같은 줄무늬 트렁크도 그렇게 보게 되면… 뭐랄까, 계속 삐딱선을 타는 인간이니까 삐딱선들이 줄줄이 모인 줄무늬구나 하는 생각이 드는걸."

※넨도로이드 푸치 : 일본의 굿스마일 컴퍼니에서 발매하는 SD피겨 시리즈. 크기 5센티미터 전후.

"누가 삐딱선을 탔다는 거야."

여동생의 뇌 상태를 걱정해 보기는 했지만 가만 보니 나도 지금 팬티 한 장의 속옷차림이다.

아래를 입었다고는 했지만 바지를 입었다고는 하지 않았다!

이것이야말로 서술트릭의 견본이라고.

미스터리의 살아 있는 견본.

아라라기 코요미다.

"오빠도 남에게 보일 거라면 하얀 속옷으로 하지 않으면 오해받을걸?"

"하얀색이든 줄무늬든 속옷을 남에게 보이는 단계에서 이미 오해받는다고."

슬픈 오해라고 할까, 올바른 오해지만.

"그보다, 속옷을 남에게 보일 기회 같은 게 어디 있어."

"어? 그렇지 않아. 의외로 남자 속옷은 볼 기회가 많은걸?"

"뭣이?"

갑자기 살기등등해지는 나.

중학교 2학년 여동생의 인생에 그런 기회가 많이 있다고 한다면, 고등학교 3학년 오빠로서 가만히 있을 수 없다.

"아니, 이상한 의미가 아니야. 뭘 상상하는 거야, 오빠는."

츠키히가 내 머리를 쓰다듬으며 워워, 하고 달랬다.

말을 달래는 기수 같다.

"그 왜, 로 라이즈하고는 다르겠지만 남자는 바지를 허리에 걸치듯 입잖아. 그러면 쪼그리거나 할 때 셔츠 자락이 들려 올라가서 보이거든."

"아아."

"그리고 체육시간 같은 때에 반바지 자락 사이로 보이기도 하고."

"뭐야, 그런 건가."

나는 가슴을 쓸어내렸다.

다행이다. 사람을 죽이지 않고 끝났다.

하마터면 츠키히가 아는 남학생들을 전부 죽여 버릴 상황이었어.

"여자의 스커트가 짧은 것을 문제 삼는 사람은 많지만, 여자로서는 오히려 남자의 옷차림이 야무지지 못한 것을 문제로서 클로즈업해 주기를 바라고 있어. 체육복 반바지는 블루머보다 훨씬 야하다고 생각하는걸. 다리 털 같은 건 진짜 눈뜨고 봐 줄 수가 없어."

"그건 뭐야, 보는 측의 모티베이션이 문제 아니야?"

뭐, 남자와 여자는 부끄러워하는 부분도 욕정을 느끼는 대상도 다르니까.

그런 의미에서는 진지하게 들을 자리가 별로 없는 만큼, 남자 쪽은 빈틈투성이일지도 모른다. 지금 입고 있는 이 줄무늬 트렁크 한 장을 걸친 채로 동네를 한 바퀴 돌 수 있는가 없는가를 물었을 경우, 결코 할 수 없다고 말할 수 없으니까 말이야.

"게다가 진지한 이야기로 말하자면, 남자의 경우에는 여자가 자기에게 욕정을 느꼈다고 해도 힘으로 어찌저찌 당하는 경우는 생각하기 어렵고. 여자의 수치라는 것은 어떤 의미에서 몸을 지키기 위한 필요 불가결한 생존본능일지도 몰라."

"진지한 이야기는 됐어. 속옷 얘기를 계속하자."

"……."

나, 어쩐지 가까운 장래에 너 같은 캐릭터와 아는 사이가 될 것 같은 예감이 들어. 농구를 잘 하는 여자 오타쿠 같은 캐릭터. 지금은 그 예행연습을 하고 있는 것 같은데… 기분 탓일까?

기분 탓이라면 좋겠다.

"생존본능이라…. 하지만 뭐, 그런 시점으로 보면 어지간한 남자보다 훨씬 강한 카렌은 역시 그 부분은 무방비하지."

"으음, 그렇겠네."

"카렌은 남자가 있는 앞에서 체육복으로 갈아입기도 하는걸."

"그 녀석이 몇 반인지 알려 줘. 남자를 전부 죽이고 올 테니까."

"괜찮아, 괜찮아. 카렌이 옷을 갈아입기 시작하면 남자 쪽이 눈을 돌리고 도망가니까."

또다시 나를 달래는 츠키히.

쓱쓱 쓰다듬는다.

기분 탓인지, 식은땀을 흘리고 있는 것 같다.

"그래? 학살하지 않아도 괜찮아?"

"오히려 학살하면 큰일이 날 테니까…. 자기 언니한테 이런 소리 하는 것도 뭐하지만, 카렌은 여자력ヵ이 낮잖아."

"그건 그렇지."

무도가니까.

여동생이란 점을 제외해도 여자다움을 전혀 느낄 수가 없고, 또한 본인도 여성답게 있으려는 구태의연한 가치관에는 속박되어 있지 않을 것이다. 오히려 파이어 시스터즈로서의 활동을 보기로는, 카렌은 남자 중의 남자를 지향하고 있을 우려가 있었다.

"무방비하다는 것도 그런 의미에서는 오히려 필연일지도 모르겠네. 남자 중의 남자를 지향하는 그 운동복녀가 스커트를 짧게 하거나 로 라이즈를 입거나 하다니, 상상도 안 가."

"아, 하지만 카렌은 귀여운 구석도 있어. 남자 친구 앞에 나갈 때는 속옷의 선이 드러나는 게 부끄럽다고 하면서 운동복 아래는 노 팬티이기도 하니까."

"무슨 그런 치한… 아니, 치녀痴女가 다 있어!"

이 집 자녀는 변태밖에 없어!

치정…이 아니라 치념痴念에 뒤얽혀 있다.

"기모노 입는 걸 좋아하는 나도, 역시나 일상생활 중에 속옷을 입지 않은 적은 없으니까. 카렌의 발상에는 그저 모자를 벗어 경의를 표할 뿐이야."

"속옷을 벗고 있는 녀석에게 모자를 벗어서 경의를 표할 건 없잖아. 통칭 승부 속옷이 문자 그대로 존재하지 않는 것은 둘째 치고, 보통 그 녀석은 상당히 컬러풀하잖아. 풀 컬러잖아. 그 부분은 어떻게 된 거야? 너하고는 의견이 안 맞는 부분이야?"

"안 맞는 부분이지. 오히려 카렌은 하얀색을 싫어하는 경향이 있을 정도야. 하지만 바닥에 깔려 있는 사상은 공통되어 있어서, 카렌은 '하얀색은 성실해 보여서 싫어'라고 했어."

"흐음."

성실해서 싫은 건가.

하긴 튀고 싶을 나이니까.

정의의 사자인 체하더라도 그 부분은 평범한 중학교 3학년인가.

그러나.

"이거야 원, 역시 너희는 아직 어린애구나. 그런 흔한 가치관에 묶여 있다니. 어째서 그렇게 발상이 빈곤한 거야? 하얀색이 성실하다니, 검은색이 야하다는 것과 마찬가지로 편협한 편견이라고 단언해도 과언이 아니야."

"뭐야. 하얀색이 성실하지 않다는 거야? 죽인다?"

"왜 오빠에게 그렇게 성급한 거야. 아니, 그러니까 그런 얘기가 아니라, 무슨 색 속옷을 입고 있든, 결국 성실함이 어떻다 하는 것은 인간성의…."

말하다가.

나는 문득 깨달았다.

아니, 깨달았다고 해야 할까.

이 한 달간 항상 끊임없이 나를 괴롭혀 왔던 어떤 문제에 대해서, 몸부림치며 계속 고민해도 전혀 결말이 나지 않던 어려운 문제에 대해서.

이왕 이렇게 된 거… 말하자면 적당한 화제가 나오고 있는 지금, 츠키히에게 상담해 볼까 하는 생각에 이르렀던 것이다.

"응? 뭐, 오빠? 인간성의, 뭐?"

"아, 아니…. 성실함이 어떻다 하는 것은 인간성이 배어나는 일부분에 지나지 않는다는 얘기야. 즉, 성실하고 순진하고 청초한 녀석이 입으면, 그것이 하얀색이든 검은색이든 성실하고 순진하고 청초하게 보이는 거지."

"흠. 지금의 나처럼!"

"아냐."

오히려 정반대라고 말했을 텐데.

180도 다르다.

내 말 같은 건 전혀 듣지 않는 훌륭한 여동생이었다.

다만 이 경우에는 오히려 그런 여동생이기에 상담 상대로 어울린다. 무슨 말을 하더라도 어차피 내일이 되면 잊어버릴 테니까.

"그러면 츠키히. 팬티 이야기는 여기까지야."

"어? 벌써 끝이야?"

"앞뒤 한 장은 옛날에 끝났어."

그렇다기보다 그 이야기를 너무 오래 했다.

츠키히의 주석에 따라 페이지를 건너뛰었어도 여전히 팬티에 대해 이야기하고 있어서 의표를 찔린 사람도 적지 않았을 것이 틀림없다.

뭐, 어때. 좋잖아.

누구나 팬티 이야기는 좋아할 거 아냐?

"하지만 나이가 찬 여자애가 팬티 팬티 연호하지 말라고."

"어? 오빠, 이제 와서 그쪽 입장이 될 셈이야?"

츠키히가 배신당했다는 듯한 얼굴을 했다.

하긴, 배신도 이만한 게 없다.

걸친 사다리를 치웠다는 말은 이런 걸 보고 하는 소리다.

그러나 이 배신은 화제를 이어 나가기 위한 추임새 같은 것이므로, 못 본 체 넘어가 줬으면 하는 부분이었다.

"팬티에 대한 이야기보다 사랑에 대해 이야기하자고, 츠키히."

"사랑?"

미간을 찌푸리는 츠키히. 명백히 싫어하는 듯 보인다.

"싫어. 팬티 얘기를 계속하고 싶어~."

털썩 하고 뒤로 쓰러져서는 침대 위에서 떼를 쓰듯, 수영이라도 하는 듯이 팔다리를 바르작거리는 츠키히.

방바닥 위에서 수영 연습이 아니라 침대 위에서 수영 연습이다.

…나는 어떨지 몰라도 숙녀인 츠키히가 너무 오해받아도 불쌍하므로 오빠가 한 가지 주석을 달아 주자면, 이 정도까지 벌이고 있는 팬티 토크도 츠키히에게는 흑심 없는 순수한 패션으로서의 속옷 이야기라는 점을 마지막에 다시 한 번 강조해 두기로 하고.

"시끄러. 그만 됐으니까 사랑 이야기를 하자고. 그리고 날뛰지 말고 옷을 입어."

"그건 오빠도."

"그러네."

들을 것까지도 없었다.

하우스 룰에서는 특별할 것도 없는 규정 내의 일이라고 해도, 좁은 방 안에서 반라의 오빠와 속옷차림의 여동생이 존재하고 있다는 이 그림은 사회적으로 얼굴을 들 수 없는 일이다.

커튼 같은 것도 활짝 열려 있었고.

나와 츠키히는 각자 옷을 입기 위해 일어섰다. 츠키히는 유카타를 고쳐 입고 나는 평상복으로 갈아입기를 재개했다.

옷을 입어 버려서 알몸으로 대면하는 솔직한 교제가 아니게 되기는 했지만, 진실로 속을 터놓고 이야기하는 것은 이제부터다.

할복 토크다.

나는 조금 전과 같은 위치에 앉았다.

바뀐 분위기를 깨달은 것인지 츠키히도 침대에서 내려와서 마주보고 책상다리를 했다.

…전혀 상관없는 얘기인데. 골격의 문제인지 책상다리를 제대로 할 수 있는 여자는 많이 없다고 생각한다.

그 점에서 츠키히는 훌륭하지만, 이것은 몸이 부드럽기 때문일까. 이 녀석은 카렌처럼 단련하지 않아서 살이 반쯤 녹아 있는 게 아닐까 싶을 정도로 말랑말랑하니까.

"마카롱처럼 부드럽지, 너."

"오빠, 그럴 때는 마시멜로 같다고 하지 않아?"

왜 지명도 높은 과자를 지명도 낮은 과자로 바꿔 말하는 거야, 라고 말하는 츠키히.

백점만점의 딴죽이다.

뭐, 애초에 살의 부드러움과 관절의 부드러움은 전혀 다른 것이지만.

아마도 남녀차이는 행동양식의 문제겠지.

"그래서 어떤 사랑 이야기를 하자는 거야, 오빠?"

"아니, 정확히는 사랑 이야기가 아니라 사랑일지도 모르는 어떤 얘기야."

"으응? 사랑일지도 모르는 뭔가? 무슨 소릴 하는 거람, 이 오빠는. 죽지 않으려나?"

"틈만 나면 내 죽음을 바라지 마. 뭐, 이런 건 중학생이면서도 남자 친구가 있는, 아마도 친구들에게 수많은 연애 상담을 받았을 백전연마의 너에게밖에 물어볼 수 없는 일인데 말이야."

"카렌에게는 물어보지 않아? 카렌도 중학생이면서 남자 친구가 있고 친구들 사이에서 연애 상담을 받고 있어. 백전연마야."

"그 바보에게 상담할 얘긴 하나도 없어."

나는 단호하게 말했다.

내가 보기에도 망설임 없는 어조였다.

"어차피 수많은 상담을 받아 봤자, 그 리얼 백전연마의 운동복녀는 그걸 너에게 넘길 뿐이잖아?"

"아니, 그렇지는 않아. 카렌이 난폭한 일에만 뛰어드는 전투원이라고 생각하면 큰 착각이야. 사랑에 관한 상담에도 멀쩡하게 대응할 수 있어. 그냥 전부 실패할 뿐이야."

"최악이잖아."

못하는 것은 못한다고 말해.

그걸 못하니까 어린애라는 거야.

"참고로 네가 연애 상담을 받은 경우의 성공률은 어느 정도야?"

"물론 100퍼센트지."

그건 본인에게 자랑스러운 성과인지, 츠키히는 으스대며 가슴을 폈다. 여동생이 으스대는 모습을 보는 것은 썩 기분 좋은 일은 아니었지만 어쨌든 분명 자랑스러워해도 괜찮을 만한 경력이다.

100퍼센트라니.

아니, 그건 역시나 과장해서 이야기하고 있는 거겠지만.

"아니, 과장이 아니야. 리얼이야. 상담만 받으면 나는 어떤 상대라도 반드시 절대 둘 사이를 맺어 낸다고."

"……."

그건 무섭네.

오히려 상담하는 걸 주저하는 마음이 생길 것 같은 위협적인 성과였다. 아니, 애초에 여동생에게 상담하려는 상황 자체가 이미 크게 잘못되어 있다는 기분이 들지만.

그것도 연애 상담.

어쨌든.

애초에 **이것**이 사랑인지 어떤지 아직 알 수 없으니까. 리트머스 시험지에 수용액을 떨어뜨리는 정도의 가벼운 마음으로 말해 볼까?

"실은 지금 우리 반에 맘에 걸리는 애가 있어."

"근육통 같은?"

"담에 걸린 게 아니라!"

아마도 남매가 아니었다면 성립되지 않을 정도로 레벨이 높은, 그러나 내용적으로는 아주 레벨이 낮은 만담이었다.

다만 츠키히도 의도적으로 장난을 쳤다기보다는,

"어? 어? 무슨 소리야?"

반쯤 진심이었는지, 당황한 모습을 보이고 있었다.

여동생을 당황하게 만든 것에 대해 약간의 우월감을 느낀 나는 씩 웃으며,

"즉, 어쩌면 나는 이번에 같은 반이 된 여자애에게 호의를 품고 있는지도 몰라."

라고 알기 쉽게 설명했다.

씩 웃을 필요가 어디에 있었냐.

"어머나!"

츠키히가 과장스럽게 깜짝 놀라 보였다. 이 부분의 지나친 연출 과잉이 이 녀석의 인망을 높이고 있는 건가 하고 생각하면, 공부가 되지 않는 것도 아니다.

그러나 지금은 그럴 상황이 아니다.

그보다, 그렇게 놀랄 일이냐.

"그야 놀라지…. 놀란다기보다 돌아가시겠어! '친구를 만들면 인간의 강도가 떨어지니까'라는 안쓰러운 소리를 공언했던 오빠에게 좋아하는 사람이 생기다니."

부들부들 떨면서 입가를 누르는 츠키히.

진짜로 겁먹고 있다.

"이건 개가 사람의 말을 한 것 정도의 충격이야."

"……."

아니, 개가 두 다리로 선 것 정도라면 어떨지 몰라도.

말을 한다니, 이미 생물학적으로 불가능한 영역이잖아.

이 녀석은 친오빠를 어느 레벨로 고독한 녀석이라고 생각해 온 걸까.

뭐, 그렇게 틀리지도 않았지만.

참고로 츠키히가 그 발언을 할 때에 전제라는 듯이 '안쓰럽다' 라고 말을 한 것에 대해 나는 은근히 상처 입었다.

"어떡하지, 어떡하지. 경사스러운 날이니 팥밥을 만들어야 할 텐데. 어디보자, 팥밥은 팥만 있으면 되는 거지?"

"너는 여지껏 가정 수업 시간에 뭘 배운 거야."

그건 그것대로 아주 맛있는 요리가 완성될 것 같지만.

"그리고 성급하게 판단하지 마. 마음에 걸리는 것뿐이고 아직 '어쩌면', '일지도 몰라' 라는 것뿐이니 확정된 것은 아니야."

"므읏?"

"그러니까 너에게 하고 싶지도 않은 상담을 하고 있는 거라고. 어떤 이성이 있다고 했을 때, 자기가 그 녀석을 좋아하는지 어떤지 는 어떻게 결정하면 좋을까?"

"…저기. 미안해, 오빠."

츠키히가 갑자기 몸을 떠는 것을 멈추고 나에게 사과해 왔다. 무엇을 사과하고 있는지 알 수 없었지만, 일단 여동생에게 사과 받는 것은 기분이 좋다.

"뭐였더라? 다시 한 번 말해 줄래?"

"뭐야, 못 들었던 거야? 정신 좀 차리라고, 파이어 시스터즈의 참모담당 님. 신경 좀 써 달라고, 깜빡하는 것에도 정도가 있잖아. 알겠어? 이번에는 잘 들으라고? 이성을 이성으로서 좋아하는지 어떤지는 어떻게 결정하면 되지? 즉, 상대에게 품는 감정은 어느 시점까지가 보통이고 어느 시점부터가 호의가 되는 거지?"

츠키히는.

묵묵히 팔짱을 끼고 있었다.

어째서일까. 아기에게 잘 씹은 밥을 떠먹여 주는 수준으로 자세히 설명해 줬다고 생각하고 있었는데. 이 정도도 받아먹을 수 없다면 액상 이유식을 시도해 볼 수밖에 없을 정도라고.

"미안해, 오빠."

다시 츠키히가 사과했다.

이유는 알 수 없더라도, 그리고 몇 번이더라도 여동생에게 사과받는 것은 기분이 좋다.

이야기가 제대로 맞물리지 않는 이 상황이 전혀 신경 쓰이지 않을 정도로 상쾌하다. 그러나 사과하는 쪽의 츠키히로서는 전혀 그렇지 않은지(뭐, 츠키히든 카렌이든 '오빠에게 사과하는 것은 기분이 좋다'라는 수수께끼 같은 소리를 한다면 곧바로 병원으로 연행하겠지만),

"무한에 가까운 연애 상담을 받아 온 나이지만, 유감스럽게도 그런 레벨의 상담을 받은 적은 이제까지 없었어."

라고 사죄 내용을 밝혔다.

어라?

그런 거야?

그렇다면 난 제대로 된 상담을 받을 수 없다는 거잖아.

손해배상을 받아야지.

"뭐야, 그만큼 으스대 놓고. 츠키히, 너의 힘은 그 정도밖에 안 돼?"

일어나서 보디랭귀지를 섞어 가며 츠키히를 내려다보는 나(아메리칸 홈드라마 같은 움직임이라고 생각하면 된다). 여동생을 깔보는 것은 여동생에게 사과 받는 것 다음 정도로 기분 좋은 행위였다.

내 기대를 배신한 것 정도는 용서해 줘야겠다는 기분이 든다.

"뭐, 좋아. 중학생을 상대로 조금 레벨이 높은 상담을 하려고 했던 내 쪽에 잘못이 있을지도 몰라."

"아니, 그렇게 레벨이 낮은 상담은 받은 적이 없어."

아라라기 츠키히는 죽은 물고기 같은 눈…이 아니라, 죽은 물고기를 보는 눈으로 나를 보고 있었다.

시선을 받은 것뿐인데 살아 있는데도 죽고 싶어질 정도의 시선이었다.

시선이라기보다 광선 같다.

"응. 딴죽을 거는 것은 기본적으로 오빠가 할 일이고 내가 할 일은 아니지만…. 그래도 뭐, 이번만 내가 말하도록 할까. '이 기분이 사랑인지 어떤지 알 수 없어' 라니."

그리고 츠키히는 나를 뒤쫓듯이 일어서더니,

"네가 숙녀냐!"

지나간 좋은 시절의 만담가처럼 내 가슴을 손등으로 때렸다.

여동생에게 딴죽이 걸리는 것도 여동생에게 '너' 라고 불리는 것도 여동생에게 손등으로 맞는 것도 그럭저럭 기분은 좋았지만, 어쩐지 나의 성적 취향이 과도하게 변태 같아지기 시작했다는 착각이 드니 가슴이 크게 뛰는 듯한 이 감정은 앞으로 가능한 한 무시하기로 하자.

여러분에게 많은 즐거움을 드리기 위해서 일부러 변태스러운 짓을 하고 있다는 아라라기 코요미의 기본적인 캐릭터 설정을 잊지 않도록 신경을 써야지.

"숙녀라니…. 여중생 쪽이 훨씬 숙녀잖아."

"여중생 중에 숙녀 따윈 없어!"

단언했다.

그것은 수많은 상담을 시체를 넘듯이 헤쳐 온 그녀의 순수한 감상일지도 모르지만, 깊이 파고들며 물어보면 여성 불신에 빠질 것 같으니 그쯤에서 알아서 자제하기로 했다.

"정좌해!"

츠키히는 버럭 외쳤다.

나에게.

뭘 잘난 듯이 명령이냐며 거스르고 싶었지만, 그러나 몸은 그 박력에 저절로 정좌해 버리고 있었다. 어찌 이런 노예근성이 다 있냐.

그런데 뭐지, 이 녀석.

왜 화내는 거지?

무엇이 그녀를 격앙하게 만들었는가. 무엇이 그녀를 격노하게 만들었는가.

츠키히는 정좌한 나를 앞에 두고서, 자기는 앉으려고도 하지 않고 팔짱을 끼더니 쭉 턱을 들어올려 나를 내려다보고 있었다.

"오빠. 일단 첫 번째 질문을 하겠는데. 그거, 진심으로 하는 소리야?"

"정말 진심이야. 나는 이제까지 진심이 아니었던 적이 없어."

"말투에 신경 써라."

명령을 받았다.

여동생에게.

"경어를 써. 그리고 말장난하지 마."

"네, 넵. 알겠습니다."

따르는 나.

여동생 앞에서 정좌하고 내려다보는 시선을 받으면서 명령을 받고, 경어를 쓰게 되는 것도… 이것은 이것대로 이하 생략.

무시하자, 무시.

"어떻게 된 일인지 처음부터 설명해 주겠어, 이 오빠 놈아?"

오빠 놈이라니.

새로운 가능성을 느끼게 하는 말이네.

시스터 프린세스에서 열세 번째 여동생으로 등장해도 좋겠다.

"저기…. 그게, 너무 구체적인 이야기는 할 수 없지만."

상세한 것까지 말해 버리면 (나의) 프라이버시가 침해당하니까.

여동생에게 개인 정보를 노출시키고 싶지 않다.

"…어쨌든 여러 가지 경위가 있어서 말이야. 뭐, 우선 대상을 임시로 H씨라고 하자."

"H씨."

어쩐지 구체적이네, 라고 말하는 츠키히.

뭐, 그냥 이니셜이니까.

구체적인 게 당연하다.

"이번 달 초에 같은 반이 된 뒤로, 아무래도 나는 정신을 차리고 보면 그 H씨에 대해서만 생각하고 있어. 머릿속뿐만이 아니야. 수업 시간에도 문득 칠판에서 시선을 떼면 어느새 H씨의 자리를 보고 말아. 학교 안뿐만이 아니야. 등하교 중에도 왠지 모르게 H씨를 찾게 되는 거야. 서점 같은 곳에 뭔가 사러 가도, 좁은 동네니까 우연히 만나지는 않을까 하는 생각을 하기도 하고. 그리고 그 서점에서 산 책을 읽고 있을 때도 '아, 이 문장은 H씨가 좋아할 것 같아' 라는 생각을 하곤 해. 야한 책을 사려고 해도 '아, 이런 책을 사고 있으면 H씨에게 미움 받아' 라는 생각이 들어서 살며시 책꽂이에 돌려놓기도 하지."

"오빠, 너무 적나라하게 말하지 마. 오빠의 개인정보는 알고 싶지 않아."

그렇다기보다 야한 책을 사는 데 주저하는 오빠의 이야기는 듣고 싶지 않아, 라고 츠키히는 말했다.

아차, 가명을 H씨로 해 버린 탓에 그런 말이 저절로 나와 버렸다.

참고로 H는 일본어로 변태*의 머리글자이기도 하다.

"그보다, 오빠."

"뭐야."

"그건 사랑이잖아."

※변태 : 일본어 발음으로 Hentai.

단언했다. 단정했다.

진지한 얼굴이 아니라 어이없다는 표정으로 말하는 부분이 오히려 상당한 설득력을 느끼게 했다. 하지만 그런 식으로 단정하는 걸 보니 어쩐지 거스르고 싶어졌다.

상당히 심술쟁이인 나.

"알 수 없잖아? 싫어하는 상대에게도 그 정도 생각은 하기 마련이야. 게다가 이런 모호한 기분 같은 건, 내버려 두면 익숙해져 버릴지도 모르잖아."

"으음. 그렇지만 그런 게 아니라… 뭐라고 말해야 좋을까."

츠키히는 팔짱을 낀 채로 생각에 잠기듯 고개를 기울였다.

"하고 싶은 말은 여러 가지 있지만, 어떻게 말해야 좋을지 모르겠어."

"뭐야. 너에게 이런 일은 생각할 것도 없는 일이야?"

즉, 걷는 법을 질문 받은 지네 같은 걸까? 한자로 '百足'이라고 쓰는 것으로 알 수 있듯이, 100개의 다리를 가진 생물이 어떤 순서로 다리를 움직이냐는 질문을 받자 대답하지 못했다는 고사[*]가 있다.

그때까지는 평범하게 걸었는데, 그런 질문을 받자마자 지금까지 어떻게 걸었는지 잊어버려서 걸을 수 없게 되었다고 한다.

그렇다는 얘기는… 큰일 났다.

내가 멍청한 질문을 해 버리는 바람에 츠키히는 이제부터 연애

※『장자』에 나오는 내용. 아무 생각 없이 가던 지네가, 발 하나하나를 의식하기 시작하자 오도가도 못하는 지경에 처하고 말았다는 이야기.

에 흥미를 느낄 수 없게 되어 버릴지도 모른다. 나와 고민을 공유하게 되어 버릴지도 모른다.

……

뭐, 그것은 그것대로 좋은 결과라는 기분도 들지만.

"아니. 그러니까 그렇게 레벨이 높은 이야기가 아니라니까, 오빠."

레벨이 낮은 이야기야, 라고 츠키히는 말했다.

"그리고 지네는 다리가 백 개씩 있진 않아."

"뭐, 뭐야?! 어찌 그럴 수가, 지네의 다리가 백 개가 안 된다고?!"

그 정도는 듣지 않아도 다 알고 있다. 흔하디흔한 잡학에 대해 말도 안 될 정도로 호들갑스럽게 놀란다는 재미있는 리액션을 취해 보긴 했지만, 츠키히의 블리자드 같은 시선을 받고 나는 풀이 죽어 자세를 고쳐 앉았다.

뭐냐, 냉동실에 들어와 있는 것 같은 이 느낌은.

"그러고 보니 냉동실 얘기가 나와서 말인데, 만약 프리더*와 베지터가 퓨전하면 엘리트 전사 프리터 님이 되는 걸까?"

"프리더와 베지터는 체형이 전혀 다르니까 퓨전할 수 없어."

포기하지 않고 과감하게 강행해 보긴 했지만 여동생의 리액션은 생각 외로 냉정했고, 게다가 츠키히는 드래곤볼의 내용을 제대로 알고 있었다.

※프리더 : 만화 『드래곤볼』의 등장인물. 프리더의 일본어 표기는 냉동실(freezer)을 뜻하는 フリーザ와 동일하다.

"지네 같은 게 아니라 단순히 유치원생에게 곱셈의 개념을 가르치고 있는 그런 기분이야."

"곱셈이라고? 말도 안 돼, 그렇게까지 간단한 거였어?"

"응. 지금 츠키히 양의 모습은, 곱셈을 할 수 없는 오빠를 앞에 두고 어이가 없어 하는 여동생의 모습이라고 생각해 주세요."

"……."

장절한 모습이네.

여동생으로서는 최악의 상황이잖아.

가엾어라.

"아, 하지만 그런 건 이해가 안 가는 것도 아니네. 그 왜, 저기, 전구를 발명한 사람이 누구였더라? 기관차 토마스는 아니고…."

"토머스 에디슨."

"아아. 맞다, 맞아."

"왜 에디슨보다 토머스 쪽이 먼저 나오는 거야, 오빠."

"미안, 미안. 그 사람하고는 꽤 사이가 좋아서 나도 모르게 퍼스트 네임으로 부르게 돼."

"기관차하고 착각했으면서."

"토머스는 말이지."

억지로 밀어붙이려는 나.

개그에 관해서는 완고하다.

"초등학생 때 선생님에게 '1 더하기 1은 왜 2가 되나요?'라는, 그런 사물의 근본을 묻는 질문을 이것저것 해댔다고 해. 곱셈은 고사하고 덧셈이야. 배운 것을 배운 대로 이해할 수 없어서 납득할 수 있을 때까지 질문을 계속했다고 해."

"아니. 그렇게 얘기하면 마치 오빠하고 에디슨 사이에 뭔가 통하는 게 있는 것 같지만 그런 건 아니야."

츠키히는 고개를 저었다. 붕붕, 하고.

"선생님에게 '1 더하기 1은 어째서 2가 되나요'라는 시건방지고 비뚤어진 질문을 하는 아이는 어떤 시대 어떤 나라에도 많이 있겠지만, 토머스 에디슨이라는 발명왕은 단 한 사람이야."

"뭐어?"

그런 꿈도 희망도 없는 소릴.

흥이 깨졌잖아.

장래에 에디슨이 될 수 있을지도 모른다는 시건방지고 비뚤어진 아이들의 싹을 짓밟지 말라고.

"하지만 어차피 에디슨도 어린 시절 무렵에 '난 발명왕이 될 거야!'라고 말하며 놀았을 거라고."

"에디슨의 시대에 그런 말을 했다면 그 사람은 타임머신을 발명했을 거야."

결국 간단한 것일수록 설명하기 어렵다는 얘기겠지, 라고 말하며 츠키히는 하던 이야기로 돌아갔다.

"뭐, 오빠도 오빠 나름대로 진지할 테니까 너무 바보 취급할 수도 장난칠 수도 없지. 내 개인적인 생각을 말하자면, 좋아하는지 어떤지 알 수 없다는 단계에서 이미 좋아하는 게 아닐까 하는 생각이 들어."

"그래?"

"싫다면 그런 질문을 애초에 깊이 생각하지도 않을 거 아냐."

"아니, 딱히 깊이 생각한 건 아니지만."

개운치 않다고 할까.

속이 답답하다고 할까.

안개나 아지랑이가 낀 것 같아서 도무지 후련해지지 않는다…라는 것뿐이다.

왠지 들뜬 듯한 느낌.

자신의 마음을 똑바로 직시한다는 행위를 오랫동안 해 오지 않은 나였기에, '전혀'라고 말해도 좋을 정도로 자신의 감정을 파악할 수 없었던 것이다.

하지만.

그런 나는 잘못되어 있었다고, 지금은 생각한다.

지금이라면 생각할 수 있다.

그러니까 지금이야말로 제대로 직시하고 싶다.

내 안의 마음이라든가, 감정같은 이런저런 것들과 제대로 마주하고 싶다.

"무엇일까. 애초에 난, 사람을 좋아한 적이 없으니까."

"없어?"

"전무하다고 말해도 되겠지."

나는 조금 전의 츠키히가 그랬던 것처럼 정좌를 하고 있는 상태이기는 했지만, 가슴을 펴며 으스댔다.

"나는 이제까지 사람을 사랑한 적이 없어."

……

……

어째서일까.

말하고 보니, 엄청나게 공허한 기분이 들었다.

폈던 가슴에 뻥 하고 커다란 구멍이 뚫린 기분이었다. 아니, 그 건 원래 뚫려 있던 나락의 구멍이었는지도 모른다.

어?

나는 그런 캐릭터 설정이었어?

위험하지 않아, 그거?

으스대며 내밀고 있던 상반신이 시들시들 움츠러들고, 나는 등 을 구부정하게 구부렸다. 뭐, 내밀든 움츠리든… 어느 쪽이나 정좌 에 별로 어울리는 등의 상태는 아니다.

"수학여행 날 밤에, 베개 싸움을 끝내고 취침 시각이 지난 뒤에 벌어지는 필로 토크 같은 연애 토크 대회에서 '아니, 나는 지금 좋 아하는 애는 없어' 라고 말하는 녀석이 있다면 그건 나야."

"오빠에게 친구가 없는 이유는 그 부분에 있는 것 같다는 기분 이 들어."

쓸데없는 참견이다.

지금은 우정 이야기가 아니라 연애 감정 이야기를 하고 있다.

사랑을 할 수 없으니까 친구도 생기지 않는 녀석이라니, 어떻게 되어 먹은 신세대냐.

"뭐, 핑계를 대자면 말이지."

"핑계는 듣고 싶지 않아."

"들어!"

"싫어!"

"브라더 명령이다!"

"음…. 브라더 명령이라면 어쩔 수 없지."

시스터가 납득했다.

아무래도 핑계를 들어 줄 것 같다.

"즉, 그 수학여행 날 밤이란 게 좋은 예인데, 어쩐지 학교란 공간에는 '누군가를 좋아해야만 한다' 라는 이상한 압력이 있다고 생각하지 않아?"

"음."

츠키히가 미약하게 리액션을 했다. 아무래도 내가 한 말이 꽤 멀쩡해서 의외였던 것 같다.

"나는 그걸 연애 압력이라고 부르고 있어. 너에게 연애 상담을 하러 온다는 또래의 여자애들도 그럴지 모르겠지만, 나는 애초에 그런… 뭐라고 해야 할까, 사이좋게 지내기를 강요하는 폭력적인 분위기를 싫어했다고."

"심술이 조금 지나친 기분도 들지만 학교라는 그룹이 연애지상주의라는 점은 오빠가 말하는 대로일지도 몰라. 많은 수의 남자와 여자를 한 장소에 밀어 넣으면 자연스럽게 그렇게 될 거라고 생각해. 하지만."

츠키히는 일단 납득해 보이고.

그렇다기보다는 납득한 척을 하고서.

"그건 모두가 연애를 하는 이유는 되어도 오빠가 사람을 사랑할수 없는 이유가 되지는 않아."

그렇게 말했다.

"그러니까 오빠가 답답함을 느껴 왔다는 이야기일 뿐이야. 그건 오빠가 사람을 사랑할 수 없는 이유는 되지 않아."

"안 되네."

"핑계지."

"핑계네."

"사과해."

"죄송합니다."

사과했다.

사죄를 강요받았다.

태어나서 이때까지 한 번도 남에게 고개를 숙인 적 없는 내가!

"거짓말하지 마."

"아, 네. 죄송합니다. 항상, 늘, 언제나 츠키히 씨에게는 신세를 지고 있습니다."

"하던 얘기로 돌아갈게."

"네, 네. 그러세요."

하던 이야기로 돌아갔다.

아라라기 코요미는 옛날부터 사람을 좋아했던 적이 없다는 부분까지.

그런데 나와 츠키히의 대화에는 하던 이야기로 돌아간다는 과정이 아주 많다는 기분이 든다.

"그러네. 듣고 보니 오빠는 여자애를 집에 데려온 적이 옛날부터 한 번도 없었지. 뭐, 남자를 데리고 온 적도 없었지만."

"뭐, 그렇지. 아니, 그러니까 나는 사람을 좋아하게 되는 것이 어떤 것인지 잘 모르겠어. 마치 다른 세계의 언어 같아."

"하지만 그런 건 만화나 애니메이션이나 드라마 같은 걸 보면 왠지 모르게 알 수 있지 않아?"

"알 수 없는 건 아니지. 하지만 그런 건 판타지잖아. 드래곤의 존재를 믿으라는 말을 듣는 것에 가까워. 연예인의 스타일리시한 러브 스토리를 보고 '우와, 끝내주네. 나도 저렇게 돼야지'라고 생각할 수 있어?"

"으음. 그건 그렇지만."

에디슨을 자신과 동일시하는 사람이 그런 소리를 해도 말이지, 라고 츠키히는 신음했다. 드래곤의 예를 든 것만으로는 아무래도 설득력이 부족한 것 같아서, 나는 다시 예를 들며 밀어붙였다.

"해리 포터를 읽었다고 해서 자기도 메라조마*를 쓸 수 있다고 생각할 수 있어?"

"그 대사로 판단하기로는, 오빠는 해리 포터를 안 읽었네."

계속 밀어붙이는 데 실패했다.

유감이다. 파이어 시스터즈에게 화염계 마법은 통하지 않았다.

아니, 시리즈물은 타이밍을 놓치면 좀처럼 읽기 시작하기 힘든 법이잖아.

"혹은 반대도 있을지도 모르지."

"하냐아?"

※메라조마 : 게임 〈드래곤 퀘스트〉 시리즈에서 등장하는 화염계 공격 마법.

"즉, 만화나 애니메이션이나 드라마 같은 데서 아주 스타일리시하거나, 그렇지 않더라도 드라마틱한 연애를 엄청 많이 본 거잖아. 그래서 그 레벨이 아니면 연애를 할 수 없다고 내 머릿속에 자연스럽게 각인되어 있는 건지도 몰라. 화려함과 겉모습만을 너무 요구한 탓에, 나는 일상생활 속에 숨어 있는 작은 사랑을 못 보고 지나쳐 왔는지도 몰라. 말하자면 나는 정보가 과다한 현대사회의 희생자야."

"하고 있는 말도 하고 싶은 말도 모르는 건 아니지만, 그 표현은 어쩐지 책임전가 같아서 짜증이 나네."

뭐가 희생자야, 이 위선자 자식.

그렇게 말하고 츠키히는 한쪽 발을 들어서 정좌한 내 어깨 위에 올려놓았다. 사실은 머리 위에 놓고 싶었겠지만, 발이 거기까지 올라가지 않았던 것 같다.

내 어깨를 꾹꾹 힘주어 밟는 츠키히.

평소 같으면 후려갈길 상황이지만, 상황이 상황이니만큼 너그럽게 넘겨주기로 하자.

너그러워져야 할 상황을 착각하고 있다는 기분이 안 드는 것도 아니지만.

"갑자기 태도를 바꿔도 소용없어, 오빠. 그런 정보과다 속에서도 다들 평범한 연애를 하고 있으니까."

"으음. 정론으로 공격하기냐."

"즉, 이 의제의 결론으로서 오빠는 사랑 없는 사람이라는 결론을 내리면 될까?"

"아니, 그건 아니야. 나는 사랑에 가득 차 있어. 오히려 사랑의 전도사라고 불러도 될 정도야. 그건 내가 나오에 카네츠구*라고 불리고 있는 것을 봐도 알 수 있잖아?"

"오빠가 언제 나오에 카네츠구라고 불렸어?"

불리지 않았다.

한 번도.

"하지만 사랑 없는 오빠."

츠키히는 말했다.

참고로 발은 여전히 내 어깨에 얹혀 있다. 양말이 내 얼굴 바로 옆에 있다는 시추에이션은… 뭐라고 할까, 조금 복잡했다. 뺨을 비비고 싶어진다.

"사랑 없는 오빠는 말이야."

"어이, 여동생. 나는 사날없지는 않다고."

"사랑 없는 오빠는 말이야."

내 항의는 완전히 무시하고, 츠키히는 살피듯이 말을 이었다.

십 수 년을 한 지붕 아래서 살아 왔지만, 이 녀석이 딴죽을 걸고 안 걸고의 판단기준을 모르겠다.

"여자가 싫다는 건 아니지?"

"응? 무슨 의미야?"

"여자를 싫어하는 척하고 있는 건 아니냐는 의미야."

※나오에 카네츠구(直江兼續) : 전국시대 우에스기 가문의 충신. 투구에 한자 '愛' 자 모양의 장식물을 달고 있었는데, 이는 사랑이란 뜻이 아니라 당시 무장들이 군신(軍神)으로 모셨던 아타고곤겐(愛宕權現), 또는 애염명왕(愛染明王)을 상징하는 것이라 전해진다.

"아아, 그런 건 아니야. 인간을 싫어하는 염세주의자인 척한 적은 몇 번 있지만, 그런 가운데서도 나는 여자만은 예외라고 주장해 왔어."

"인류의 과반수가 예외잖아."

"정말이야."

말해 두겠는데, 이 구절은 농담이다. 그런 것을 주장한 적도 없고 애초에 인간을 싫어하는 염세주의자인 척한 적도 없다.

여동생과의 대화란, 어떻게 해도 진지함과 진실함이 결여되어 좋지 않다. 시리어스한 분위기를 관철할 수 없다.

그러나 뭐.

그렇다고 해서.

과격하고 거친 불량학생인 척한 적도 없다.

여자를 싫어하지도 않고 여자를 꺼리고 있는 것도 아니다… 라고.

…생각하는데 말이야(단언할 정도의 자신도 없다).

"응. 뭐, 그렇겠지. 하긴 오빠는, 자기는 아무도 집에 데리고 오지 않으면서도 나나 카렌이 집에 데리고 온 친구들하고는 옛날에 자주 놀아 줬으니까."

"그랬던가?"

"응. 오빠는 내 친구들에게 인기가 많았어."

"뭐? 내가 윤기가 많았다고?"

샴푸 광고에 나갈 수 있지 않을까.

일확천금이다.

"오빠의 인생에서 이성에게 인기를 얻는 시기는 그때가 처음이자 마지막이었지."

"그런 시기가 있었던가…. 뭐, 됐어."

듣고 보면 그 옛날에 츠키히가 다이묘 행차처럼 잔뜩 데리고 왔던 친구들하고 인생 게임이나 뭔가로 놀아 주었던 듯한 기억이 없는 것도 아니다. 데리고 온 친구들의 총 인원수가 츠키히를 포함해서 홀수가 될 때에 인원수를 맞추기 위해 내가 끌려갔었다.

하지만 그것도 옛날 일.

그립지도 않다.

"어쨌든 여자를 싫어하는 것은 아냐. 호불호는 말하지 않는다는 것이 이제까지의 내 인생이었어."

그런 내가.

쿨하고 드라이한, 말하자면 돗토리 사구* 같은 인간성을 가지고 있는 내가 현재 흔들리고 있다는 이야기이니, 생각해 보면 이것은 대사건이다. 천지가 뒤집힐지도 모른다.

"그래서 저에게 연애 상담인가요?"

"네, 그렇습니다. 아니, 그렇다기보다 아까부터 신나게 말했지만, 딱히 분명한 해답을 구하고 있는 건 아니야. 참고 삼아 너의 사례를 들어 보려고 생각한 거야. 너의 남자 친구… 누구더라, 로소쿠자와蠟燭澤 군이었던가?"

"응. 잘 기억하고 있네."

※돗토리 사구(鳥取砂丘) : 일본 돗토리 현에 있는 일본 최대의 모래 언덕.

"성씨만."

만난 적은 없으니까.

성만 기억하고 있다기보다 성 외에는 모른다.

"너는 언제 어느 단계에서 그 녀석을 '좋아한다' 라고 판단했어? 그걸 알려 줬으면 하는데."

"그건… 뭐…."

츠키히는 어물거리다가 입술을 삐죽 내밀고 잠시 입을 다물었다.

말이 막혔다기보다는 단순히 부끄러웠는지도 모른다.

귀엽네, 이 녀석.

뽀뽀해 버릴까.

"……왠지 모르게."

"왠지 모르게?"

"그래. 애매모호. 적당."

"그래도 괜찮은 거야?"

"그래도 괜찮다고. 그런 법이야."

마지막에 한 말은 어쩐지 아무렇게나 내뱉는 듯한 느낌이기도 했다. 그것도 부끄러움을 감추기 위한 것이겠지만, 한편으론 설명하는 것을 간단히 포기한 것으로도 보였다.

포기한 건가.

오빠를 포기한 건가.

그렇다면 그건 슬픈 사실이다.

나는 곱게 포기하지 못하고 저항했다.

"그러면 어느 단계란 것은 우선 접어 두고, 어떤 이유인가 하는 쪽을 먼저 들려주겠어? 너는 어째서 그 로소쿠자와 군을 좋아하게 되었어?"

"그것도 왠지 모르게야."

이번에는 곧바로 답이 나왔다.

그러나 그것은 역시 아무렇게나 내뱉는, 귀찮아하는 듯한 느낌의 대답이기도 했다.

자기 얘기는 별로 하고 싶지 않은 건지도 모른다. 그 마음을 모르는 것도 아니지만, 이렇게까지 깊은 이야기(?)가 되었는데 이제 와서 그러는 것은 너무 자기 멋대로다.

"하지만 정말로 왠지 모르게인걸. 왠지 모르게 왠지 모르게라 왠지 모르게니까, 뭐."

츠키히는 토라진 듯이 말했다.

왠지 모르게 왠지 모르게라 왠지 모르게니까, 뭐.

"좋아하는 걸까~ 하고 생각하고, 좋아하는구나~ 하고 느끼고, 좋아하는 거라는 걸 안다. 그런 느낌."

"뉘앙스에도 정도가 있다고."

뭐냐고, 그 삼단 활용은.

'그런 느낌'이라고 들어 봤자 전혀 느낄 수 없다.

"좋아하는 이유 같은 것도 이것저것 갖다 붙일 수는 있다니까? 멋지다든가, 자상하다든가, 키가 크다든가, 돈이 많다든가 하는 그런 이유 붙이기는 여러 가지로 가능하지만 말이야."

"......"

좋아하는 타입 중에 '돈이 많다'가 섞여 있었던 것이 츠키히의 인간성을 알기 쉽게 드러내고 있다고 생각되는데.

중요한 포인트는 거기가 아니고.

오히려 그것에 이어진,

"하지만 그런 건 전부 거짓말인걸."

이라는 말 쪽일 것이다.

"자기 기분을 이성으로 이해하기 위해서 그럴싸하게 갖다 맞추는 거라고나 할까. 이유 붙이기라고 말하기보다는 억지 부리기에 가깝지. 좋아한다는 결론을 미리 정해 두고 그 결론에 대해 사다리를 걸쳐 가는 거야."

"사다리."

"사다리가 아니라 로켓일까. 응, 로켓을 만든다는 느낌."

츠키히는 짝 하고 손을 쳤다. 아무래도 츠키히 안에서 그것은 납득이 가는 좋은 예였던 것 같다. 혼자 멋대로 납득하다니, 교활한 녀석이다.

"계속 같이 있고 싶다고 생각하면, 그건 이미 사랑이라고 생각해. 이런 말 알아, 오빠?"

"어떤 말인데?"

"두꺼비를 사랑하는 사람에게는 두꺼비가 달로 보인다."

"…그런 말은 모르는데."

하지만 의미는 단번에 알 수 있다.

사랑에 관해서 이렇게 알기 쉬운 속담도 없을 것이다.

좋아하게 되면 이유 따윈 아무 상관없어진다, 라는 츠키히의 말

또한 마찬가지로 이해할 수 있다.

달에 도착하기 위한 로켓 만들기인가.

확실히 '어째서 좋아하는가', '어디가 좋은가'라는 것은 빗나간 질문일지도 모른다. 마찬가지로, 어느 단계부터 '좋아한다'가 되는가 하는 것도 엇나간 감각이겠지.

그렇게 딱딱 떨어지는 것이 아니라.

오히려 퍼지fuzzy.

"…그보다, 그렇구나. 그런 이론 같은 걸 어수선하게 생각하고 있으니까, 나는 사람을 좋아한 적이 없는 거구나."

"뭐, 사랑 없는 사람이란 말은 심한 소리겠지만. 사람을 사랑하는 것과 개인을 사랑하는 것은 상반되는 면이 있으니까."

"있나?"

"응. 박애博愛라는 건 결국 누구도 좋아하지 않는다는 소리와 똑같으니까. 공평과 평등은 사랑이기는 해도 연애는 아니야. 무엇과도 바꿀 수 없는 누구 한 사람을 고르는 것은, 바꿔 말하면 차별이니까. 박애주의와 차별주의가 양립할 수는 없잖아."

오빠는 박애주의일지도 모르겠네, 라고 츠키히는 말했다.

음.

그건… 어쩐지 칭찬받는 기분이 안 드네.

좋은 소리를 듣고 있는 듯하면서도, 뭐라고 해야 할까… 어쩐지 봄방학이 떠올라 버린다.

봄방학의.

나의 박애주의가 초래한 결과를.

싫어도 못살게 구는 것처럼 떠올라 버린다.

"전 인류를 사랑하는 사람은 성인聖人이라고 할 수 있겠지. 그렇지만 성인이 연애로 가슴이 두근두근하는 모습은 상상할 수 없잖아?"

"할 수 없지."

그래서는 속세에 완전히 젖어 버린 기분이 든다.

흠.

뭐, 차별주의라는 표현은 말이 심하다고 해도, 요컨대 연애란 어디까지나 속된 구석이 있으며 또한 그래야만 한다는 이야기겠지.

박애와는 다르다.

마치.

"전 인류를 상대로 연애를 할 수 있는 사람이 있다고 한다면 그건 그것대로 최강이겠지만."

"인간이라는 존재 자체를 사랑한다는 얘긴가. 그건 참 어렵겠네. 어렵다기보다, 그냥 말도 안 되는 일이잖아."

"오히려 문면만으로 보면 바람둥이처럼 보이기도 하네."

"흠."

뭐, 그런 극단적인 이야기를 하고 있어도 소용없다.

개념이나 정의에 대한 이야기는 일단 접어 두자.

너무 이야기를 넓히면 회수할 수 없게 된다.

우리 반의 H씨에 대한 이야기다.

"뭐, 네 말대로 나는 태어나서 이때까지 누구를 사랑한 적도 없는 쓸쓸한 녀석일지도 몰라. 하지만 그런 내가, 그런 나 아라라기 코요미 군이 그야말로 지금, 열여덟 살이 되어서 드디어 사랑에 빠졌을지도 모른다고."

"아니! 그럴지도 모른다는 소리 하지 말고, 이젠 그냥 결정해 버리면 돼!"

츠키히가 상반신을 굽히며 내 두 어깨에 꽉, 하고 강하게 힘주어 손을 얹었다.

그리고 실로 힘찬 미소로 단언했다.

"빠졌을지도 모르지 않아!"

"모르지 않는구나…."

"오빠는 사랑에 빠졌습니다! 결정!"

"결정한 거냐!"

"그래! 예정은 미정이 아니야!"

쭈욱, 하고 나에게 얼굴을 가까이 가져와서는 이마를 부딪치는 츠키히. 숨결까지 느껴지는 소름 돋는 거리감이었다.

"오빠는 H씨를 좋아해! 내가 결정했어!"

"네가 결정한다면 어쩔 수 없지…!"

그 무시무시한 박력에 압도되어서.

나는 그렇게 끄덕일 수밖에 없었다.

아니, 없었다기보다.

"……"

그렇구나. 응.

츠키히의 말대로다.

아니, 말대로인지 어떤지는 역시 전혀, 조금도 이해되지 않지만 말한 대로 해 보자.

좋아할지도 모른다=좋아한다, 라고 해도 되잖아.

좋아하는 건가? 라고 생각하고.

좋아하는 거구나, 라고 느끼고.

좋아한다는 걸 안다.

계속 같이 있고 싶다고 생각한다.

그런 느낌이겠지.

"그러네. 좋았어. 망설임을 다 날려 버렸어, 츠키히. 시원스럽지 못한 애라는 말을 듣는 내가 이거고 저거고 전부 시원하게 날려 버리게 만들다니 참 대단해. 나는 지금까지 아무래도 너를 얕보고 있었던 것 같다."

"아니아니아니아니. 그 정도는 하지 않았어~."

부끄러워하는 츠키히.

손바닥을 얼굴 앞으로 내밀고 붕붕 내저으며 생글생글 웃는다.

그런 귀여운 리액션을 보이면 더욱 부끄러워하게 만들고 싶은 것이 인간의 습성이다.

인간의 습성이라기보다 오빠의 습성인지도 모른다.

부끄러워하는 여동생은 귀엽다!

모에모에하다!

"너는 최고의 여동생이야, 츠키히!"

"아이~. 그렇지 않아~."

"나는 옛날부터 너는 언젠가 될 놈이라고 생각했어. 그 언젠가 가 설마 오늘이었을 줄이야. 쉰 살을 기다리지 않고 마릴라의 영역에 달했다고. 정말, 너의 빠른 진화 속도는 나를 놀라게 해. 너의 존재감이 너무 커서 앞으로는 카렌이란 말을 들어도 누굴 말하는지 모를 거야."

"아하하하~."

"역시나 내 여동생이야."

"어라? 자기 칭찬으로 옮겨 갔어?"

츠키히가 제정신으로 돌아왔다.

들켰다, 눈치 빠른 녀석이다.

이 분위기를 타고 '오빠가 칭찬받으면 기뻐하는 여동생'으로 츠키히를 조교할까 꾀하고 있었는데, 좀처럼 잘 풀리지 않는다.

또한 은근슬쩍 카렌을 깎아내려서 츠키히를 올려 보았는데, 그 점에 대해서 츠키히가 완전히 넘겨 버린 것은 문제점으로 명기해 둬야 할지도 모른다.

농담은 제쳐 두고.

"감사 인사를 할게. 고마워, 츠키히."

"감사할 정도는 아니야."

어쨌든 이런 초보적인 질문을 받은 것은 처음이었으니까, 라며 츠키히는 가슴을 쓸어내리는 몸짓을 했다.

"뭐… 이런저런 소릴 했지만, 오빠. 사람을 좋아하게 된다는 건 개가 짖는 것 정도로 당연한 일이니까, 그렇게 고민할 일은 아니야."

"그런가. 당연한가."

"응. 평범한 일이지."

"수업 중에 칠판보다도 그 애 쪽을 보게 되는 건 평범."

"평범!"

"등하교 중에 그 애의 모습을 찾게 되는 것도, 우연히 만날 수 없을까 하고 생각하게 되는 것도, 책을 살 때에 이런저런 상상을 하게 되는 것도!"

"평범!"

"그 애의 가슴을 만지고 싶다고 생각하는 것도!"

"아냐."

대화가 멈췄다.

"응?"

"응?"

서로 속내를 살피는 듯한 시선을 나눈다.

왜 대화가 멈춰 버렸는지 두 사람 다 알 수 없었던 것이다.

"어? 어라? 츠키히. 너, 대체 무슨 소릴 하는 거야?"

"에에엑? 제, 제가 문제였나요?"

"너도 정좌하는 편이 좋지 않겠냐?"

"아, 네. 알겠습니다."

곤혹스러운 채로 정좌하는 츠키히.

정좌한 오빠와 정좌한 여동생이 마주 보았다.

뭐냐, 여기는. 차 마시는 자리냐?

잊어버리곤 하는 설정인데, 츠키히는 다도부다.

"아니, 그러니까 말이야. 그 H씨의 흉부가 아주 매력적이라서 만지고 싶다, 주무르고 싶다고 생각하는 거잖아. 지금 그런 이야기를 하고 있는 거라고."

"…어라? 내 머리가 나쁜 걸까? 어째서인지 오빠가 하는 이야기를 이해하고 있는데도 이해할 수 없어. 대사를 들은 감상이 '그런 얘긴 못 들었어' 하고 '그런 얘긴 안 물었어'의 두 가지밖에 떠오르지 않아."

"뭐어? 넌 정말 어쩔 수 없는 녀석이구나. 이거야 원. 머리 나쁜 여동생을 두면 오빠가 고생하는 법이구나."

내 평가가 다시 뒤집혔다.

이런 식의 뒤집기는 내가 봐도 너무 노골적이라 최고라고 생각한다.

"뭐, 거의 알려지지 않은 얘기라고 할까, 아마도 우리 반에서 나밖에 모르는 일이라고 생각하는데 그 아이 사실은 왕가슴이거든. 그건 진짜, 만질 수밖에 없잖아!"

"잠깐. 미안해, 오빠. 만진다느니 주무른다느니, 노골적인 말을 쓰는 걸 자제해 주실 수 없을까요?"

"응? 그러도록 할까."

관대한 나는 여동생의 신청을 받아들였다.

"그러면 터치할 수밖에 없잖아!"

"노골적이지 않고 귀여워지긴 했지만."

뭐랄까, 참… 이라며 츠키히는 우울에 잠겼다.

나를 보는 눈이 오빠를 보는 눈이 아니라 변태를 보는 눈이 된 것 같은 기분이 드는 것은 정말 착각일까?

아니, 뭐. 착각이겠지.

요즘에는 트릭아트 같은 게 유행하니까.

"그러니까 즉, 요컨대 나는 정신이 들고 보면 H씨의 가슴을 터치하고 싶다는 생각만 하고 있는 건데, 이건 사랑이라고 해도 되겠지?"

"아냐."

츠키히는 단호히 부정했다.

잠깐이지만, 이쪽의 정당함을 주장하겠다는 생각을 없애 버릴 정도로 완고한 말투였다.

으윽.

이 벽창호 같으니.

그러나 나는 주먹을 불끈 쥐고 그런 츠키히에게 과감하게 도전했다.

"하지만 생각해 봐. 좋아하지도 않는 상대의 가슴을 터치하고 싶다는 생각은 안 할 거 아냐. 그러니까 이 마음은 사랑이 틀림없다고 생각해."

"오빠가 진짜로 그런 생각을 하고 있다면 나는 그런 생각에 확신을 갖게 만들어 버린 책임을 느끼지 않을 수 없겠네…."

츠키히는 마치 고대인이 봉인한 파괴마인破壞魔人을 깨워 버린 고고학자 같은 분위기의 표정을 지었다.

책임을 느낀 결과, 혹시라도 자기 손으로 처리하겠다는 생각은 하지 않으면 좋으련만.

"네가 죽고 못 사는 로소쿠자와 군도 줄곧 너의 가슴을 만지고 싶다고 생각하고 있다고."

"그런 생각을 하기야 하겠지만 그건 집합론적으로 참일 뿐이고, 로소쿠자와 군은 나를 포함한 온 세상 여자들의 가슴을 만지고 싶다고 생각하고 있다고!"

"……."

만나고 싶지 않은 녀석이네.

그보다, 그걸 큰 소리로 외쳐 버리는 너는 또 어떻고.

"그러니까 오빠. 남자가 여자의 가슴을 터치하고 싶다고 생각하는 건 자연스러운 감정이니까, 신경 쓰지 않아도 돼."

"……."

어쩐지 다른 방향의 상담이 시작되어 버린 것 같다.

연애 상담에서 성교육 시간으로.

"아니라고 말은 했지만, 그건 다른 의미에서는 평범한 거라고."

"그런가?"

"그건 당연해."

"당연하다."

"그건 사랑이 아니라 성욕이야."

"욕!"

욕欲이란 말이지….

뭐, 욕을 먹은 건 아니지만 별로 기분 좋지는 않네.

"아니, 욕이라고 단정된 시점에서 이미 욕을 먹은 거라고 생각하는데."

"고전 만담 같은 소리 하지 마. 무슨 말장난으로 끝내려는 거야."

"지금 걸로 장이 바뀌어도 좋을 만큼 깨끗하게 마무리 되었다는 생각이 들기까지 하지만… 뭐야, 아직 이야기가 계속되는 거야?"

"응. 이걸로는 끝날 수 없어."

츠키히는 말했다.

"그렇다기보다, 어떤 의미에서 이미 끝나 버렸어. 오빠가."

"무슨 소릴 하는 거야. 내 인생은 이제부터야."

"오빠의 인간성은 여기까지라고. 아~, 반쯤은 장난이었다고 해도, 나는 나머지 절반은 상당히 진지하게 상담해 주고 있었는데 말이야~. 설마 친오빠로부터 넘치는 리비도*에 대한 상담을 받고 있다고는 생각도 하지 않았어."

"리비도라니, 실례잖아. 나는 진지하게 상담하고 있었다고."

게다가 반쯤은 장난이었다니.

장난하지 말라고 얘기하고 싶다.

"하지만 그렇잖아. 같은 반 여자애의 가슴이 신경 쓰여서 수업 중에도 칠판보다 그 애의 가슴을 쳐다보고, 등하교 중에도 그 애의 가슴만 찾고 있고, 서점에 가도 그 애의 가슴만 상상해 버린다는데. 그게 성욕이 아니고 뭐란 말이야."

"잠깐 기다려. 단어가 여러 가지로 바뀌었어."

대담한 지면쇄신이 이루어져 있다.

뭐 이런 리뉴얼이 다 있냐.

"그렇게 들으면 나도 그건 사랑이 아니라 성욕이라고 생각하고,

※리비도(Libido) : 욕망을 뜻하는 라틴어로, 정신분석학에서는 '성 욕구의 에너지'를 가리키는 말로 쓰인다.

그건 오빠가 아니라 변태라고 생각할 거야. 하지만 츠키히, 자기가 곧잘 착각에 빠진다는 사실을 무시해서는 안 돼. 분명히 지금 너는 착각하고 있는 게 틀림없어."

"그런 거야?"

"그래. 착각하지 마. 백 보 양보해서 H씨의 가슴을 터치하고 싶다는 이 순수한 마음이 성욕이었다고 하자. 퓨어한 성욕이었다고 하자고. 이번 사건이 그런 측면을 적지 않게 가지고 있음을 인정하는 것에⋯ 나도 뭐, 네가 그렇게까지 말한다면 흔쾌히 협력하겠어. 여동생의 체면을 세워 주겠어. 하지만 한 번 생각해 보자고, 츠키히."

나는 일단 말을 끊고.

그리고 힘을 담아서 준비한 대사를 읊었다.

"성욕 없이 사랑은 생겨나지 않는 거 아냐?"

"닥쳐. 아, 미안. 내가 보기에도 딴죽 걸 말을 잘못 골랐네. 죽어."

얼토당토않은 소릴 명언처럼 말하지 마, 라며 츠키히는 혀를 찼다.

품위 없는 녀석이다.

다도부에 들어가 있다는 설정은 어디에 가 버렸냐.

"안 죽지. 미안하지만 너의 오빠는 불사신이야."

"오빠가 불사신이라면 나도 불사신이야."

정말이지, 하고 말하고.

정말이지 참, 하고 말하고.

츠키히는 쭈욱, 정좌한 자세에서 능숙하게 무릎을 비비듯이 움직이며 나와의 거리를 좁혀 왔다.

무릎걸음으로 다가온다는 표현이 맞겠다.

"뭐야."

"시험해 볼까 해서."

"시험? 너, 이 오빠를 시험하겠다는 거냐?"

"응. 그 정도의 오빠를 시험하겠다는 거야."

무릎끼리 부딪칠 정도의 거리에서 츠키히는 이동을 멈추고, 거기서 쭉 하고 나에게 가슴을 내밀었다.

"자, 만져 보시지."

만졌다.

말없이. 무표정으로.

즉결즉단. 곧바로 터치했다.

"캬악!"

광속에 필적했을 내 스피드에 놀랐는지 비명을 지르며 뒤쪽으로 쓰러지려고 하는 츠키히였지만, 그러나 그 기세대로 쓰러지면 등 뒤에 있는 침대 모서리에 머리를 부딪칠 것 같아서 나는 두 손에 꽉 힘을 주어 어떻게든 츠키히의 상반신을 지탱해 주었다.

아니.

즉, 츠키히의 가슴을 손가락이 파고들 정도로 꽉 움켜쥐었다는 것이 되는데.

터치가 아니라 캐치다.

"아프다고!"

은혜도 모른다는 건 이런 걸 두고 하는 소린가.

하마터면 침대에 뒤통수를 강타당했을지도 몰랐을 위기에서 구해 준, 말하자면 생명의 은인인 나를 향해서 츠키히는 상반신을 마치 진자처럼 무시무시한 기세로 일으키며 그대로 나에게 박치기를 날렸다.

이마와 이마가 충돌한다.

눈앞에서 불꽃이 흩어졌다.

그래도 나는 츠키히의 가슴에서 손을 놓지 않았다.

뒤로 날려갈 뻔했던 것을, 그녀의 가슴을 생명줄 삼아 막았던 것이다.

"그러니까 아프다고! 놔, 놔! 이거 못 놓겠냐!"

"이거 모노노케냐? 아, 사람을 괴롭힌다는 원령 모노노케ものけ 말인가?"

"억지로 말장난을 짜낼 수 있는 마음의 여유가 있다면 얼른 손 떼!"

"그건 상식에서 손을 떼라고 할 때의 의미로?"

"넌 이미 상식에서 손을 떼고 있잖아! 좀 더 흔한 의미라고!"

여동생에게 너라고 불릴 것도 없다.

나는 뒤쪽으로 기울어진 몸을 일으키고 나서, 츠키히의 튀어나온 곳에 걸고 있던 손가락을 놓았던 것이다.

"뭐이런오빠가다있어뭐이런오빠가다있어뭐이런오빠가다있어. 어머, 이런 오빠가 다 있어? 아~, 진짜! 말도 뒤엉키고."

뿌루퉁하게 화를 내는 츠키히.

실로 프리티하다.

"정말로 조금 전엔 아무런 망설임도 없었지. 듣는 순간, 뇌를 경유하지 않고 반사 신경으로 주물렀어."

"무슨 실례되는 소리. 오빠는 여동생의 가슴 따윈 안 주물러."

"지금 힘껏 주물렀잖아!"

"아냐, 아냐. 오히려 반대야. 발상의 역전이야. 너의 가슴이 내 손바닥을 주무른 거야."

"뭐야, 그 기분 나쁜 문장은?!"

"친오빠의 손을 가슴으로 주무르다니, 너는 진짜 변태 여동생이구나."

"역전이고 뭐고, 그 발상은 불가능해⋯."

가슴으로 손바닥을 주무른다니 말도 안 된다며.

츠키히는 관자놀이를 누르고 있었다.

정신이 들고 보니, 슬랩스틱코미디처럼 한바탕 말썽을 벌인 결과인지, 나도 츠키히도 정좌가 무너져 있었다.

끝내 균형이 무너진 건가.

"아, 정말! 오빠, 여동생의 가슴을 너무 만져대!"

"뭐야. 왜 화내는 거야. 네가 스스로 '만져 보시지?'라고 말했잖아. 말하자면 나를 유혹한 거야."

"유혹."

"그런데 '유혹誘惑'과 '어감語感'은 한자로 쓰면 아주 비슷하지."

"착안점은 좋지만, 그런 소리를 해 봤자 내 이야기는 옆길로 새지 않아! 혼자 베갯머리를 적시며 잠들 거라고 생각하면 큰 오산이야. 이번 사건은 반드시 카렌한테 말할 거야!"

"그만둬. 내가 원형도 남지 않는다고."

신나게 두들겨 맞게 된다.

츠키히를 괴롭히면 카렌은 화를 낸다.

"그랬다가 카렌의 주먹에 상처가 나도 괜찮다는 거냐!"

"뭘 당당하게 꼴사나운 소리를…."

그렇게 말하며 츠키히는 나를 뚫어져라 노려보았다.

살인자의 눈이다.

"오빠는 원형도 남지 않는 게 나아. 내일 아침에 다시 크로우바로 깨우러 올 줄 알아."

"헛수고야. 공교롭게도 나에게는 흉기가 통하지 않아."

츠키히의 위협에 코웃음 치는 나.

"나는 비실재 청소년*이야. 조례로 보호되고 있어."

"멋지다?!"

뭐.

자신의 행동에 부끄러운 것은 하나도 없지만, 그러나 여기서는 오해를 두려워해 두자.

오해라기 보다, 두려워하고 있는 것은 카렌이지만.

"그러면 이야기를 딴 데로 돌리지 않고 다시 한 번 되풀이한다?

※비실재 청소년(非實在靑少年) : 2010년 3월에 도쿄 도에서 제시되고 동년 12월 가결된 '도쿄 도 청소년 건전 육성 조례 개정안'에서 나온 법률상의 용어. 창작된 문자 및 시각, 음성 정보 등의 묘사에서 미성년으로 인식된 가공의 캐릭터를 의미한다. 이 개정안은 실재하지 않는 청소년, 즉 청소년 캐릭터들을 이용한 성 묘사 등의 표현을 규제하고 있다.

네가 스스로 '만져 보시지?' 라며 나를 유혹했잖아."

"무엇보다 우선 그 안 어울리는 흉내가 짜증나!"

아라라기 츠키히, 히스테리 모드였다.

뭐 이런 히스테리 소설이 다 있냐.

…….

소용없나, 이걸로도 아직 끝나지 않는 건가.

나로서는 이제 슬슬 다음 코너로 넘어가고 싶은데, 장이 바뀌지 않는 건가.

"나는 좀 더, 이구치 유카* 씨 같은 목소리야!"

"특정 인물 이름을 꺼내지 마."

"그리고 나는 오빠를 유혹하지 않았어!"

"했어. 이런 식으로 가슴을 내밀고 '나를 만져 보실까나?' 라고."

"나를 머리 비고 썰렁한 캐릭터로 설정하지 마! 아무리 그래도 그런 캐릭터는 원하지 않아! 그만둬, 이 책부터 읽기 시작하는 사람도 있다고!"

"뭣이? 그런 사람이 있을 경우엔 내 호감도가 걱정이라고."

이쪽은 지금까지 다섯 권 분량의 축적이 있다고 생각하고 안전한 범위 안에서 장난을 치고 있었으니까. 내 좋은 부분을 잘 알아주고 있다는 것을 전제로 한 난잡한 행동들이다.

"지금은 M78성운*에도 독자가 있을 정도니까. 오빠, 행동에는 진짜로 주의해."

※이구치 유카(井口裕香) : 일본의 여성 성우. 2009년에 방영한 TV 애니메이션 〈괴물 이야기〉에서 아라라기 츠키히 역을 맡았다.

"그건 진짜로 그러네."

우주 문제가 되어 버린다.

지구의 평화는 지금 내 두 어깨에 걸려 있다고 말해도 과언이 아니다.

"오빠는 그… 뭐냐, '만져 보시지?'라는 말을 들으면 누구의 가슴이라도 만지는 거야?"

"야, 나를 그렇게 절조 없는 녀석이라고 생각하는 거야? 정말 어처구니가 없네."

탄식하듯이 나는 말했다.

"그런 도발적인 대사를 하든 말든, 내가 만지는 건 H씨와 너의 가슴뿐이야."

"나도 H씨와 같은 특별 분류에 들어간 거야?!"

"그래. 아니, 카렌도."

"카렌에게까지 마수를 뻗치겠다는 거야? 으응? 잠깐 기다려. 우리들, 그런 사람을 오빠라고 불러도 괜찮은 거야?"

"아냐, 아냐. 오빠이기 때문이야."

이해가 늦은 츠키히에게 나는 알기 쉽게 설명해 주었다.

"H씨에 대해서는 어떨지 몰라도, 너희들에 관해서라면 오빠이기 때문이야."

"무, 무슨 소리야…?"

"오빠에게 여동생의 가슴은 가슴이라고 할 수 없다는 거야. 반

※M78성운 : 오리온자리에 있는 성운. 〈울트라맨〉 시리즈나 〈신비한 바다의 나디아〉 등에서 등장한 적이 있다.

대로 말하면, 여동생의 가슴이라면 얼마를 만지더라도 나에게 그것은 가슴을 만진 것이 되지 않아. 노 카운트야. 즉 아무리 만져도 괜찮아."

"그 삼단논법은 이미 오빠라고 불러도 괜찮을지 어떨지가 아니라, 인간이라고 불러야 할지 어떨지도 알 수 없을 정도로 있을 수 없는 발상이야…"

역전시키기 전에 비약하고 있어, 라며 츠키히는 고개를 풀썩 숙였다.

이해는 얻을 수 없었던 것 같다.

슬프네.

어쩌면 인간끼리는 영원히 서로를 이해할 수 없을지도 모른다.

통신이 이만큼이나 발달한 현대사회에서도 인간과 인간과의 사이에는 아무것도 통하지 않고, 사람과 사람은 서로 믿을 수 없는 것인가.

그러나 지문에서의 내 사회풍자에도 굴하지 않고 츠키히는 굳세게도 숙이고 있던 얼굴을 스윽 들었다. 눈은 아직 죽지 않았다. 아무래도 계속 항의할 생각인 것 같다.

거 참 끈질기네.

그냥 죽어 버리지.

"만약 너의 가슴이 만져서는 안 되는 불가침의 존재라고 해도 소유자인 너 자신이 허가를 했으니까 내가 책망 받을 이유는 없잖아."

츠키히가 뭔가 시끄러운 소리를 하기 전에 이번에는 내 쪽에서

선수를 쳐 봤다. 즉, 결국은 조금 전의 슬랩스틱코미디는 먼저 말을 꺼낸 것이 츠키히라는 부분으로 문제가 돌아간 것이다.

어쨌든 발단은 거기니까.

"아니야!"

그러나 츠키히는 강경했다.

"아니야, 아니란 말야! 지금 것은 츤데레였어!"

"츤데레?"

아니, 어디가?

마릴라를 예로 들 것도 없이 나는 츤데레에 대해서는 꽤 상세한 편이지만, 조금 전에 츠키히가 한 말에 그런 요소는 없었다고 생각하는데.

"그러니까 그것이야말로 발상의 역전이야. 나는 규제의 틀에 갇혀 있지 않아!"

"규제의 틀에는 갇혀 있으라고."

규제는 규제니까.

위험하다고.

요즘엔 여러 가지로 까다로우니까 룰 안에서 야한 짓을 하자고.

"즉 역逆 츤데레야!"

"역 츤데레? 무슨 소리야."

"즉 평소가 '데레' 모드라서 아주 친근하게 대해 주고 어깨에 손을 올리거나 얼굴을 가까이 가져가거나 스킨십도 아무렇지도 않게 취하지만, 그런 행동을 보고 '어라? 이거 혹시 나를 좋아하는 거 아니야?' 라고 생각하고 막상 고백해 보면 갑자기 '츤' 모드로 변모해서 '아, 저기, 그럴 생각은 없어요. 정말 그러지 마세요. 무슨 착각을 하고 있는 건가요. 혼자 신나서 오버하지 마세요'라고 차갑게 내치는 거야."

"……."

아니, 그거 츤데레나 역 츤데레라고 말하기보다는.

비교적 어렵지 않게 볼 수 있는 평범한 여자애 아냐?

"즉, 역 츤데레인 나는 장난으로 '만져 보시지?' 같은 말을 해 보긴 했지만, 실제로 만지면 '뭘 진짜라고 생각하는 거야, 바보 같아!'라고 폭발하는 속성이야."

"최악이잖아."

무섭다고, 역 츤데레.

어떻게 대해야 좋을지 모르겠다.

"…그렇다기보다, 애초에 무슨 생각이었던 거야. 이야기의 흐름이 어떻게 될 거라고 생각하고 너는 내 앞에 가슴을 내민 거냐고."

"뭐, 장난이라고 할까, 시험이라고 할까. 그러니까 시험해 본다고 말했었잖아? 파이어 시스터즈 참모담당인 나의 계획으로는, 내가 가슴을 내밀면 오빠는 흥미 없다는 듯이 '아니, 그런 가슴에는 흥미 없어'라고 말하며 자기 이론의 정당성을 주장하려고 하고, 거기서 내가 '여동생의 가슴이기 때문이잖아?'라고 딴죽을 건다는 멋진 랠리를 개시할 장면이었잖아."

"아하. 그걸 위한 코멘트였나?"

"그런데도 멋들어진 강 스매싱을 날려서 판을 깨면 어떡하냐고."

정말 참! 하며 츠키히는 불만스런 얼굴을 했다.

아무래도 각자의 거리감이 약간 어긋나 버린 것 같다.

"하지만 그런 흔하고 평범한 전개보다 내가 여동생인 너의 가슴을 터치해 버리는 쪽이 전개로서는 재미있다고."

"으음. 뭐, 그렇지. 그러면 용서하지."

용서해 주었다.

말도 안 될 정도의 구심력이나 리더로서의 인망도 그것 때문이겠지만, 그러나 걱정될 정도로 그릇이 컸다.

"그래서, 어땠어?"

"응?"

"그러니까 어땠어?"

"아아. 그렇구나. 여동생의 가슴을 터치한 감상을 묻고 있는 거구나."

뭐, 묻고 싶어질 만도 하지.

자신이 오랜 세월에 걸쳐 키우고 있는 소유물이 다른 인간이 생각하기에 어떤가 하고 신경 쓰이는 것은 자연스러운 일이다.

여기서는 좋게 들리지만 사실은 박한 평을 해야겠다는 생각이 들어서, 나는 조금 생각한 뒤에 솔직하게 단적으로 감상을 말했다.

"76점의 B!"

"미묘해!"

'장래에 기대를' 이었다.

그렇게 말해도 이 경우의 채점자인 나는 여동생의 가슴밖에 터치한 적이 없으므로 채점기준에 신빙성이 없기도 하다.

"그래서 결국 어떻게 됐어?"

"어떻게 됐냐니?"

"아니, '만져 보시지?' 라는 말을 듣고 만져 보긴 했는데."

"그러니까 그 흉내가 불유쾌하다고 말했잖아!"

"그 '시험' 인지 뭔지로 어떤 결론이 도출된 거야?"

"어… 그게 말이지."

츠키히는 내 질문을 받고서 생각에 잠겼다. 질문 받기 전까지는 아무것도 생각하지 않았다는 부주의함까지 느껴지는, 그것은 신기한 대응이었다.

이 녀석, 내가 가슴을 주물러 주길 바랐던 것뿐 아냐?

아니, 주무르지 않았지만.

오히려 이 녀석의 가슴이 내 손바닥을 주물렀지만.

말도 안 되는 마사지다.

"오빠, 욕구불만 아냐?"

"뭣이!"

최악의 결론이 도출되었다.

"그러고 보니 조금 전에 야한 책을 살 수 없다, 야한 책을 살 수 없다, 야한 책을 살 수 없다고 말했잖아."

"세 번이나 말하지는 않았어."

그런 걸 연달아 말하겠냐.

그건 단순한 실언이야.

깜빡 진심이 흘러나와 버렸던 것뿐이야.

"그게 역효과라고. 완전히 역효과. 성욕을 사랑이라고 착각해 버린 오빠는 그렇게 욕구불만의 인플레 스파이럴을 일으켜 버린 거야."

"인플레 스파이럴…."

뭐야, 그거.

디플레 스파이럴*이라면 들은 적이 있지만.

"어떻게 이럴 수가…. 인플레 스파이럴이라니…. 그런 007 같은 현상이 내 머릿속에서 일어나고 있다고, 너는 말하는 거냐…."

"응. 그러니까 여동생의 가슴도 분별없이 터치해 버리는 거야."

"터치해 버리는 건가…. 터치패널 같은 그 가슴을."

"터치패널이면 평면이잖아!"

얻어맞았다.

만약 상대가 카렌이었다면 나는 벽까지 날아가 버렸겠지만, 츠키히의 가느다란 팔에 의한 공격이라서 모기에게 물린 정도로도 느껴지지 않는다.

그래서 나는 좀 더 버텼다.

"아하, 즉 터치패널로 사랑의 비밀번호를 입력하는 거구나."

"재치 없어!"

"그리고 예금을 찾는 거야."

"재치 있어!"

몹시 화가 난 츠키히이긴 했지만, 내 여동생답게 채점은 공평했

※디플레 스파이럴(Deflationary Spiral) : 수요 감소가 물가 하락을 부르고 이에 기업 실적이 악화되어 인원을 정리하며 국민 소득이 감소하여 다시 수요 감소를 부르는 악순환을 가리키는 용어. 1990년대 일본에서 발생했다.

다.

"문제네."

그렇게 말하는 츠키히.

"이번엔 아직 내 가슴이니까 괜찮았지만… 좀 생각해 보자고, 오빠. 이 이상 욕구불만이 진행되면 정말 마음에 두고 있는 H씨의 가슴에도 손을 댈지 몰라."

"흠. 문자 그대로 손을 댈 수밖에 없는 건가…. 그보다, 너의 가슴이었다면 괜찮았구나."

"괜찮았지?"

"나쁘지는 않았어."

무슨 대화를 나누고 있는 거냐.

"그렇지만 애초에 그 방법으로 가면, H씨가 나에게 '만져 보시지?'라며 가슴을 내민다는 설정이 되는데…."

H씨는 그런 말은 하지 않는다.

상상도 못하겠다.

"아니, 아니. 그러니까 오빠는 그런 말을 듣지 않더라도 과감하게 터치하러 갈 사람이라고. 술책을 짜서 말이지. '술래잡기를 하자, 몸의 어딘가를 터치당하면 술래 교대야~'라고 말하고."

"참으로 얄은 술책이구나…."

"색깔 술래잡기* 같은 걸 하면서 H씨의 브래지어 색을 지정하는

※색깔 술래잡기(色鬼) : 술래잡기의 일종. 시작하면서 술래가 특정한 색을 지정하고, 나머지 사람들은 술래가 말한 색을 찾아서 잡고 있어야 한다. 술래가 말한 색을 찾기 전에 술래에게 잡히면 그 사람이 술래가 되고, 모두가 색을 찾아서 잡고 있을 경우에는 술래가 다시 다른 색을 지정한다.

거야."

"얕은 정도가 아니라, 그 책략이야말로 평면 아니냐?"

아니.

여러 가지로 생각해 보면 정말 내가 짜낼 만한 술책이지만.

나는 천천히 말을 곱씹듯이 고개를 끄덕였다.

그렇구나, 욕구불만인가.

참 심한 말이라서 실제로는 아주 상처 입고 있지만(눈물), 그러나 듣고 보니 납득이 안 가는 것도 아니다.

그러기는 고사하고 그 말 그대로라는 기분도 든다.

참으로 멋지게 알아맞혔다는 생각까지 든다.

명탐정에게 진상이 까발려진 범인의 기분이 바로 이런 것이겠지. 그렇구나, 다들 미련이 없어질 만도 하다.

후련한 기분으로 만들어 주네.

그렇구나, 이 기분은 욕구불만이었단 말인가.

"그렇구나. 그런 것이었나."

"응. 위험한 상황이었지, 오빠. 하마터면 좋아하지도 않는, 끽해야 가슴이 매력적인 것뿐인 같은 반 학생을 사랑하고 있다고 착각할 상황이었어."

"그렇구나, 그렇구나. 이것이 진짜 '착각하지 마' 란 거구나."

"이 경우, H씨에게 그건 절실한 바람이었을 거야."

"으음."

확실히.

주체 못한 성욕을 사랑이라고 착각한 끝에 까딱 잘못해서 고백이라도 하는 날에는 어떻게 수습할 도리가 없다.

재난이라고밖에 할 말이 없다.

그래도.

그래도, 어쩌면 **H씨의 성격을 고려하면**⋯ 그런 재난이라도 인수해 버릴지도 모르지만.

그렇기에.

나는 나 자신을 제어해야만 한다.

제어하지 않으면 안 된다.

"그렇지. 위험한 상황에서 구해 줬구나, 츠키히. 나도 참, 하마터면 마도魔道에 떨어질 뻔했어."

"마도라니."

"카카카카카. 생각건대 엄청난 착각을 했구만. 이 제6천마왕, 아라라기 코요미가 계집아이 따윌 사랑하는 일이 있어서는 아니 돼!"

"떨어질 것도 없이 이미 마도를 걷는 대마도사 같은 기분이 안 드는 것도 아니네⋯."

그런데 그 웃음소리는 뭐야, 라고 묻는 츠키히.

아수라맨*이라고 나는 대답했다.

"그런데 결론이 나왔으면 다음에는 대책을 세워야지. 욕구불만은 내버려 두면 큰일 나. H씨를 나의 마수로부터 지켜야 해."

"그러네."

※아수라맨 : 〈근육맨〉에 등장하는 악마초인 중 한 명. 세 개의 얼굴과 여섯 개의 팔을 가진 특이한 초인.

"터치의 차이로 진상을 깨달은 건 요행이라고 말해야 할까."

"그러네."

생각한 것을 그대로 입 밖에 내 봤지만, 이건 무시당했다.

아무래도 상대가 여동생이라고 해서 뭐든지 말해도 되는 건 아닌 모양이다.

"오빠가 H씨에게 마수를 뻗친 끝에 경찰에게 붙잡혀서 '우와앙! 가슴은 이제 진저리가 나!'라고 외치는 결말이 나는 것만큼은 피해야지."

"경찰 아저씨에게 붙잡히면 그런 훈훈한 무드의 결말로는 끝나지 않잖아."

"나로서도 우리 집에서 범죄자가 나오게 하고 싶지는 않아. 파이어 시스터즈의 체면이 손상돼. 이제까지 쌓아 왔던 신용이 날아가 버려."

"흠. 정말 무서운 건 유능한 적이 아니라 무능한 아군이란 얘기를 자주 듣지."

"무능한 아군이라기보다는 유해한 아군이지만."

"그런 견해도 있고."

이렇게 말했지만 딱히 나는·애초에 파이어 시스터즈의 아군은 아니다.

일부에서는 전대물戰隊物에서의 여섯 번째 멤버 같은 취급을 하는 것 같은데(파이어 브라더라고 불린다고 한다. 촌스럽잖아!), 그런 은색 전사* 같은 게 된 기억은 일절 없다.

"할 수 없지. 그럼 당장의 방편이랄까, 고식姑息적인 요법으로서 마음이 내킬 때에는 너나 카렌의 가슴을 주물러서 후련해지기로 할까."

"그런 요법은 실행되어서는 안 돼!"

"뭐야. 너희 파이어 시스터즈는 정의의 전사잖아. 그렇다면 나를 위해서 기꺼이 희생하라고."

"오빠를 희생하는 것이야말로 정의라는 기분이 들어."

그런 심심풀이 땅콩 같은 기분으로 가슴을 만지게 할 수 있겠어? 라고 츠키히는 말했다.

"그러면 어떡할 거야. 무고한 시민인 H씨가 터치당하든가 너희들 자매가 터치당하든가, 둘 중 하나라고."

"그 양자택일이라면… 크으윽! 알았어, 우리들을 터치해도 돼!"

자기 희생정신에 가득 찬 시스터즈였다.

기분 나쁘다.

"우리들의 가슴을 마음대로 해도 좋으니 H씨에게는 손을 대지 않겠다고 약속해!"

"좋았어, 약속하지. 아니, H씨뿐만이 아니야. 너희가 희생하는 한, 설령 장래에 배낭을 멘 트윈테일의 로리 소녀를 발견했다고 해도 나는 절대 그 녀석을 뒤에서 안거나 하지 않겠다고 여기서 맹세하겠어."

"왜 그렇게 구체적이야?"

"왜일까?"

※은색 전사 : 전대물 시리즈의 여섯 번째 전사들의 주요 컬러 중 하나. 한 가지 예로 〈전자전대 메가레인저〉에서 여섯 번째 전사로 '메가 실버'가 등장한다.

신기하다.

고개를 갸웃거리지 않을 수 없다.

우주의 의지가 느껴진다.

"뭐, 하지만 약속이라는 건 최대한 구체적으로 해 두는 편이 좋잖아. 그러는 편이 지키기 편하니까."

"그렇구나. 그러면 그 맹세는 절대로 깨지는 일이 없겠네."

"그 말대로야."

어째서일까.

아무런 확증도 없는 미래에 대한 약속인데, 왠지 이미 거짓말을 하고 있는 듯한 기분이 들었다.

"그렇다기보다, 그런 양자택일은 없어."

"응."

당연하다.

여동생의 가슴을 만진다니, 무슨 벌칙 게임도 아니고.

"애초에 욕구불만을 해소하는 방법 같은 건 여동생의 가슴을 목표로 삼을 것도 없이 많이 있잖아. 여동생의 가슴은 최후의 수단이야."

"최후까지 취해서는 안 될 수단이란 기분도 든다만."

그러면 여기서 생각해야 할 문제는 많은 해소법 중에서 과연 어떤 것을 고를까 하는 것이네.

"스포츠에 열중하든가, 집 안에서도 열중할 수 있는 취미를 갖는다든가…. 뭐, 일반적으로는 그런 느낌일까."

"스포츠라. 카렌하고 같이 조깅이라도 하는 게 좋았을까."

"이인삼각으로."

"그래, 이인삼…각?! 왜 그래야 되는데!"

아마도 질질 끌려갈 거다.

결혼식의 웨딩벨 같은 꼴이 될 거야.

"아니. 카렌이니까 오빠가 바닥에 끌리지 않도록 초스피드로 달릴 거야."

"내가 공중에 뜰 정도로 말이냐."

완전히 닌자의 수행이잖아.

뭐, 그 녀석은 장래에 신부라기보다는 닌자가 될 것 같으니까.

정말, 오래간만에 한 타이밍 늦은 딴죽을 걸고 말았잖아.

"스포츠는 기각. 이 이상 카렌에게 열등감을 품고 싶지 않아."

"작은 오빠네…."

경멸하듯이 츠키히가 코멘트를 흘렸다.

그것은 그릇이 작다는 의미일까, 아니면 키가 작다는 의미일까.

아니, 아마도 둘 다겠지.

"그러면 인도어indoor 쪽… 실내에서 하는 취미인가."

"그렇지. 오빠, 최근에 게임 같은 건 안 하지?"

"아~. 최근의 게임이라. 최근이 아니라 최신 게임이라고 해야 하나. 통신기능이라든가 넷 대전이라든가 하는 것들뿐이라서 혼자 놀면 제작자가 의도한 재미를 반도 맛볼 수 없게 만들어져 있어."

"아~. 엇갈림 통신이라든가?"

"그것도 포함해서."

뭐, 이 부분은 시골 마을이니 같은 게임을 하는 사람과 길 가다

엇갈릴 일도 없지만.

　백화점의 게임 코너에 집합.

　얼토당토않은 히어로 쇼다.

　"처음부터 재미가 제한되어 있다고 생각하면 역시 흥미가 떨어져."

　"일단 우리 집도 인터넷은 깔려 있으니까 1층에서 놀면 되잖아."

　"아냐, 아냐. 나는 게임은 혼자서 하고 싶어 하는 스타일이라고."

　대전 게임 같은 건 정말 싫어, 라고 말하는 나.

　내 마음은 난입금지다.

　"게임을 혼자서만 하고 싶다고 말하는 사람은 사랑을 할 수 없겠지…."

　감개무량하다는 듯 츠키히가 옛날 화제를 다시 꺼내더니 "그러면 어쩔 수 없네."라고 말했다.

　"여동생의 가슴을 주물러."

　"벌써 최후의 수단이냐?!"

　"아차. 잘못 말했네."

　"지금 우리들은 이런저런 모든 것들 전부를 착각하고 있다는 기분이 안 드는 것도 아닌데."

　"그러면 어쩔 수 없네."

　츠키히가 다시 고쳐 말했다.

　"야한 책을 사면 돼."

　"……."

결론은 그건가.

"그러니까 오빠는 착각 때문에 H씨의 눈을 의식하느라 이 한 달 동안 구입을 주저해 왔던 거잖아? 오빠가 하는 일이 늘 그렇지만, 혹시 심신의 정리라고 말하며 이제까지 몰래 간직해 왔던 보물까지 끈으로 묶어서 버린 거 아니야?"

"어, 어떻게 그걸."

이 여동생, 상당히 감이 좋구나.

아니면 내 행동은 그렇게나 예측하기 쉬운 것일까.

"그게 욕구불만을 증진시키고 있었던 거야. 그러니까 야한 책을 새로 구입해서 그 부분의 문제를 해결해 버리자고."

"흐음…."

들었을 때는 흠칫해 버렸지만, 그렇지만 그건 말하자면 고식적인 요법이 아니라 근본적인 치료법일지도 모른다.

근본적 치료를 지향하고 있다.

그러네.

야한 책이 있으면 사랑 같은 건 안 해도 되잖아.

만사 해결이다.

아니, 지금 나와 츠키히는 세상의 해답에 이른 게 아닐까?

세상의 해답인 만큼, 한 걸음 잘못 디디면 인류를 멸망시킬지도 모르는 사상이지만.

"그렇구나…. 독서상우*라는 건가."

"응. 그리고 독서삼도*야. 페이지가 닳을 정도로 읽어야 해."

"이야, 덕분에 나는 또 깨달아 버리고 말았다고. 역시나 연애 상담 해답률 100퍼센트를 자랑하는 아라라기 츠키히야. 평생 끝나지 않는 게 아닐까 생각했지만, 끝내 이 장의 끝이 보였어."

"그러네. 애니메이션이었다면 3화 분량이 될 것 같은 이야기였지만 이걸로 간신히 장이 바뀔 수 있어. 쇠뿔도 단김에 **빼랬지**. 오**빠**, 마침 서점도 열었을 시간이니 지금부터 가는 게 어때? 뭐하다면 같이 갈게."

"아니, 역시나 그렇게까지 해 줄 건 없어. 이미 충분히 힘이 돼줬어. 이 이상 신세를 질 수는 없어."

여기서부터는 나 혼자의 싸움이야, 라고 멋을 부리며 말해 보았지만… 그러나 나는 거기서 어떤 사실을 깨닫고 말았다.

"아, 이런. 힘들지도 모르겠어."

"어? 왜? 나의 나이스 아이디어에 뭔가 결함이?"

"아니, 너의 아이디어에 결함은 없지만, 선행되어야 할 뭔가가 나에게 없어."

"선행? 먼저 가? 자살하는 어린애 같은 거?"

"부모보다 먼저 가는 건 불효라는 말이 있지."

으음.

헛소리를 하지 않으면 대화가 진행되지 않는 이 시스템은 잔손이 많이 가서 견딜 수가 없네.

"돈이야."

※독서상우(讀書尙友) : 책을 읽음으로써 옛 현인들과 벗이 될 수 있음을 이르는 말.
※독서삼도(讀書三到) : 독서를 하는 세 가지 방법. 말을 하지 않고 책을 읽는 구도(口到), 눈으로 다른 것을 보지 않고 책만 잘 보는 안도(眼到), 마음에 새기는 심도(心到)를 말한다.

"돈?"

"지금 나는 금전결핍상태야."

치아노제*라고 할 수 있다.

어쨌든 지갑 안에는 370엔밖에 없다. 지갑 안에 들어 있는 돈을 정확히 파악하고 있는 사람은 장래에 부자가 될 소질이 있다고 하는데, 이 경우에는 파악하지 못하는 게 어려울 정도로 적은 금액이다.

"어디에 써 버린 거야. 요전 생일에 할아버지한테서 용돈을 받았잖아."

"게임을 샀더니 없어졌어."

"게임을 샀잖아."

정확한 지적이었다.

뭐, 불평을 하면서도 할 것은 한다는 것이 내 삶의 방식이니까.

"어떤 게임을 샀어?"

"아이돌 마스터를 사는 척하면서 아이스 클라이머….."

"어디에 그런 척할 필요가…. 정말, 머리 나쁜 오빠네. 정말, 머리 나쁜 오빠를 두면 여동생이 고생하는 법이구나."

조금 전의 앙갚음 같은 대사를 하는 츠키히.

의기양양한 얼굴이다.

그러나 게임을 사서 내 지갑의 잔액을 370엔으로 만든 것은 내 공격이므로, 오히려 건방진 얼굴을 할 수 있게 해 주었다는 점에

※치아노제(Zyanose) : 산소결핍상태에서 피부나 점막이 검푸르게 보이는 증상. 청색증.

대해 츠키히는 나에게 감사인사를 해도 괜찮지 않을까?

"어쩔 수 없지. 나와 카렌의 비장의 책을 한 권 제공해 줄게."

"……."

여동생에게 야한 책 같은 걸 제공받고 싶지 않아.

이런 걸 후물림이라고 불러야 할지 전(前)물림이라고 불러야 할지 모르겠지만.

취향이 맞지 않으면 이야기가 되지 않고, 취향이 맞는다면 최악이다.

"…하지만 뭐, 일단 들어 볼까. 그거, 어떤 내용이야?"

"뭐, 베리에이션은 풍부하다고 생각하지만 기본적으로는 미소년끼리…."

"좋아, 거기까지."

끊어 버렸다.

썩은 이야기를 끊어 버렸다.

"끝까지 안 들어도 괜찮아?"

"처음부터 듣고 싶지 않았어."

"오빠, 잘 듣지도 않고 남의 취미를 부정하는 건 좋지 않은 거 아냐?"

"남의 취미를 부정하는 건 좋지 않지만 남의 악취미를 부정하는 건 괜찮아."

"읽은 적도 없으면서~."

우~ 우~ 하고 야유하는 츠키히.

입을 삐죽 내밀고.

아무래도 내 철학에 불만이 있는 것 같다.

"나는 그런 편견으로 사물에 대해 얘기하지 않는데? 오빠의 취향은 제대로 전부 체크하고 있고, 제대로 겁내고 있어."

"체크하지 마! 그리고 겁내지 마!"

어쩐지 상당히 감이 좋다 싶더라니!

방 안을 수색당하고 있었던 거잖아!

"오빠의 취향은, 솔직히 말해서 위험해."

"시끄러!"

너에게 듣고 싶지는 않아!

그리고 너에게 들을 것도 없이, 내 취미와 취향은 극히 평범하다고!

젠장, 또 새로운 은닉 방법을 생각해야 하잖아….

"그리고 읽은 적도 없으면서란 소릴 했는데, 반대로 너는 어때? 내가 그런 책을 읽고 있는 상황을 여동생으로서 간과할 수 있는 거야?"

"BL남 오빠, 모에하잖아!"

꾹 하고 엄지를 들어 올리는 츠키히.

틀렸다.

썩어 버렸군, 너무 늦었어[*].

그리고 츠키히는 "정말 뜨거운 감자네, 뜨거운 감자야. 파이어 시스터즈인 만큼 대 화상이야."라고 말하면서 일어서더니 척척 내

※썩어 버렸군, 너무 늦었어 : 미야자키 하야오의 작품, 〈바람계곡의 나우시카〉에서 나온 대사.

방을 나갔다. 아무 말도 하지 않고 나간 걸 보면 아마 금방 돌아올 생각이겠지.

설마 갑자기 화가 난 것은 아닐 것이다.

너의 사복이 짜증나! 같은 이유로.

만약 그렇다면 상당히 살벌한 남매관계이겠지만, 다행히 그런 설마 하는 일은 없이 츠키히는 바로 돌아왔다. 가만히 보니 그 손에는 깨끗하게 접힌 천 엔짜리 지폐 세 장이 쥐어져 있었다.

그리고 츠키히는 그것을 나를 향해 내밀었다.

"자. 이거, 빌려 줄게."

"어, 어엇?! 저 같은 사람에게 주시는 겁니까?!"

한순간에 자세를 낮추는 나.

내가 보기에도 천박하기 짝이 없다.

"응. 아니, 빌려 주는 것뿐이라니까? 터치패널로 예금을 인출한 게 아니라고. 제대로 갚아야 해."

"무, 물론이지! 제대로 이자를 쳐서 갚겠어! 법정이자의 범위 내에서 말이야!"

"꼼꼼하네…."

"나는 빚은 반드시 갚는 남자야."

"그 대사는 현금을 빌렸을 경우에는 멋지지 않아…."

생각해 보면 지금의 나는 여동생 앞에서 정좌하고 돈을 빌리려 하는 오빠라는 모습이다. 아마 이보다 더 한심한 모습은 없을 것이다.

그런 한심함에 대해서 츠키히도 흥이 났는지,

"이자는 받지 않겠지만."하더니.

이런 말을 꺼냈다.

"그 대신, 감사의 마음이란 것을 보여 주겠어?"

"감사의 마음?"

"츠키히, 고마워, 정말 좋아해, 라는 마음을 보여 줬으면 한다고 말하고 있는 거야."

그렇게 말하며 츠키히는 천천히 양말을 벗기 시작했다.

벗는 모습이 쓸데없이 요염하다.

그리고 쿵푸 영화처럼 한쪽 발로 서서, 들어 올린 쪽의 발등을 내 코끝에 들이밀었다.

그리고 위협하는 목소리로 말했다.

"핥아."

핥았다.

"항상 망설임이 없어!"

그대로 쿵푸 영화처럼 코끝을 걷어차이고 말았다.

아니, 이건 진짜로 아프다. 코피가 터지는 건 고사하고, 코뼈가 부러져도 이상하지 않을 레벨의 공격을 받았다.

"뭐 하는 거야!"

"그건 이쪽이 할 말이야!"

"아~니, 이쪽이 할 말이지! 이 대사만큼은 양보하지 않겠어!"

"양보해!"

기분 나빠, 기분 나빠, 기분 나빠, 라며 츠키히는 내가 핥아 준 발등을 벅벅, 끔찍한 기억과 함께 씻어 버리려는 듯 닦아 댔다.

"뭐야, 상처 받는다고. 남의 혀를 더러운 것처럼. 네가 '핥아 보시지?'라고 졸라대서 나는 싫어하면서 핥은 건데."

"싫다의 'ㅅ'자도 느껴지지 않는 적극성이 느껴졌다고! 그리고 이미 흉내 내기도 되고 있지 않아! 내가 그렇게 졸랐다는 얘긴 가당찮은 중상모략이야!"

"이 이상 발을 핥게 하고 싶지 않으면 그 돈을 넘겨."

"그건 이미 협박이야!"

츠키히는 천 엔짜리 지폐 세 장을 흩뿌렸다.

번개 같은 동작으로 나는 그것이 공중에 떠 있는 동안에 캐치했다.

척척척, 하고.

은행원처럼 그것을 체크하는 나.

"좋아, 좋아. 3천 엔, 확실히 받았어."

"왜 없는 용돈을 쪼개서 빌려 준 내가, 빚을 갚은 입장처럼 되어 있는 거야."

"나를 신용할 수 없을 테니, 이번 달의 내 용돈에서 3천 엔을 빼서 너에게 주라고 아버지와 어머니에게 말해 둘게."

"고마운 배려이긴 한데, 그렇게 생각한다면 조금은 여동생에게 신용을 얻도록 노력해 줬으면 해."

"소극적으로 선처하도록 하지."

그렇게 말하고 나는 시계를 확인했다.

10시 전.

그렇구나, 사이클링 하기에는 좋은 시간이다.

나는 옷장 서랍을 열고 다시 옷을 갈아입기로 했다. 실내복에서 외출복으로. 어쩐지 아까 전부터 패션 쇼 같다.

"오빠 말이야."

우선 청바지를 입었을 즈음에, 문득 한가하다는 듯 내 책상 위를 만지작거리고 있던 츠키히가 이쪽으로 말을 걸었다.

뭘까.

나에게 돈을 넘겼으니까 빨리 사라지면 좋으련만.

뭣하다면 이 세상에서라도.

"언제 몸을 단련했어?"

"응?"

"복근."

그렇게 말하며 츠키히는 내 배 주위를 가리켰다.

"그러고 보니 오빠의 알몸은 오래간만에 보는데, 옛날에는 그렇게 복근이 단련되어 있지 않았어."

"아아."

내 복근은 현재 여섯 개로 갈라져 있다. 그러고 보니 이 상태로 여동생 앞에서 벗는 것은 처음이었나.

이렇게 된 것은 봄방학 때였으니… 이럴 수가. 나는 카렌과 츠키히 앞에서 한 달이나 알몸이 되지 않았던 건가.

실수했다!

여동생에게 알몸을 보이지 않았다니, 부끄러워!

…아니, 아니.

변태도 아니고 뭐 하는 짓이냐.

그리고 조금 전부터 '변태도 아니고'라는 계통의 일인극이 꽤 많다는 기분이 드는데, 그것이야말로 변태의 증명일지도 모른다.

"실은 지금, 복근을 만들고 있거든."

"허어. 만들고 있구나."

"그래. 빌리의 부트 캠프*에서 복근 프로그램만 하고 있어."

"왜 그런 편향된 육체 개조를…."

물론 사실을 전할 수는 없으므로 나는 적당히 둘러대며 얼버무리기로 했다.

"배가 뒤틀릴 정도로 재미있는 개그를 떠올려 버려서, 너희들에게 그걸 보여 줄 때까지의 사전 준비를 하고 있던 거야."

"자기가 말하고 웃어 버릴 만큼 재미있구나…."

"그래. 너희들도 죽고 싶지 않으면 복근을 단련해 두는 편이 좋다고."

"빌리의 부트 캠프나 코어리듬* 같은 걸로?"

"아니, 요즘의 추천은 모테레치*."

"모테레치?!"

멋쟁이 대장인 너에게는 어울릴 거야, 라는 그런 구실로 얼버무릴 수 있었는지 "으음, 알았어."라며 츠키히는 고개를 끄덕여 주었다.

※빌리의 부트 캠프(Billy's boot camp) : 미군 교관 출신의 트레이너 빌리 블랭크스가 만든 다이어트 비디오. 쉴 틈 없이 이어지는 강도 높은 동작으로 유명하다.
※코어리듬(Core Rhythms) : 라틴 댄스를 베이스로 한 다이어트 프로그램.
※모테레치(モテレッチ) : 일본의 방송국 테레비도쿄의 아침 어린이 프로그램 〈오하스타(おはスタ)〉에서 2010년 1월부터 방영된 체조코너.

머리가 좋은 녀석이기는 하지만(이 설정은 과연 아직 유효한 걸까?), 오빠의 행동 전부를 꼬치꼬치 캐는 녀석도 아니니까.

이번에는 상담했기 때문에 응해 준 것뿐이다.

"그러면 오늘은 고마워."

외출용 긴소매 셔츠로 다 갈아입고 나서, 나는 간신히 츠키히에게 평범하게 감사를 표했다.

처음부터 그렇게 했으면 되었을 텐데 말이지.

"아니, 아니. 천만의 말씀."

"갔다 올게."

"다녀와."

그쪽을 보니, 츠키히는 내 침대에 다시 드러누워 있었다. 아무래도 그대로 자 버릴 생각인 모양이다. 남의 잠을 방해해 놓고, 정말 제멋대로라고 생각되지 않는 것도 아니지만… 뭐, 음으로 양으로 도움을 받았으니 잠자리 정도는 제공해 줄까. 제대로 크로우바의 뒤처리는 해 두길.

마지막으로 나는 츠키히에게 물었다.

"츠키히."

"왜?"

"뭐, 이번에는 착각이라는 결론이 났지만, 나 같은 인간도 언젠가 사랑에 빠지는 일이 있을 거라고 생각해?"

"있지 않을까? 인간이라면."

"그런가."

잘 자, 라고.

츠키히의 대답을 듣고서 나는 내 방 문을 닫았다.

그리고 웃었다.

흐릿하게 웃었다.

인간이라.

뭐랄까, 봄방학 이후로… 그냥 그것뿐인, 당연했을 카테고리에 일일이 반응하게 되어 버렸네.

복근이라든가.

정말로 배가 뒤틀릴 것 같은 이야기다.

"인간의 강도라니, 지금 와서 생각하면 정말로 우스꽝스럽고 딱한 얘기지."

강한 것.

강함.

그런 개념 또한 봄방학에 박살났다. 다름 아닌 H씨에 의해서.

H씨. H씨. H씨.

"카…."

그렇게.

엷은 웃음에서 아수라맨처럼 큰 웃음으로 하마터면 이행할 뻔하던 차에.

"다녀왔습니다~."

그런 목소리가 들렸다.

아무래도 카렌이 조깅에서 돌아온 것 같다. 의외로 빨리 돌아왔네. 가족 내에서 총알이라고 불리는 것으로도 알 수 있듯이, 저 녀석은 한 번 외출하면 좀처럼 돌아오지 않는 녀석이었는데.

최장 기록으로는 카렌이 초등학교 6학년 때에 잠깐 근처를 산책하고 온다고 말하고 사흘간 돌아오지 않았던 사건이 있다. 참고로 그때는 오키나와에서 발견되었다.

바다를 산책하지 마.

경찰이 움직였잖아.

"다녀왔냐~."

집에 있어도 방해만 될 뿐인 여동생이지만, 그때의 야단법석이었던 소동을 떠올리면 이 빠른 귀가는 받아들여도 좋을지도 모른다.

할 수 없지, 잠깐 얼굴을 봐 줄까.

뭔지 모를 그런 마음의 움직임을 따라 나는 맞이하는 말을 하면서 빠른 걸음으로 계단을 내려가서 현관으로 향했다. 그러자 그곳에는 물에 빠진 생쥐 꼴의 운동복녀, 아라라기 카렌이 현관에서 신발을 벗고 있었다.

……?

물에 빠진 생쥐?

"어? 뭐야, 밖에 비 와? 난 이제부터 외출할 건데."

하지만 창밖에 그렇게 신경 쓰고 있던 것은 아니었어도 딱히 빗소리 같은 것은 나지 않았고, 그 이전에 햇살이 내리쬐고 있는 것처럼 생각되는데.

호랑이 장가가는 날이라는 그거?

"어, 오빠. 다시 자다가 일어나셨나?"

카렌은 신발을 다 벗고, 그것을 일단 정리하고 나서 현관 매트를 밟고 들어왔다. 현관 매트를 푹 적셨다고 말해도 좋다.

"에스타크*와 쌍벽을 이룬다는 말을 듣는 오빠의 잠을 깨우는 중요한 역할을 츠키히 한 사람에게 맡기는 것은 불안했지만… 뭐야, 잘 해낸 모양이잖아."

"아니. 뭐, 잘 해냈다는 얘기가 되는 걸까…."

뭐, 잠을 깨웠다는 목적 자체는 이뤄 냈다고 해도, 츠키히는 츠키히대로 그것을 위해서 상당한 희생을 치른 기분이 드는데.

속옷차림으로 포즈를 취하거나 가슴으로 손을 주무르고 발을 핥게 한 끝에 3000엔을 뜯겼으니까.

나의 소중한 여동생을 누가 그런 꼴로 만든 거냐.

용서 못하겠군.

"응응, 우리 츠키히도 드디어 자립할 시기일까. 언니로서 아쉬울 뿐이야. 하지만 뭐, 칭찬해 줘야겠지."

"우리 츠키히라면 지금 임무를 마치고 내 방에서 자고 있으니까 지금은 가만히 내버려 둬. 칭찬해 주는 건 일어난 뒤에 해도 되잖아. 그런 것보다 카렌, 우산은 안 갖고 있었어?"

"음냐?"

카렌이 의아하다는 듯 눈을 가느다랗게 떴다.

"오빠, 왜 그래? 오빠가 우리를 이름으로 부르는 건 별일이네. 자기도 모르게 친근하게 말하는 게 부끄럽다며 '큰 여동생', '작은 여동생'이라고 불렀으면서."

※에스타크(エスターク) : 에닉스의 RPG게임 〈드래곤 퀘스트〉 시리즈에서 등장하는 보스 몬스터. 발견 시에는 자고 있다는 것이 공통점.

"아아, 이제 그 속박은 영 성가셔서 이번 회부터 풀기로 했어."

어차피 누구도 바라지 않을 설정이다.

나 한 사람만 참으면 된다.

"흐음. 시계열時系列이 엉망진창이 되는 기분도 들지만. 뭐, 됐어."

너무 복잡한 것은 생각할 수 없다는 아쉬운 사양인 카렌의 뇌는, 대부분의 일들을 '뭐, 됐어'라고 끝내 버리므로 호칭에 대해서는 그리 추궁해 오지 않고,

"아니, 비는 안 내려."

라고 말했다.

"골든위크의 첫 날에 어울리는 쨍쨍한 날이야."

"엉? 그러면 너는 왜 그렇게 흠뻑 젖어 있는 거야. 늪 같은 데 빠졌어? 어디서 굴러 떨어지기라도 한 거야?"

"나는 단段이 올라가는 경우는 있어도 떨어지는 경우는 없는데 말이지~."

멋진 표정으로 말하는 카렌 씨.

속박 이상으로 성가신 여동생이다.

"아무리 재미있는 소리를 해도, 마무리가 딱 떨어지지 않아."

"그건 지옥 같은 캐릭터 설정이구나."

"돼지도 부추기면 나무를 오른다는 얘긴 나를 위해서 있는 말이야!"

"⋯⋯."

너를 위해서 있는 말이 그런 말이어도 괜찮냐?

육체적으로도 정신적으로도 초M스러워서 할 말이 없다.

"네가 단이 떨어지든 올라가든 알 바 아니니까, 어째서 그렇게 물에 빠진 생쥐 꼴이 되었는지 말해 봐. 설마 세일러 마즈* 같은 녀석에게 화성을 대신해서 혼이 난 거냐?"

"바보 같은 소리 하지 마, 오빠. 그 여자는 내 동료야."

"바보 같은 소리를 하는 건 너야."

"아니, 그게… 이건 땀이야."

자, 봐.

그렇게 말하며 카렌은 나에게 달라붙어 왔다.

철퍽, 물을 흠뻑 머금은 스펀지에 온몸을 둘러싸이는 듯한 감촉.

즉.

"기분 나빠! 불쾌지수가 장난 아냐! 그보다, 땀 냄새!"

땀이라고오오오?!

이게 전부?!

"뭐야, 뭐야, 오빠. 한창 나이의 여자아이를 상대로 냄새가 난다니, 너무하잖아."

"떨어져! 꺄악! 진짜로 불쾌해. 아니, 불유쾌!"

혼신의 힘을 다해 나는 날뛰었지만 소용없었다.

츠키히와 달리, 체육 계통의 파워계 여동생인 카렌이다.

힘으로 떼어놓을 수 있을 리 없다.

"으랴으랴~."

※세일러 마즈 : 〈미소녀 전사 세일러 문〉에서 화성을 수호성으로 하는 전사. 불의 힘을 다룬다.

뺨을 비벼 오는 카렌. 카렌의 땀이 윤활유가 되어서 묘하게 매끄러운 뺨 비비기가 되고 있는데, 내 입장에서 이 행위는 뺨 비비기라기보다는 오히려 땀의 염분을 얼굴에 스며들게 하고 있는 것 같았다.

이런 때밀이 마사지가 어디 있어!

"그, 그만둬, 카렌! 키 차이를 고려해! 지금 너는 가슴으로 내 얼굴을 조이고 있어!"

"어? 정말? 어머나~, 부~끄~러~워~!"

지적해 주자 간단히 나에게서 몸을 떼고 부끄러워하는 표정을 보이는 카렌.

일단 나의 목숨은 구했는데, 하지만 너의 부끄러움의 기준을 모르겠어.

그렇게나 열렬한 포옹을 해 놓고서, 뭘 부끄러워하는 거야.

"그게 전부 땀이라고…? 진짜냐… 아니. 하지만 확실히 땀이네, 이거…."

흠뻑 젖었다고는 말하지 않더라도, 조금 전 카렌에게 안긴 것으로 내 쪽도 상당히 축축해지고 말았다. 그 물기를 훑어서 혀로 맛보니, 정말로 확실한 땀이었다.

"여동생의 땀을 핥지 마. 기분 나쁜 오빠네."

"강변에 출몰하는 요괴 같은 꼬락서니로 귀가한 여동생 쪽이 훨씬 기분 나쁘다고."

뭐더라, 그 요괴.

누레온나*였던가?

그렇다면 정말 있는 그대로의 이름이지만.

"조깅 정도로 그렇게 땀을 흘리는 거야? 너 이 근처에서 고지라 같은 것 하고 싸우고 온 건 아니겠지?"

"아니, 나는 조깅을 잘 안 해 버릇해서 어느 정도로 조절해야 하는지 잘 모르겠더라고. 페이스 배분을 잘못한 것 같아."

"흐음."

조깅인데 전력질주 해 버렸다는 건가?

그렇구나.

하지만 몸에 두르고 있는 수분의 양이 카렌의 체중을 명백히 넘어선 것 같은 기분이 드는데….

"의외로 길었어. 42.195킬로미터."

"너, 풀 마라톤을 하고 온 거냐?!"

"하지만 오늘은 골든위크 시작 축하 조깅이라 성화 봉송 주자 같은 느낌이었으니까."

"성화 봉송 주자는 42.195킬로미터나 달리지 않는다고!"

올림픽 경기의 마라톤과 헷갈리고 있어!

"어어? 하지만 나라와 나라를 잇는 거니까 그 정도는 달리는 거 아니야?"

"좀 더 많은 인원수로 구간을 나눠서 달린다고. 게다가 그렇게 생각하면 42.195킬로미터는 너무 짧아!"

나라와 나라와의 거리감이 너무 좁다.

※누레온나(濡れ女) : 직역하면 '물에 젖은 여자' 라는 뜻.

무슨 동네 운동회도 아니고.

"아니, 오빠. 42.195킬로미터는 길었어."

"그야 길겠지. 적어도 네가 그렇게 땀으로 푹 젖어 버릴 정도로는."

"응. 실감해. 그건 이 이상 없는 실감이야. 아무리 42.195킬로미터라고 해도, 끽해야 100미터의 열 배 정도라고 생각했는데 말이야."

"……!"

무섭다무섭다무섭다무섭다무섭다!

이 여동생의 나쁜 머리가 무섭다!

전율이 인다!

"그렇구나, 그렇구나. 지칠 만도 하네. 간신히 이렇게 녹초가 된 이유를 알았어."

아무것도 모르는 바보가, 알았다는 소리를 입 밖에 냈다.

아주 걱정스럽다.

"그래서, 오빠. 골 테이프는 어디 있어. 준비해 줄 거지?"

"안 할 거야. 설마 가벼운 마음으로 다시 침대에 누운 사이에 자기 여동생이 가볍게 풀 마라톤을 뛰고 있었다니, 예상하지 못했어."

"어라? 이상하네. 츠키히에게 부탁했을 텐데."

"츠키히도 설마 진심으로 한 말이라고는 생각하지 않았을 거야…"

혹은 의도적으로 무시했거나.

사이좋은 자매이기는 하지만, 그런 부분에서 츠키히는 쿨한 부분이 있다.

장단을 잘 안 맞춰 준다고 말할 수도 있겠지.

"하는 수 없지. 츠키히도 은근히 마무리가 야무지지 못하니까. 역시 아직 내가 없으면 안 되나."

"텅 비어서 아무것도 채워져 있지 않은 머리를 가지고 계신 너에게, 츠키히도 그런 말을 듣고 싶지는 않겠지만 말이다."

"하지만 골 테이프를 끊지 않는 한, 나의 달리기는 끝나지 않아."

카렌은 다시 한 번 "하는 수 없지."라고 말하고 그런 뒤에 나를 향하더니,

"오빠, 머리 위에 고리를 만들어 봐."

라고 말했다.

"고리? 천사의 고리 같은 거?"

"아니, 아니. 두 팔로… 이런 식으로."

"아하."

카렌이 해 보인 모습을 따라서, 나는 시키는 대로 해 주었다. 팔과 어깨의 선으로 숫자 0을 만드는 형태다. 무슨 생각으로 이런 짓을 시키는지는 모르지만.

"토옷!"

카렌이 그 자리에서 도약했다.

그리고 도움닫기 이후의 벨리 롤*처럼, 내가 만든 팔의 고리를 빠져나갔다.

돌고래처럼.

혹은 불의 고리를 통과하는 사자처럼.

내 머리 위를 스치면서.

바늘구멍을 통과하듯이, 마치 장수말벌 같은 기동력으로 빠져나갔다.

"짠!"

그리고 멋지게 착지해 보였던 것이었다.

"오빠를 꿰뚫었다! 이걸로 나는 골을 통과한 거야!"

"무서운 짓 하지 마!"

허세를 부리며 화를 내 보긴 했지만, 내 목소리는 부들부들 떨고 있었다.

속마음을 묘사하자면, 온몸에 소름이 돋아 있는 이미지다.

"아~, 힘들었다. 그보다 목이 말라. 물, 물!"

"기다려! 아직 이야기는 안 끝났어!"

그보다 그렇게 푹 젖은 채로 복도를 걸어가지 마, 라고 말하며 수분을 보충하기 위해서 거실로 향하는 카렌의 뒤를 쫓았다.

쫓아가 보니, 카렌은 부엌의 싱크대에 포니테일을 처박고 수도꼭지에 입을 대고 벌컥벌컥 물을 마시고 있었다.

남자답다….

이 녀석, 이미 남자 중의 남자가 아닐까?

여동생인데도.

※벨리 롤(Belly roll) : 높이뛰기에서 배를 아래로 향하고 바를 뛰어넘는 방법.

"꿀꺽, 꿀꺽, 꿀꺽, 꿀꺽, 푸핫!"

5리터 정도는 마시지 않았을까 생각될 정도로 카렌은 신나게 물을 마시더니 간신히 수도꼭지에서 입을 떼었다.

"자, 그러면. 오빠에게 땀 냄새가 난다는 이야기를 듣고 소녀의 마음이 너덜너덜하게 상처 입었으니까, 샤워라도 할까."

그렇게 말하고 카렌은 운동복을 벗기 시작했다.

그 자리에서.

즉, 내 눈 앞에서.

…그 행동의 어디에 상처 입은 소녀의 마음이 있는 걸까. 남매니까 신경 쓰지 않는다고 하긴 해도, 한 번 생각해 보자. 탈의는 탈의실에서 해야 하는 거 아닌가?

"······."

하지만, 생각해 보니까 그러네.

이 녀석에게도 츠키히처럼 남자 친구가 있었지.

미즈도리瑞鳥 군이었던가?

모르지만.

즉, 소녀의 마음은 제쳐 두더라도, 이 녀석은 이 녀석대로 연애감정이라는 것을 알고 있을 것이다.

"저기, 카렌."

나는 말했다.

밑져야 본전이라는 기분이었지만, 그래도 만약에 아주 운 좋게 만족스런 대답이 나올지도 모르니까.

"왜, 오빠."

"알려 줬으면 하는 게 있는데."

"뭐야. 끝내 오빠도 가라테의 길을 걷고 싶어졌어?"

"아니, 알려 줬다면 한다는 건 오의奧義 같은 게 아니야."

일단은 어조를 진지하게 하고, 나는 질문의 내용을 꺼냈다.

"너 말이야. 자기가 사랑을 하고 있는가 어떤가, 상대를 좋아하는가 어떤가 하는 것을 어떤 식으로 판단하지?"

"뭐어?"

뭐야, 연애 상담이야? 라며.

카렌은 상반신을 벗어젖히고서 벗은 운동복과 셔츠, 스포츠브라를 수건처럼 어깨에 척 걸더니,

"얼굴을 보고 이 녀석의 아이를 낳고 싶다고 생각하면, 그게 좋다는 거 아니야?"

라고 대답했다.

…아주 남자다운 대답이기는 했지만, 유감스럽게도 내가 참고할 수는 없을 것 같았다.

003

여동생과 노는 것만으로 120페이지 전후의, 전체 지면의 4분의 1이 넘는 시간을 소모해 버렸으므로 여기서부터는 빨리빨리 넘어간다. 애니메이션부터 진입한 아라라기 비기너 여러분들은 이미 중도 포기해 버렸을지도 모르지만, 아직 읽고 있는 사람은 참고 따

라와 줬으면 한다. 포기하지 마, 힘내!

사랑스러운 여동생, 츠키히에게서 자금 3천 엔을 뜯어내고, 즉 빌려 내고(나중에 조기상환 압박을 받게 될지도 모른다), 카렌에게 적절한 어드바이스를 받고(나중에 활용할 일이 없어 보이는 적절함이다), 그 직후에 나는 동네에 유일하다고 말해도 좋을 대형 서점을 향해서 아끼는 산악자전거를 타고 달리고 있었다.

물론 야한 책을 사기 위해서다.

골든위크라고 해서 결코 꼴사납게 가슴 설레지 않고 그런 일상적인 목적을 위해서 외출하는 나의 스토익함에 일종의 감동까지 느끼며 어깨까지 담뿍 자기도취에 잠기면서 나는 있는 힘껏 페달을 밟고 있었는데… 그 도중에.

H씨를 발견했다.

즉.

하네카와 츠바사를 발견했다.

HANEKAWA 씨.

"…웃!"

특별히 어떤 생각도 없이, 그러나 나는 척수반사처럼 급브레이크를 밟으며 차체를 조금 비스듬히 기울여 타이어를 마찰시키면서 (이륜 드리프트?) 정지했다.

"우와… 우어어어어."

깜짝 놀랐다. 어떻게 이런 타이밍이 다 있지.

그야말로 하네카와에 대해서 여동생과 격렬한 논의를 주고받은 직후에, 그리고 하네카와에 대해 피어오르는 마음이 사랑이 아니라 욕구불만이라는 진실이 판명된 직후에, 아무래도 산책 중으로 보이는 그녀를 발견하다니, 이건 정말 엄청난 우연이다.

뭘까.

또 도서관에라도 가는 걸까? 아니, 골든위크니까 도서관은 닫혀 있을까.

그렇다면 혹시 참고서를 산다든가 하는 이유로 서점으로 가던 도중일 가능성도 있을 수 있다. 그 와중에 만나는 건 최악이라고.

계획은 중지할 수밖에 없다.

이 결의가, 그리고 나에게 용돈을 빌려 준 츠키히의 마음이 갈 곳을 잃고 만다. 목숨보다도 소중한 여동생의 마음을 헛되게 만들다니, 댐 건설 같은 공공사업을 중지하는 것보다도 큰일이 아닌가.

"…음. 아니, 괜찮을까."

가만히 보니.

하네카와의 진행방향은 서점과는 정반대였다. 이쪽을 깨달은 눈치도 없이, 페이스를 바꾸지 않고 건널목을 건너가는 중이었다.

아무래도 그녀의 목적지는 서점도 아닌 것 같다.

흠.

그렇다면 어디로 가는 걸까?

"……."

여기서 일단, 하네카와… 하네카와 츠바사에 대한 설명.

하네카와 츠바사.

우리 반의 반장이다.

반장 중의 반장, 우등생이라는 단어 그 자체 같은 여자.

땋은 머리에 안경이라는 그 겉모습도 내면을 정확하고 멋지게 뒷받침한다. 골든위크인 오늘도 교복을 입고 있는 것은 교칙을 준수하고 있기 때문이라고 생각한다.

무시무시하게 머리가 좋고, 항상 학년 톱의 성적을 유지하고 있다. 그것도 정말 별것 아니라는 듯이. 시험 때마다 유유히 1등을 따내는 그녀의 이름은 학교 안에 널리 알려져 있다.

그리고 성격도 좋고 공명정대하며 인망도 있다는, 뭐랄까… 완벽 초인 같은 무시무시한 여고생이다.

완벽하다는 개념은 하네카와의 탄생을 초능력으로 예지한 고대의 점술가가 그녀를 모델로 생각한 것은 아닐까 하고, 나는 개인적으로 생각하고 있다.

본래 나 같은 낙오자하고는 다른 차원의 세계에 살고 있다고 해야 할까. 애초에 관련될 일도 없는 그녀였지만, 그러나 바로 얼마 전 봄방학에 나는 그녀와 알게 되었다.

그렇다기보다.

그녀는 내 목숨을 구해 주었다.

구명해 주었다.

그 자상함에 몸도 마음도 완전히 박살났다고 말해도 좋다. 그래서 나는 그 이후, 하네카와와 친구가 되었던 것이다.

…나를 불량학생이라고 착각하고 있는 듯한 그녀(아무래도 하네카와에게는 낙오자와 불량학생이 같은 의미인 것 같다. 낙오했다는 것은 수업을 땡땡이 친 것이라는, 한 단계 건너뛴 이론이다)는 나를 갱생시키려고 기를 쓰고 있는지, 그 기세에 나는 요전에 부반

장으로 임명되고 말았지만… 그건 우선 애교로 넘어가고.

봄방학으로부터 한 달, 하네카와는 나처럼 흔해 빠진 일반인과도 아주 사이좋게 지내 주고 있다.

그것을.

사랑이라고 착각해 버릴 정도로.

"훗. 하지만, 여기서는 그냥 넘어가야지."

나는 고교생이 된 뒤로 친구 관계에 별로 복이 없어서, 그런 의미에서는 사람과의 거리감이라는 것을 파악하는 데 아주 서툰 인간이지만, 그래도 휴일에 친구와 마주치면 말을 걸어야 한다는 것 정도는 안다.

그것이 친구라는 것이다.

그렇게 무겁게 받아들일 것은 아니다. 그러나 오늘, 이때에 한해서는 그럴 수 없는 것이다. 나에게는 지금 커다란 사명이 있다. 여동생들의 마음을 싣고(카렌은 딱히 뭐라고 하지도 않았지만) 서점을 향해 자전거 페달을 밟아야만 한다.

빙글빙글 하고 말이야.

그러는 것이 결과적으로 하네카와를 지키는 것으로도 이어진다. 츠키히와 이야기했을 때에도 생각한 것이지만 가슴에 대한 것은 제쳐 두더라도, 딱히 그런 것을 할 생각도 없었지만 만약 착각한 끝에 뭔가가 잘못되어서 내 쪽에서 고백이라도 해 버리면 분명히 하네카와는 곤란하기 짝이 없어질 테고.

아니, 곤란하기 짝이 없어진다기보다는 분명히 나에게 설교를 해서 그 착각을 바로잡으려고 하지 않을까?

고백했다가 설교를 듣게 되다니, 참 우울해질 것 같다.

그건 그것대로 즐거울 것 같기도 하지만.

'이러면 못써!' 라는 소리를 듣고.

그런 예상을 제쳐 두더라도⋯ 뭐, 하네카와에게 말을 걸고 싶은 마음은 굴뚝같지만 여기서는 꾹 참고 스토익하게 떠나가는 것이 남자겠지.

잘 있거라, 하네카와.

골든위크가 끝나는 날, 교실에서 다시 만나자꾸나.

그때 나는 인간으로서 한층 성장해 있겠지. 그런 나에게 까딱 잘 못해서 반하지 말라고, 라며.

새롭게 페달을 밟으려고 하던 때.

다시 내 발은 멈췄다.

발이라기보다, 움직임이 멈췄다.

"⋯어?"

하네카와가 문득 길모퉁이를 돌아서 방향을 바꿨던 것이다. 그 방향 전환으로 지금까지 옆밖에 보이지 않았던 하네카와를, 나는 정면에서 보게 되었다.

정면에서.

그것으로 나는 하네카와의 왼쪽 얼굴을 덮고 있는 두꺼운 거즈의 존재를 깨달았던 것이다.

말을 잃었다.

그것은 말을 잃을 수밖에 없는, 보기에도 아플 것 같은 치료의 흔적이었다.

얼굴의 절반이 전혀 보이지 않는다.

살짝 긁혔다거나 벽에 부딪쳤다는 정도의 상처에 대한 치료는 분명 아니다. 테이프로 고정된 하얀 거즈가 하네카와의 얼굴 왼쪽을 완전히 가리고 있었다.

아플 것 같다기보다.

그냥 아프다.

보는 것만으로도 나까지 아플 것 같은….

욱신욱신하고 아픔이 다이렉트로 전달되어 올 것 같은….

아니.

그것이 그냥 다친 상처라면, 나는 지금 바로 하네카와에게 달려가서 말을 걸어야 한다.

걱정해야 한다.

무슨 일이 있었는지, 어째서 그렇게 다쳤는지 물어봐야 한다.

뭔가에 걸려 넘어졌어? 라든가, 전신주 같은 데 부딪쳤어? 라든가, 얼마든지 물어볼 방법은 있을 것이다.

하지만 내 몸은 완전히 굳어 있었다.

그도 그럴 것이… 아니, 그건 지나친 생각일까?

봄방학에 경험한, 싸움에 관한 내 기억이 그런 난폭한 연상을 하게 만든 것뿐일까?

대개의 인간은 오른손잡이고, 그리고 오른손으로 인간의 얼굴을 때리면 딱 저런 식으로 얼굴의 왼쪽만을 다치게 된다… 라고.

"……."

그 거즈를 제외하면 완전히 평소와 같은 하네카와의 모습, 땋은 머리도 안경도 교복조차도 평소와 같은 하네카와의 모습은 오히려 장절해서.

오히려 장절해서.

정말로 강렬해서.

그런 하네카와의 모습을 보고 굳어 버려서 움직일 수 없게 된 나를, 하네카와가 알아차린 듯했다. 나의 존재를 알아차린 듯했다.

들켜 버렸다.

그야 그렇다. 옆으로 보고 있으면 어떨지 몰라도 정면으로 마주해 버렸던 것이다. 이쪽이 하네카와를 알아차렸으니 하네카와가 이쪽을 알아차리지 못할 리가 없다.

그것이, 말하자면 골든위크에 저지른 내 최대의 실수였다고 생각한다. 미스테이크였다고 생각한다. 처음부터 말을 걸지 않고 떠날 생각이었다면, 못 본 체할 것이었다면 얼른 사라졌어야 했다.

나 같은 녀석은.

사라졌어야 했던 것이다.

그러지 않고 멍청히 그 자리에 굳어 버렸기 때문에 나는 하네카와에게 또렷하게 인식되고 말았던 것이다.

"아."

하네카와는 말했다.

나를 가리키고.

"야호, 아라라기 군."

그렇게 말하며 그녀는 싹싹하게, 내가 있는 곳으로 종종걸음으로 다가왔다.

"예이~, 잘 있었어?"

그 태도도 역시 너무나 평소와 같은 하네카와였고, 그랬기에.

왼쪽 얼굴의 거즈가 엄청나게 도드라져 보이고 말았던 것이다.

"···야호~. 예이~. 잘 있어···."

그렇게 대답하는 내 목소리는, 그랬기 때문에 전혀 평소처럼은 되지 않았다. 목소리가 상기되어 있었고, 그 정도의 짧은 말이었지만 어쩌면 혀가 꼬였을지도 모른다.

"응, 아···!"

그렇게.

하네카와는 거기서 실수했다고 말하는 듯한 표정을 지었다.

너무나도 반응이 안 좋은, 국어책을 읽는 듯한 흐물흐물한 내 반응을 보고 깨달은 거겠지. 현재 자신의 모습을.

물론 입술 가장자리에 붙은 밥풀도 아니니, 자기 얼굴의 거즈를 하네카와 본인이 깨닫지 못하고 있었던 것은 아닐 것이다.

그러니까.

나의 안 좋은 리액션이 대체 무엇에 기인하고 있는지 하네카와 가 모를 리가 없다. 내가 실수했다고 하자면, 하네카와도 이때 실수하고 말았던 것이다.

하네카와 역시 나와 마찬가지로··· 나를 알아차렸을 때에 결코 나에게 말을 걸어서는 안 되었던 것이다.

그런 것이다.

하네카와는 완벽하지만, 실수를 하지 않는 것은 아니다.

아니, 어쩌면 실수는 아니었을지도 모른다.

하네카와는 하네카와대로 그 애처로운 상처에 대해서 잊으려고 하고 있었고, 그러려고 노력하고 있어서 정말로 까맣게, 완벽하게 잊어버리고 있었던 것뿐일지도 모른다.

그렇다면.

떠올리게 만들어 버린 사람은 나다.

내 열악한 리액션 능력 때문이다.

오히려.

"음… 저기."

그런 식으로 하네카와가 말이 막히는 일도 드물다. 어떡할까, 어떻게 하기 힘든 이 상황을 과연 어떻게 클리어해야 할까 하고 고민하고 있다…기보다는 그냥 단순히 당황하고 있을 뿐이라는 느낌이었다.

다만, 나는 이해할 수 있다.

하네카와가 지금 어째서 당황하고 있는지를 이해할 수 있다. 그것은 그런 상태인 자신의 모습을 보여서 거북하다든가 하는 **어떻게 되든 상관없는 것** 때문이 아니라, 그녀는 지금 **나를 당황하게 만든 것에 대해서** 곤란해 하고 있다.

그 부분을 어떻게 수습해서 내 기분을 편하게 만들지를 생각하고 있다.

이 상황에서 그녀는.

나를 배려하고 있다.

자기가 아니라 남을 생각하고 있다.

그것을 어쩔 수 없이 알게 되어 버렸기 때문에, 나는 더욱 견딜 수 없었다.

"저기, 아라라기 군."

"에잇!"

뭔가 변명을 하려고 한 것일까, 아니면 계속되는 침묵을 우선 깨려고 일단 말을 이을 뿐이었을까. 그렇게 하네카와가 내 이름을 부르는 것을 가로막듯이 나는 움직였다.

움직였다고 해도 솔직히 그 행동에 깊은 생각이 있었던 것은 아니다. 더 정직하게 말하자면 그 행동에는 아무런 생각도 없었다.

얕은 지혜조차 없다.

다만 그 행동에 있던 것은, 그런 하네카와의 아프고도 애처로운 모습을 보고 있을 수 없다는 아주 개인적인 욕구였다.

얼굴의 거즈를 보고 싶지 않았고.

나를 위해서 곤란해 하는 하네카와도 보고 싶지 않았다.

그래서.

그래서 나는 실존한다면 야구계를 석권하지 않을까 하고 기대되는 언더스로의 명투수를 이미지하면서, 오른손으로 뭔가를 퍼 올리는 듯한 동작으로 하네카와의 무릎 아래까지 내려온 스커트를 걷어 올리는 기행에 나섰던 것이다.

말하자면 스커트 들치기다.

"아햐웃?!"

그런 나의 기행에, 하네카와는 내 뺨에 따귀를 날렸다. 여자로서는 당연한 동작이다. 훌륭한 즉결즉단이었다. 그러나 냉정하게 생각한다면 그녀는 그런 짓을 해서는 안 되는 상황이었을 것이다.

스커트를 들친다는 이 상황, 그것은 손을 뻗으면 서로 얼굴을 건드릴 수 있을 만한(즉 따귀를 날릴 수 있을) 상당한 근거리다. 가령 나를 날려 버리지 않았다면, 요컨대 그 충격으로 내가 한쪽 무릎을 꿇게 되지 않았더라면 각도상으로 스커트의 안쪽은 거의 보이지 않았을 것이다.

그러나 하네카와의 따귀는 상당히 인정사정이 없어서, 조금도 용서라는 것이 없어서 현실로서 나는 한쪽 무릎을 꿇었다…기보다는 엎어져서 땅바닥을 기며 모래를 핥는 자세가 되었고, 그 결과로 거의 바로 아래에서 보는 각도로, 들려 올라간, 내가 들친 스커트의 안쪽을 전부 뵙게 되는 위치가 되고 말았던 것이다.

그렇게 되고 말았다기보다, 그렇게 되게 만들어 버렸다고 해야 할까.

문자 그대로, 뵈었다.

그것은 두 손을 모아 감사하고 싶어지는 광경이었다.

그렇다기보다, 정말로 두 손을 모아 공손히 절했다.

반사적으로, 의도하지도 않고.

실제로 이것이 신사였다면 나는 백번참배*를 매일 하겠지. 아니, 이 광경을 눈으로 보았다는 것만으로 이미 모든 소원이 이루어졌다고 말해도 과언은 아니다.

참으로 큰 영험이 있다.

그리고 나는 오늘 아침에 츠키히와 나눈 대화의 일부를, 여기서

※백번참배(お百度参り) : 신사나 절 내의 일정한 거리를 백 번 오가며 기원하는 것.

취소하게 된다.

하네카와가 착용하고 있던 그 속옷 색깔은 모든 것을 덮어 버리는 어둠 같은 흑색이었다. 의복의 소재에 대해서 자세히 알지 못하는 나는, 어떻게 그 정도까지의 흑색을 연출하고 있는지 상상도 가지 않는다.

그 정도의 다크 블랙.

선명하고 강렬한 흑색.

그것은 상상을 불허한다고 말해도 좋을, 하마평을 뒤엎는다고 말해도 좋을 에로틱함이었다.

그리고 내가 발언을 취소한다면, 츠키히 역시 발언을 취소하지 않을 수 없을 것이다. 내가 신물 나게 말했음에도 그 녀석은 좀처럼 이해하지 못한 것 같지만, 츠키히도 이 영상을 보면 성실하고 순수하고 청초한 이미지가 백색이란 소린 정말 획일적인 견해라는 것을 분명히 납득해 줄 것이다.

백색이든 흑색이든.

몸에 걸치는 인간이 똑같다면 똑같은 것이다.

그 다크 블랙은, 하네카와의 몸에 밀착된 흑색은 너무나도 성실하고 너무나도 순수하고 너무나도 청초해서 눈이 부시다는 느낌이 들 정도였다.

그리고 에로와 성실과 순수와 청초가 동거한다는 것을, 그런 색이 존재한다는 것을.

그런 인간도 존재한다는 것을 나와 츠키히는 마음에 새겨야 할 것이다.

남매가 둘 다 깊이 반성해야 한다.

애초에 그때 속옷 이야기에서 H씨의 화제로 건너뛴 것은 봄방학 때에 지긋지긋하게 두 번, 세 번에 걸쳐 수 없이 볼 기회가 많았던 하네카와가 입은 화려하고 다채로운 속옷 종류에 기인한 것이었지만, 그렇다고 해도 흑색까지 그 취향의 범위 안에 넣고 있었다니… 하네카와 츠바사.

이야…. 정말, 진짜 무시무시한 여자다.

"…아니, 무시무시한 것은 아라라기 군이라고 강하게 생각합니다."

터보 엔진이 달린 주마등처럼 이것저것 생각하며 계속 엎어져서 전혀 일어나려는 기색을 보이려고도 하지 않는 나에게, 하네카와는 이미 진정을 되찾은 듯이 아주 차가운 투로 말했다.

"고교생이나 되어 가지고 스커트 들치기라니…. 무슨 생각을 하는 거야, 아라라기 군!"

이놈!

하고 혼났다.

정면으로 혼나게 되면, 정말 깜짝 놀랄 정도로 할 말이 없다.

무슨 생각을 하고 있냐고 물어본다면, 아무 생각도 없었다고 말하지 않을 수 없다.

나는 대체 뭘 하고 있는 걸까.

스커트 들치기라니.

요즘에는 초등학생도 안 한다고.

"저기, 하네카와."

"알고 있어."

자, 하고 하네카와가 나에게 손을 뻗어 왔다.

이걸 잡아! 라는 의미인 것 같다.

쓰러져 있었다고 해도 그리 큰 데미지를 입었던 것은 아니니까 손을 빌려 주지 않아도 일어날 수 있었겠지만, 하네카와가 내민 손을 무시할 수도 없어서.

나는 악수를 하듯이 그 손을 잡았다.

일어났다.

"……."

뭘까.

이렇게 손을 쥐고 맞잡았을 때에 조금 두근두근하는 마음도 단순한 욕구불만의 산물일까.

모르겠다.

"자상하구나, 아라라기 군."

하네카와는 말했다.

웃는 얼굴로.

거즈로 반이 가려져 있는 웃는 얼굴로.

"자상하고 좋은 사람이구나."

"……."

뭐라고 말해야 좋을까.

그 웃는 얼굴은… 무섭다.

그저 무섭다.

이 상황에서 나에게 웃을 수 있는 하네카와는 역시 나 같은 낙오자와는 '다르다' 라는 것을 뼈저리게 느끼게 된다.

다르다, 라고 말하지만 그것은 위화감이 아니다.

오히려 외포畏怖에 가깝다.

즉 두렵다.

그러고 보니 오시노 녀석은 더욱 노골적으로 하네카와의 이런 부분을 '기분 나쁘다' 고까지 말했었지.

"난 말야, 아라라기 군의 그런 부분이 좋아."

선뜻 그렇게 말했다.

그것은 뭐, 평소의 하네카와지만… 어째서일까.

하네카와에게 좋아한다는 말을 들으면… 기쁘다는 기분도 물론 있지만, 어쩐지 상처 입는 듯한 기분이 드는 것은.

부드러운 날붙이로 도려내지는 듯한.

쓸쓸한 기분이 드는 것은.

정말로 어째서일까.

그리고 하네카와는,

"잠깐 걸을까?"

라며.

나의 대답을 기다리지 않은 채로 걷기 시작했다.

당황스런 감정은 있었지만 주저는 없었다. 나는 옆에 세워 두었던 자전거의 스탠드를 접고, 핸들을 잡고 자전거를 밀며 곧바로 하네카와를 쫓았다.

그리고 하네카와 옆을 걸었다.

남녀 둘이 걸을 때에는 남자가 차도 쪽을 걷는 것이 매너라고 들은 적이 있는데, 그러나 이 경우에 그렇게 하면 내가 하네카와의 왼쪽으로 가게 되므로 어쩔 수 없이 나는 그녀의 오른편에 섰다.

물론 만약 자동차가 보도로 달려들어 온다면 몸을 던져 하네카와를 감싸줄 정도의 마음은 있다고 해도, 분명히 하네카와는 내가 왼편으로 가길 바라지 않을 거라고 생각했던 것이다.

거즈가 보이는 쪽에 서지 않기를 바랄 거라고.

그렇게 생각했던 것이다.

"하네카와."

나란히 걷게 되었을 즈음에 우선 나는 무난한 것부터 대화를 시작했다.

"어디로 가던 중이었어?"

"응? 으음."

하네카와는 그 말에 대해,

"딱히 없어."

라고 대답했다.

"쉬는 날은 산책하는 날이야. 무료하고 쓸쓸한 나머지 그냥 여기저기 걸어 다니고 있을 뿐이야."

"…그렇다고 해도 목적지 정도는 있을 거 아냐?"

"없어. 어디에 갈 생각도 없었어."

"……"

"어디에 갈 수 있는 것도 아니고 말야."

"……"

"어디에도 갈 수 없어."

그렇게 말한 뒤에 하네카와는.

"아라라기 군은… 분명, 여동생이 있었지?"

그렇게 질문을 해 왔다.

갑자기 화제를 바꿨다는 느낌도 아니다.

"봄방학에 그렇게 들은 기억이 있는데."

"아아…."

이야기했던가.

용케 기억하고 있네, 그런 걸… 아니, 그렇게 감탄할 것도 없나.

하네카와의 우수한 기억력은 거의 슈퍼 컴퓨터급이라고 해도 좋을 정도다. 이제까지 나누었던 대화의 전부를 기억하고 있다고 해도 이상하지 않다.

뭐, 그것에 맞서서 나도 이제까지 본 하네카와의 속옷을 전부 기억하고 있지만 말이야!

"아라라기 군, 뭔가 이상한 생각 하고 있지 않아?"

"아니, 전혀."

그렇게 부정하고 나서.

"그래, 여동생이 있어."

나는 대답했다. 서로 속 떠보기. 어째서 이러한 대화를 하네카와가 던져 왔는지 열심히 생각하면서.

"없어도 괜찮을 여동생이, 두 명."

"없어도 괜찮다니."

놀리듯이 히죽히죽 웃는 하네카와에게 나는, "아니, 진심으로 하는 소리야."라며 꽤 정색을 하고 주장했다. 부끄러움을 감추려

하는 말이라고 여겨지는 건 유감이다.

나는 츤데레도 역 츤데레도 아니다.

굳이 말하자면 반反데레다.

"그렇게 민폐스러운 여동생은 이 세상에 둘도 없을 거야… 라고 해도 뭐, 두 사람밖에 없지. 그 녀석들 때문에 내 인생이 얼마나 올바른 길에서 어긋나 버렸는지… 얼마나 너덜너덜해져 버렸는지. 그것을 생각하면 참 어이가 없어. 그 녀석들이 없었으면 내가 얼마나 정상적인 인생을 걷고 있었을까 하고 생각하면 현기증이 느껴질 정도야."

"세게 말하네. 하지만 그런 소릴 하면서도 사이는 좋은 것 같은 느낌도 드는데~."

하네카와의 히죽히죽하는 미소는 사라지지 않는다.

오히려 농도를 더해 갔다.

"팬티 보여 주기 놀이 같은 걸 할 것 같아."

"……."

이 녀석은 나의 뭘 알고 있는 거지?!

아니, 딱히 보여 주기 놀이 같은 걸 하지는 않았지만… 마치 오늘 아침에 나와 츠키히가 나눈 대화를 훤히 들여다본 것 같은 말이었다.

그렇다면 내가 자전거를 타고 뭘 하러 어디에 갈 생각인지도 훤히 들여다보고 있을지도 모른다…. 무서운 이야기다.

요괴 사토리*인가.

닉네임, 사티인가.

"그런 짓은 결단코 하지 않아."

나는 단호하게, 남자 중의 남자 같은 얼굴로 그런 대답을 했다.

화풍으로 본다면 하라 테츠오* 선생님 계열.

"허구한 날 싸움뿐이야. 최근 5년 정도는 이야기를 나누지도 않았어. 말을 걸어도 무시했어."

"거짓말만 하고."

"아냐, 진짜야. 보디랭귀지로밖에 대화하지 않아."

"사이좋네."

"그렇다기보다, 근 10년 정도 만난 적도 없어. 편지만 남겨서 대화를 하고 있을 정도야. 우리들은 서로를 펜팔이라 부르고 있어."

"그러니까, 사이좋잖아."

확실히.

옆에서 보기에는 사이가 좋아 보이는 남매다.

"아니. 하지만 오늘도 그래, 오늘도. 오늘 아침도 둘째 여동생하고 싸우고 온 참이야. 가슴으로 내 손을 주물러 대서 진저리가나."

"가슴으로 손을 주물러…?"

"그래! 정말이지, 엄청나게 손을 주물러 대더라고!"

나는 강한 분노를 보였지만, 유감스럽게도 하네카와의 동의는 얻을 수 없을 듯했다.

※요괴 사토리 : 기후 현에 전해지는 커다란 원숭이 같은 모습의 요괴. 깊은 산속에 살며, 사람의 마음속을 훤히 들여다 볼 수 있다고 한다.
※하라 테츠오 : 일본의 만화가. 「북두의 권」으로 유명하다.

그렇다기보다.

눈을 크게 뜨고 놀라고 있다.

진짜라고 생각하네….

장난칠 분위기가 완전히 증발되었다.

그게 말이야, 라고 나는 말을 돌리며 그 얘기를 끝냈다.

"뭐, 이렇게 말해도 가족이니까 험악하지는 않아. 하지만 여러 가지로 피해를 입고 있는 것도 사실이야. 그렇다고 해도 내 쪽에서도 조금 폐를 끼치는 일도 있겠고."

"서로 피장파장이라는 얘기야? 좋잖아, 그거. 가족 같아서."

"가족?"

"응. 패밀리."

하네카와의 걷는 페이스는 마치 모든 것을 계산한 듯이 일정했다. 나는 자전거를 밀면서 그것에 맞췄다.

"내가 외동딸이라는 얘기, 했던가?"

"아니…. 못 들었던 것 같아."

하지만 뭐, 지금 이렇게 듣고 보면 그렇겠다는 생각이 든다. 하네카와에게는 형제자매가 있다는 이미지가 그다지 없지.

"그러니까 말이야, 아라라기 군. 나에게는 가족이란 게 없어."

그런 대사를, 하네카와는 평범하게 이어 갔다.

그것이 너무나도 자연스러워서 나는 하마터면 못 듣고 넘겨 버릴 뻔했을 정도다.

맞장구를 치고 넘어가 버릴 참이었다.

없어? 뭐가?

"야, 하네카와. 형제가 없는 것 가지고 가족이 없다고 하는 건 말이 심하잖아. 아버지라든가 어머니라든가, 할아버지라든가 할머니라든가…."

"없어."

이번에는 자연스럽지 않게.

단호하게, 고집스럽게 하네카와는 말했다.

완고하게.

"아버지도 어머니도. 아무도 없어. 나에게는."

"……?"

부끄러워하면서.

이 시점에서 하네카와가 무슨 말을 하고 있는지 나는 전혀 알 수 없었다. 예상도 할 수 없었다. 조금만 머리를 굴리면 알 수 있을 만한데도, 그러나.

그것은 내가 가진 하네카와의 이미지와 전혀 상반된 것이었기 때문이다.

그것이 드러내는 내용도.

그런 표현도.

"가족은 소중히 해야 해, 아라라기 군."

"하네카와… 너."

"아니, 아니. 착각하지 마."

하네카와는 츤데레 풍의 대사를 했지만, 이 경우에는 물론 보통의 의미였다.

"천애고아라는 얘긴 아니야. 그러네. 미안, 말이 지나쳤어. 말이

지나쳤다고 해도 과언過言이 아니었어. 나에게는 아버지도 어머니도 있어. 한 지붕 아래서 살고 있어. 셋이 같이 살고 있어."

"아… 그래? 그러면, 하지만…."

"다만, 가족이 아닐 뿐."

그것뿐.

그렇게 말하는 하네카와의 발걸음은… 역시 변하지 않는다.

"우리 아버지와 어머니는 진짜 아버지와 진짜 어머니가 아닐 뿐이야."

"…진짜라니."

"즉 가짜란 이야기지."

하네카와는 묘하게 가벼운 느낌으로 말했다.

그것은 일부러 그렇게 말했다기보다는 그렇게 발음할 수밖에 없다는 태도였다.

"그러면."

하네카와는 걸음을 멈추지 않는다.

"어디부터 이야기할까…. 우선은 옛날 옛적인 17년 전에 한 귀여운 여자아이가 있었습니다, 하는 느낌일까?"

"여자아이?"

"나하고 똑같은, 열일곱 살의 여자아이라고 생각해 주세요."

"으응…."

무슨 말인지 잘 이해하지 못한 상태에서 나름대로 고개를 끄덕여 보이자, 하네카와는 그대로 이야기를 진행했다.

"어느 날, 그 여자아이는 아이를 뱄습니다."

선뜻.

하네카와는 그런 말도 안 되는 소리를 했다.

"아… 아이를 배?"

"응. 임신했다는 거야. 참고로 상대가 누구인지는 모릅니다. 어 쨌든 이 남자 저 남자에게 마음이 왔다 갔다 하는 갈대 같은 마음 을 가진 여자아이였대. 그래서 낳은 아이가 나야."

"잠깐…."

나는 당황하며 황급히 하네카와 앞으로 자전거째 끼어들어 그녀 를 멈춰 세웠다.

"잠깐 기다려 봐. 이야기의 전개가 너무 빨라서 못 따라가겠어. 뭐라고? 너?"

"나."

"……."

하네카와에게 변화는 전혀 없다.

실로 보통의, 평소대로의 하네카와 츠바사다.

"그러니까 사생아라는 얘기가 되지. 응."

"잠깐 기다려 봐. 이야기가 이상하잖아. 아버지가 누구인지 모 른다니, 이상하잖아. 조금 전에 너, 아버지와 어머니와 셋이 산다 고 말하지 않았어?"

"아, 미안, 미안. 그 아버지는 다른 아버지야. 생물학적인, 피가 이어진 아버지가 누구인지 모른다는 얘기."

엄밀히 말하자면 모르는 건 아니지만 그런 것을 추궁해 봤자 소 용없으니까. 그렇게 말하며 하네카와는 고개를 기울이고 그녀 앞을 막아선 나를 살짝 피하며 앞으로 나갔다.

목적지가 없는데도.

앞으로 걸어간다.

"참고로 지금의 어머니도 다른 어머니야. 나를 낳아 주신 어머니는 바로 자살해 버렸으니까."

"자살?"

"자살. 로프로 목을 맸대. 뭐, 자살 방법으로서는 흔하지. 장소가 아기 침대 바로 위였다는 것이 조금 이상했지만."

모빌 같았어, 라고.

하네카와는 말했다.

그것이 참 하잘 것 없다는 듯이.

옛날에 봤던 드라마의 줄거리라도 이야기하듯이.

자신의 반생을 이야기한다.

본래 기억에 남아 있지도 않았을 무렵의 기억을.

"다만, 자살하기 직전에 그 여자는 결혼했었어. 어쨌든 그 여자는 천애고아의 신분이라 아이를 키우기가 재정적으로 어려웠던 모양이라, 돈을 목적으로."

"돈…."

"애정이 없는 결혼도 경우에 따라서는 나무랄 수 없지만, 이 경우에는 어떻게 봐야 할까. 상대 남성 입장에서는 비극이지. 비극이라기보다는 민폐지. 그도 그럴 것이, 누구인지도 모르는 상대와 낳은 아이를 덜컥 떠맡아야만 했으니까. 아아, 그 사람이 내 첫 아버지지만."

"최초의?"

"그 사람도 지금의 아버지와는 다른 사람이야."

"……."

다른 아버지라….

다르다는 건 어디까지가… 다른 걸까.

"어머니의 자살 원인이 뭐였는지는 솔직히 모르겠어. 원래부터 정신적으로 신경이 과민한 사람이었다는 모양이지만… 돈을 목적으로 한 결혼 생활을 보내기에 그 여자는 조금 연애에 대해 로맨티시스트였던 것 같아."

그래도 피해자는 최초의 아버지, 그 사람 쪽이라고 생각하지만… 이라고 하네카와는 자신의 견해를 피력했다.

그 쿨한 말투가.

어울리지도 않게 차가운 말투가.

그 하나하나가 내 마음을 술렁이게 만든다.

"나는 그 최초의 아버지라는 사람을 거의 기억하지 못하는데, 근면 성실하다 못해 정말 일밖에 몰라서 아이 키우기 같은 건 할 수 없는 사람이었대. 그래서 다시 결혼했지. 이번에는 아이 키우기를 목적으로 한 걸까? 그런 이유라면 베이비시터라도 고용하면 될 텐데."

뭐, 교육상 어머니가 없는 것은 아이에게 좋지 않다고 생각했던 거겠지. 성실했으니까, 라며 하네카와는 '최초의 아버지'란 사람의 행동을 두둔하듯이 말했다.

"그리고 그 아버지는 결국 너무 일만 하다가 과로사하고 말았어. 그래서 남겨진 어머니란 사람이 두 번째 어머니이자 지금의 어머니고, 지금의 아버지는 그 사람의 재혼 상대야."

이상입니다.

그렇게 하네카와는 웃는 얼굴로 정리했다.

그 직후에 '진짜인줄 알았지? 거짓말이야. 집에 돌아가면 따끈한 스프와 인자하신 아버지와 덜렁거리는 어머니가 기다리고 있어' 라고 말하면, 그대로 그쪽을 믿어 버릴 것처럼 가벼운 말투였다.

아니, 정말로.

정말로 거짓말 같은 황당무계한 이야기다.

영문을 모르겠다고 말해도 좋을 정도다.

복잡하다고 할 정도도 아니다. 그림으로 그려 놓으면 정말 알기 쉬운 가계도다.

하지만.

그것이 사실이라면 하네카와가 지금 같이 살고 있다는, 같이 살고 있다는 가족이 아닌 아버지와 어머니는.

"그래. 지금 같이 살고 있는 아버지와 어머니는 나와 전혀 피가 이어져 있지 않아. 말하자면 새빨간 남이지. 아하하, 피가 이어져 있지 않은데 새빨간 남이라니, 흡혈귀가 들으면 웃어 버릴 얘기네."

"…못 웃겠어."

내가 하는 말이니 틀림없다.

물론 저 폐허에서 오늘도 쪼그리고 앉아 있을 작은 여자아이도 결코 눈썹 하나 까딱하지 않겠지.

다만 나는 봄방학 이래, 그 소녀가 웃는 모습을 본 적이 없지만.

"뭐야, 그건. 무슨 소리야?"

"〈해치의 모험*〉같은 얘긴데. 아니, 아니. 물론 호적상으로는 번듯한 부친과 모친이지만. 아버지, 어머니지만. 하지만 그 두 사람은 아버지다운 일도 어머니다운 일도 아무것도 해주지 않으니까."

나는 이렇게나.

딸처럼 행동하고 있다고 생각하는데.

그런 식으로 그 상황에 대해 덧붙인 듯 들린 말은 어쩌면 잘못 들은 것일지도 모른다.

그런 일방적인 불평 같은 것을 하네카와가 말하리라고는 생각할 수 없었기 때문이다.

하지만 어떤가.

그것이야말로, 잘못 들은 게 아니라 착각이 아닐까.

내가 하네카와의 무엇을 알고 있다는 말인가.

하네카와라면 곤란을 겪거나 고민하지 않을 거라고 생각하고 있던 건가?

하네카와 츠바사는.

상처 입지 않는다고?

그녀라면 반성도 후회도 하지 않는다고?

※해치의 모험 : 원제는 〈곤충 이야기 고아 해치〉. 1970년에 타츠노코 프로덕션에서 제작한 애니메이션. 알 상태에서 말벌의 습격으로 어머니와 헤어진 꿀벌 해치가 다른 종류의 벌에게 길러지다가 나중에 자신의 정체를 알고 낳아 준 어머니를 찾아 모험을 떠나는 내용.

싫어하는 것도 꺼리는 것도 없다고?

하네카와는 행복한 것이 당연하다. 나는 그런 식으로 생각하고 있었던 걸까.

그런, 강요하는 듯한 생각을.

"피가 이어져 있지 않아도 가족이 될 수 있을 거라고, 나도 옛날에는 그렇게 생각했었어. 여러 가정을 두루 돌고 난 결과로 도달하게 된 집이니 열심히 노력해서 사이좋게 지내자고 생각했지만 말이야. 생각대로 되지 않아, 정말."

생각대로 되지 않고.

재미없어.

그렇게 말하고 나서 하네카와는 갑자기 돌아보더니, 이번에는 그녀 쪽이 내 앞으로 돌아 들어와서 길을 막듯이 서고는,

"미안해."

라고 말했다.

"지금 내가 심술궂은 소리를 했지?"

"어? 아니, 그렇지는…."

이 이야기의 흐름에서 어째서 내가 하네카와에게 사과를 받는지 알 수 없어서 나는 당황했다.

그러자 하네카와는.

"왜냐하면 이건 화풀이니까."

그렇게 말했다.

"갑자기 이런 말을 들으면 반응하기 곤란해지잖아? 그래서 어쩌라는 거냐는 생각이 들고, 애초에 아라라기 군과는 관계없는 이야

기고. 하지만 뭐랄까, 조금은 동정심이 들어서 엉뚱한 동정심을 느끼는 자기 자신에게 죄책감을 느끼게 되잖아? 나쁜 짓을 한 것 같은, 그런 찜찜한 기분이 들었지? 친구의 사생활을 엿보고 만 것 같아서 마음이 무거워졌지?"

마구 내뱉듯 이야기하는 하네카와로부터는 회한의 정이 넘치고 있어서.

갑자기 아주 힘없는 표정을 짓고 있어서 까딱 취급을 잘못하면 돌이킬 수 없을 정도로 부서져 버릴 것 같은, 나에게 반론을 허락하지 않는 분위기가 있었다.

얼굴의 거즈가 그 분위기를 돋보이게 하고 있는 것일까.

"그러니까 이야기한 거야."

하네카와는 말했다.

"노린 대로야. 나는 아라라기 군을 통해 시름을 풀었어."

"……."

"아라라기 군의 기분을 나쁘게 만들어서 시름을 풀고 후련해지려고 했어. 푸념조차도 안 되잖아, 이런 건."

정말로 미안하다는 듯이 그렇게 말하는 하네카와의 모습은 똑바로 보기 어려웠다.

"욕구불만의 해소야, 이런 거."

"욕구…불만."

솔직하게 이야기하자면.

이 시점에서, 나는 대충 짐작이 되고 있었다.

원래부터 걱정하고 있던 추측이 올바르다는 것을, 그리고 그 **올**

바름의 다음이 짐작되고 있었다.

하네카와의 얼굴을 덮은 거즈.

그 이유.

만약 거기에 **내가 예상하고 있는 이유가 없다면,** 하네카와가 갑자기 나에게 자기 신변에 관한 이야기를 시작할 리가 없으니까.

그렇지 않은 한, 시름을 풀 리가.

나란 녀석으로 시름을 풀 리가 없을 테니까.

"하지만 그런 걸 용케 알고 있구나. 그런 사정은 본인에게는 알려 주지 않는 법 아닌가? 스무 살 생일까지 비밀로 해 둔다든가…."

"개방적인 부모님이라서. 초등학교에 들어가기 전부터 알고 있었어. 그 사람들… 내가 정말로 거추장스러운 모양이야."

"…하네카와."

마음을 굳히고, 나는 물어봤다.

어물쩍 넘어갈 수는 없다.

할 수 있다면 그렇게 하는 것이, 또렷한 답을 내지 않고 또한 답을 맞춰 보지 않는 것이 분명히 이 경우의 최선일 거라 생각하지만.

이미 늦었다.

나는 하네카와의 이야기에 깊이 들어가 버리고 말았다.

그녀의 마음에.

그녀의… 가정에.

나는 흙발로 발을 들였다.

"그 얼굴… 누구에게 맞았어?"

확증 같은 건 없다.

냉정하게 생각해 보면… 아니, 생각해 볼 것도 없이 얼굴을 다칠 이유 같은 건 그밖에도 얼마든지 있다. 누구에게 맞았느냐니, 정말 터무니없는 지레짐작이다.

하지만.

"어째서 그런 걸 물어보는 거야?"

하네카와는 말했다.

내 질문을 거절하는 것이 아니라, 그것은 그저 이상하게 생각한 것을 그대로 입 밖에 내는 어린아이 같은 말투였다.

"어째서 아라라기 군이 그런 걸?"

"…그건."

나는 말을 더듬었다.

아마도 그것은 하네카와가 준 찬스였는지도 모른다. 아니, 찬스라고 불리는 긍정적인 것은 아니다.

물러날 거라면 이쯤에서 빠지라고.

경고문을… 최후통첩을 제시해 준 것일지도 모른다.

혹은 위협사격처럼.

하지만… 나는 물러서지 않았다.

"그건 아마도, 내가 너의 친구이기 때문이겠지."

"…친구."

"친구라면 물어보기 마련이잖아. 이런 상황에서는. 잘은 모르겠지만."

어쨌든 하네카와는 오래간만에 사귄 친구니까.

적당한 거리를 잡기 어렵다.

마치 3D영화처럼 어디에 있는지… 시차視差가 있다.

"음, 그런가. 그렇구나. 그럴지도 모르겠어."

하네카와는 내 말에 고개를 끄덕였다. 그 이상 나를 추궁하려고 하지 않고 고개를 끄덕였다.

"그러네. 여기서 이야기를 끊으면 정말로 아라라기 군으로 시름을 푼 것뿐이란 얘기가 되고 마니까. 스커트 들치기로는 수지가 안 맞을까."

"……"

아니, 맞아.

오히려 거스름돈으로 내 트렁크를 보여 주고 싶어.

…라고는 말하지 않았다.

"누구에게도 말하지 않겠다고 약속해 줄래?"

"응, 그야 물론."

"누구에게도야. 정말로 누구에게도. 여동생들에게도… 가족에게도 비밀."

다짐을 받는 말투는 반쯤 장난처럼 들렸지만, 한편으로는 진지 그 자체로도 받아들여지는 것이었다.

섣부른 견해를 말하자면.

언질言質을 받아 두려는 것처럼 생각되기도 했다.

그런 어조였다.

그것에 압도되면서도 나는 고개를 끄덕였다.

"약속…할게."

"오늘 아침에 아버지한테 맞았어."

하네카와의 대답은, 나의 승낙과 거의 동시였다.

아주 간단하게, 웃는 얼굴로.

빙긋 웃으며.

그녀는 그것이 지극히 당연한, 어느 가정에서나 흔히 있는 일이라는 것처럼 그렇게 말했다.

"그건."

내 목소리는 떨렸다.

분노로. 공포로.

"그건 안 될 일이잖아!"

물론.

이야기의 흐름으로서 그 일 자체는 놀랄 것도 없는 당연한 결론이었을 것이다. 빗나가더라도 때린 상대가 아버지에서 어머니로 바뀐다든가, 직접 맞은 것이 아니라 집어던진 물건에 맞았다든가, 끽해야 그 정도의 변경밖에 있을 수 없다.

"부모다운 일은 아무것도 해 주지 않는 사람들이었지만, 설마 부모답지 않은 일을 당할 줄은 몰랐어. 깜짝 놀라 버렸답니다."

"깜짝 놀랐다니…."

나는 당황스러움을 감출 수 없었다.

"싸늘하게 식은 가족이 아니었던 거야?"

"가족이 아니야. 싸늘하게 식어 있기는 해도."

하네카와는 말했다.

그야말로 싸늘하게 식은 어조로.

"너무 싸늘하게 식었던 걸까…. 얼어 버렸던 걸까. 아니면 이제 와서 내가 가까이 다가가려 한다는 생각이라도 한 걸까? 모처럼 밸런스가 잡혀 있었는데. 그렇다면 내가 나쁜 거겠네."

"나쁠 리… 없잖아. 네가 나쁠 리 없어."

왜냐하면.

너는 항상, 올바르니까.

"애초에 왜 아버지가 너를 때린 거야?"

"별것 없어. 아버지가 집에 가지고 돌아온 일에 그만 참견을 해 버렸기 때문에 맞았습니다. 어머니는 그걸 묵묵히 보고 있었습니다. 그런 것뿐이야."

"그런 것뿐이라니…."

그야 별것은 아니겠지.

말 그대로 그것뿐이다.

굳이 말할 것도 없을 정도로, 그것뿐.

하지만.

"그런 별것도 아닌 걸로 어째서 아버지가 딸을 때리는데?"

"그도 그럴 것이… 한 번 생각해 봐, 아라라기 군. 만약 아라라기 군이 마흔 살 정도인데, 본 적도 없는 열일곱 살짜리 아이가 다 안다는 듯 참견을 했다고 생각해 봐. 살짝 언짢아져도, 발끈 화가 나도 어쩔 수 없는 일이라고 생각하지 않아?"

"……."

본 적도 없는 열일곱 살짜리 아이?

뭐야, 그 자학적인 표현은.

하네카와가 맞았다는 사실보다도 오히려 그쪽이 무서웠다.

아니, 이건 무서운 게 아니다.

몸이 떨리는 이유를 알았다.

마음이 술렁이는 이유를 알았다.

나는… 기분이 나쁜 것이다.

오시노의 말을 빌어서 이야기하는 게 아니다.

지금 나는 내 안의 감정으로서, 나의 말로서, 나의 실감으로서.

하네카와 츠바사가 기분 나쁘다.

가족이라고 부르지 않고, 진짜 부모님도 아닌 가짜 부모라고 말하고, 냉정하게 잘라 말하면서도… 지금 하네카와 츠바사는 그래 **도 부모를 감싸려고 하고 있다.**

나로부터인지, 세간의 눈으로부터인지, 누구로부터인지는 알 수 없지만.

어쨌든.

부모가 아닌 부모를.

딸을 때리는 몰상식한 부모를 감싸려 하고 있다.

그런 하네카와가.

나는 친구로서… 솔직히 기분 나빴다.

뭐야, 이 녀석?

뭐야, 대체.

"폭력이 어쩔 수 없다니… 무슨 소릴 하는 거야. 네가 그런 말을 해도 되는 거야? 그건 네가 가장 용서할 수 없는 일이…."

"뭐, 어때. 한 번 정도는."

하네카와는 그런 말을 했다.

아니.

내가… 그런 말을 하게 만들었다.

"그런 말을 하자면 나도 조금 전에 아라라기 군을 때렸잖아. 그렇다고 아라라기 군은 나에게 화를 낼 거야?"

"아니, 그건…."

그건 내가 잘못했다.

대의명분이라고 할 수 있는 이유 같은 것은 있었다고 해도, 그래도 같은 반 아이의 치마를 들치는 남자는 따귀를 맞아도 싸다.

"그렇지? 그러니까 어쩔 수 없는 거야."

생글생글 하고 실없이 미소 짓는 하네카와. 강한 척하는 것도, 그렇다고 해서 동정을 사려는 것도 아니라 진심으로 그렇게 생각하고 있는 것처럼.

말한다.

"나는 나니까… 맞더라도 어쩔 수 없어."

"……."

말이 막힌다는 정도가 아니다.

숨이 막힐 정도로 할 말이 없다.

지금의 하네카와에게는 한마디도 없다.

그렇게 말을 잃은 나를 하네카와는 어떤 식으로 받아들였는지, "약속했지, 아라라기 군?"이라며 다시 다짐을 하듯이 말했다.

한 걸음, 나와의 거리를 좁히고.

몰아세우듯이 말을 던졌다.

"약속했지, 아라라기 군? 누구에게도 말하지 않겠다고 약속해 준 거지?"

누구에게도.

여동생들에게도 가족에게도.

혹은… 학교에도 경찰에도.

아니.

그게 아니다. 그것뿐만이 아니다.

그 누구보다 하네카와와 본인에게 두 번 다시 이 화제를 꺼내지 않겠다고 약속했을 거라고.

하네카와는 그렇게 말하고 있는 것이다.

오히려 진실을 남김없이 입 밖에 냄으로써 하네카와는 내 행동을 속박하려고 하고 있는 것이다.

하네카와는 나에게 언질을 잡고, 말꼬리를 잡으려 하고 있다. 부모를 위해.

자신을 때린 아버지를.

그것을 보고 있던 어머니를.

새빨간 남을… 지키기 위해서.

"하, 하지만 그런 약속은…."

간신히 짜낸 것으로 밖에 들리지 않는 내 목소리는, 아마도 파르르 떨리고 있었을 거라고 생각한다.

"약속 같은 걸… 지킬 수 있을 리가."

"부탁이야, 아라라기 군."

하네카와는 말했다.

대답을 흐리는 나에게.

약속을 아무렇지도 않게 깨려고 하는 나 같은 불성실한 인간에게, 한없이 성실하려고 하는 하네카와 츠바사는⋯ 고개를 숙였다.

깊숙이.

허리가 부러지지 않을까 싶을 정도로 깊고 깊이, 어둠에 가라앉는 것처럼 그 땋은 머리를 숙였다.

"이 일은 누구에게도 말하지 말아 주세요."

"하네카와⋯ 하지만 나는."

나는 그래도 저항을 보였지만 하네카와는 "이 일은 누구에게도 말하지 말아 주세요."라고 기계적으로 같은 대사를 반복했다.

"잠자코 있어 준다면, 나, 뭐든지 할게."

"어?! 진짜로?! 하네카와가 뭐든지 해 주는 거야?! 만세?!"

나는 그 부분에 혹했다.

"아⋯, 아라라기 군?"

두 팔로 승리 포즈를 지으면서 그 자리에서 펄쩍 뛰어오르며 쾌재를 부르는 나에게, 하네카와는 놀라움을 감추려고도 하지 않고 눈을 휘둥그렇게 뜨고 조금 전에 내딛었던 걸음을 뒤로 물렀다. 아니, 두 걸음, 세 걸음. 그 정도.

마음의 거리는 더욱 벌어져 있는 것 같다.

그러나 지금의 나에게 그런 것은 신경 쓰이지 않았다.

하네카와가 뭐든지 해 준다?

하네카와 츠바사가?

내가 아무 말 없이 있는 것만으로?!

"우와, 어떡하지? 뭘 해 달라고 하지, 뭘 해 달라고 하지? 뭘 해 달라고 하는 게 베스트일까? 아니, 잠깐, 잠깐. 당황하지 마라, 아라라기 코요미. 들뜨지 마라. 이럴 때야말로 쿨해져야 해. 엄숙하게 가자. 이 미증유의 찬스를 최대한으로 활용하는 거야."

"어, 어라? 그런 리액션이야? 여기가 그럴 장면이야? 아라라기 군이 내 진지함에 감동해서 떨떠름하게 침묵을 약속해 주는 장면이 아니야?"

"진지함?! 뭐야, 그런 거 몰라!"

고양이 먹이로나 주라고!

나는 가만히 있을 수 없게 되어서 의미도 없이 그 주위를 어슬렁어슬렁, 빙글빙글 걷기 시작했다. 옆에서 보면 정말 거동수상자가 따로 없지만, 그러나 남의 시선 따윈 신경 쓰이지 않는다. 그리고 하네카와의 백안시도 신경 쓰이지 않는다.

"뭐든지란 말이지…. 하지만 그런 말을 들어 버리면 망설이게 되네. 젠장, 나의 우유부단함이 골치네. 이럴 때에 딱 결단을 내릴 수 있어야 남자 중의 남자일 텐데."

"아니, 최악의 남자라고 생각해…."

하네카와가 자연스럽게 멀찍이 물러서고 있었다.

당장이라도 도망치기 시작할 것 같았다.

"저기, 아라라기 군. 조금 전까지 우리들이 이야기했던 시리어스하고 무거운 이야기의 내용, 기억해?"

"기억 안 나."

"기억 못하는구나."

"아라라기가 누구야?"

"자기 이름까지 잊어버렸구나…."

이건 상상 외의 전개야, 라며 하네카와는 머리를 끌어안고 탄식하듯이 말했다. 내가 내 이름까지 잊어버린 것에 그렇게까지 충격을 받아 준 것은 기쁘지만, 어디에서 굴러먹던 말 뼈다귀인지도 모를 나에 관한 건 어떻게 되든 상관없다.

유일하게 기억하고 있으면 되는 것은, 조금 전에 하네카와가 한 말뿐이다.

"그래, '츠바사 선생님이 아라라기 군이 조르는 거, 뭐든지 들어줄게☆'라는 하네카와의 대사를…."

"안 했어!"

하네카와가 화냈다.

야단맞아도 전혀 아무렇지 않다.

"누구야, 츠바사 선생님은."

"응? 아, 미안, 미안. 하네카와에게 여교사 플레이를 해 달라고 했을 경우의 패턴을 검토하고 있었는데 나도 모르게 입 밖으로 나와 버렸어."

"대체 뭘 검토하고 있어?!"

"그래서, 하네카와는 뭐라고 말했더라?"

"우으…."

한없이 떨떠름한 모습을 내비치고 있지만 그녀는 한 입으로 두 말 하는 것을 용납하지 않는 성실한 성격인 탓에 내 요구를 거부할 수 없다.

"…이 일은 누구에게도 말하지 말아 주세요."

"아냐! 그 다음!"

이 일이란 건 뭐야!

그런 말은 처음 들었어!

신선한 울림이구나, 정말!

"잠자코 있어 준다면, 나, 뭐든지 할게…."

"우주에서 날아온 전자파 때문에 들리지 않았어! 뒷부분만 다시 한 번 반복해 줘!"

"……."

하네카와가 나를 백안시하다 못해 눈이 백목이라고 해도 좋을 레벨이 되어 있었다.

으음.

가능하면 부끄러워하면서 뺨을 붉게 물들이고 말해 주길 바랐는데… 뭐, 굳이 사치스런 요구는 하지 않겠다.

마음속으로는 경멸하면서도 절대 복종을 맹세하게 만드는 것도… 그것은 그것대로 좋다.

…기분 탓일까, 지금 나를 경멸하는 시선은 하네카와의 것뿐만이 아닌 듯한 느낌이 드는데…. 특히 애니메이션부터 진입한 여러분들이 그런 시선을 남기고 탁, 하고 책을 덮어 버리는 소리가 들리는 것 같은 기분이 들기까지 하지만.

뭐, 좋다.

남이 어떻게 생각하든 나답게 사는 것이 중요하다고, 누군가 아마도 잘난 옛날 사람이 말해 주겠지. 땡큐, 옛날 사람.

"뭐든지 할게."

하네카와의 리피트.

전혀 억양 없이 국어책을 읽는 듯한 투로.

"......"

아무리 그래도 억양이 없는 건 좀 아니지.

"좀 더, 감정을 담아서 부탁드립니다."

절대복종을 요구하는 쪽이 묘하게 자세를 낮추며 부탁하고 있었다.

"지금의 억양 없는 말투에 아라라기 군에 대한 나의 모든 감정이 담겨 있다고 생각해 주세요."

"아니, 그렇지 않다니까. 하네카와, 자기 자신을 믿어. 너라면 더욱 혼을 넣을 수 있어."

"뭐·든·지·할·게."

이번에는 억양 없는 국어책 읽기가 아니라 분노라는 이름의 혼이 담긴 실로 거친 말이었다.

아무것도 해 주지 않을 것 같다.

나를 위해서는 혀도 내밀어 주지 않을 것 같다.

"큭…. 지지 않겠다고."

그런 박력에 나는 굴하지 않는다.

이걸로 확실히 언질은 잡았다.

그렇다면 이제부터는 내 마음대로다.

나의 온 스테이지다.

아라라기 코요미의 독무대다.

"뭐든지 한다라…. 하지만 정말 뭘 해 달라고 하는 게 좋을까! 선택지가 너무 많으니까 이거 정말 망설여져! 아니, 이건 거의 소논문 수준이야! 나에게는 지금 구성력이 요구되고 있어!"

공부를 더 열심히 할 걸 그랬다!

모처럼 입시 명문교에 다니고 있으면서 어째서 나는 이제까지 지각만 했던 거냐!

너무 지나친 행복은 사람을 패닉에 빠지게 한다고 하는데, 그야말로 내가 지금 딱 그런 상황이었다. 진정하고 행동하지 않으면 있어서는 안 될 대실패를 저지를지도 모른다.

"아니, 잠깐?! 그러고 보니 하네카와는 들어주는 소원의 숫자를 한정하지 않았어! 즉, 조금 전의 말은, 받아들이기에 따라서는 내가 하는 말을 무한히 들어준다는 의미 아닌가?!"

"한 가지입니다!"

곧바로 하네카와가 정정했다.

"뭐든지 '한 가지만' 말하는 것을 들을게!"

"큭…. 변명할 틈을 주고 말다니."

세상은 그렇게 만만하지 않은가.

뭐, 괜찮다.

나는 나메크 별의 신룡*보다 지구의 신룡 쪽을 좋아한다. 죽은

※나메크 별의 신룡 : 만화 『드래곤볼』에 등장하는 소원을 들어주는 존재. 나메크 별의 신룡은 소원을 하나만 들어주는 지구의 신룡과 달리 소원을 세 가지 들어주지만, 죽은 사람은 한 번에 한 명씩밖에 살리지 못한다.

동료를 한꺼번에 되살릴 수 있어서 편리하니까.

"정말, 벌써 두통이 느껴지기 시작했어…."

하네카와는 그렇게 말하고 정말로 머리를 끌어안았다.

"아버지에게 맞은 뺨보다 머리 쪽이 아파."

"두통?"

"응. 아라라기 군하고 만났던 봄방학 이후로 나, 계속 두통을 달고 살고 있어."

"흐음."

그건 아주 걱정이다.

뭐, 하지만 지금은 일단 접어 두고.

"우선 인적이 없는 장소로 갈까, 하네카와?"

"아니, 이미 충분히 이곳도 상당히 인적이 뜸한 장소라고 생각하는데…."

"인적이 뜸한 게 아냐. 인적이 없는."

이쪽으로 와, 라고 청하는 나.

"하아…. 네, 네. 알겠습니다. 어차피 갈 곳도 없으니까."

하네카와는 보란 듯이 한숨을 쉬고 내 뒤를 따라왔다.

흥. 그렇게 부루퉁해져서 나에게 죄책감을 주려는 작전을 써 봤자 소용없다.

지금, 하네카와의 모든 것이 내 손 안에 있다고 말해도 좋다. 이런 기회를 놓칠 정도로 나는 미숙하지 않다. 여기야말로 나의 최대 고비, 내 남자다움을 보여 주도록 하자.

나는 자전거를 안전해 보이는 장소에 세우고(나름대로 좋은 산악자전거이므로 도난에는 신경을 써야만 한다) 하네카와를 가까운 덤불로 데리고 들어갔다.

"……."

하네카와를 가까운 덤불로 데리고 들어갔다.

하네카와를 가까운 덤불로 데리고 들어갔다.

하네카와를 가까운 덤불로 데리고 들어갔다.

…뭘까, 묘하게 범죄스러운 이 어감은…. 전율이 인다!

아니!

양자 합의의 상황이니까 범죄는 아닐 거야!

오히려 이 상황은 하네카와가 나에게 자신을 가까운 덤불로 데리고 들어가게 했다고 말하는 편이 옳아!

이것이 유혹 수受라는 거잖아?!

혹은 츤데레 수!

…아니, 뭐. 하네카와에게서는 츤데레 요소 같은 건 전혀 찾아볼 수 없지만, 어쩐지 지금만은 '츤츤' 거리고 있으니까 이상하게 그렇게 생각된다.

기간한정 츤데레.

"그건 그렇고. 그래서, 뭐야? 아라라기 군."

하네카와 쪽에서 정색을 하고 그런 식으로 말을 걸어 왔다.

뒤쪽의 나무 기둥에 몸을 기대고, 어쩐지 보육원에 다니는 어린아이의 소꿉놀이를 상대해 주고 있는 친척 누나 같은 눈치였다.

알았어, 알았어, 같이 놀아 줄게, 라고 말하듯이.

"뭐야, 하네카와. 상당히 여유롭잖아."

"여유로워."

하네카와는 도발하듯이 말했다.

여유작작이라면서.

"왜냐하면 앞으로의 전개가 이미 다 보이는걸. 어차피 아라라기 군은 나에게 어떤 요구를 하더라도, 그리고 내가 정정당당하게 그 요구에 응하려고 해도 마지막에는 겁에 질려서 아무것도 하지 않을 거잖아?"

"뭐, 뭣이라?!"

겁에 질려서?!

어찌 이런 모욕이!

내가 대체, 언제 겁에 질렸다는 거냐!

"봄방학. 체육창고."

단적인 답이 돌아왔다.

침묵하지 않을 수 없다.

완전히 침묵했을 때의 사도*는 이런 기분이었을까.

그렇다면 엄청 귀여운 에반게리온이 내 앞에 있다는 얘긴데.

요시자키 미네* 디자인일까?

"이야~, 지금도 기억나네~. 봄방학에 아라라기 군이 보인 겁쟁이 같은, 치킨 같은 모습. 설령 닭이라는 생물을 몰랐다고 해도 그때의 아라라기 군을 본다면 그게 어떤 생물인지 대충 알 수 있을 거야."

※사도(使徒) : 애니메이션 〈신세기 에반게리온〉에 등장하는 수수께끼의 존재.
※요시자키 미네 : 일본의 만화가. 「개구리 중사 케로로」 등의 작품이 있다.

웬일로 빈정거리듯이 말하는 하네카와 씨.

기억나네~ 라고 말하면서도 그때의 일은 회상하고 싶지도 않은 것 같다.

"그래서, 치킨 아라라기 군. 나는 뭘 하면 돼? 어차피 아무것도 하지 않아도 되겠지만, 말은 일단 들어 줄게. 뭐? 벗어? 몇 장?"

"......."

으음.

아무래도 하네카와 안에서 나의 남자도度는 아주 낮게 평가받고 있는 것 같다.

남성으로서 이런 굴욕은 없다. 아니, 그러나 하네카와는 오해하고 있다.

확실히 봄방학의 나는 겁쟁이, 치킨이었다.

그건 인정한다.

그러나 언제까지나 치킨이 치킨인 채로 있다고 생각하면 큰 착각이다. 병아리가 언젠가 닭이 되는 것처럼 나도… 어라, 이래서는 계속 치킨이잖아.

이게 아냐, 이게 아냐.

치킨은 치킨이라도 나는 나고야 코친*이다!

나는 봄방학의 추태를 만회하겠다는 마음가짐으로 지금 이 상황에 임해야만 한다.

홋.

※나고야 코친(名古屋コーチン) : 아이치 현에서 개량한 닭의 한 품종. 고급 식재료로 가격이 높다.

이런 나에게 리벤지 기회를 주다니, 신도 상당히 자비심이 깊군.

…….

진짜로 '이런 나에게'구나.

신, 너무 무른 거 아냐?

"흠…."

나는 턱에 손을 대고, 그러고 나서 생각에 잠겼다. 빤히 하네카와의 머리끝부터 발끝까지 온몸을 찬찬히 시선으로 훑는다.

"으…."

그런 내 시선에 하네카와는 약간 겁을 먹은 듯한 반응을 보이긴 했지만, 그러나 씩씩하게도 그녀는 뒷짐을 지고 등을 쭉 펴는 몸짓을 하며 오히려 내가 하네카와의 온몸을 보기 쉽도록 해 보였다.

으윽.

배짱을 부리는 건가.

아니면 정말로, 진심으로 나를 치킨이라고 확신하고 있는 것인가.

…후자겠지.

흥, 그렇다면 그 방심을 파고들면 된다. 어차피 이런 시리즈, 여섯 권째 책의 내용까지 애니메이션으로 만들어질 걱정은 없으니까 멋대로 행동해도 널리 퍼지지는 않을 테고.

텔레비전에서 이런 장면을 연출하는 건 위험하지만 활자로 연출하는 만큼 나의 호감도에는 영향이 없을 터!

소설은 규제되지 않는 것이다!

"뭐야, 아라라기 군. 상당히 거드름을 피우네. 아니면 아무 생각도 나지 않는 거야? 그게 아니라면, 그렇게 나의 온몸을 핥듯이 구석구석 보는 것이 아라라기 군이 하고 싶은 일이야? 시간視姦이라는 거?"

"……."

음.

아니…, 그런가.

그것은 하네카와로서는 나를 도발하기 위해서, 혹은 오히려 기세를 꺾기 위해서 했던 말에 지나지 않을지도 모르겠지만, 그러나 반대로 나에게는 커다란 힌트가 되었다.

그것이야말로 실마리다.

그렇다.

하네카와의 '뭐든지 할게' 라는 말에 얽매여서 나는 저도 모르게 하네카와에게 무엇을 해 달라고 할지만을 생각하고 있었는데, 이 경우에는 반대로 접근할 수도 있다.

하네카와에게 뭔가를 해 달라고 하는 것이 아니라 하네카와에게 뭔가를 **할** 수도 있다.

즉, 어디까지나 문맥에 따른 표현을 쓰자면 하네카와에게는 '참아 달라고 한다' 라는 것이 되겠지…. 으음.

충분히 가능하다.

그리고 하네카와의 말 속에 포함되어 있던 힌트는 그것뿐만이 아니었다. 이 얼마나 어리석은가, 그녀답지도 않다.

하네카와는 나에게 스스로 자신의 공략법을 알려 주고 만 것이나 다를 바 없는 것이다. 아니면 그건가? 역시 유혹 수인가? 그렇다면 사양할 필요는 없었다.

내 안에 남아 있는 한 조각의 양심이 지금 사라졌다. 아니, 잠깐. 그건 큰일 아냐?

양심이라니.

양심이 사라지다니.

"하네카와."

"왜?"

"내가 하고 싶은 일은 온몸을 핥듯이 구석구석 보는 것이 아니야."

"뭐, 그야 그럴 거라고 생각하지만…."

하네카와는 고개를 갸웃하며 말했다.

"왜냐하면 그거, 아라라기 군이 평소부터 나에게 하고 있는 일이니까."

"들키고 있었다!"

수업 시간 같은 때에 하네카와(의 가슴) 쪽에 시선을 보내고 있던 것을 들키고 있었어, 자살하고 싶어!

"노파심에서 말하는데, 칠판을 제대로 바라보는 게 좋을 거야. 모처럼 선생님이 여러 가지를 가르쳐 주시니까."

"크으…."

자상하게 타이르듯이…!

이럴 바에야 마구 책망 받는 편이 낫다…. 마음이 꺾일 것 같아!

힘내라, 아라라기 코요미!

마음을 강하게 먹어!

상처 입은 마음을 보강해라!

여기를 넘어서면 나에게는 극락이 기다리고 있으니까… 아마도!

"그리고 참고삼아 나도 하나 알려 주겠는데, 여자란 의외로 시선에 민감하니까, 볼 때는 주의하는 편이 좋아."

"젠장…. 그런 식으로 말하며 내 마음을 꺾으려고 애써도 소용없다고…."

나는 무너져 가는 무릎을 어떻게든 추스르며 몸을 쭉 일으켰다.

"하네카와. 내가 하고 싶은 일은 온몸을 핥듯이 구석구석 보는 것이 아니야."

"뭐, 그야 그렇겠지만."

"나는."

나는 빤히, 말 그대로 하네카와의 눈을 똑바로 응시하고, 말했다.

"…나는 너의, 그 거즈 아래에 있는, 맞아서 생긴 상처를 전부 핥고 싶어."

004

그러면.

이제까지도 살짝살짝 냄새를 풍기듯 화제로 꺼낸 적이 있었지만, 일단 이쯤에서 확실히 알기 쉬운 형태로 봄방학 동안에 있었던 일을 이야기해 두려고 한다.

정직하게 말해서 장본인인 나로서는 그 2주간의 일을 이야기하는 것이 별로 내키지 않지만, 골든위크 동안 있었던 일을 이야기하기 위해서는 유감스럽게도 이 화제를 피할 수 없다고 판단했기 때문이다.

봄방학.

나는 흡혈귀에게 습격당했다.

리니어 모터 카가 실용화되고 수학여행을 해외로 가는 것이 당연해진 이 시대에 부끄러워서 정말 겉으로 드러낼 수 없을 정도로 낯 뜨거운 추태지만, 어쨌든 나는 흡혈귀에게 습격당하고 말았던 것이다.

흡혈귀, 괴이의 왕.

피도 얼어붙을 것 같은. 피도 끓어오를 것 같은.

철혈이자 열혈이자 냉혈의 흡혈귀.

헤아릴 수 없을 정도로 많은 수식어를 가지고 있는 괴이살해자.

눈부실 정도로 반짝이는, 눈이 멀 정도로 반짝이는 금발금안金髪金眼의 아름다운 흡혈귀에게 목덜미를 깨물려서 온몸의 피를 빨리고… 그리고 나는 흡혈귀가 **되었던** 것이다.

불사신이고. 무적이고. 최강인… 흡혈귀.

흡혈귀 전문 사냥꾼인 뱀파이어 헌터나 흡혈귀이면서 흡혈귀를 사냥하는 동족 살해의 흡혈귀나 기독교의 특무부대에게 구원받는 일도 없이, 내 봄방학은 인간으로 돌아오기 위한 싸움으로 가득 채워지고 말았다.

결말부터 밝히자면, 지나가던 꾀죄죄한 아저씨나 같은 반 반장의 협력도 얻으면서 최종적으로 나는 인간으로 돌아올 수 있었다.

러키.

언러키.

다소의 후유증을 남기면서도.

적어도 인간에 한없이 가까운 정도까지는 돌아올 수 있었다.

그리고 행복하게 살았습니다.

해피엔드.

뭐, 이 세상과 인생에 그렇게 알기 쉬운 끝 같은 것은 없고 하물며 엔딩 같은 것도 없다. 그래도 끝이 있다고 한다면… 뭐, 아름다운 귀신에게 깨물린 시점에서 모든 것은 끝나 버렸다고 말해도 좋겠지만.

그래서, 어쨌든.

여기서 어째서 이 이야기의 삽입이 필요하냐면 그것은 '다소의 후유증'이라는 것 때문이다. 흡혈귀의 후유증.

그 후유증 중 가장 큰 부분이 회복능력, 치유능력이다. 뭐, 흡혈귀의 불사신 같은 모습은 요즘에 인기를 끄는 만화나 애니메이션 따위와 같은 정도다.

예를 들면 길에서 넘어져서 무릎이 까지거나 종이에 손가락을 베이거나 여동생인 카렌과 치고받다 다쳤다고 해도, 물론 그 자리 그 자리의 컨디션, 즉 **흡혈귀도度**에 영향을 받긴 하지만 그 정도의 부상이라면 눈 깜짝할 사이에 낫는다.

나아 버린다.

고쳐져 버린다.

문자 그대로, 인간의 영역을 벗어난 회복력, 그리고 이 회복력은 장소에 따라서는 **다른 사람**에게 적용할 수도 있다.

타인의 상처를 치료할 수 있는 것이다.

피나 타액 같은 체액을 상대의 상처에 도포하는 것으로… **바르는** 것으로 그 상처를 치료할 수 있는 것이다. 즉 오로나인*이나 멘소래담 같은 거라고 생각하면 된다.

침을 발라 두면.

핥아 두면 낫는다는 얘기다.

그래서.

그러니까.

그런 이유로.

"고마워."

그렇게, 일이 끝난 뒤에 나는 하네카와에게 감사 인사를 받고 말았다.

그보다, 노림수가 금세 들통 났다.

티 나지 않게, 자신의 호감도가 희생되더라도 티나지 않게 어디까지나 자신의 욕망을 채우는 것이 목적이라고 가장하고 하네카와의 얼굴에 붙은 거즈 아래 상처를 치료하려고 꾀한 것이었는데, 완전히 훤히 들통 나 있었다.

치료를 제안해도 하네카와가 분명히 사양할 거라고 추측하고 상대의 말꼬리를 잡은 작전이었지만, 빤히 보였던 것 같다.

※오로나인 : 오츠카 제약에서 판매하는 다목적 피부 연고.

부끄럽다.

자살하고 싶어.

그렇다기보다 하네카와도 하네카와였다. 내 노림수를 간파하고도 아무 말 없이 나에게 몸을 맡겨 준 것은, 상처를 치료하고 싶었다기보다 내 체면을 세워 주려는 측면이 강한 것 같다.

으음.

어쩐지 짜고 치는 도박 같아서 슬프다.

"일단, 거즈는 다시 붙여 둬."

부끄러움을 감추듯이 나는 말했다.

아니, 정말로 부끄러움을 감추려는 의도로.

"갑자기 상처가 낫거나 하면 이상하잖아. **상처가 있는 척**은 해 둬야지…."

"부모님이 수상하게 생각할 거라고?"

하네카와가 내 대사를 앞질러 말했다.

그리고 이어서.

"생각하지 않을 거야."

그렇게 말했다.

"그럴 사람들이 아니니까. 내가 머리카락을 싹둑 자른다고 해도 그 사람들은 눈치채지 못하지 않을까? 아마 그 사람들은… 내 얼굴도 기억하지 못할 거야."

…일단 다시 주석을 달아 두자면, 실제로 하네카와의 얼굴을 핥을 용기가 없는 치킨인 내가 취한 방법은 가방에 달려 있던 옷핀으로 손끝을 찔러서, 그곳에서 나온 피를 하네카와의 환부에 바른다

는 극히 건전한 행위였다.

나고야 코친이 되어서 날갯짓할 날은 아직 멀고도 멀었다.

뭐, 그래도 봄방학이라면 어떨지 몰라도 현재의 흡혈귀 비슷한 존재인 내 체액으로는 완치, 즉 근본적인 치료까지는 되지 않았지만… 최종적인 경과를 보면 흉터가 남지 않을 정도의 처치는 할 수 있지 않았나 하고 생각한다.

뒤집어 말하면.

내가 그런 치료를 하지 않았더라면.

또렷한 흉터가 남았을 정도로 심각한 상처였다.

어떤 힘으로 맞으면 이렇게 되는 걸까, 하는 생각이 들 정도로.

잔인하게.

지독하게.

그녀의 아버지는 딸의 얼굴을 후려쳤다. 하네카와의 말대로라면 마치 발끈해서 충동적으로 한 방 때린 것뿐이란 뉘앙스였지만, 도저히 그렇게 생각되지는 않았다.

끈질기게, 집요하게, 몇 번이고 몇 번이고 때린 것 같은.

그런 느낌의 상처였다.

하네카와가 말한 '얻어맞은 이유' 라는 것은 어떻게 생각해도 극히 사소한 것이었지만, 구체적으로 어떤 '아는 듯한 말' 을 했다고 해도 도저히 아버지가 딸을, 그렇지 않더라도 성인 남자가 여자아이를 때리기에 충분한 것이라고는 생각할 수 없었지만.

그런데도.

"집까지 바래다줄까?"

그런 내 제안은.

"아니, 됐어."

그런 말로 간단히, 엄하게 거절당했다.

그것은 전혀 타인을 허락하지 않으려는 태도였다. 당연하다.

하네카와는 딱히 나에게 도움을 청한 것이 아니니까.

우연히 길에서 만난 것뿐이다.

단순한 우연의 산물이다.

아니, 가령 도움을 청했다고 해도, 내가 그녀를 도울 수 있을 리가 없다. 사람은.

사람은 혼자 알아서 살아날 뿐이니까….

그래서.

그래서 그 뒤로 우리는 한동안 평소와 같은 대화를 하면서 함께 걷다가 딱 적당한 타이밍에 왠지 모르게, 자연스럽게 헤어졌다. 도중에 자동차에 치여 죽은 하얀 고양이를 묻어 준 것 같은 기분도 들지만, 잘 기억나지 않는다.

뭐, 이러저러해서.

결국 나도 그 뒤의 예정을 크게 변경하지 않을 수 없었다. 댐 건설은 중지. 도저히 서점에 갈 기분이 들지 않았다. 헤어지고 나서 자전거에 올라타고, 나는 그대로 집으로 돌아왔다.

"어. 오빠, 뭐야. 빨리 왔네?"

돌아가 보니 카렌이 물구나무서기를 하며 계단 오르내리기를 하고 있던 중이었다. 뭐 하는 거야, 이 여동생은. 뭐 이런 트레이닝이 다 있냐.

"……."

하지만 딴죽 걸 기분도 들지 않아서 나는 카렌을 내버려 두고 손을 씻기 위해 세면실로 향했다.

"뭐야. 무시하지 마, 오빠. 귀여운 여동생에게 '다녀왔습니다' 정도는 하라고. 쇼핑은 끝냈어?"

"쇼핑? 아니, 쇼핑은…."

그러니까 안 했다고.

욕구불만의 해소는 고사하고 개운치 않은 마음이 늘어났을 뿐이다.

상념은 무겁게 고개를 처들 뿐….

005

다음 날.

즉 4월 30일.

그렇다기보다 감각적으로는 아직 4월 29일 밤중이 될지도 모르지만(애초에 나는 여동생이 깨우지 않으면 새 아침이 왔다는 느낌이 들지 않는다) 부모님, 그리고 휴일이라서 밤늦게까지 놀다 온 카렌과 츠키히가 간신히 잠들었을 무렵 나는 몰래 집을 나왔다. 산악자전거에 올라타고, 될 수 있는 한 소리를 내지 않도록 몰래몰래 조심조심 페달을 밟았다. 한동안 라이트도 켜지 않을 정도로 철두철미한 모습은 내가 보기에도 지나친 감이 있었지만.

밤놀이.

그런 것은 아니다.

나에게 그런 바지런한 활동력은 없다. 성적만으로 보면 바닥으로 떨어져 있지만 이래봬도 나는 상당히 성실한 남자 고교생이다.

불량학생 취급 같은 건 어이가 없다.

그러면 졸음을 참고 어디로 향하고 있느냐면, 동네 변두리에 있는 폐허, 예전에는 학원 건물이었다고 하는 폐 빌딩이다. 담력 테스트에도 쓰지 않을 정도로 붕괴 직전인, 폐허 비슷한 건축물이다. 그렇다고 해도 한밤중에 그런 장소에 발길을 옮기는 것은 결코 인상이 좋은 일이 아니겠지만.

비행이라고 불려도 반론할 수 없다.

그러나 이유는 있다.

그런 장소에 가는 이유도, 시간이 밤중인 이유도.

확고하게 있다.

폐 빌딩을 둘러싼 펜스 앞에 자전거를 세웠다. 주위에 인기척이 없음을 생각하면 분명 필요 없는 일이겠지만 일단 만일을 대비해서라고 할까, 단순한 습관으로 뒷바퀴에 체인식 자물쇠를 걸어 둔다. 그리고 펜스와 펜스 틈새를 통해 부지 안으로 발을 들이고, 이어서 빌딩 안으로 들어간다.

담력 테스트에도 사용되지 않을 거라고 말하긴 했지만, 실제로 이렇게 밤중에 침입해 보면 훤히 꿰고 있는 폐허라고 해도 그럭저럭 등줄기를 오싹하게 만들기는 한다. 하물며.

하물며 이 폐허 안에는 진짜 괴물이 있으니 더욱 그렇다.

괴물.

요괴.

괴이… 괴이의 왕.

흡혈귀.

야행성의 나이트 워커.

"하긴 그것도 지금 와서는 옛날 얘긴가."

옛날 옛적 어느 곳에.

뭐, 그런 얘기다.

이곳에 있는 것은 흡혈귀가 아니라 흡혈귀의 흔적.

흡혈귀의 애처로운 잔해, 흡혈귀의 남은 찌꺼기.

흡혈귀 비슷한 어린 여자애니까.

외관 이상으로 황폐한 건물 안에서 잡동사니나 폐기물들을 피하며 최상층인 4층까지 계단을 올라간다.

그리고 4층에 세 개 있는 방―어느 방이나 예전에는 교실로 사용되고 있었다―의 문을 가까운 순서대로 별 의도도 없이 열어 간다.

오늘은 운이 나빴던 것 같다.

첫 번째 문도 두 번째 문도 꽝이었다.

세 번째 문도 맞았다고는 하기 어렵다. 흡혈귀 비슷한 여자애는 있었지만 또 한 사람, 있어야 할 남자가 없었기 때문이다.

"어라…. 오시노 녀석. 이런 밤중에 어딜 간 거지?"

외출인가?

여전히 행동이 전혀 예측 안 되는 녀석이네. 다만 이런 시간이다. 아래층 어딘가에서 낡은 책상을 침대삼아 쿨쿨 자고 있을 가능성도 없는 것은 아니다. 내 방문을 예상하고 수면 섭취를 방해 받지 않도록 미리 4층 교실에서 떠났을 가능성도 있을 것이다. 정확한 일시를 예고했던 것은 아니지만, 그 녀석은 사람 속을 훤히 들여다보고 있는 것 같은 남자다. 슬슬 내가 올 거라는 것 정도는 다 꿰뚫어 보고 있었을지도 모른다.

뭐, 그런 의미에서는 나도 민폐 되는 손님이다. 이런 밤중에 찾아오다니, 정말 비상식도 정도가 있다. 항상 "아라라기 군, 늦었네."라는 말과 함께 맞이해 줄 거라 생각하는 쪽이 잘못된 거다.

비상식적인 흡혈귀를 상대로 하는 이상, 행동이 비상식적이 되는 것도 지극히 당연한 이치겠지만… 다만.

뒤로 손을 뻗어 문을 닫으면서 새까만 교실 안, 그 한구석에 앉아 있는 옛 흡혈귀인 소녀를 보며… 나는 꿀꺽 하고 침을 삼켰다.

나는 눈에 보일 정도로 긴장하고 있었다.

생각해 보면.

이런 식으로 이 녀석과 단둘이 있게 된 것은 봄방학 이후로 처음이기 때문이다.

지금까지, **여기서 이렇게** 만났을 때에는 항상 오시노가 있었다. 단둘이라고 해도… 소녀는 결코 인간이 아니고 나 역시 결코 인간은 아니지만.

어중간한 괴이이자… 어중간한 인간.

그리고 나와 소녀, 우리들이 그렇게 된 책임은… 대부분 나에게 있다.

긴장할 만도 하다.

마음이 바짝 조여든다.

죄책감도… 싹튼다.

…싹이 튼다고 하면 '모에루萌える'라는 일본어 단어가 있지.

모에하다.

"……."

아니, 모에하다고 말해도 그것은 식물의 싹이 튼다는 유의어지 결코 얇은 옷을 입은 금발 소녀의 귀여움에 마음이 홀렸다는 뜻이 아니라고.

여덟 살 전후의 앳된 모습으로 앉아 있더라도.

숱이 많은, 그러나 한 올 한 올이 가느다란 비단실 같은 섬세한 금발이더라도.

귀여운 원피스를 입었더라도, 도저히 이 폐허 안을 돌아다닐 수 없을 듯한 살집이 적은 새하얀 맨발이더라도.

그녀는 귀엽지 않다.

그것에 대해서는 거듭 말할 필요 따윈 없다… 정말 전혀 논할 여지가 없다.

이쪽을 강하게 노려보는 원망 서린, 찌르는 듯한 시선을 묘사하는 것만으로 충분하다.

"…그런 눈 하지 마. 예쁜 얼굴이 아깝잖아."

농담처럼 말하면서 나는 그녀에게 다가간다. 한 걸음 한 걸음 신중하게.

"자, 생긋 웃어 봐. 너에게는 미소가 제일 잘 어울려."

대답은 없다.

단순한 시체인 것도 아닐 텐데… 아니, 단순한 시체나 다름없는 걸까.

그렇지만 나도 대답을 기대하고 말을 걸고 있는 것은 아니다. 봄 방학이 끝난 이래로 한마디의 목소리도 발하려고 하지 않는 그녀가 이런 곳에서 이런 타이밍에 갑자기 입을 연다는 전개를 꾀할 정도로, 나도 편의주의자는 아니다.

단순히.

그렇다고 해서 내 쪽까지 말이 없어져 버리면 마음이 꺾여 버릴 것 같아서 하다못해 이렇게 나 혼자서라도 수다스럽게 떠드는 것뿐이다.

오늘은 오시노가 없는 만큼 더욱 그렇다.

뭐, 그렇다고 해도 이 녀석에게 웃는 얼굴이 제일 어울린다는 얘기 그냥 본심이 그대로 나온 것이지만 말이야.

나는 교실 구석에 쪼그리고 앉아 있는 그녀, 그대로 곰팡이와 동화되어 버릴 것 같은 그녀 앞에 털썩 주저앉고, 그런 뒤에 윗도리를 벗었다.

…아니, 얇은 옷의 금발 소녀를 앞에 두고 천천히 옷을 벗기 시작하고 있기는 하지만, 이제부터 루팡 3세 흉내에 도전하려는 것은 전혀 아니다.

아무리 소설이라고 해도 출판할 수 없게 되고 만다.

상대는 엄밀하게 말해 어린 여자아이가 아니라 괴이이며, 500 살이니까 문제는 없다는 핑계를 모두가 수긍해 주는 것도 아니다.

4월 말이라는 아직 날이 싸늘한 시기임에도 불구하고 폐허 속에서 반라가 된 것은, 이 소녀에게 식사를 하게 하기 위해서다.

식사?

그런데 왜 벗지?

여자의 알몸 위에 음식을 올린다는 뇨타이모리女體盛り에 남자 몸을 쓸 생각인가?

그런 의문도 들리지만 굳이 설명할 것도 없을 것이다(그렇다기보다 세 번째 질문을 떠올린 분은 좀 더 다른 의심을 해야 할 것이 있다고 생각한다).

말할 것도 없다.

흡혈귀의 식사라고 하면… 흡혈이다.

"…자. 잘 먹겠습니다, 라는 말 정도는 해. 아무리 아등바등해봤자 예의 바른 식사풍경이 되지는 못할 테니까."

그녀의 작은 몸통에 팔을 두르고 억지로 들어 올리듯이 하면서, 나는 그녀의 입을 내 목덜미로 이끌었다. 서로 끌어안는 듯한 자세가 된다. 이것은 몇 번을 해도 익숙해지지 않는 자세다.

식사. 흡혈.

어떻든 그녀가 보기에 이것은 식사라고도 할 수 없다. 오히려 더욱 절실한, 영양주사라고 말해야 할지도 모른다. 애초에 현재 시점의 그녀는 본래 의미의 흡혈능력이란 것을 상실하고 있기 때문이다.

괴이의 권위자, 오시노 메메에게 체질적으로 개조당하여 나의 혈액 이외에는 받아들일 수 없는 몸이 되었다. 뒤집어 말해서 정기적으로 내 피를 마시지 않으면 맥없이 죽어 버리는, 맥없이 사라져 버리고 마는 덧없는 존재인 것이다.

지금 그 애는 혼魂으로 봤을 때엔 아라라기 군의 노예에 가까워, 라고 오시노는 말하고 있었다.

아니, 하지만 그런 그녀에게 피를 계속 주는 내 쪽이 역시 그녀의 노예일 거라고도 생각한다.

종복이라고 생각한다.

내 종복.

그녀가 나를 고압적이고 오만하게 그렇게 불렀던, 그렇게 불러 주었던 무렵을 떠올리고 있노라면 연약한 지금의 그녀 모습에 역시나 가슴이 아파 온다.

그녀에게 피를 빨릴 때마다.

간신히 남아 있는 흡혈귀의 흔적인 송곳니에 찔리고 있는 목덜미가 아니라… 가슴이.

심장이 아파 온다.

욱신욱신하고. 욱신욱신하고.

자기 멋대로.

하지만 그렇기에 어쩔 수 없이, 그 아픔에 나는 안심해 버리는 것이었다.

그녀가 내 체액을 섭취해 주는 동안에는 적어도 그녀는 살아 있어 주는 것이니까.

한때는 자살까지 꾀했던 흡혈귀가.

원래부터 죽어 있는 듯한 흡혈귀가.

나를 위해서, 이렇게 살아 주려고 하고 있으니까.

"…어라?"

그렇게 말한 참에.

오늘에 한해서는 그녀가 내 목덜미를 깨물지 않는 것을 깨닫는다. 포옹하는 듯한 모습을 하며, 그녀는 나에게 완전히 체중을 싣는 느낌으로 그 가느다란 팔만이 아니라 나무토막 같은 다리까지 내 몸에 감았으면서도, 상반신을 서로 밀착시켜서 어쩐지 코알라 같은 자세를 취하고 있는데도 깨물지를 않았다.

"……?"

의도를 읽을 수 없다.

아니, 설마 이제 와서 그녀가 내 피를 마시는 것을 거부하고 있는 걸까. 살아가는 것을 그만두기로 한 것일까 하고 한순간에 나는 전율했고, 자연히 그녀를 안는 팔에 힘이 실려서 하마터면 그녀의 등뼈를 부러뜨릴 뻔했지만 그런 것은 아니었다.

착각이었다.

자세히 보니, 흡혈귀인 어린 여자애의 시선을 쫓아가 보니.

그녀는 내 목덜미는 보고 있지 않고.

그 대신, 내가 그녀를 안을 때 옆에 놓았던 짐 쪽을 보고 있었다.

달콤한 향기가 떠도는 짐이다.

"저기…."

그것은 풍족한 생활과는 거의 인연이 없는 방랑자, 지금도 이 폐빌딩에 살고 있는 자유인인 오시노 메메에게 주려고 가지고 온 선물이라고 할까… 위문품 같은 것이었다.

미스터 도넛 상자다.

가게에서 10개에 천 엔으로 팔고 있던 것이다.

골든 초콜릿, 프렌치 크룰러, 엔젤 프렌치, 스트로베리 휩 프렌치, 허니 츄로, 코코넛 크룰러, 폰데링, 디 팝, 더블 초콜릿, 코코넛 초콜릿.

달콤한 향기가 날 만도 하다.

하네카와와 만나고 돌아가던 길에, 원래는 여동생들에게 선물로 주려고 산 것이었다.

그렇지만 카렌과 츠키히는 입을 모아 "다이어트 중이야."라는 영문 모를 소리를 하며, 오빠의 호의를 헛수고로 만들어 버렸던 것이다.

성장기 여자애가 다이어트 같은 거 하지 마, 좀 더 토실토실해지란 말이야! 라는 느낌으로 격렬히, 이후의 인간관계에 심각한 지장을 초래할 만한 수준의 입씨름을 해 버렸는데, 애초에 그 미스터 도넛 자체가 츠키히에게 빌린 돈으로 산 것이었으므로 이 말싸움에서는 내 쪽이 불리했다.

최종적으로는 사과하게 되었다.

불합리한 남매감각이다.

그렇다고 해서 혼자서 먹자니 열 개란 양은 너무 많고, 게다가 도넛이라는 것은 시간이 지나면 지날수록 풍미가 떨어져 버린다. 그래서 어쩔 수 없이 오늘의 식사는 고사하고 어제의 식사에도 곤궁해 있을, 그런 생활을 하는 듯한 오시노에게 가져다주기로 했던 것이다.

간신히 이 폐 빌딩에서 이슬을 피하고 있는, 그렇다기보다 빗물을 마시고 있을지도 모를 그 녀석에게 가끔은 단것을 먹여 주자는 생각을 할 정도의 정은 나에게도 있다.

……

봄방학 때의 일로 그 남자에게 거액의, 구체적으로는 500만 엔의 빚을 지고 있는 내가 어째서 천 엔 정도의 도넛 세트로 이렇게까지 콧대가 높아질 수 있는지는 스스로 보기에도 수수께끼지만.

500만 엔이라니.

어른이 목을 맬 레벨의 빚이잖아, 그거.

어떻게 갚아야 좋을지 짐작도 가지 않고, 검토할 생각도 안 든다고.

내장이라도 팔아야 하나?

불사신 체질을 이용해서 몇 번이고 내장을 생산해서.

"무섭잖아!"

그래서.

그건 어쨌든… 그런 경위로 여기에 있는 향기로운 도넛들을 흡혈귀 소녀는 나에게 안긴 채로, 그러나 나를 완전히 무시하는 모습으로 일심불란하게 응시하고 있는 것이었다.

뜨거운 시선.

즉 열시선을 보내고 있는 것이다.

"아니…. 하지만 설마."

설마.

그럴 리가 없겠지.

영락했다고는 해도, 찌꺼기라고는 해도.

이미 존재로서의 그 모습을 거의 빼앗기고… 형체도 흔적도 남지 않고, 이름조차 박탈당하고 말았다고 해도, 그래도 그녀는 긍지 높은 흡혈귀다.

게다가 단순한 흡혈귀가 아니다.

철혈이자 열혈이자 냉혈의 흡혈귀, 귀족의 혈통.

말하자면 흡혈귀의 서러브레드다.

그런 그녀가?

세상에, 어떻게 주식主食인 혈액이 눈앞에 있는데 그것보다 도넛 쪽에 관심을 보이다니, 그런 일이 있을….

주르륵.

그런 소리가 났다.

그쪽을 보니, 소녀는 침을 흘리고 있었다.

"꿈을 깨뜨리지 마!"

노성과 함께 소녀를 내던지는 나.

내던져진 소녀는 뒤쪽 벽에 머리를 부딪치고 몸을 웅크려 버렸다.

아차, 나도 모르게 난폭하게 딴죽을 걸고 말았다. 벗고 있던 어깨의 맨살에 직접 침이 닿은 불쾌감이 더해져서.

아니, 뭐. 그 말을 하자면 미수라고는 해도, 맨살은 고사하고 하네카와의 얼굴에 타액을 바르려고 했던 나도 결코 칭찬 받을 수는 없겠지만.

"괘, 괜찮아?"

상당히 강하게 부딪쳤는지 스스로 머리를 문지르고 있는 소녀에게 손을 뻗었지만, 소녀는 내 손을 난폭하게 떨쳐 버렸다.

화나신 것 같다.

금발이 조금 곤두서 있다.

…어쩐지 무슨 동물 같네.

좀처럼 쓰다듬게 해 주지 않는, 사람을 잘 따르지 않는 고양이 같다.

그러나 분노를 산 것은 좋지 않았다. 슬슬 급유…가 아니라 피를 빨게 하지 않으면 이 녀석의 몸이 정말로 버텨내지 못한다. 요즘 이상한 고민에 휘둘려서 좀처럼 이 빌딩에 오지 못했으니까. 그 이상한 고민을 사랑의 고민이라고 착각했던 것이 원인이라고 말할 수 있지만, 그것은 츠키히 덕분에 해소되었다. 그래서 그 쓸데없이 소비한 기간을 되찾는 의미에서도 가능하면 오늘 밤 안에 마시게 해 두고 싶었는데.

여동생들의 눈을 피해서 밤중에 집을 빠져나오는 것도 결코 간단하지는 않다. 그렇다고 해서 낮에 들르면 되지 않냐고 하면, 그것도 간단하다고는 할 수 없다. 왜냐하면 야행성인 흡혈귀에게 낮은 기본적으로 잠자는 시간이기 때문이다.

잠자는 도중에 깨웠을 때 기분 좋아하는 생물은 없다. 그렇게 되면 피를 빨게 하는 것에도 고생이다.

흡혈의 시간대라고 하면 역시 밤이 베스트다.

…정말로 동물을 상대하는 것 같네.

혹은 아기라든가.

수유하는 어머니는 이런 기분일지도 모르겠다.

그러면 어떡할까, 하고 나는 팔짱을 끼고 생각해 보았다.

오시노가 있으면 어드바이스를 구하고 싶은 참이지만 자리에 없다. 다른 교실에서 자고 있다고 해도 자는 사람을 깨울 만한 일은 아니다. 여차하면 조언에 대한 대가니 뭐니 하면서 돈을 청구할 가능성도 있다. 이 이상 빚을 늘릴 수는 없다.

그보다.

이 흡혈귀는 내가 평생 등에 지고 가기로 결정했다.

이 정도 곤란을 혼자서 해결하지 못하면 어떡하겠는가.

"이런 경우에는 머리를 쓰다듬어 주면 되었던가… 아니, 그건 복종의 증명이었지…."

으음.

아, 그렇지.

안이한 생각이긴 하지만, 애초에 미스터 도넛에서 시작되어 이렇게 되었으니 해결도 미스터 도넛을 이용하면 되지 않을까.

그렇다, 다툼은 전부 먹을 것으로 해결이다.

『맛의 달인*』처럼

하하하, 이렇게 먹을 것으로 넌지시 뜻을 비치면 화를 거둘 수밖에 없겠군요, 라는 상황처럼.

나는 비닐로 된 쇼핑백에서 미스터 도넛 상자를 꺼내서 내 무릎 위에 놓고 흡혈귀 소녀에게 보이도록 천천히 열었다.

※맛의 달인 : 카리야 테츠의 요리만화.

그리고 제일 가장자리에 있던 골든 초콜릿 하나를 집어 들고, 팔을 뻗어서 내밀었다.

내밀었다.

…고 생각한 것과 동시에 이미 빼앗겨 있었다.

너, 사실은 흡혈귀로서의 스킬을 전혀 잃어버리지 않은 거 아냐? 라는 생각이 드는 초스피드로 빼앗아 갔다.

그리고 소녀는 맛을 음미하지도 않고 씹었다.

그것도 역시 초스피드라서, 소녀는 골든 초콜릿을 세 입 정도 만에 먹어 버렸다. 저러다가 자기 손가락까지 먹어 버리는 게 아닐까 하는 생각이 드는 맹렬한 식사였다.

아니, 아니. 아니, 아니.

얼마나 걸신들린 거냐고.

반복하게 되는데, 너, 나의 피도 그렇게 맛있게 먹은 적이 없잖아. 조금 쇼크라고, 그거.

"…근데, 어이쿠!"

다 먹은 직후, 이번에는 흡혈귀 소녀가 내 무릎 위에 놓여 있던 나머지 아홉 개의 도넛을 향해 잽싸게 달려들었다.

간신히 상자째로 회피하는 나.

농담이 아니라, 호를 그리는 그 움직임에 말려들었다간 복근이 도려내질 거란 생각이 들 정도로 매서웠다.

"쉭, 앉아!"

다시 추격을 하려는 소녀에게 나는 저도 모르게 외쳤다.

내가 한 소리긴 하지만 '쉭, 앉아!' 라니….

개도 아니고.

하지만 흡혈귀 소녀는 시키는 대로 충실하게 그 자리에 앉아 있었다. 그것도 평소처럼 무릎을 끌어안고 앉은 것이 아니라 엉덩이를 띄운 채 쭈그려 앉은, 아름다운 '앉아' 자세였다.

그리고 매섭고 진지한 표정으로 나를 노려보고 있었다.

"……."

나는 대체 지금 무슨 일이 일어나고 있는지 이해하지 못했다. 하지만 묵묵히 있어 봤자 상황은 진전되지 않는다고 생각하고, 우선 시험해 보자며 나머지 아홉 개의 도넛 중 개인적으로 가장 추천할 만한 프렌치 크룰러를 꺼내서 그것을 흡혈귀 소녀에게 살짝 내밀었다.

조금 전의 골든 초콜릿을 떠올려 보기로는, 손에 든 상태로 내밀었다간 내 손까지 먹힐 것 같은 느낌이었으므로, '앉아' 자세인 그녀의 눈앞에 놓는 느낌이다.

물론 폐허의 바닥은 빈말로도 청소가 잘 되어 있다고는 할 수 없었으므로(애초에 흡혈귀 소녀는 맨발이지만 나나 오시노는 신발을 신고 다니고 있다), 우선 딸려온 종이 냅킨을 깔고 그 위에 도넛을 놓는 형태였다.

곧바로 달려들 거라고 생각했지만 흡혈귀 소녀는 침을 흘릴 뿐이고 '앉아' 자세를 무너뜨리지 않았다.

문자 그대로 귀신같은 눈으로 나를 노려보고 있었다.

조금 전까지의 노려보던 모습이 생글거리는 것으로 느껴질 정도로 강렬한 시선이다. 실제로 만약 시선으로 사람을 죽일 수 있다면 나는 이미 죽어 있었을 것이다. 이상한 비명을 지르면서.

뭐, 종족에 따라 어떤 흡혈귀는 진짜로 시선만으로 사람을 죽일 수 있다고 하지만.

사안邪眼이라든가, 마안魔眼이라든가.

그러고 보니 이 녀석도 봄방학 때에는 노려보는 시선만으로 콘크리트를 부수기도 했던 것 같은데…. 나, 지금 절체절명의 위기 아닌가?

"…손."

왠지 모르게.

손을 내밀어 보았다.

그러자 흡혈귀 소녀는 망설임 없이 내 손바닥에 자기 손바닥을 겹쳐 올렸다. 마치 영화 〈E.T.〉 같았지만, 최소한의 화풀이인지 홈런 타자의 하이터치 같은 힘찬 기세의 '손'이었다.

"그러면, 저기… 먹어."

카드로 하는 놀이인 백인일수百人一首에는 첫 글자 외우기라는 게 있다.

각 시구의 첫 번째 글자를 외워서 맞추는 방법이다.

카드에 적힌 시구의 첫 글자를 들은 직후에 움직일 수 있는 청력의 우수함이 승패를 가른다고 해도 과언이 아니라고 한다. 나는 유감스럽게도 백인일수에 대한 조예가 그리 깊지 않지만, 그것이 정말이라면 이 흡혈귀 소녀는 백인일수의 재능이 아주 빼어나다고 평가하지 않을 수 없다.

먹어, 라는 내 말이 다 끝나기도 전에 그녀는 이미 움직이고 있었다. 아니, 움직임이 끝나 있었다.

그녀는 마치 야생동물처럼 프렌치 크룰러를 깨물고 있었다.

아니, 야생동물이라고 하기보다는.

완전히 집에서 기르는 애완견 같은 모습이었지만.

금발에 여덟 살로 추정되는 아이가 엉금엉금 네 발로 바닥을 기면서 종이 냅킨째로 프렌치 크룰러를 입 안에 채우고 있는 그 모습은… 뭐랄까, 이미 여러 가지 의미로 아슬아슬했다.

하지만 종이 냅킨째로라니…. 역시 손에 들고 주지 않길 잘 했다는 생각이 든다.

그렇다고 해도 역시나 종이 냅킨은 소화할 수 없는지, 그녀는 능숙하게 입 안에서 골라내서 그 부분만 "퉤."하고 뱉어냈다.

그리 예의바른 행동이라고는 할 수 없다.

애초에 바닥에 네 발을 짚고서 도넛을 먹는 시점에서 예의가 바르다고는 말할 수 없지만.

뭐, 봄방학 때에도 그리 예절바른 식사를 하는 녀석은 아니었지만. 그때의 그녀가 했던 말을 떠올리면, 원래 흡혈귀와 인간은 식사 매너 자체가 다른 듯했으니.

그때 남의 식사장면을 빤히 보는 것은 매너 위반이라는 말을 들었던가. 하지만 지금 이 녀석이 나를 강하게 노려보고 있는 것은 내가 매너 위반을 범하고 있기 때문이 아니라 그저 나머지 도넛 여덟 개를 노리고 있기 때문인 것이 틀림없다.

"아니, 하지만 이건 애초에 오시노에게 주려고 가져온 물건이고…."

애초에 아무리 맛있는 도넛을 먹었다고 해도 그건 흡혈귀 소녀에게 영양이 되지 않는다. 흡혈귀 소녀의 영양은—유일한 완전영양식은—내 혈액뿐이니까.

"…하지만 뭐, 앞으로 세 개 정도라면 괜찮을까."

원래부터 열 개 있었다.

오시노와 이 녀석에게 나눠준다면 한 사람에게 다섯 개씩 준다는 계산이다. 생각해 보면 나와 마찬가지로 오시노 혼자서 도넛 열 개를 먹는 건 힘들 테니까.

"그러면 뭐가 좋아? 세 개 골라."

나는 소녀에게 상자의 내용물을 보이려고 했다.

"손가락으로 가리키면 돼."

그러자 소녀는 왼손가락을 움직여서 한쪽 끝부터 순서대로 하나씩 전부 가리켰다.

끝에서 끝까지, 하나씩.

"……"

전부라니.

욕심도 많지.

양보할 생각은 없는 듯, 흡혈귀 소녀는 무뚝뚝한 얼굴로 다시 한 번 반복해서 끝에서 끝까지 빼먹지 않고 하나씩 손가락으로 가리켰던 것이다.

여섯 개 세트의 디 팝을, 일부러 하나씩 전부 가리킬 정도로 세심하게.

"으~음."

그렇구나, 이 녀석은 단 걸 좋아했던가… 아니, 하지만 그렇다고 해도 전부 다는 좀 아니잖아. 그 작은 몸의 어디로 그만한 단맛을 흡수할 수 있다는 거야.

결단을 내리지 못하고 있는 나를, 흡혈귀 소녀가 빤히 응시해 왔다. 압력을 느낀다. 콘크리트를 부수는 압력을.

아니, 진짜로 짓눌릴 것 같다.

뭐, 내가 지금 짓눌릴 것 같은 이유는 죄책감 때문일지도 모른다. 이 흡혈귀 소녀가 이런 생활을 강요받고 있는 것은 역시 내 책임이니까. 고상하고 긍지 높았던 아름다운 흡혈귀가 지금은 바닥을 기며 도넛을 먹고 있다는 현실은 역시 가슴 아픈 일이다.

봄방학 이래, 한마디도 말하지 않는 그녀.

그렇게나 자주 웃었는데도, 지금은 언짢은 듯 무뚝뚝한 표정을 지을 뿐.

그녀가 한 일, 그녀가 해 온 일을 생각하면 당연한 자비를… 인간으로서 당연한 자비를 베풀 수 없는 것은 알고 있지만.

"알았어. 전부 너에게 줄게."

나는 말했다.

흔쾌히, 기분 좋게 도넛을 상자째로 바닥에 놓으며.

마치 공물을 바치듯.

"그럼, 세 바퀴 돌고서 '멍' 하고 짖어 봐."

아.

아차, 이야기의 흐름 때문에 무심코 곡예를 요구하고 말았다… 라고 생각할 짬은 있었지만, 명령을 철회하기 전에 이미 그녀는 그 자리에서 달팽이껍질을 그리듯 멋진 트리플 악셀을 선보이고 있었다.

달팽이라기보다는 그냥 팽이 같다.

그러나 마지막에 '멍'이라고는 말하지 않고 고개를 옆으로 픽하고 돌린 부분이 옛 귀족으로서의 마지막 프라이드인지도 모른다. 아니, 프라이드가 등장하는 게 너무 늦었다고.

흠.

역시 말은 하지 않는 건가.

분위기를 타고 목소리를 내 주는 게 아닐까 했지만, 역시나 그렇게 잘 풀리지는 않는 건가.

하긴 이런 개그 신에서 입을 연다면 이쪽도 실망이다.

그런 아까운 전개가 있어서는 안 된다.

나는 도넛 상자를 슥 하고 미끄러뜨려서 앞으로 밀며 "먹어."라고 말했다. 그러자 흡혈귀 소녀는 기다렸다는 듯이 다시 네 발로 기더니, 이번에는 상자째로 여덟 개의 도넛을 먹기 시작했던 것이다.

망아忘我의 식욕이라고 할까, 여차하면 바닥째로 먹어 버릴 것 같은 기세다.

이건 개라기보다는 결식아동이다.

"쩌는구먼. 이 고리 모양의 음식은 진정으로 맛나는구나. 그야말로 단맛이 가득 찬 반지의 보석함이로고."

"너, 지금 말한 거냐?!"

문득 다른 데를 보고 있던 나는 화들짝 놀라 돌아보았지만, 흡혈귀 소녀는 특별히 이렇다 할 반응 없이 무표정에 한없이 가까운 표정으로 바닥…이 아니라 도넛을 우적우적 먹고 있을 뿐이었다.

뭐야, 환청인가….

우와, 두근두근했어.

아깝게 됐나, 하고 생각했다.

정말이지, 이런 서프라이즈는 너무하다고.

"흐음…. 뭐, 이 녀석이 좋아하는 음식을 안 건 수확…이겠지만."

어쨌든 환청이 들릴 정도로 좋아하는 음식이 판명된 것은 앞으로 나와 이 녀석과의 관계를 유지해 가는 데에 플러스가 되는 정보겠지만.

하지만.

하지만, 그래도… 입을 열어 주지는 않는다.

이쪽이 환청이 들릴 정도로 갈구해 본들, 완고하게 나오는 이야기를 해 주지 않는다.

한때라고는 해도, 주종관계였는데.

"하~아. 여덟 살 아이의 목과 혀라서 말을 할 수 없는 것도 아닐 텐데."

아니, 생각한 적도 없었지만 어쩌면 그럴 가능성도 있을지 모른다.

하지만 그렇다고 해도, 반 마디라도 좋으니까 말을 해 줬으면 좋겠다.

현시연의 '수*' 처럼.

현시연의 '수' 처럼.

현시연의 '수' 처럼!

"뭐 하고 있는 거야, 마다라기* 군."

그렇게.

갑자기 뒤쪽에서 들려온 목소리에 나는 움찔 하고 얼음물이라도 뒤집어 쓴 것처럼 벌떡 일어섰다.

돌아보니 그곳에는 오시노가 있었다.

발소리도 없이, 기척도 없이.

"너는 너대로 깜짝 놀라게 하는구나…."

나는 가슴을 쓸어내리면서 말했다.

한때는 나도 여기를 거처로 삼고 있어서 역시 익숙해져 있기는 하지만, 그래도 폐허는 폐허다. 그런 시추에이션으로 갑자기 뒤에서 나타나면 그야 나도 깜짝 놀란다.

"…갑자기 등장하지 말라고. 아무리 이름에 인忍 자가 들어간 오시노忍野라지만 닌자忍者처럼 나타나지 말라고."

"흥. 마다라기 군이야말로, 아무리 봄방학의 원한이 있다고 해도 흡혈귀 양을 그런 식으로 학대해서는 안 되잖아."

"학대 같은 건 안 했어."

"어린 여자애를 개처럼 취급하는 건 충분히 학대의 요건을 충족시킨다고 생각해, 마다라기 군."

※수 : 키오 시모쿠의 만화 『현시연』에 등장하는 금발의 외국인 캐릭터인 수잔나 홉킨스의 별명 중 하나. 10권 연재분에서 오시노 시노부 코스프레를 한 적이 있다.

※마다라기 : 『현시연』의 등장인물 '마다라메'의 이름과 아라라기의 이름을 합친 것.

이거야 원, 하며 오시노는 과장스럽게 어깨를 축 늘어뜨려 보였다.

"추측컨대 그 미스터 도넛은 나에게 줄 선물로 가지고 온 것 같은데. 으음, 못 먹고 말았네."

"……."

히죽히죽 웃으면서 여전히 전부 훤히 들여다본 듯한 소리를 했다.

그렇다기보다 마다라기라고 하지 마.

어쩐지 그건 다른 캐릭터의 특기라는 기분이 들어서 참을 수가 없다.

미래에 대한 소재 소비다.

그렇지만, 오시노 메메.

서른 줄의 아저씨.

…의 등장이었다.

일 년 내내 알로하차림인, 겉보기에도 경박해 보이는 불량중년. 괴이의 전문가, 각종 요괴의 권위자, 괴물의 테크노크라트… 그 직함에 상반되지 않는 실로 수상쩍은 인물이다.

애니메이션화 할 때에 아주 멋지게 가시화, 가청화되었다는 수수께끼의 정보도 들어와 있지만 그런 걸 내가 알게 뭐냐.

나에게는 어쨌든 수상한 아저씨다.

기기괴괴한 아저씨라고 해도 좋다.

"아라라기 군, 말하지 않았을지도 모르겠지만 나는 단것을 아주 좋아해. 다음 기회가 있다면 꼭 내 몫도 남겨 줘. 나는 올드 패션을 가장 좋아해. 나는 고풍스런 남자니까."

"고풍스러운 남자인 척하지 마, 짜증나."

시대에 뒤처진 클래시컬한 남자를 자임하는 어른만큼 귀찮은 존재는 없다. 뭐, 확실히 올드 패션은 맛있지만.

흡혈귀 소녀는 이미 올드 패션도 폰데링도 전부 먹어치우고서 '어? 뭔가요? 미스터 도넛? 그런 건 모릅니다.' 라는 표정으로 교실 구석이라는 제 위치로 돌아가서 무릎을 안고 쪼그린 기본자세를 하고 있었다.

그야말로 봄방학 때의 이런저런 일이 있었기에 오시노 앞에서는 추한 꼴을 보이고 싶지 않은 듯하다.

어떻게 수습하려고 한들, 입 주위에 묻은 것들을 완전히 감추지는 못했지만.

하지만 뭐.

비교하는 대상이 좀 그래서 그렇지만… 그래도 오시노를 대하는 것보다, 그나마 나에게는 마음을 남겨 준 것 같다는, 단지 그것만으로 나는 안도하기도 했다.

…관심이 없는 것뿐일지도 모르겠지만.

"알았어. 그러면 다음 기회가 있으면 올드 패션 세트로 사다 줄게. 미스터 도넛 포인트도 조금 더 사면 딱 좋게 모일 것 같으니까. 그런데 오시노, 이런 밤중에 어디에 갔었어?"

분위기로 볼 때 다른 교실에서 자고 있던 것은 아닌 것 같다고 판단하고서 나는 그렇게 물어보았다.

"으음. 일이지, 일."

오시노는 젠체하지 않았지만 역시 평소와 같이 장난치는 듯한 말투로 나에게 대답했다.

"원래 방랑자인 내가 이 마을에 머무르는 이유는, 그리고 애초에 이 마을에 온 이유는 괴이담의 수집 때문이니까. 다만 아라라기 군이 한 일의 뒤처리가, 지금 내가 안고 있는 가장 중요한 일이지만."

"뒤처리라니."

나는 쪼그리고 앉아 있는 흡혈귀 소녀를 곁눈으로 엿보았다.

흡혈귀 소녀는 이미 우리들의 대화에는 무관심한 듯 보였다.

"이 녀석을 이렇게 돌봐주고 있는 거?"

"그것도 있지만 그것만은 아니야. 실제로는 귀찮다고, 흡혈귀란 건. 어쨌든 괴이의 왕이니까. 그곳에 있는 것만으로 여러 가지 현상을 일으킬 수 있어. 주위에 계속해서 자극과 영향을 주니까. 그 부분을 잘 마무리하는 것까지가, 내가 아라라기 군에게 부탁 받은 일이야."

"여러 가지를 병행하며 일을 진행시키고 있다는 건가? 마치 부기팝* 같네. 장사가 번성해서 좋겠어."

다만 내 500만 엔은 제쳐 두더라도, 다른 괴이담의 수집 쪽에 관해 말하자면 도저히 돈이 될 거라고 생각되지 않는 '일'이지만.

"공교롭게도 부기팝 정도로 솜씨 좋지는 않아. 내 머리는 동시에 복수의 일을 병행해서 생각할 수 있게 되어 있지 않거든."

※부기팝 : 카도노 코헤이의 소설 「부기팝 시리즈」의 등장인물.

그런데 말이야, 라고 오시노는 말했다.

"하던 이야기를 마저 하겠는데, 아라라기 군. 너무 흡혈귀 양을 괴롭히지 마. 그런 행동은 화근을 남긴다고."

"그러니까 괴롭히던 거 아니라니까."

뭐, 장난이 조금 지나쳤다는 느낌은 있지만 대부분은 이 녀석이 멋대로 한 짓이다. 휘말렸다고까지는 말할 수 없겠지만, 내 입장에서는 어쩔 수 없이 이 녀석의 행동에 맞춰 주게 되었다고도 할 수 있을 것이다.

"그렇다기보다, 봄방학 이후로 계속 생각했던 건데. 이 녀석, 어쩐지 정신까지 어려지지 않았어?"

모습은 여덟 살 아이가 되어 버렸다고 해도 원래 모습은 묘령의 귀부인이다. 아무리 흡혈귀는 외관에 **끌려간다**고 해도, 근본적인 그녀가 500살이라는 것은 틀림없을 텐데.

애초에, 아무리 여덟 살짜리 아이라도 개처럼 먹지는 않는다.

"아아. 그건 어쩔 수 없는 일이야, 아라라기 군. 흡혈귀만의 이야기는 아니야. 괴이란, 말하자면 인간의 신앙으로 이루어져 있으니까."

"인간의 신앙?"

"그래 인간이 그곳에 있다고 생각하기 때문에 그곳에 있는 존재. 그것이 괴이지. '유령의 정체 알고 보니 마른 참억새*'라는 말이 있는데, 정체를 보기 전까지 마른 참억새는 정말로 유령이었다

※유령의 정체 알고 보니 마른 참억새 : 무섭게 생각하던 것도 정체를 알고 보면 아무것도 아니라는 뜻의 속담.

는 이야기야."

"응? 잘 모르겠네. 뭐, '정어리 대가리도 믿기 나름'이란 속담 같은 의미겠지만, 그게 어째서 이번의 이 녀석하고 연결되는 거야?"

"흡혈귀가 어째서 최강의 괴이인가 하면, 누구나가 흡혈귀를 최강의 괴이라고 생각하기 때문이야. 괴이는 주위의 인식대로 나타나지. 주위의 기대대로 행동하고."

그런 법이야, 라고 오시노는 말했다.

말하면서 흡혈귀 소녀에게 눈길을 준다.

설령 시선으로 사람을 죽일 수 있다고 해도 벌레조차 죽일 수 없을 것 같은, 압력도 무엇도 없는 그저 부드러운 시선이었다.

"그러면 거기서 이 흡혈귀 양을 보자. 지금 이 흡혈귀를 인식하고 있는 건, 아라라기 군, 너뿐이야."

"……."

"엄밀하게 말하면 나나 반장도 있겠지만, 그래도 가장 강하게 흡혈귀 양이 영향을 받는 건 아라라기 군으로부터지. 어쨌든 지금 아라라기 군은 흡혈귀 양에게 유일무이한 영양원이니까. 그 영향은 슈퍼 다이렉트야."

"그러면 지금 이 녀석은 **내가 이렇게 생각하고 있기 때문에** 이런 모습이라는 거야?"

아니.

미스터 도넛을 좋아하는 것 정도는 내 영향이어도 괜찮지만 개처럼 먹는다든가 하는 건 아무리 그래도 그렇지…. 그런 행동을 흡혈귀에게 기대하고 있다면 나는 상당히 정신적으로 병들어 있다고 말할 수밖에 없다고. 진짜로 진지하게 카운슬링이 필요하다. 아직 밤중이지만, 지금이라도 예약을 해야겠다.

"확실히 나는 너나 하네카와만큼 인간으로서 완성되지 않았으니 이 녀석을 어딘가의 여덟 살짜리 아이로 보게 되는 점은 있겠지만, 그래도 이 구도가 내 기대대로는 아닐 거 아냐."

"어린아이가 부모의 기대대로 큰다고만은 할 수 없잖아? 그래도 기대의 영향은 받지. 대충 그런 느낌이야."

"부모의… 기대."

가정.

…의 영향.

"성실한 사람이 되라는 설교 같은 소리를 할 생각은 없지만, 너무 허튼 소리만 하고 있으면 영향이 아니라 악영향을 주게 될지도 몰라. 안 그래도…."

오시노는 거기서 말을 끊었다.

그리고 뒤를 잇지 않았다.

나를 배려해서 뒷말을 잇지 않았다…는 것도 아닐 것이다. 오시노는 그런 식으로 배려해 주는 남자가 아니다. 그저 말할 필요가 없기 때문에 말하지 않은 것이 틀림없다. 사실 내가 봐도 굳이 들을 것도 없는 일이었다.

안 그래도.

안 그래도 그 긍지 높은 흡혈귀를 이렇게 앳된 어린아이로 깎아내려 놓고, 게다가 악영향까지 주면 어쩔 거야.

그런 이야기다.

하지만 오시노의 말에 나는 고개를 끄덕이지 않을 수 없었다. 반드시 기대대로 되는 것은 아니라고 해도, 이 흡혈귀는 적어도 한 가지 점에서는 내 기대에 응하고 있다.

즉, 그것은 나를 용서하지 않는 것.

웃지도 않고, 말하지도 않고.

흡혈귀는 나를… 용서하지 않는다.

"그래서 말인데 아라라기 군. 도넛을 먹이는 것을 보니, 이미 이번의 흡혈 당번은 끝낸 거야?"

"흡혈 당번이라니."

급식 당번처럼 말하지 마.

"아직이야. 별일이네, 네 추측이 틀리다니. 도넛이 먼저, 흡혈은 그다음이야. 이 녀석, 내 피보다도 도넛 쪽이 좋은 것 같더라고. 지금 나는 그 사실에 충격을 먹고 있던 참이야."

"흐음. 뭐, 아라라기 군의 혈액은 별로 맛있어 보이지 않으니까. 흡혈귀 양의 기분도 이해가 안 되는 건 아니야."

응응, 하고 혼자서 고개를 끄덕이는 오시노.

무엇에 납득하고 있는 건지.

"그러면 아라라기 군. 아까 잠깐 화제에 올랐었는데, 반장은 잘 있어?"

"어?"

뭐야, 갑자기 뜬금없이.

마치 한낮에 내가 하네카와와 만난 것을 다 알고 있는 듯한 말투다. 이것도 오시노의 장기인 꿰뚫어 보기인가, 라고 생각했지만 가만히 생각해 보면 그런 것은 아니다.

다시 생각하면, 그러고 보니 오시노는 평소부터 은근히 하네카와에 대해서 신경을 쓰고 있는 눈치였다.

이따금씩 뭔가 떠올랐다는 듯이 나에게 하네카와에 대해서 묻는다.

아니, 하네카와에 대해 신경 쓰고 있다기보다 하네카와와의 **동향**에 대해 신경 쓰고 있다고 말하는 편이 정확할까.

과연 그렇도다, 라고 말할 수 있다.

어쨌든 봄방학 때의 일로 인해 오시노는 하네카와를 상당히 경계하고 있는 구석이 있으니까. 그것이 얼마나 진심인지는 제쳐 두더라도, 오시노가 보기에 하네카와 같은 녀석은 성가신 존재일 것이다.

"그 여자애는 누구에게도 성가시다고."

그렇게 오시노는 말하지도 않은 내 감상을 가볍게 정정했다.

그런 부분을 두고 훤히 들여다보고 있다고 하는 거라고.

"물론 아라라기 군에게도 그래. 흡혈귀 양의 방문은 이 마을에 있는 괴이의 사정을 상당히 일그러뜨려 버렸지. 하지만 그 말을 따라 말하자면, 우리 반장이 사는 것은 이 마을의 인간 사정을 나름대로 일그러뜨려 놓고 있을 테니까."

"그건 아무리 그래도 과장이겠지."

"과장스럽다는 말을 들을 정도가 딱 좋아. 허풍스럽고 대담하게 말이야. 실제로 그 여자애의 상태."

그래서, 어때?

그렇게 오시노는 물었다.

"어떻다니…. 그냥. 잘 있어."

"정말로?"

집요하네.

아니, 이렇게 집요하게 물고 늘어진다는 것은 내 어정쩡한 반응 (그렇다기보다 대강 넘기려는 듯한 말투)을 오시노가 수상하게 여기고 있는 거겠지.

뭐, 정말 그러냐고 물어보면, 정말 그런 건 아니니까.

정말로 거짓말이고.

하지만 어쨌든 그 내용이 하네카와의 가정 사정인 만큼 이런 곳에서 공공연히 이야기해서 좋을 건 없을 거라고 생각한다.

왼쪽 얼굴의 거즈에 대해서도, 그 뒷사정도.

누구에게도 말하지 않겠다고 약속했으니까.

설령 상대가 오시노라고 하더라도.

"흐음, 그렇군. 말할 수 없는 건가."

그러나 오시노는 역시라고 말해야 할까, 내가 대답을 거절해야 할지 어떨지 망설인 그 리액션만으로 '말할 수 없다' 라는 내 사정을 추측한 듯했다.

"그렇다면… 말할 수 없을 만한 일이 그 여자애의 신변에 일어났다고 생각하는 게 타당하려나? 그건 걱정이네."

"네가 걱정할 일은 아니야."

그리고 물론.

내가 걱정할 만한 일도… 아니다.

"하네카와의 문제야. 쓸데없는 참견은 할 수 없어. 무슨 일이 있었다고 해도 그건 그 녀석이 혼자 알아서 살아나는 것 외에 방법이 없는 거잖아."

"흐음. 그러면 추궁은 하지 않겠어."

이런 전개이니 더 따지고 들 거라고 생각했는데 오시노는 생각 외로 간단히 물러섰다.

"확실히 아라라기 군이 우리 반장하고 어떤 식으로 느실난실하더라도 나 같은 게 참견할 수 있을 리 없지."

"아니, 딱히 느실난실한 건…."

"스커트 들치기를 하건 뭘 하건 참견할 수는 없지."

"너, 뭘 알고 있는 거야?!"

"그렇다면 접근방식을 바꿀게."

내 해명을 들으려고도 하지 않고 오시노는 말했다.

말할 수 없는 것 이외의 사실을 알려 줘. 우리 반장에 대한 모든 것을 말할 수 없는 것은 아닐 거 아냐?"

"……."

뭐, 그런 접근방식으로 나온다면 계속 입을 다물 수도 없을까.

하네카와의 가정 사정이나 아버지에게 맞은 사실 같은 건 감출 수밖에 없지만, 그 주변의 모든 것까지 감춰야만 하는 것은 아니다.

적어도 오늘—날짜로는 이미 어제—우연히 길에서 만나고 잠깐 이야기를 나눈 정도는 말해도 아무 문제없겠지.

어떻든 오시노는 역시 물러나 주지 않을 테니까.

적어도, 그리 간단히는.

그렇게 생각하고 나는 능숙하게—였는지 어떤지는 알 수 없지만—입막음 당한 부분을 감추고 오늘 있었던 일을 이야기했다.

감춰야 할 부분을 감추며.

아침에 여동생이 깨워서 일어난 것부터.

하네카와와 만나고.

그리고 마지막으로 자동차에 치여 죽은 고양이를 묻어 준 부분까지.

이야기했다.

"아라라기 군."

그러자, 오시노는.

오시노 메메는.

알로하셔츠의 가슴 주머니에서 꺼낸 담배 한 개비를 불을 붙이지 않고 입에 물면서… 오시노 메메는.

"혹시 그거… 꼬리 없는 은색 고양이는 아니었겠지?"

그렇게 말했던 것이다.

여기까지 용케 참아 주었다.

감사한다.

자, 본론이다.

006

매정한 얘기일지도 모르겠지만 사실 나는 **그 일**을 그리 중요하게 보고 있지 않았다.

왜냐하면 하네카와 녀석과 행동을 같이 하다 보면 자동차에 치여서 도로 바닥에 짓이겨져 있는 고양이를 묻어 주는 일 정도는, 말하자면 일상다반사에 가깝기 때문이다.

그런 일은 얼마든지 있었다.

봄방학 때 나를 구해 준 것처럼.

하네카와는 그 고양이를 매장해 준 것뿐이다.

당연하다는 듯.

"아라라기 군, 거들어 줄래?"

그런 소리를 하며.

또다시 얼굴에 붙여 놓은 거즈 같은 건 잊어버린 것처럼, 평소 같은 행동과 평소 같은 미소로.

몇 번이나 몇 번이나 차에 깔려서, 원래는 반짝일 정도로 흰색이었을 그 털이 피의 빨간색인지 더러운 검은색인지 알 수 없게 되어 있던 고양이의 시체를 안아 들었던 것이다.

애지중지하듯이.

사랑스럽다는 듯이.

그녀는 안았다.

'고양이 귀여워하듯이*', 라는 속담이 있는 것처럼 고양이란 동물을 좋아하는 인간은 많겠지만—나도 싫어하는 것은 아니다—

※고양이 귀여워하듯이 : 분별없이 맹목적으로 귀여워함을 이르는 말.

설령 짓이겨지지 않았다고 해도 그 시체까지 안을 수 있는 녀석이 얼마나 있을까.

그렇게 생각하면.

그렇게 보다 보면.

내 마음은 또다시 술렁이고 있었다.

뭔가 말하고 싶어서.

역시, 아무것도 말할 수 없었다.

"사와리네코障り猫."

우연이라고 할까, 뭐라고 할까. 사실 나는 흡혈귀 소녀에게는 피를 주고 오시노에게는 도넛을 건네고 나서 얼른 집에 돌아가 잠을 청할 생각이었는데, 그럴 수 없게 되고 말았다.

오시노의 일을 거드는 처지가 되었던 것이다.

아니, '처지가 되었다' 라는 피해자 같은 표현을 해서는 안 될 것이다. 500만 엔의 빚이 있는 입장으로서는 어지간한 부탁은 들어주어야 할 테고 하물며 그것이 하네카와에 얽힌 안건이 되면 더욱 그렇다.

거들기는커녕.

주축을 떠맡고 싶을 정도다.

"식육목 고양이과의 포유류."

오시노는 그렇게 말했다.

고양이.

"사와리네코는 지금 내가 이 마을에서 수집하고 있는 괴이담 중 하나야. 실은 조금 전까지 외출한 건 **그 녀석**을 추적하기 위해서였어. 이런 걸 두고 우연이라고 부르는 걸까? 그렇다면 상당히 기분 나쁜 우연이지만. 옛 친구의 말을 빌리자면, 그곳에서 어떠한 악의를 느끼지 않을 수 없어."

"아니. 잠깐 기다려, 오시노."

오시노의 말에 나는 약간 혼란을 느끼면서… 라기보다는 거의 아무것도 모르는 채로 그저 반사적으로 생각도 없이 표면만으로 반론했다.

"내 설명이 안 좋았어? 나하고 하네카와가 묻어 준 고양이는 괴이 같은 게 아니야. 실재하는, 살아 있는… 살아 있던 고양이야. 현실의, 비실재가 아닌 실재하는 고양이라고. 자동차에 치였던 모양이야. 확실히 네 말대로 꼬리가 없는 고양이였고, 기억해 보기로는 은색 기운이 도는 하얀색이기는 했지만 괴이라든가 요괴 같은 게 아니라 있는 그대로의…."

"그래. 그런 건 아니야."

그럴 거라고 나도 생각해.

보통이라면.

그렇게 오시노는 말했다.

결코 감정적으로 내 반론을 부정하지는 않는, 평소처럼 경박한 태도의 오시노다. 언제나 밸런스를 잡고 싶어 하고 언제나 중립이고 싶어 하는, 이것이야말로 오시노 메메라고 해야 할 오시노의 오시노다운 태도.

그런 평소 같은 오시노이기는 했지만, 그러나.

그래도 불이 붙지 않은 담배를 문 그 입가가 아주 약간이지만 진지함을 띠고 있는 느낌이 들었다.

진실을 말하고 있다는 기분이 들었다.

그리고 아마도 이 감각은 기분 탓이 아니다.

굳이 말하자면… 하네카와 탓이다.

"하지만 아라라기 군. **우리 반장은 보통이 아니잖아**. 그 점에 대해서는 너하고 신나게 갑론을박 해 왔으니 이 이상 언쟁은 하고 싶지 않지만 말이야. 그 여자애는 진짜로 위험하다고."

"…뭐, 네가 하네카와를 경계하는 건 알고 있어."

"경계 같은 게 아니야. 우리 흡혈귀 양이…."

오시노는 능숙하게, 물고 있는 담배 끝으로 교실 구석에 앉아 있는 소녀를 가리켰다.

"저런 식으로 죽지도 살지도 않은 상태가 되어 있는 건 물론 아라라기 군의 책임이지만, 그래도 근본적인 바닥에는 우리 반장의 계략도 있다고."

"그야… 그렇지만."

봄방학.

나는 확실히 하네카와의 도움을 받았다. 아무도 구해 주지 않던 나를, 하네카와만이 구해 주었다. 그 점에 대해서는 아무리 은혜를 느껴도 지나치지 않을 것이다.

하지만. 그러나.

논리적으로 말하자면, 만약 하네카와가 없었더라면 봄방학의 사건은 **일어나지도 않았다**고 말할 수 있다.

거기에 의지와 의도는 전혀 없었다고 해도―자의는 없었고 본의

도 아니었다고 해도—하네카와 츠바사의 병 주고 약 주고 하는 성
향은 나도 인정하지 않을 수 없는 부분이다.

"그래. 병 주고 약 주고지. 그 말대로야. 나비효과의 체현 같은
무시무시한 여자애지. 카오스에도 정도가 있는 법이라고. 정말 실
력 있는 연출가야. 무시무시한 프로듀서지. 자동차에 치여 죽은 고
양이를 묻어 준다는 사소하고 흔한, 말하자면 가슴 훈훈한 일상의
에피소드조차도 그 여자애의 손에 걸리면 천지를 뒤흔드는 대사건
이 될 수도 있어."

특히나 고양이는 위험하잖아, 라고 오시노는 말했다.

"그 반장에게… 사와리네코는 딱 들어맞아."

"……"

나는 오시노가 지금 쫓고 있다는 괴이, 사와리네코라는 것에 대
해서 자세히는 묻지 않았다. 그럴 시간이 없었다는 것이 주된 이유
였지만, 마음속 어딘가에 듣고 싶지 않다는 마음도 있었을 것이다.

그렇다.

나도… 그랬다.

안 좋은 예감이, 처음부터 들었던 것이다.

언제부터?

고양이를 묻어 줬을 때부터? 아니.

왼쪽 얼굴의 거즈를 봤을 때부터? 아니.

아마도… **하네카와와 처음 만났을 때부터.**

알고 있었을 것이다.

그래서 나는.

"오시노."

그렇게, 더 이상 쓸데없는 반론을 생략하고 말했다.

의논의 여지 따윈 없다.

"그러면 나는 어떡하면 좋지? 가령 지금 뭔가가 일어났다고 하고…."

"아니. 십중팔구, 아무것도 일어나지 않았어."

그러니까 이대로 아무 일도 일어나지 않은 걸로 해 두자는 얘기일 뿐이야, 라고 오시노는 말했다.

"그냥 만일을 위해서야. 조심해서 나쁠 것 없다는 얘기일 뿐, 십중팔구는 고사하고 그냥 만에 하나지. 리스크를 생각하면 쓸데없는 대처라도 해 둬야 할 거라고 얘기하는 것뿐이야. 그렇게 불안한 얼굴을 할 만한 일은 아냐, 아라라기 군."

오시노는 마지막엔 앞으로 몸을 내민 내 자세를 놀리는 듯한 투로 그렇게 말했지만, 사실은 어떨까. 그 부분의 멘트는 그냥 잠시 동안의 위안이었다고 생각한다. 오시노 본인이 그렇게는 전혀 생각하지 않은 것처럼. 십중팔구라고도, 만에 하나라고도 생각하지 않는 것처럼.

아니, 실제로 확률로서는 그런 것이었을지도 모른다.

다만, 십 분의 일이든 만 분의 일이든.

그런 확률을 아무렇지도 않게 도출해내는 것이 하네카와 츠바사라는 여자라는 사실은, 그 점에 관해서만큼은 이미 나와 오시노는 공통인식을 갖고 있다고 말해도 좋다.

그 녀석은. 그 녀석만큼은.

진짜로 위험하다.

"게다가 **두통**이란 얘기도 신경 쓰이네, 나로서는. 의미 없는 복선이라면 좋겠지만. 그러면 아라라기 군, 여기서는 손쉽게 둘로 나눌까? 나는 너희들이 묻었다는 하얀 고양이를 **파내러 갈게.** 요컨대 무덤 파헤치기지."

"무… 무덤 파헤치기라니."

"뭐, 벌 받을 짓이기는 해. 다만 그 정도는 해 두고 싶어. 그래서 묻은 고양이가 보통의 고양이라면 안심이지. 그 시점에서 오래오래 잘 살았습니다~ 하는 해피엔드야. 내가 벌을 받게 되는 건 아무런 문제도 없어. 달게 받도록 할게. 원래 나는 동네북 같은 남자니까."

"네가 동네북인지 어떤지는 모르겠고 의미도 모르겠지만, 요컨대 나는 너에게 고양이를 묻은 장소를 알려 주면 되는 거지? 거기까지 너를 데리고 가면 되는 거지?"

"그야 물론 알려 줘야겠지만, 아라라기 군이 길안내까지 할 필요는 없어. 대강의 장소만 이야기해 주면 나는 그 고양이의 묘에 다다를 수 있어."

"흐음."

겉멋으로 방랑생활을 오래한 건 아니란 얘긴가.

이 동네에 살아 온 사람의 지리감각 같은 건 애초에 필요 없겠지. 역시, 이 지역 사람도 있는지 없는지 잘 모를 만한 이런 폐허를 근거지로 삼고 있을 만하다.

"물론 그걸 알려 주는 것은 싫지 않지만, 내 행동범위 밖이라서 정확하게 설명하기는 힘들어. 정말로 대강의 장소밖에 알려 줄 수 없을 텐데, 그래도 괜찮겠어?"

"괜찮아."

그렇게 말하며 오시노는 고개를 끄덕였다.

못미더운 나에게 불평 한마디도 빈정거림 두 마디도 하려고 하지 않는다. 그것이 오히려 현재 상황의 급박함을 알기 쉽게 단적으로 드러내고 있는 것 같았다.

하지만 급박한 상황이라니.

아직 아무 일도 일어나지 않았을지도 모르는데… 그래도 이미 급박한 상황이란 건가.

전시戰時 같은 상황인가.

"그 대신, 아라라기 군은 다른 중요한 역할을 맡아 줘야겠어."

"어?"

"말했지? 그러니까 둘로 나눈다고. 아라라기 군은 반장에게 **직접** 접근해 줘야겠어."

"지, 직접?"

"지금부터 반장의 집을 방문하는 거야. 그리고 실제로 만나서 얼굴하고 눈을 보며 이야기를 하고, 그 여자애가 무사하다는 걸 확인하고 와."

당연한 듯이 그렇게 줄줄 말하는 오시노에게 나는 할 말을 잃었다.

뭐? 집을 방문해?

"이봐. 말도 안 되는 소리 하지 마, 오시노. 지금 몇 시인 줄 알아?"

"밤중이지. 그것도 한밤중이야. 한밤중이기 때문이야. 어떤 의미에서 한밤중이 아니면 의미가 없어. 초목도 잠드는 새벽 2시를 인용할 것도 없이, 일반적으로 괴이가 가장 활성화되는 시간대니까. 즉 음성과 양성을 판단하기 가장 쉬워."

"그야 봄방학에 체험해서 알고 있기는 하지만…."

그렇지만 세상에는 상식과 비상식이란 것이 있다. 이런 밤중에 같은 반 이성친구의 집을 방문한다는 행위는 명백히 비상식이라는 말의 범주 쪽에 포함될 것이다.

"비상사태니까 행위가 비상식이어도 괜찮아. 오히려 그렇지 않으면 안 돼. 최악의 경우라도 아라라기 군이 반장에게 경멸당하는 것으로 끝나."

"정말로 최악이잖아!"

뭐.

낮에 있었던 일로 이미 경멸당하고 있을 가능성도 있고, 더 말하자면 봄방학 시점에서 경멸당해도 이상하지 않으므로, 그 말을 듣고 보니 '이제 와서 뭘?'이라는 기분이 드는 것이 신기했다.

원래부터 미움 받는 게 당연하다.

어쩐지 슬픈 사실이다.

"게다가 역할을 바꿀 수도 없잖아. 나는 묻혀 있는 고양이가 단순한 고양이인지 그렇지 않은지 판별할 수 없으니까."

"그래. 그리고 **반장에게 이상이 있는가, 없는가 하는 판별은** 아라라기 군 쪽이 적합할 거야."

친구니까.

덤이라는 듯 덧붙인 그 말에는 약간 시니컬하다고 할까, 빈정거림이 포함되어 있는 듯했지만… 다만 설령 빈정거림이었다고 해도 그것은 의욕이 나게 해 주는 신비한 말이었다.

그렇다.

괴이에 대한 것은 어떨지 몰라도 하네카와에 대한 것이라면.

오시노보다 내 쪽이 스페셜리스트다.

"아. 하지만 오시노, 난 하네카와의 집이 어딘지 몰라."

"어? 어라? 그거 이상하네. 아라라기 군하고 반장은 같은 반이잖아? 반 주소록 같은 건 없어?"

"언제 적 얘기야. 지금은 개인정보 관리가 이루어지고 있다고. 친구 사이라도 아는 건 휴대전화 번호와 메일 주소뿐이고, 사는 장소는 어느 역 근처인지도 모르는 게 대부분이야."

"삭막한 시대네~. 아날로그에 알로하인 아저씨는 못 따라가겠어."

아날로그에 알로하인 아저씨는 정말로 진저리난다는 듯 이맛살을 찌푸렸다. 휴대전화도 PHS[*]도 갖고 있지 않은 기계치 입장에서는 확실히 진저리나는 시대겠지.

"하지만 그렇게는 말해도, 봄방학을 포함해서 한 달 정도 아라라기 군하고 반장은 나름대로 밀접한 관계가 있었으니 전혀 감이 안 잡히는 것도 아닐 거 아냐. 평소의 대화 사이사이나 약속장소까

※PHS : 간이휴대전화.

지 걸리는 시간 같은 걸로 반장이 사는 곳이 어딘지 대강의 위치 정도는 파악하고 있지 않아?"

"사람을 스토커처럼 말하지 마…."

뭐.

그야 파악하고 있지만.

당연하잖아(태연히).

그 정도도 못하면 아라라기 코요미의 체면이 말이 아니라고.

나와 오시노의 그런 대화를 금발 흡혈귀 소녀가 정말 흥미 없다는 듯, 무릎에 턱을 묻고 흘려듣고 있었다. 그리하여.

나는 산악자전거를 타고 한밤중의 우리 동네를 누비게 되었다.

일단 라이트를 켜고는 있지만, 이것은 지금의 나에게는 필요 없다. 폐 빌딩을 나올 때, 잊지 않고 흡혈귀 소녀에게 피를 주고 왔으므로(어쩐지 도넛을 먹고 있을 때가 더 맛나게 먹고 있던 것 같은 기분이 든다. 역시 쇼크다), 내 몸은 현재 그럭저럭 높은 흡혈귀성을 띠고 있다. 야음夜陰이라도 흑암黑暗이라도, 까마득히 멀리까지 훤히 보인다.

뭐, 자전거의 라이트는 통행인에게 '자전거가 여기 있습니다' 라는 것을 알리는 사인이기도 하므로 나는 훤히 다 보이더라도 켜 두지 않으면 위험하지만.

"에고고. 어쩐지 일이 커져 버렸네. 아니, 그보다 이런 시간에 집을 방문해서 어떻게 하네카와하고 만나라는 거야."

빨리 하는 편이 좋다고 해도, 밤 쪽이 좋다고는 해도.

상당히 억지스럽다.

보통의 가정에서도 그러한데, 하물며 하네카와의 가정은 불화와 일그러짐을 안고 있다. 낮에 들은 이야기로 추측하면, 밤중에 방문한 같은 반 친구를 환영해 줄 만한 환경이라고는 생각되지 않는다.

자칫하다가는.

"뭐, 그 부분의 사정은 오시노에게 감췄으니까…. 게다가 그 녀석이 그걸 알았다고 해도 어차피 해야 하는 일이 바뀌었을 거란 생각도 안 들고."

어차피 역할을 교대하게 되지는 않는다. 판별할 수 있는가 없는가 하는 점은 접어 두더라도 밤중에 여자아이의 집을 방문한다는 일은 해천산천*, 천하의 오시노 메메에게도 무리일 것이다.

원래부터 수상쩍은 아저씨인데, 폐 빌딩에서 지내는 게 익숙해졌는지 봄방학에 만났을 때보다 상당히 지저분한 모습이 되어 있으니까.

어디 내놔도 밀리지 않는 거동수상자다.

혹은 나그네일지도 모른다.

비천어검류*의 후계자일지도 모른다.

그 부분으로 보면, 내 경우에는 설령 신고당한다고 해도 어린애의 장난으로 끝난다. 미성년의 특권을 한껏 발휘하기로 하자.

"게다가 나는 하네카와의 말을 빌리자면 치킨이니까. 무덤 파헤

※해천산천(海千山千) : 바다에서 천 년, 산에서 천 년을 산 뱀은 용이 된다는 뜻으로, 오랜 경험으로 세상일을 다 알아 아주 약삭빠른 사람을 비유해 이르는 말.
※비천어검류 : 와츠키 노부히로의 만화 『바람의 검심』의 주인공 켄신이 사용하는 검술. 켄신은 초반에 나그네로 등장한다.

치기 같은 거친 일은 애초에 할 수 없어."

결국 적재적소라는 이야기겠지.

그렇게 자신을 납득시켰을 때, 나는 자전거를 세웠다.

신호등 아래의 구역 표시를 볼 때, 이 부근이 하네카와가 살고 있다고 추측되는 지역이다. 하네카와의 동네다.

뭐, 방문할 때의 예의에 대해서는 그때 가서 생각하기로 하자. 그건 아직 나중 문제다.

우선 나는 하네카와의 집을 찾아내야만 한다.

…말도 안 되는 소리 하지 마.

뭐가 '우선' 이냐.

엄청난 고생이잖아, 그거.

아무리 시골 마을이라고 해도 주택가임에는 틀림없다. 한 채 한 채 들러 가며 문패를 보면 되겠거니 하고 자전거로 달려올 때에는 쉽게 생각했지만 막상 해 보니 이건 상당한 중노동이었다.

네 자릿수의 번호 자물쇠를 끈기 있게 열려고 하는 것과 다를 바 없다.

분명히 도중에 마음이 꺾이게 된다.

아니. 숫자 자물쇠라면 언젠가는 정답에 도달할 수 있다는 보증이 있지만, 이 경우에 나의 첫 추정이 잘못되었을 가능성도 크다. 하네카와의 집이 이 지역에 있다는 것은 내 멋대로의 예상일 뿐이다.

다른 사람도 아닌 하네카와다.

그 부분을 쉽게 알아 내지 못하도록 행동하고 있을 가능성도 있다. 아니, 그렇다면 나는 대체 얼마나 경계 받고 있던 거냐.

진짜로 스토커 취급이잖아.

"이거야 원. 꼬리 없는 고양이라…. 있든 없든 고양이 꼬리[*]라는 말이 있긴 하지만."

그렇게 중얼거리면서 나는 다시 산악자전거에 올라탔다.

보다 신중을 기하면서 천천히, 차분히 페이스를 떨어뜨리고 문패를 체크해야겠지만, 지금의 나에게 그런 신중함은 필요 없다.

흡혈귀의 강대한 시력은 동체시력도 마찬가지다. 시야각도 어쩐지 넓어진 기분이 들 정도다. 역시나 그렇게까지 하지는 않지만, 힘껏 페달을 밟더라도 양 옆에 늘어서 있는 주택의 문패를 하나도 빠뜨리지 않고 체크할 자신이 있다.

일단 이 지역을 남김없이, 구석구석까지 일주해 보자고 기합을 다시 넣고, 나는 지면을 박찼다.

혼자 하는 수색 작전.

그렇다. 마음이 꺾여 봤자 알 게 뭐냐.

봄방학 때 하네카와가 나에게 해 준 일을 떠올리면, 내 마음 따원 복잡골절을 당하든 분쇄골절을 당하든 다 사소한 일이다. 그렇게.

그렇게 생각하지만.

그런 결의도, 그러나 결국은 헛된 것일 뿐이었다.

내 결의 따원 언제나 언제라도 헛손질이다.

※있든 없든 고양이 꼬리 : 있든 없든 괜찮은 것을 가리키는 일본 속담.

뒤늦은 짓도 이만한 게 없다.

내가 진짜로 하네카와의 안위를 생각하고 있었다면, 그녀를 어떻게든 해 주고 싶었다면… 나는 낮에 거절을 당하든 입막음을 당하든, 말 그대로 경멸당하게 되더라도 우격다짐으로 그 시점에 하네카와의 집에 밀고 들어갔어야 했던 것이다.

나는 문자 그대로.

늦었던 것이다.

"…아."

정면의 길을 주파한 뒤에 골목을 돈 직후였다.

시간대도 시간대다. 이제까지 누구와 지나친 적 없이 자전거를 타고 있던 내 정면에 갑자기.

갑자기.

기습적으로.

문득.

부당하게… 나타났다.

실로 불합리하게… 나타났다.

아니, **그것**은 그저 그곳에 있었을 뿐… **그것**은 그냥 그곳에 자리했을 뿐이었으니까 그런 식으로 마치 선택해서 내 앞에 출현한 것 같은, 일부러 나를 기다리고 있었던 것 같은 표현을 쓰는 것은 공평하지 않다.

그것은 너무나도 자기중심적인 사고방식이다.

그런 편의주의는 있을 수 없다.

필연도 아니거니와 우연조차 아니다.

단순히 서로의 코스가 딱 충돌한 것뿐이다. 나는 **그것**의 입장에서는 실로 보잘 것 없는, 의식할 가치도 없는 왜소한 존재였을 뿐일 테니까.

마치, 괴이 입장에서의 인간처럼.

가로등의 불빛조차 불확실한 이 밤중.

산악자전거의 핸들에 걸려 있는 LED 라이트가 비추는 앞에 있던 것은… 무엇을 감추랴, 누구인가.

잘 아시는 반장 중의 반장.

하네카와 츠바사였다.

"…어라…? 그렇지만."

그러나… 그렇지만.

그 하네카와를 보고서 하네카와라고 판단할 수 있는, 단정할 수 있는 자는 그리 없을 것이다.

부모가 봐도 모를 것이다.

그런 수식구는, 이 경우에 너무나도 아이러니에 가득 차 있지만….

"…하네카와…야?"

하얗다.

하얗다.

하얗다.

존재 자체가, 순백처럼.

새하얀 시로무쿠*처럼, 하얗다.

골든위크에 할 만한 비유는 아니지만, 눈이 무색하다는 비유는 이런 걸 보고 하는 소리다.

젖은 까마귀 깃처럼 흑색이었던 그 하네카와의 머리카락이 비쳐 보일 듯한 백색으로… 안 그래도 색조가 옅은 하네카와의 피부가 병적일 정도까지 백색으로.

변해 있었다.

브래지어에 팬티뿐이라는… 신발은커녕 양말도 신지 않은, 욕실에서 그대로 뛰어나온 것 같은 모습에 압도되기도 했지만, 그러나 그 속옷의 색만이 대조적으로 유일하게 검다.

두드러지게.

지극히… 검다.

그러나 그 흑색에는 개인적으로 기억이 있었다.

틀림없이 그것은, 낮에 하네카와가 입고 있던 색이다. 잊을 리 없다.

빨려 들어갈 것 같은 다크 블랙.

그것이 결정타였다는 것은 아니지만, 그러나 내 입장에서 눈앞에 있는 그 존재가 하네카와 츠바사라는 사실에 관해서는 확신이 있었다.

허리 라인이… 아니, 그건 어떻게 되든 괜찮다.

어떻게 되든 괜찮지 않은 것도 여기서는 치워 두자.

문제인 것은.

속옷차림이라는 것이나 염색했다고 하기에는 너무나 자연스럽

※시로무쿠(白無垢) : 일본의 전통혼례 때 신부가 입는 새하얀 옷.

게 머리카락 색이 완전히 바뀌어 있는 것보다도 더욱 현저한 문제
는.

"…냐옹."

그녀의 머리에 뾰족하게 **고양이 귀**가 나 있다는 점이었다.

사와리네코.

해로운… 고양이.

"냐옹."

그녀는… 울었다.

고롱고롱 하고 목에서 소리를 내며.

"하, 하네카와."

"아아…. 뭐냐옹, 넌. **주인님**의 친구냐옹?"

하네카와는… 아니.

사와리네코는 말했다.

그 말투도 목소리의 느낌도… 아니, 표정조차도 하네카와하고는
거리가 멀다.

그녀와의 관련성을 찾아낼 수 없다.

눈앞에 있는 하네카와는 하네카와일 뿐이지 전혀 하네카와가 아
니었다.

하네카와는 그렇게 어리광부리는 듯한 간사한 목소리를 내지도
않고, 그런 간사한 목소리와는 대조적으로 지금이라도 덤벼들 것
처럼 흉악한 표정을 짓거나 하지도 않는다.

뭘까…, 이건.

이 현상은.

하네카와이면서… 하네카와와는 전혀 다르다.

대조적일 정도로, 극단적으로 다르다.

그렇다. 즉 대조가 아니라 극단이다.

완전히 뒤집혀서… 그렇기에 동일하다.

"냐하하…. 그러고 보니 낯이 익은 것 같은 기분이 안 드는 것도 아니다냐. **냐를 묻을 때에 같이 있었던 녀석**인가냐…. 흥, 그러면 마침 잘됐다냐."

내 혼란을 개의치 않고 사와리네코는 엷은 웃음과 함께 말했다.

번뜩, 하고 그 눈을 가늘게 뜨며.

"냐는 전혀 모르겠지만 친구 사이란 건 서로 돕는 거잖냐옹? 그러니까 **이 녀석들**에 대한 건 맡기겠다냐."

그렇게 말하고.

쿵, 하고 그녀는 내 발치에 뭔가를 던졌다.

아니, 던진 물체가 두 개였으니 효과음은 쿵, 쿵…으로 두 번이었던가?

하지만 완전히 한 덩어리에 한 뭉치였다.

일개—ㅅ이자 일괴—塊였다.

"어…."

연달아 놀라운 일들이 벌어져서 내 정신은 전혀 정상적으로 작동하지 못했다. 그것이 오히려 잘된 일이었는지도 모른다.

이제 그 정도의 일로 놀라지 않아도 된다.

그렇다.

두 명의 사람이 발치에 던져진 정도로는.

"……윽!"

아니, 역시 놀랐다.

목소리도 내지 못할 정도로 놀랐다.

자전거째로 뒤집히는 줄 알았다.

그렇다기보다, 사와리네코는 대체 이 두 사람을 **어디에서** 가져
온 걸까?

처음부터 가지고 있었나?

상황을 생각하면 그렇게밖에 생각할 수 없지만⋯ 그렇다면 하네
카와의 고양이 귀와 속옷차림이란 임팩트가 너무 강해서, 나는 사
와리네코가 들고 있던 두 명의 인간을 신경 쓰지 못했다는 것뿐인
가?

아니면.

그 두 인간이 지금도 그렇게 있는 것처럼 마치 죽은 듯이 움직이
지 않아서, 시체 같은 모습이어서 무의식중에 의식 밖으로 밀어내
버렸던 것뿐일까?

"어디보자냐. 뭐였더라냐. 아, 그렇다냐. 그 녀석들은 주인님의
'부모님'인 녀석 같았다냐. 잘은 모르겠지만 말이다냐."

사와리네코는 말했다.

히죽히죽 하고 사악하게 웃으며.

즐거워 보이기는 하지만, 즐거워 보일 뿐이다.

그 밖에는 아무것도 없다.

"뭐, 그러니까 요컨대 **필요 없는 녀석들**이라는 거라옹. 죽일 가
치도 없다냐. 가지고 놀 가치도 없고 아무런 가치도 없다냐. 그러

니까 친구, 네가 적당히 처리해 주라옹. 뭐하다면 네가 죽여도 괜찮다냐. 주인님에 대해서 냐무라거나 화내거나 해 주라옹."

그리고 사와리네코는 나에게 빙글 하고 등을 돌렸다.

고양이 귀가 나 있으니까 고양이 꼬리도 나 있다고 생각하는 것은 애니메이션이나 만화에 너무 중독된 사고방식일지도 모르겠지만 공교롭게도… 라고 할까, 유감스럽게도… 라고 할까. 그녀의 둔부는 정말 매끄러운, 완만한 것이었다.

그럴 만도 하다.

사와리네코는 꼬리가 없는 고양이니까.

"이… 이봐! 기다려! 하네카와!"

그렇게 말하고 나는 산악자전거를 박차듯이 내려서서 그녀를 불렀다. 손을 뻗으며. 그리고 왔던 길을 자연스럽게 돌아가려고 하는 듯한 그녀를 바로 쫓으려고 했다. 그러나 그것은 아무래도 이루어지지 않았다.

하네카와는.

그녀는.

사와리네코는 스윽 돌아보고.

"기다려, 라고 했냐옹."

그렇게 중얼거렸다.

실로 증오스럽다는 듯, 살의를 담아 중얼거렸다.

나의 가벼운 말에.

갑자기 역정을 냈다.

관자놀이에 핏대가 서고 동공이 붉게 물든다.

송곳니를 드러내고.

"그렇게 뭐든 주인님에게 기대하지 말라옹, 이 얼간이!"

너희들이 그러니까 주인님이 이런 거 아니냐옹!

말하기가 무섭게, 사와리네코는 나에게 덤벼들었다.

아니, 덤벼들었다는 행동 묘사는 너무나도 거짓말 같고, 고양이처럼 시치미 떼는 짓이다. 허세도 이만한 게 없다. 덤벼들고 **끝나 있었다,** 라는 것이 내가 인식한 올바른 표현이다.

다만 이것은 전율할 만한 사실이기도 하다.

올바른 표현을 회피하고 싶어질 정도로 전율할 만한 사실. 그것도 그럴 것이 나는 아까 말한 대로 흡혈귀 소녀에게 피를 준 직후다. 즉 육체, 그중에서도 시력은 상당히 강화되어 있는데, 그런 나조차 인지할 수 없을 정도의 속도로 사와리네코가 움직였다는 뜻이 되니까.

지금의 내 시력으로 인식할 수 없는 것 따위, 원래 있어서는 안될 터인데.

그리고 전율할 만한 것은 그 스피드뿐만이 아니다.

파워도 역시, 헤아릴 수 없었다.

마치 고양이가 쥐를 사냥하는 것처럼 그녀는 내 왼팔을 깨물고, 그대로 이와 턱의 힘만으로… 옷소매까지 함께, 잘 익은 큼직한 과일이라도 비틀어 따듯이 어깨부터 으득, 하고 뜯어내 버렸으니까.

"앗…아아악!"

한밤의 주택가 한복판에서 마치 변태에게 습격당한 여자아이 같은 비명을 질러 버리는 꼴사납고 추한 나를 나무랄 수 있는 사람은 설마 없을 것이다. 봄방학에도 다양한, 정말로 다양한 꼴을 당했지만 역시나 힘으로 팔을 잡아 뜯긴 적은 없었다.

게다가 봄방학 무렵과는 불사신의 정도가 다르다.

잃은 팔이 한순간에 회복될 정도의 치유력은, 지금 나에게 없다. 대량의 피가 어깻죽지에서 분수처럼 흘러나온다.

인간의 몸에 이렇게나 많은 피가 채워져 있었나 하고 놀랄 만한 혈액량이었다.

"으…크아아아악!"

"이 정도로 법석 떨지 말라옹."

나무라는 사람은 없어도.

그러나 나무라는 고양이는 있는지, 그 자리에서 가로등을 향해 넙죽 엎드리듯 웅크려 버린 내 머리를, 그녀는 뜯어낸 내 왼팔을 입에 문 채 맨발로 밟았다.

움직일 수 없다.

저항할 수 없다.

머리를 밟힌 것을 떨쳐 낼 수도 없다.

마치 그렇게 당하고 있는 것만으로 힘이 빠져 나가는 듯한, 이상한 착각까지 들었다.

아니, 오히려 밟히는 것으로 왼쪽 어깨의 아픔까지 완화되어 가는 듯한… 말도 안 돼!

하네카와에게 밟혀서 아픔이 완화되다니, 그런 변태가 어디 있냐!

게다가 그건 완화된다기보다 감각이 무뎌진다고 말하는 쪽이….

"**그런 정도의 아픔…**. 주인님이 계속 견뎌 왔던 고통에 비하면 모기에 물린 정도일 텐데 말이다냐."

"…주인님이란 건."

하네카와를 말하는 거냐고 나는 당연한 걸 물으려고 했지만… 물을 수 없었다.

말할 힘이 남아 있지 않았던 것이 그 이유였지만… 그렇지만 어찌 됐든 정말로 당연한 일이라 물어볼 것도 없는 일이었을 것이다.

너무나도 명백하다.

너무나도 순백이다.

너무나도 결백하다.

빤히 알고 있고, 지나칠 정도로 알고 있다.

"그래, 그렇다냐. 인간."

사와리네코는 그렇기에 질문 받을 것도 없이 그렇게 대답했다.

"주인님에게는 이미 내가 있다냐. 그러니까 너는 필요 없다냐. 부모도 친구도 아무도 필요 없다냐. **주인님 자신조차… 필요 없다 냐.**"

그리고 입에 물고 있던 내 팔을… 단순한 폐기물처럼 뱉어냈다. 그 팔은 내 얼굴 앞에 툭 떨어졌다.

"피… 필요 없다니?"

"내가 주인님을 자유롭게 해 줄 거다냐. 누구보다도 자유롭게 말이다냐. 알고 있지옹? 그건 너희들은 할 수 없었던 일이다냐. 너희들은 주인님을 구속할 뿐이고 부자유를 줄 뿐이었잖냐옹."

우선은.

지구에 필적할 만한 스케일의 스트레스에서 해방시켜 주는 것부터 시작하겠다냐… 라며.

그렇게 말하고 사와리네코는… 뛰었다.

날았다고 말하는 쪽이 옳았을까.

확실히 그것은 도약이라기보다는 비상이었다.

무릎을 많이 구부리지도 않고 일순간만 체중을 아래쪽으로 실었다가 가볍게 뛰는 것으로, 전신주를 넘고 전선을 넘고… 그리고 정면에 있던 민가의 지붕을 넘어… 밤하늘로 사라져 갔다.

그것은 점프력이라고 불리는 것이 아니다.

인간의 능력으로 가능한 행위가 아니다. 새삼스러운 말이지만, 명백한 괴이의 행동이었다.

마치 날개가 돋아난 것처럼.

날개라는 뜻의 츠바사.

호랑이에 날개가 아닌, 고양이에 날개다.

"…하네카와."

하네카와 츠바사.

기이한 날개를… 지닌 소녀.

무슨 일이 있어서 어떻게 되어 이렇게 됐는지 전혀 짐작이 가지 않지만, 확실한 건 오시노의 걱정은 멋지게 적중했다는 점이었다.

과녁 한가운데를 꿰뚫었다.

적중 그 자체다.

그리고… 그리고.

나는 이번에도 때를 맞추지 못했던 것이다.

늦고 말았다.

"아…. 크, 으."

비틀비틀하며 나는 몸을 일으키고, 사와리네코가 떨어뜨리고 간 왼팔을 남아 있는 오른팔로 주워 들었다. 자신의 팔이 지닌 의외의 묵직한 중량에 놀라면서도, 절단면이라고 할 정도로 깨끗한 단면은 아니었지만 어쨌든 상처… 즉 절단면끼리 맞붙여서 재생을 시도했다.

자동재생을 바랄 수 없는 이상, 이 **폐품**을 이용하는 수밖에 없을 것이다. 봄방학에는 해 본 적 없는 타입의 치료법이지만, 애니메이션이나 만화로 아는 흡혈귀 관련 잡학상식을 총동원했으니 이것으로 살이나 신경은 접속될 것이다.

"……."

부옇게 흐려진 내 시야에는 이미 하네카와의 모습도 사와리네코의 모습도 남아 있지 않았다. 그저 옆으로 쓰러져 있는 산악자전거와, 마찬가지로 쓰러져 있는 두 명의 인간이 있을 뿐이다.

두 명의 인간.

부모… 아버지와 어머니.

하네카와의 부모님.

하네카와 츠바사의 아버지와 하네카와 츠바사의 어머니.

피가 이어지지 않은, 마음이 이어지지 않은 가족.

패밀리.

하지만 어째서일까.

낮 동안에는 그렇게나 짜증나게 생각했던 이 두 사람이 생기 없이 죽은 듯 쓰러져 있는 모습을 봐도, 딱히 아무런 감개도 솟지 않는 것은 어째서일까.

분노가 늘지도 않고.

꼴좋다며 속이 시원해지지도 않는다.

티끌만큼도, 아무것도 느껴지지 않는다.

나무라거나 화를 낼 수 없다.

그냥 평범하게… 불쌍하다고 생각할 뿐.

동정하고 싶어질 뿐이다.

이상할 정도로… 하네카와에게는 가해자일 뿐인 그들이, 어째서인지 내 눈에는 엄청난 피해자로밖에 비치지 않았던 것이다.

007

여기서부터 내 기억은 한동안 건너뛴다.

즉 팔을 찢긴 격통과 대량출혈에 의한 빈혈로 의식을 잃었다는 이야기일 것이다. 그러나 이건 '의외로 아라라기 군은 근성이 있네!', '너, 꽤 멋지잖아.' 라고 생각하게 만들 에피소드인데, 실신하기 직전까지 나는 그래도 몇 가지 취해야 할 행동은 다 취했던 것 같다.

그렇지만 나는 그것을 기억하지 못한다.

인간의 뇌 구조는 의식을 잃을 때에 그 직전의 기억까지 같이 깨끗이 소거되어 버린다고 하는데, 이때의 내가 딱 그랬다는 이야기다.

그러므로 여기서부터는 팔랑거리는 추측과 불확실한 전문傳聞, 가물가물한 기억이 뒤죽박죽으로 섞여 있다는 것을 미리 알아 주길 바란다.

어쨌든.

사와리네코가 떠난 뒤에 내가 가장 먼저 했던 일은 난장판이 된 상황의 뒤처리였다.

뒤처리…라고 말하기에는 아직 아무런 사후事後도 되지 않았지만, 그래도 일단 현장의 뒤처리다.

휴대전화를 사용해서 구급차를 불렀다. 다만 이때 내 휴대전화를 사용하지는 않았다. 눈앞에 쓰러져 있던 하네카와의 부모님, 그중 아버지의 주머니에 들어 있던 것을 사용했다.

지나친 염려인지도 모르겠지만 구급센터에 내 휴대전화 번호가 남는 것은 피하고 싶었다. 발신자를 표시하지 않고 걸어 봤자 완전히 은폐할 수 있다고 볼 수도 없고, 무엇보다 상황이 상황이다.

목소리는 녹음되어 버리겠지만 그것은 어쩔 수 없다. 그렇다기보다 거기까지는 머리가 돌아가지 않았다고 생각한다. 뇌에 가야할 혈액을 몽땅 길바닥에 엎질러 버렸으니까.

그렇다고 해도 그 부분은 흡혈귀.

원래대로라면—뭐가 어떻게 원래대로인지는 넘어가고—주택가의 길바닥에 피를 잔뜩 뿌려 버렸다는 시추에이션의 처리에는 대량의 물과 대걸레가 필요해지지만, 존재가 물리학을 초월한 괴이의 현상이다.

구급센터에 현재 위치를 다 전했을 무렵(다만 나는 곱게 포기하지 못하고 목소리를 바꾼 듯한 기분도 든다. 우주인 같은 목소리로. 더 수상하잖아!) 흩뿌려진 내 피는 완전히 다 증발해 있었다.

역시 머리에 피가 돌지 않은 나는 그 현상에 대해서,

"…………."

그렇게 멍하니 결과만을 응시할 뿐, 대단한 의문을 품지 않은 것으로 생각된다.

의문.

아니, 원래부터 혈액의 증발 같은 것에 의문을 느끼지는 않았다. 봄방학 때 질리게 봤던 광경이다.

오히려.

그 피의 증발에 **아주 시간이 많이 걸린 사실에 대해서,** 나는 이때 의문을 느껴도 괜찮았을 텐데.

전화통화를 끝낼 때까지의 장시간, 길가가 물바다 아닌 피바다가 되어 있었다는 현상은… 그 **괴이 현상**은 명백히 비정상이었는데도.

"……."

다만 그런 것에 고개를 갸웃거릴 짬도 여유도 없었던 것 역시 어쩔 수 없을 정도로 확실했다. 불러 버린 구급차는 눈 깜짝할 사이에 찾아왔다. 병원으로 운송하는 과정에서 이 병원 저 병원 돌게 되는 일도 많은 듯한 구급차지만, 현장에 도착하는 신속함은 역시

괄목할 만했다.

그런 이유로, 얼른 도망쳐야 한다.

내 몸은(특히 현재) 의사에게 진찰 받을 수 있는 구조가 아니다. 진찰을 받는다면 오히려 수의사 쪽일 것이다.

찢긴 팔을 억지로 붙이는 술식, 그런 건 휴일 출근의 카미야 선생* 정도 외에는 진료해 주지 않는다.

비틀거리는 발걸음으로 어떻게든 산악자전거를 일으켜 세우고, 거기에 타고, 나는 뒤도 돌아보지 않고 쏜살같이 달리기 시작했다.

그때의 내 심경은 이미 기억해 낼 수 없지만, 이 상황에 독백을 덧씌운다면.

"우와앙! 괴이는 이제 진저리가 나!"

…라는 말을 외치며 자전거로 달려가는 내 등이 검은 동그라미로 둘러싸여 가겠지만, 유감스럽게도 아직 아무것도 끝나지 않았다.

중간 광고조차 끼지 않는다.

무서울 정도로 빈틈없이… 계속되는 중이다.

또 도중에 있었던 일은 완전히 잊어버렸지만, 특히 사와리네코에게 공격을 받은 것도 아닌 옷의 이곳저곳—무릎이나 오른팔 소매 같은 곳—이 찢어져 있는 것을 보면 아무래도 주행 중에 나는 몇 번인가 자전거를 타다 넘어진 것 같다.

그쪽의 찰과상은 실신에서 깨어났을 때에는 완전히 나아 있었

※카미야 선생 : 토가시 요시히로의 만화 『유유백서』의 등장인물. 병을 치료하는 능력을 가졌다.

으므로 나중에 오시노에게 지적받을 때까지 알지 못했지만.

뭐, 넘어져도 그걸 의식 못할 정도로 나는 몽롱해져 있었다는 얘기다.

아무것도 생각하지 못할 정도로.

아무것도 생각하기 싫을 정도로.

그러나 그렇게 안개가 낀 사고 속에서 내 산악자전거의 핸들이 향한 곳은… 여동생들이 잠들어 있는 자택이 아니라 학원 옛터의 폐 빌딩 쪽이었다.

다음 날 아침에 여동생들이 나를 깨워 주는 것을.

나는 이 시점에서 무의식중에 포기하고 있었다고 말해도 좋다. 그리고.

그리고.

그리고 여기서 간신히 내 의식은 현재로 이어진다.

접속된다.

즉 폐 빌딩에 도착한 시점에서 나는 완전히 기절해 버렸다는 뜻이다. 뭐, '참 잘 했어요'라고 할 수는 없더라도 '열심히 노력했습니다' 도장 정도는 받아도 괜찮을 노력이기는 했을 것이다.

"…아."

낯선 천장이 아니라 낯익은 천장이었다.

깨워지기만 하고 스스로 깨어나는 일이 좀처럼 없어서, 자연스럽게 잠에서 깨어나는 상황은 별로 익숙지 못한 감각이다.

봄방학 이후 처음이라고 해도 좋다.

그렇지만 지금은 그 익숙지 못한 감각보다, 일어나서 몸을 비튼

순간 왼쪽 어깨에 느껴진 격통 쪽이 명확해서 그런 위화감에 차분히 몸을 맡길 수도 없었다.

"으…. 여기는."

그런 빤한 대사를 입 밖에 낼 것도 없다.

여기는 폐 빌딩의 4층.

어젯밤, 흡혈귀 소녀에게 도넛을 먹게 해 준 교실이다.

"근데, 으엇."

조용하게 깜짝 놀라는 나.

사실은 좀 더 큰 리액션을 하고 싶었지만(몸을 뒤로 젖히며 물구나무서는 정도는 하고 싶다), 왼쪽 어깨의 옥죄는 듯한 아픔에 그럴 수 없었다.

드러누운 내 옆에 그 흡혈귀 소녀가 있었던 것이다.

머리 바로 옆에.

쪼그려 앉아 있었다.

각도로 말하면 그녀의 하반신, 원피스 안쪽이 훤히 보이는 각도다. 참고로 애니메이션 판의 설정에 따르면, 무섭게도 이 소녀의 원피스 안쪽은… 아니, 그건 제쳐 두고.

문제는 오히려 흡혈귀 소녀가 나에게 던지고 있는 그 시선이다.

평소의 원망스러운 듯한, 증오를 담뿍 담은 시선이 아니다. 물론 미스터 도넛을 볼 때 같은, 뭔가를 원하는 시선도 아니다.

뭐랄까.

경멸하는 듯한 시선이었다.

시선으로 죽이기는 고사하고 시선으로 자살하게 만들 것 같은,

그런 눈이었다.

　뭐가 어떻게 되었든 간에, 좀처럼 의식을 되찾지 못하는 나를 걱정해서 바로 옆에 달라붙어서 간호해 주었다는 느낌은 아니다. 그녀에게는 나를 간호할 의리 따위는 조금도 없다.

　실제로 그녀의 시선은 마치 이렇게 말하고 있는 것 같았다.

　'한심하군.'

　'꼴사나워.'

　'기껏해야 고양이 따위에게 대체 무슨 꼬락서니냐.'

　'그래놓고도 네놈이 흡혈귀의 권속이냐.'

　…바보 같다.

　뭐가 '이렇게 말하고 있는 것 같았다'냐.

　이 녀석이 나에게 뭔가를 말하기라도 하겠냐.

　말해 주거나 하겠냐.

　뭘 멋대로 무언중에 서로 통하고 있다고 생각하는 거냐. 가만히 보면 그냥 평소의, 무뚝뚝한 얼굴이잖아.

　단순히 평소보다도 거리가 가까워서, 그리고 각도가 아래에서 올려다보는 형태라 평소와는 다른 느낌을 받은 것뿐이다.

　흡혈귀는 흡혈귀이며.

　인간은 인간이다.

　서로에게 어디까지나 한없이 평행인 직선이다.

　나와 이 녀석은 봄방학에, 결정적으로 붕괴해 버렸으니까.

　이제 와서 나를 권속 취급이라니, 그럴 리 없다.

　해 줄 리도 없다.

기껏해야, 눈을 뜨지 않는 나의 피를 멋대로 빨아도 될지 어떨지 망설이고 있던 정도겠지. 나 같은 건 지금의 이 녀석에게는 어디까지나 생명을 유지하기 위한 영양원이다.

혹은 충전기 같은 것이다.

그래도.

그녀가 살아 있어 주는 것만으로… 나는 만족해야만 하는 것이다.

"일어났어, 아라라기 군?"

그렇게.

노렸다는 듯한 타이밍에 교실 문에 열리며 알로하셔츠를 입은 아저씨, 오시노 메메가 안으로 들어왔다.

"상당히 잠꾸러기네. 기다리다 지쳤어. 벌써 해도 졌다고."

"뭐?"

해가 져?

어? 설마, 벌써 그런 시각이야?

그렇게까지 길게, 그렇게까지 깊이 나는 자고 있었다는 소린가? 당황하며 휴대전화를 확인해 봐도, 그곳에 표시되어 있는 시각은 확실히 '4월 30일 PM 5:20' 이었다.

어어어?

나, 열두 시간 이상 자고 있었던 거야?

"자고 있었다기보다는 혼수상태였다고 말해야겠지. 그냥 의식 불명의 중태였다고 해도 좋을 정도야. 그대로 죽는 건 아닐까 하고 생각했어."

하하, 라며 오시노는 가볍게 웃었다.

말과는 반대로, 정말로 단순한 잠꾸러기를 비웃는 듯한 웃음이었다.

오시노의 평소 태도이기는 하지만, 그러나 지금은….

"오, 오시노! 하네카와가!"

"으응. 알아, 알아. 이미 들었어. 우리 반장이 고양이가 **되어** 있었잖아?"

걱정은 적중했다는 거야.

그렇게 오시노는 고개를 끄덕인 뒤에 흡혈귀 소녀 쪽을 보고 "흡혈귀 양, 이젠 됐어."라고 말했다.

그 말을 들은 흡혈귀 소녀는 천천히, 이끼가 낀 바위 위에 선 듯이 일어서더니 그대로 질질 끄는 듯한 위태로운 발걸음으로 교실을 나가 버렸다.

문을 닫지도 않고.

"어…?"

내 머리에는 물음표가 떠오를 뿐이었다.

"어떻게 된 거야, 오시노? 대체 어째서 이런 시간에 저 녀석이 깨어 있는 거야. 저 녀석이 깨어 있어서, 나는 이제 막 날이 밝을 시간대라고 생각하고 있었는데…."

"아니, 아니. 아라라기 군의 상처가 너무 심했거든. 우리 흡혈귀 양에게 조금 협력해 달라고 했지."

봐, 라고 오시노는 내 왼팔을 가리켰다.

그곳을 보니, 그 부위에는 붕대가 둘둘 말려 있었다. 뭔가 주문 같은 묘한 붓글씨가 적힌 이상야릇한 붕대였지만, 어쨌든 붕대다.

"너희들은 지나치다 싶을 정도로 이어져 있으니까. 링크되어 있다고 말해도 돼. 차라리 페어링이라고 해야 할까. 회복력에서도 연동되어 있어. 따라서 거리가 가까우면 가까울수록 그 스킬은 강화되지. 그래서 흡혈귀 양에게 곁에 있어 달라고 해서 너의 회복력을 끌어올리고 있었던 거야."

"흐음…."

그런 건가.

그렇다면 저 녀석은 나를 위해서 무리한 철야(?)를 강요당하고 있었다는 얘기가 된다. 평소와 분위기가 다른 듯한 기분이 든 것은 그 탓일지도 모른다.

간호해 주고 있었다…는 것은 역시 아니라고 해도.

충전되고 있었던 것은 내 쪽이었나.

피를 빨아도 좋을지 어떨지 망설이고 있었을 게 틀림없다느니, 그런 매정한 생각을 하고 있었다.

"나중에 감사 인사를 해 줘. 흡혈귀 양이 없었으면 그 팔은 아마도 괴사했을 거야."

"괴사라니…. 네크로시스냐."

뭐, 애초에 저 녀석이 없었다면 사와리네코에게 찢긴 시점에서 끝장이었지만.

"그렇지만 확실히 의외이기는 했지. 봄방학 때의 치유력은 바랄 수 없다고 해도, 그 녀석에게 피를 준 직후였으니까. 회복력이 더 있었을 거라고 생각했어. 착각이란 건 무섭네. 팔 하나 정도는 접착하면 바로 수복될 거라고만 생각했지."

"뭐야. 처음부터 팔 한 짝은 희생할 생각으로 사와리네코에게 도전한 거야?"

"아니, 그런 건 아니고…."

도전하기는커녕.

싸울 생각조차 없었다. 깨닫고 보니, 깨달을 새도 없이 찢겨져 있었을 뿐이다.

"…그렇긴 한데. 하지만 이 팔이 더 빨리 나을 수 있었다면 사와리네코를 놓치지 않았을 거란 생각이 들어서. 하지만 뭐, 역시 그 정도까지 불사신이기를 기대하는 쪽이 잘못된 거겠지만."

"아니. 이 경우에 잘못되어 있는 건 사와리네코에 대한 인식 쪽이야, 아라라기 군."

그러자 오시노는 말했다.

"지금 아라라기 군의 불사력이라면 상당한 부상까지 견뎌 낼 수 있을 거야. 아라라기 군이 말한 대로 '직후'니까. 치명상 이외에는 순식간에 회복할 수 있을 정도지. 하지만 이 경우에는 상대가 나빴어."

상대라기보다, 상성일까.

상성이 나빴어.

조금 상반신을 일으킨 정도일 뿐 아직 바닥에 드러누워 있는 자세인 나에게, 오시노는 다가와서 왼쪽 어깨의 붕대(같은 것)를 풀면서 말을 이었다.

"사와리네코에겐… 소용없어."

"소, 소용없다니?"

"사와리네코가 건드린, 건드려서 생긴 부상은 단순한 데미지가 아니니까. 건드리지 않는 고양이에게 해는 없다*고 해야 하나. 어디보자…. 아라라기 군, 에너지 드레인이라는 거 알아?"

"에너지 드레인…?"

들은 적은 있다.

아니, 그것도 역시 애니메이션이나 만화 쪽의 지식이니까 자세히 안다고는 할 수 없지만.

"어, 하지만 에너지 드레인은 오히려 흡혈귀의 특성 아니야? 흡혈 활동은 애초에 인간의 생명력을 빨아내는 행위라고 봄방학에 들었던 기분이…."

"그 말대로야. 하지만 그것이 딱히 흡혈귀만의 전매특허인 것도 아니야. 영적 장애라고 해야 할까. 딱히 권속을 만드는 것이 아니니까 흡혈귀의 그것과는 다소 의미가 다르지만. 말하자면 그건 그것대로 사와리네코의 오리지널 스킬이란 거지."

"흠음. 요컨대 나는 왼팔을 찢기는 것과 동시에 **불사력까지도** 찢겨졌다는 얘긴가."

그래서 상처의 회복이 늦은 건가.

흘러나온 피의 증발도 늦었던 건가.

상성의 나쁨.

※건드리지 않는 고양이에게 해는 없다 : 일본 속담 '건드리지 않는 신에 동티 없다'를 바꾸어 쓴 말.

능력끼리 맞물려서 엇나간 건가.

납득이 갔다.

왼팔뿐만이 아니다. 하네카와의 부모님에 대해서도다. 두 사람 다 죽은 것처럼 축 늘어져서 움직이지 못할 정도로 쇠약해지긴 했어도 눈에 띄는 외상은 전혀 없었던 것이다.

무슨 짓을 당한 건지, 애초에 뭔가를 당하긴 한 건지, 어떠한 무엇의 결과로 그렇게 약해져 있었는지 나는 알 수 없는 채로 구급차를 부르고 말았지만, 에너지 드레인의 피해를 입었다면 그 상태도 고개가 끄덕여진다.

약해져서.

약해져 있던 것은 에너지 드레인의 결과였던 것이다.

"흡혈귀의 에너지 드레인과 달리, 다이렉트로 피를 빨 필요가 없는 만큼 간접적인 그것이라는 얘기가 되겠지만. 뭐, 아라라기 군이 몸으로 경험한 대로 구조 자체는 원시적일 정도까지 직접적이고, 그 나름대로 위협이 돼. 송곳니만 조심하면 되는 게 아니야. 닿으면 그것으로 아웃이니까."

"그래서… 사와리네코인가."

정말 터무니없네.

나는 오시노가 붕대를 다 풀고 나서 환부를 보았다. 일단 외관상으로는 흉터도 없이 나은 것 같다.

흡혈귀 소녀가 계속 곁에 있어 주었다는 것뿐만 아니라, 묘한 붕대의 힘도 물론 있었을 거라 생각한다.

……

이건 빚을 청산하기 위해서 일을 거들다가 오히려 빚을 늘려 버린 결과가 된 거 아닌가?

그런 의심이 흐릿하게 뇌리를 스쳤지만… 뭐, 그건 머리에서 떨쳐내고. 어쨌든.

"하지만 사와리네코라는 괴이, 견식이 부족해서 몰랐는데 흡혈귀의 불사력을 압도할 정도의 에너지 드레인이란 건 확실히 위협적이네. 찢긴 것이 왼팔이었으니 다행이었지, 이게 목이었다면 이어 붙이지도 못하고 나는 죽었을 테니까."

"…아아. 아니, 저기. 이건 내 표현이 안 좋았네, 아라라기 군."

내가 약간의 안도를 담아서 중얼거린 그 말에 오시노는 손을 내저으며 대답했다.

"상성이 나빴다는 건 아라라기 군하고의 상성이란 의미였고, 능력적으로 사와리네코가 흡혈귀에 필적한다는 의미는 아니야."

"어?"

"그도 그럴 것이 흡혈귀는 괴이의 왕이라고. 임금님, 킹king이야. 같은 에너지 드레인이라고 해도 랭크가 달라. 거기에는 절대적인 격차가 있어. 요괴사회는 인간사회 이상의 양극화사회라고. 사와리네코의 에너지 드레인하고 흡혈귀의 흡혈행위는 결코 길항하지 않아. 위협이라는 것도 인간에게는 위협이라는 얘기일 뿐이고 흡혈귀에게는 그냥 잔챙이야."

"잔챙이…."

그것이 잔챙이냐.

그런 것이.

도저히 그렇게 생각되지는 않는데.

그러나 전문가인 오시노가 그렇게 말하니까. 뭐, 확실히 그렇겠지만.

"아라라기 군은 흡혈귀에게 피를 준 직후였으니 그야 어느 정도는 흡혈귀화 되어 있겠지만, 배틀에서 그 수준은 빤해. 어디까지나 인간이야. 괴이 그 자체에 이길 수 있을 리 없어."

"괴이… 그 자체."

"만약 아라라기 군이 봄방학 무렵의 불사성을 가지고 있었다면… 유지하고 있었다면, 거기에 흡혈귀 양이라면 지금의 애처로운 몰골이더라도 사와리네코 따윈 상대도 안 돼. 팔을 뜯기든 목을 찢기든 한순간에 재생할 것이고, 애초에 찢길 만한 강도强度가 아니었을 거야."

"……."

아니.

하지만 그건 사와리네코임과 동시에 하네카와 츠바사이기도 하다.

그렇다면 봄방학의 내가 그랬던 것처럼, 하네카와도 역시 흘렸다는 것이 아니라 존재 자체가 괴이가 **되었다**는 것일까.

괴이화.

괴물화.

"육체 변이를 동반한 괴이임은 확실하지만, 그래도 잘 모르겠네. 그 부분은 이제부터 조사해 볼 수밖에 없어. 어쨌든 손쓰기 늦었다는 것만은 확실해."

오시노는 말했다.

"아라라기 군이 알려 준 고양이의 묘를 가볍게 파 봤는데, **아무것도 묻혀 있지 않았어.** 장소를 착각한 것이 아니라면 사태는 거의 최악이야."

"…그런가."

최악인가.

굳이 오시노가 파냈다는 그 장소를 확인해 볼 생각은 들지 않았다. 그런 짓을 해 봤자 헛수고다.

손쓰기 늦었다는 증거 그 자체를.

이미 나는 보고 말았으니까.

마치 홀린 듯 보고 말았으니까.

멍하니 보기만 하고 말았으니까.

"흠. 그렇다고 해도 상처회복의 경과 자체는 순조로운 것 같네. 아직 **속**은 완전히 이어지지 않은 것 같지만, 이렇다면 내일엔 다 나을 거야."

오시노는 그렇게 말하고 톡, 하고 내 왼쪽 어깻죽지를 쳤다. 가볍게 두드린 정도일 텐데, 그래도 몸속까지 침투해 오는 아픔(상당한 아픔)이 있었지만 전문가가 보기에는 '순조롭다'는 것 같다.

계속 '같다'는 소리만 해서.

전혀 확신을 가질 수 없지만.

"우리 흡혈귀 양…은 이미 자고 있을 테니 나중에 감사인사를 해 줘. 뭐, 그 애로서도 아라라기 군이 죽는 건 곤란할 테니, 한나절 동안 같이 있어 주는 정도는 당연하겠지만."

"…그래도 고마운 이야기야. 영양원으로서의 나를 필요로 해 주고 있다는 건, 그 녀석이 적어도 살아 있어 주고 있다는 것이니까."

"으음. 그런 의미는 아니겠지만."

벽창호, 라고 중얼거리는 오시노.

뭐야, 그건.

의미도 없이 힐문당한 기분이 든다고.

"뭐, 좋아. 그러면 아라라기 군. 집에 있는 가족들이 걱정하지 않는 동안에 돌아가."

"어?"

"주머니 속의 휴대전화가 상당히 많이 떨리던 것 같던데. 진동 기능이라고 하던가, 그런 거?"

그 말을 듣고 나는 다시 한 번 휴대전화의 화면을 확인한다. 조금 전에는 날짜만 신경 써서 보지 못했지만, 다시 보니 부재중 전화와 메일 수신이 엄청나게 와 있었다.

착신 : 146건.

메일 : 209건.

무서워어어어어어어어엇!

우와아…. 다음 화면으로 넘기기 전부터 눈치챘는데, 아마도 전부 카렌하고 츠키히에게서 온 거겠지….

무서워, 무서워, 무서워, 무서워!

후반부는 전부 한 글자만 쓴 공백 메일이잖아!

"이건 그냥 괴롭히기잖아."

이거야 원.

당연히 일어날 때의 기분이 좋지 않을 만하다.

한창 쉬고 있는 중에 이런 식으로 흔들리고 있었으니 곤히 잘 수 있을 리 없다. 이루어지지 않았다고는 해도, 이렇게나 멀리 떨어져 있어도 나를 깨우려고 하다니. 이거 정말, 골칫덩이 여동생들이다. 죽어 버리면 좋을 텐데.

"**우리 반장하고 달리** 걱정해 주는 가족이 있으니까 너는 이만 돌아가야 해, 아라라기 군."

"아, 아니…. 이건 걱정 같은 게 아니라…."

응?

어라, '우리 반장하고 달리'라고?

무슨 의미일까.

허둥지둥 이 폐 빌딩에 도착하고 몽롱한 상태에서 피해 보고를 했을 때도 오시노에게 하네카와의 가정환경을 이야기할 내가 아니라고 생각하는데…. 단순한 표현상의 문제나 어림짐작일까?

평소에 하던 대로 휜히 들여다본 건가?

하네카와의 부모라는 피해자를 생각하면 그 정도의 대사는 아무것도 모르더라도 나올 만한가… 아니, 글쎄?

어쩐지 뉘앙스로 보기에는… 아니.

그것보다도 우선.

"그런 소리 하지 마, 오시노. 이런 상처는 별것 아니야. 하네카와가 그런 일을 당했는데 풀이 죽어 돌아갈 수 있을 리 없잖아. 얼른 붙잡아서 사와리네코인지 뭔지를 쫓아내지 않으면…."

"봄방학."

강하게 말하는 나를, 오시노는 가로막았다.

말로 막았다.

"봄방학 때 우리 반장이 아라라기 군에게 그렇게 해 준 것처럼 이번에는 아라라기 군이 반장을 구해 주려는 거야? 응? 아라라기 군."

"…그래."

묘하게 확인하는 듯한, 묘하게 확신하는 듯한, 빈정거림을 담뿍 담은, 악의를 담뿍 담은 말투에 나는 고개를 바로 끄덕이지 못했지만… 그래도 최종적으로는 끄덕였다.

적어도 심정적으로는 그 말 그대로였으니까.

어쩐지 그렇게 표현하면 진실에서 엇나가는 기분도 들지만 확실히 그 말대로다.

아니, 그렇지 않았다고 해도.

"친구가 곤란에 빠졌으면 구하는 게 당연하잖아."

나는 말했다.

사와리네코와의, 대화라고도 할 수 없는 대화를 떠올리면서.

"흠. 그건 너의 말이 아니지, 아라라기 군? 그거야말로 우리 반장의 말이야. 뭐였더라? 그 사람을 위해서 죽을 수 없다면 나는 친구라고 부르지 않는다…였던가? 완전히 삼국시대의 가치관이야, 우리 반장은. 우리들이 태어난 날은 다르지만, 죽을 때, 죽을 장소는 같기를 바란다…였던가? 그 시대에 태어났으면 대단한 장수가 되었을 거라고 봐."

"…여자를 장수에 빗대지 마."

"하지만 말이야, 아라라기 군. 그건 무리야."

단호하고, 또렷하게.

오시노 메메는 최후통첩처럼 말했다.

"반장처럼 행동하는 건, 너에게는 불가능해. 너뿐만이 아니야. 나도, 어느 누구도. 우리 반장처럼 행동하는 건, 누구도 불가능해."

지금의 너는 그것을 잘 알아야만 해.

툭, 하고 다시 한 번 내 어깻죽지를 건드리고 오시노는 말을 이었다.

"친구가 곤란하다면 도와주는 것은 당연하다. 확실히 그럴지도 몰라. 하지만 아라라기 군, 당연한 일을 당연하게 하는 것은 선택받은 자의 영역이라고. 너 같은 보통 사람이나 나 같은 평범한 사람이 할 수 있는 일이 아니야. 우리 반장을 동경해서, 반장에게 보은하고 싶어서 반장의 흉내를 내려는 마음은, 하고 싶다는 마음은 이해해. 하지만 그건 **해서는 안 되는 일**이야."

"해서는 안 되는…."

"금지된 놀이라고."

오시노는 말했다.

"그 여자애는 말이야, 괴이보다도 괴이 같아. 괴물보다도 괴물 같고. 섣불리 흉내 내려고 하면 쓴맛을 보게 돼."

"흉내라니…. 오시노, 내가 하는 말은 그런 게 아니라…."

"**내가 하는 말은 그런 거야.** 뭐, 그런 정신론은 됐고."

어깨에 놓고 있던 손을, 오시노는 내 머리 위로 옮겼다.

마치.

어른이 어린애를 달래는 것처럼.

"현실문제로, 이미 상황은 시작되어 버렸어. 여기서부터는 프로의 일이야. 아마추어인, 하물며 미성년자가 나설 자리가 아니야."

"……."

"아라라기 군. 어쩌면 너는 뭔가 책임을 느끼고 있을지도 몰라. 우리 반장이 고양이를 묻어 주자고 하는 것을 말렸더라면, 좀 더 이야기를 들었더라면, 하는 생각을 하고 있을지도 몰라. 응, 나는 그런 걸로 책임은 생겨나지 않는다고 생각하지만… 뭐, 분하게 생각할 점이나 아쉬워해야 할 점이 전혀 없다고는 생각하지 않아. 하지만 말이야…. 사태의 책임이 너에게 있다고 해도 꼭 네가 사태를 해결해야만 하는 건 아니라고."

"어…."

"나는 중립의 밸런스를 잡는 자로서 책임의 소재라는 것을 중시하지만 인간사회, 더 나아가서 세상이 모두 그런 식으로 이루어져 있는 건 아니야. 내가 하는 말이 옳다고 생각해서는 안 돼. 책임이 있는 녀석이 책임을 포기하더라도, 세상일이란 것은 의외로 어찌어찌 정리되어 버리는 법이야. 뭐, 이건 일반론이지만."

네가 반드시 열심히 노력해야만 하는 건 아니야.

그런 의무 따윈 없어.

오시노는 담담하게 말했다.

"봄방학, 네가 흡혈귀가 되었을 때에도 너는 상당히 노력했는데… 의외로 그때 딱히 노력하지 않고 이 폐허에 몰래 틀어박혀 있었어도 일은 평범하게 해결되어 있었을지도 모른다고."

"그…."

나는 오시노의 말을 받아들일 수 없었다.

"그럴 리가… 없잖아. 게다가 만약에 그랬다고 해도 그건 내가 해야만 하는 일이었어. 그리고 이번 일도…."

"해야만 하는 일? 그럴지도 모르지. 하지만, 할 수 없어."

"……."

"이번에 너는 아무것도 할 수 없어, 아라라기 군."

강하게, 오시노는 강조해서 말했다.

"나는 보는 대로 경박한 사람이라 그렇게 보이지 않을지도 모르겠지만, 아라라기 군에게 그런 심한 부상을 입게 만든 걸 미안하다고 생각하고 있다고. 아직 예방 단계였다고는 해도, 아라라기 군에게 거들어 달라고 했던 건 잘못이었다고 생각하고 있어. 밸런서로서 실격이야. 나는 이론을 무시하고 폴리시에 반하는 짓을 하고 말았어. 네가 이번에 입은 피해는 상당한 비율로 내 잘못이야. 너희 부모님께 정말 면목이 없어."

아라라기 군은 여기까지, 충분히 제 역할을 다했어.

위로하는 것도 아니라는 듯이, 게다가 아주 진지하지도 않게.

오히려 들을 것도 없는 내 무력감을 재미있어 하듯이, 그러나 오시노는 엄격하게 단언했다.

"아라라기 군. 이제부터는 네가 할 수 있는 건 아무것도 없어. 너는 우리 반장을 위해서 아무것도 할 수 없어. 하고 싶어도 할 수 없어. 기분 문제가 아니라 기술, 실력의 문제야. 굳이 말하자면 나를 방해하지 않는 것이야말로 네가 해야 할 중요한 일이라고."

008

실로 쌀쌀맞은, 매몰차다고도 할 수 있는 오시노의 거절에 대단한 반론도 하물며 대단할 것 없는 반론도 할 수 있을 리 없어서, 나는 그 뒤로 풀이 죽어서 폐 빌딩을 뒤로하게 되었다.

그야 그렇다.

단 2주, 그것은 나에게 지옥 같은 2주였다고는 해도 겨우 그 정도 기간 동안 흡혈귀였던 **정도**의 나에게… 지금도 간신히 그 후유증을 육체에 남기고 있을 뿐인 나에게, 이 상황에서 할 수 있는 일이 있을 리가 없다.

찍 소리도 할 수 없다는 건 이런 걸 두고 하는 소리다.

나는 전문가도 아니고 프로페셔널도 아니니까… 여기서부터는 그 남자, 오시노 메메만의 영역이다.

기껏해야 친구가.

할 수 있는 일 따윈 아무것도 없다.

…아니, 그것도 역시 핑계다.

변명이다.

폼 잡기일 뿐이다.

꼴사납게 폼 잡고 있을 뿐이다.

사실은 좀 더 심플한 일일 뿐이다. 결국 여기서 중요한 것은 하네카와 츠바사라는 그녀 본인이 나 같은 것에게 도움을 청하지 않았다는 점이다.

오시노가 아니다.

오시노에게 거부당한 것이 아니라… 나는 하네카와에게 거부당했던 것이다.

그때 하네카와는 확실히… 내 조력을 거절했다.

상관하지 말아 줘, 라고.

아는 체하지도 말아 줘, 라고.

완고하게, 엄하게… 거절했던 것이다.

교섭의 여지도 양보의 기척도 없다.

그러니까 오시노의 말대로다. 가령 지금의 내가 할 수 있는 일이 있다고 한다면 오시노를 방해하지 않는 것뿐이다.

능력적으로도 정신적으로도 의리적으로도.

나는 지금 무엇을 해도 안 되는 것이다.

뒤로 빠져 있어, 라는 얘기다.

그렇다고 해도 머리로는 그렇다고 알고 있고 납득했다고 생각했는데도 도무지 가슴속에는 응어리진 표독스런 것이 사라지지 않아서, 나는 폐 빌딩을 나온 뒤 즉시 일직선으로 집에 돌아갈 생각이 들지 않았다.

순순히 귀로에 접어들 수 없었다. 여동생들이 따스하게 맞아 줄 집으로 순순히 돌아가자는 생각이 전혀 들지 않았다. 게다가 그러는 걸로 모자라 나는 전혀 반대 방향으로 핸들을 향했다.

즉, 조금 전에 내가 사와리네코와 만났던 장소로 나는 향했던 것이다.

무엇을 하러?

무엇을 하려는 것도 아니었다.

그곳으로 향하면 또 사와리네코… 하네카와와 만날 수 있다고 생각한 것도 아니다.

재회를 노린 것은 아니다.

엎지른 물을 도로 담으려는 것은 아니다. 그저 중간에 끝났던 역할을 마저 다 끝내자고 생각했던 것이다.

즉 하네카와의 집을 찾는 것이다.

이제 와서 그런 짓을 해 봤자 소용없다는 것은 나도 잘 알고 있지만, 그래도 어째서인지 그렇게 하지 않을 수 없었다.

아직 혼란에 빠져 있었는지도 모른다.

하네카와가 괴이의 피해를 입은 것이라든가, 그녀의 고양이 귀와 속옷차림을 볼 수 있었던 것이라든가, 그런 이런저런 일들이 나에게서 냉정함을 앗아 갔는지도 모른다.

적어도 나는 하네카와가 밤의 어둠 속으로 사라지고 하네카와의 부모님이 병원으로 실려 가서, 지금 아무도 없을 하네카와네 집의 문단속을 걱정하는 빈틈없는 남자는 아니니까.

현지에는 금방 도착했고, 그 뒤에 주택가를 종횡무진으로 열중해서 찾다 보니 하네카와의 집은 생각 외로 간단히 발견할 수 있었다.

'하네카와' 라고 적힌 문패.

문패 아래에는 부모님의 것으로 보이는 이름이 둘, 그 옆에 조금 떨어져서… 조금 떨어져서 '츠바사'라는 이름이 적혀 있었으니 단순히 성이 같은 다른 가족일 가능성은 현저히 낮을 것이다.

지극히 평범한 단독주택.

그렇게 보인다.

적어도 이 2층짜리 집 안에서 가정 내 폭력이 이루어지고 있었다든가, 자녀 방치가 이루어지고 있었다든가, 그런 식으로는… 전혀 보이지 않는다.

그렇지만 '츠바사'라는 표기가 한자가 아니라, 나이가 차지 않은 어린 여자애를 표시하듯이 히라가나로 적혀 있는 부분에서 약간의 뒤틀림이 배어 나오고 있는 듯 생각되었다.

대체, 언제부터.

언제부터 이 문패는 바뀌지 않았을까… 라든가.

딸의 성장에 맞춰서 다시 만들지는 않았던 걸까… 라든가.

바꾸는 것도 성가셨던 걸까… 라든가.

생각하고 만다.

쓸데없는 일을 생각하고 만다.

씁쓰레한 일을 생각하고 만다.

생각해 봤자 아무 소용없는데도.

내가 할 수 있는 일은 아무것도 없는데도.

나는 대문을 열고 이끌리듯이 현관으로 향했다. 그러나 손잡이를 당겨 보니 문은 제대로 잠겨 있었다.

"……?"

그러나 의문이다.

하네카와를 주인님이라고 불렀던 그 사와리네코는 이렇게 말하기는 뭐하지만 별로 지능이 높아 보이지 않았다.

그렇다기보다, 조금의 지성도 느껴지지 않았다.

짐승도 사실은 좀 더 현명할 거라는 생각이 들 정도로.

한 조각의 현명함도 없었다고 말해도 좋다.

그런 사와리네코가 문을 잠근다는, 인간의 독자적인 문화를 다룰 수 있을 거라고는 생각되지 않지만… 아니, 현관으로 출입했다고만은 볼 수 없나.

오히려 고양이라면 창문으로 드나드는 쪽이 자연스럽다.

나는 현관에서 떨어져서 집 주위를 빙 돌듯이 걸으며 열려 있는 창문을 찾았다. 그러나 어느 창문이나 제대로 닫혀 있었다. 덧창까지 닫혀 있었을 정도다.

어떻게 된 일일까, 하고 고개를 갸웃거리다가 나는 2층 창문의 존재를 깨달았다.

그렇다, 그 점프력이다.

달까지 닿을 것 같았던 그 점프력.

1층으로 출입했다고 단정할 수는 없다. 그렇게 깨닫고 다시 한 번 집 주위를 돌아 보자 이번에는 생각이 적중했다. 나는 열려 있는 창문을 발견했다.

흠.

흠흠.

여기까지 오면 이미 올라탄 배, 이왕 시작해 버린 일이다.

다행히 지금의 나는 신체능력이 다소 향상되어 있다. 그 고양이처럼 도약만으로 2층까지 뛰어오르는 것은 무리라도, 벽을 기어오르는 것 정도는 할 수 있다.

한 번 결심하고 나니 망설일 것은 없었다. 일단 주위에 보는 눈이 없는지 주의하면서 나는 클라이밍을 개시했다.

그리고 도착하고….

"……?"

그리고 고개를 갸웃거렸다.

열려 있던 문에 손을 대고, 밤바람에 나부끼는 커튼을 살짝 옆으로 걷고, 안을 들여다보고, 고개를 갸웃거렸다.

아니.

이 열려 있는 창문은 하네카와의 방 창문이라고 생각하고 있었던 것이다. 사와리네코가 하네카와의 두 부모님의 목덜미를 끌고 뛰어나온 것이 소거법적으로 이 창문밖에 있을 수 없는 이상, 그렇게 추측하는 것이 타당할 것이다. 아니, 그 생각을 추측이라고 인식하지도 않고 나는 그런 식으로 생각했다.

하지만 아니었다.

그곳은 뭐라고 할까, 서재 같은 방이었다.

하네카와의 아버지가 쓰는 방일까?

잘 모르겠다.

애초에 나는 하네카와의 아버지가 무슨 일을 하고 있는가, 하는 것까지는 듣지 못했으니까.

어쨌든 그곳은 일을 하는 방이란 느낌이 너무 강해서 적어도 여고생의 방은 아니라고 생각되었다.

"흐음."

나는 벽에 스파이더맨처럼 달라붙은 채로, 내가 보기에도 능숙하게 신발을 벗고서 하네카와 가家 안으로 침입했다.

완전히 불법침입이 되지만 벽에 달라붙은 시점에서 충분히 수상한 인물이므로 이왕 시작한 일, 이미 올라탄 배…라고 하기보다 이미 밀항도 이만한 게 없다.

다만.

나는 올라탄 배가 노예선일 가능성을 고려했어야 했을 것이다.

바꿔 말하자면… 이야기의 흐름으로 이렇다 할 확실한 목적도 없이 불법침입이라는 형법상의 죄를 범해 버린 나에게는 이 이상 없을 정도의 천벌이 떨어지게 되었다.

이 이하도 없을 정도의, 천벌.

나는.

아라라기 코요미는 하네카와 가家의 집 안을, 아무도 없는 그 집 안을 한 손에 신발을 들고 쭉 한 바퀴 돌고, 두 바퀴 돌고, 세 바퀴 돌고, 네 바퀴 돌고….

"…으익!"

뛰쳐나왔다.

현관으로 나가면 될텐데, 그런 발상조차 떠올리지 못하고 나는 숨어들었던 서재 같은 방의 창문으로, 마치 그렇게 행동을 거꾸로 하면 시간을 되감아서 전부 없었던 일이 될 거라고 맹신하는 것처럼 열려 있던 창문으로 다이빙했다.

당연하게 낙하한다.

겨우 이어졌던 왼팔이 다시 뚝 떨어져 버리지 않을까 할 정도로 낙법이고 뭐고 없이 아스팔트를 향한 수직 낙하였다. 추락이라고 말해도 괜찮겠지만, 그렇지만 그런 아픔도 신경 쓰이지 않았다.

나는 거의 공황상태로 우선 집 앞에 세워 두었던 산악자전거까지 기어가듯 달려가서 체인이 닳아 끊어지지 않을까 생각될 속도로 그 장소에서 벗어났다.

하네카와의 집에서 벗어났다.

그것이 구역질나고.

사악한 것이라는 듯이… 아니.

순수하게 나는 기분이 나빠서… 토할 뻔하기까지 했다.

괜한 짓을 했다고 후회하지 않을 수 없었다. 어떤 길을 어떻게 지나 왔는지도 알 수 없었지만, 어느 정도 멀리 돌아왔는지도 모르겠지만 정신이 들고 보니 나는 자신의 집에 도착해 있었다. 딱히 집으로 돌아오려고 생각한 것도 아닌데.

어쨌든.

도망치고 싶었던 것뿐이었다.

나는 본능처럼 집으로 돌아왔다.

"아, 오빠. 지금 오…."

현관을 열었더니, 무슨 타이밍이었는지 츠키히가 그곳에 서 있었어서—속옷 위에 얇은 티셔츠 한 장이라는 털털한 차림새로 추측하기로는 아마도 목욕을 마치고 나왔다든가 하는 상황이겠지—나를 알아차린 듯했는데, 그녀가 '는 거야?' 라고 말을 끝내기도 전에 나는 신발을 신은 채로 복도로 올라가서 츠키히의 몸을 강하게 끌어안고 있었다.

강하게, 강하게, 강하게.

"우와아앗! 생각지도 못한 열렬한 포옹! 뭐야, 이 변태 오빠는!"

"…으."

친오빠의 기행에 츠키히는 경악하며 대놓고 기분 나빠 했지만, 나는 그렇게 하지 않을 수 없었던 것이다.

츠키히이기 때문이란 것도 아니다.

카렌이든 누구든, 어쨌든 나는 처음에 만난 누군가를 끌어안지 않을 수 없었을 것이다.

아니, '끌어안는다'가 아니다.

달라붙지 않을 수 없었다.

매달리지 않을 수 없었다.

그렇게 하지 않으면 나라는 존재가 무너져 내릴 것만 같았다.

정신이 붕괴된다.

물에 빠진 사람이 지푸라기라도 잡는다는 그것이다.

사실 츠키히에게는 내 몸이 떨리는 것이, 부들부들 떠는 어찌할 수 없는 진동이 충분히 전해지고 있을 것이다.

잔뜩 겁먹고 있었다.

치킨이라고 불리든 뭐라고 불리든 상관없다.

공포에 대해 겁먹는 게 뭐가 나쁘냐.

떨고 얼어붙는 게… 뭐가 나쁘냐.

그 정도로… 그 집의 임팩트는 강렬했다.

단독주택이다.

크기로 말하면 내가 사는 이 집보다 클지도 모른다.

방의 개수는 여섯 개나 되었다.

그런데도 그 집에는.

하네카와의 집에는 하네카와 츠바사의 방이 없었던 것이다.

"○○○○○○○○."

무섭다. 무섭다. 무섭다.

봄방학 따윈 비교도 안 될 정도로…. 그 지옥 같은 추억이 극히 목가적인 것이었다고 덮어쓰기되어 버릴 정도로, 그 봄방학은 특별할 것 없는 2주일이었다고 덧칠되어 버릴 정도로… 무섭다.

방이 없다.

그리고… **흔적**이 없다.

어릴 적부터 이집 저집으로 왔다 갔다 했다고는 해도, 하네카와는 그 집에서 15년 가까이 살아 왔을 것이다. 그렇지만 집 안을 아무리 배회해 봐도, 나는 그곳에서 하네카와의 기척을 발견할 수 없었다.

집이란 것은 저마다 독특한 냄새가 난다.

오래 살면 살수록 그런 법인데 그 냄새 안에 하네카와의 그것이 전혀 섞여 있지 않았던 것이다. 정말로 집을 잘못 찾아왔나 싶을 정도로 그 집에서 하네카와 츠바사는 잘려 나가 있었다.

아니.

물론 거실 벽에 걸려 있던 교복이나, 서재 같은 곳에 꽂혀 있던 교과서나 참고서들이나, 욕실의 옷 선반에 정리되어 있던 속옷들이나, 복도에 개어져 있던 이부자리나, 계단의 콘센트에 꽂혀 있던 휴대전화 충전기나, 현관 옆에 놓여 있던 학생가방 같은 것을 고려하면 하네카와가 그 집에 살고 있는 것은 사실이라고 생각한다.

생각한다니까?

하지만 저래서는 호텔에서 사는 거나 다를 바 없다.

식객조차도 아니다.

얕보고 있었다. 그래도 나는 낙관적으로 보고 있었다.

아버지에게 얻어맞은 얼굴을 봤어도, 그래도 마음속 어딘가에서 하네카와는 괜찮다, 하네카와는 하네카와니까 괜찮다, 하네카와는 당연히 괜찮을 것이다, 하네카와가 괜찮지 않을 리가 없다고, 그런 식으로 믿어 버리고 있었다.

사와리네코에게 홀리고서도.

괜찮다니, 괜찮을 거라니…. 정말 멍청했다.

"ㅇㅇㅇㅇㅇㅇ."

이젠 틀렸어.

하네카와는, 이젠 틀렸어.

저건.

어떻게도 할 수 없잖아, 수정 불가능이다.

한마디로 말하면, 미쳤다.

반半광란이고 전全광란이다.

오시노에게 맡겨 두면 확실히 하네카와는 머지않아 보호되고, 그리고 사와리네코는 그 알로하 사나이에게 간단히 퇴치되어 버리겠지만… 적어도 이 이야기에는 하네카와가 오랫동안 마음의 골이

패어 있던 부모와 화해하고 오랜 세월 동안 쌓인 불화가 해소되어서 모두 함께 행복하게 살았습니다, 하고 딱 떨어지는 마무리는 없다.

떨어질 수도 없다.

이 이상 나락으로 떨어질 수도 없다.

저 집은.

저 가족은.

저 가정은.

이미 어쩔 수 없을 정도로 끝나고… 끝나 있다.

"으으으으으으으… 우와아아아아!"

"…아이 참. 할 수 없네, 오빠는. 괜찮아, 괜찮아. 무서웠지?"

몸의 떨림은 강해지기만 하고 비명에 가까운 소리까지 내는 나에게 츠키히는, 네 살 어린 내 여동생은 정말로 어쩔 수 없다는 듯이 미소 짓고서 내 머리를 착하지 착해, 라며 쓰다듬었다.

그리고 눈을 감고 살짝 입술을 내밀고.

"자, 괜찮아."

그렇게 말했다.

"기분 나빠!"

여동생을 떠밀었다.

아주 거칠게.

"꺄앙! 여동생의 헌신에 대해 무슨 짓을 하는 거야, 오빠!"

"교육적 지도다! 너희 자매는 대체 얼마나 그 자리의 분위기에 휩쓸리며 사는 거야!"

"어쩔 수 없잖아, 오빠의 여동생이니까!"

"으윽!"

그런 말을 들으면 입장이 곤란하네.

나 정도로 그 자리의 분위기에 휩쓸리며 사는 녀석도 없을 테니.

다만 나는 조금 더 머리를 쓰면서 살고 있다는 듯한 기분도 들지만. 맹세코 이렇게 척수반사만으로 살기는커녕 척수조차 없어 보이는 단세포생물처럼 살지는 않았다.

그럴 터인데.

어쨌든 여동생의 기분 나쁜 헌신 덕분에 일단 내 몸의 떨림은 멈췄던 것이다.

역시 가족은 있고 봐야 한다… 라고 말해야 할까.

가족.

가족이라.

필연적으로 그 말에서 병원에 실려 간, 아마도 지금쯤 입원해 있을 하네카와의 아버지, 그리고 어머니를 연상해 버려서 나는 어쩐지 우울한 기분이 들었다.

그들을 생각해 줄 이유는 정말로 전무하다고 해도 좋을 정도였지만 그래도 나는 이렇게 생각한다.

그런 집에서 15년 가까이 산다는 것은.

그들에게도 결코 행복한 가정환경은 아니었을 거라고.

"그건 그렇고, 걱정했었어."

츠키히는 말했다

사실은 2층에 올라간 뒤에 입을 생각이었을, 옆구리에 끼고 있던 유카타를 그냥 그 자리에서 입으면서.

"오빠가 집에 돌아올 생각을 안 했으니까."

"응?"

이제 와서 새삼스럽지만, 나는 열어 두었던 현관문을 닫았다.

신발도 벗었다.

"아니, 뭐. 무단 외박은 잘못했지만 말이야. 하지만 그렇게 걱정할 만한 일은 아니잖아, 이제 와서."

"그야 뭐, 봄방학의 자아 찾기 여행과 비교하면."

"……."

그러고 보니 봄방학의 일은 아라라기 가족 내에서는 그렇게 되어 있었지.

정정할 방법도 없다.

여동생들은 지금도 가끔씩 나를 '자아 찾기 군'으로 부르는데, 그건 달게 받아들여야만 할 것이다.

"하지만 혹시나 괴물이라도 만난 게 아닐까 하고 카렌하고 둘이서 걱정했어."

"…괴물?"

정확히 지적한 듯한 그 말에 한순간 움찔했지만… 아니, 설마 그럴 리는 없다며 당황하는 나 자신을 추슬렀다.

"괴물이라니… 뭐야, 그건. 너희들은 중학생이나 되어 가지고 그런 걸 믿는 거야?"

"으음~."

놀리는 듯이 말해 보았지만 츠키히의 리액션은 상당히 미묘했다. 작은 턱에 손가락을 대고, 생각하는 표정을 지었다.

"괴물이라기보다는, 괴물 고양이인데."

"괴물… 고양이?"

나는 츠키히의 말을 반복했다.

바보처럼, 그저 반복했다.

괴물 고양이?

"응."

츠키히는 말했다.

농담을 하는 얼굴은 아니다. 오히려 진지한.

솔직한.

정의 그 자체라고 그녀가 큰소리치는, 파이어 시스터즈의 참모 담당으로서의 얼굴이었다.

"아직 소문 단계니까 뭐라고 말할 수 없지만… **사람의 모습을 한 고양이 괴물**이 마을 이쪽저쪽에서 사람을 습격하고 있대."

"…으."

사람의 모습을 한 고양이 괴물.

그렇게 적당하면서도 적확하고, 게다가 적격인 표현이 또 있을까.

너무나도 애매하고.

너무나도 정확하다.

"사람을… 습격하고 있다니. 무슨 얘기야?"

"응. 그러니까 아직 자세히는 모르겠는데 그 괴물 고양이가 **건드리면** 힘이 빠진다고 할까, 갑자기 쇠약해져서… 하여간 정신을 잃게 된대."

지쳐 버린다는 둥 쇠약해진다는 둥, 정말 요령부득인 설명이었지만, **이미 해답을 알고 있는** 나에게 그것은 명백했다.

에너지 드레인.

"그건… 언제부터 나온 얘기야?"

"어?"

"아니, 그러니까 그 괴물 고양이에게 사람이 처음으로 습격당했다는 건, 언제 얘기야?"

"글쎄? 그렇게까지 자세한 얘기는 모르는데. 아직 조사 중이지만 나에게 소문이 들어온 건 오늘 낮이었어. 그래서 오빠가 걱정이 되어서 그때부터 귀신처럼 인정사정없이 전화를 걸었는걸."

"……"

감이 참 날카롭구나, 이 여동생.

뭐, 동시에 엇나가면서도 때늦기도 했지만. 그 시점에서 나는 이미 괴물 고양이에게 습격당해서 절찬 혼절 중이었으니까.

그러나… 그런가.

그랬던 건가.

어젯밤, 나에게 하네카와의 부모님을 넘기고 나서 사와리네코는 거리의 사람들을 습격했던 건가.

나나 하네카와의 부모님 외에도 피해가 생겼던 것이다.

그것으로 납득이 갔다.

묘하게 오시노가 적극적이라고 생각하기는 했다. 피해자가 하네카와뿐이었다면 밸런서, 중립주의인 그 녀석이 그렇게나 능동적으로 일에 나설 리도 없다.

피해자가 그 밖에도 생겼기 때문에.

아니.

고양이에게 홀린 하네카와 자신이 가해자가 되어 있었기 때문에, 그 전문가는 움직였던 것이다.

하지만 모르겠다.

어째서 사와리네코가 **사람을 습격하지?**

야행성인 괴이가 낮에 활동하고 있는 시점에서 이미 이상하다고 말할 수 있겠지만, 사와리네코는 그렇게나 액티브하게 사람에게 해를 끼치는 타입의 괴이는 아니라고 오시노가 말하지 않았던가?

…아니.

사와리네코 자신에게 습격하고 있다는 자각이 있다고 단정할 수는 없나. 괴이는 대개의 경우, 인간에 대해서는 아무런 신경도 쓰지 않는다.

인간을 영양원, 피가 담긴 탱크라고 보고 있는 흡혈귀는 그나마 나은 편이고, 대개의 괴이는 인간의 존재 자체에 가치를 느끼지 못한다.

인간에게 괴이가 그런 것과 마찬가지로.

있든 없든 마찬가지. 그런 케이스가 대부분이다.

그러니까 내가 당한 것처럼 팔을 뜯긴다든가 물린다든가 하는 것이 아니라 자각 없는 에너지 드레인뿐이라면, '습격하고 있다'는 것은 어디까지나 인간 측에서 본 독선적인 견해일 수도 있다.

고양이 귀에 속옷차림의 여자아이를 보고서 길을 가던 분별없는 자나 불량배가 괜히 집적거렸을 가능성도 있겠고.

피해자는 역습을 당한 것뿐일지도 모른다.

적어도 나라면 그런 고양이 캐릭터를 방치하지는 않을 것이다. 아니, 그건 접어 두고.

그렇다기보다.

정말로 큰일이 나고 말았잖아.

"오빠가 피해를 입지 않았다는 것에는 가슴을 쓸어내렸지만, 그러나 이 사태를 정의감의 화신, 파이어 시스터즈로서는 가만히 넘어갈 수 없지! 카렌도 지금 괴물 고양이 사냥 준비를 하고 있는 참이야!"

"…아니."

뭐라고 말해야 좋을까.

정의의 사자, 파이어 시스터즈의 일 안에는 요괴 퇴치도 포함되어 있는 걸까.

말도 안 되는 영계탐정*이다.

뭐, 평소 같으면 파이어 시스터즈의 활동 따윈 적당히 나무라는 정도로 내버려 두곤 하지만, 이번에는 조금 위험하겠네.

여중생의 담력 테스트하고는 차원이 다르다.

에너지 드레인의 피해를 입는 정도라면 나을지 몰라도 사와리네코에 대해 명백한 적대행동을 취하면 나처럼 어깨를 찢기지 말라는 법은 없다.

※영계탐정(靈界探偵) : 만화 『유유백서』에 나오는 직책. 요괴가 인간계에서 일으키는 악행을 단속하는 일을 한다.

나 같은 불사성을 갖고 있지 않은 츠키히나 카렌이 그렇게 되었다가는 즉사다.

카렌도 그럭저럭 실력은 갖췄을 테지만, 가라테로 고양이를 쓰러뜨릴 수 있다면 고생할 것도 없다. 무슨 냥코 선생님*이냐.

냥코 선생님은 유도였던가?

그렇다고 해서 말린다고 그만두는 여동생이 아니니까, 이 녀석들. 말리면 말릴수록 더 의욕이 생겨 앞뒤 가리지 않고 돌진하는 타입이다.

무모할 정도로 불타오른다.

파이어 시스터즈.

"응? 오빠, 왜 그래? '아니' 라니, 뭐가?"

"…아니, 그거 참 곤란하게 됐네~ 하고 생각해서."

의아하다는 듯 내 얼굴을 들여다보는 츠키히를 보고 나는 마음속으로 깊이 한숨을 쉬면서, 떨떠름하게 어쩔 수 없이 이야기하기 시작했다.

국어책을 읽듯 아주 억양 없는 말투다.

"밤길을 자전거로 돌아온 것만으로도 이렇게나 무서운데, 그런 무서운 괴물 고양이 괴담을 들어 버리면 완전히 부들부들 떨려서 겁쟁이인 나는 혼자서 잠도 잘 수 없어. 그러니까 오늘부터 한동안 카렌하고 츠키히에게 같이 자 달라고 하고 싶었는데… 아니, 정의를 위해서 출진해야만 한다면 그건 포기하는 수밖에 없겠네. 너희

※냥코 선생님 : 일본의 만화가 카와사키 노보루가 1960년대 후반에 연재한 유도만화 「시골뜨기 대장」의 등장인물. 두 다리로 걷는 고양이로 주인공인 다이자에몬의 스승.

들만이 희망이었는데."

"뭐? 우리들만이 희망?"

미끼를 물었다.

바보 같은 여동생이 물었다.

"그렇다면 어쩔 수 없네~! 겁쟁이 오빠가 불쌍하니까, 카렌은 내가 설득해 줄게! 괴물 고양이 퇴치는 경찰 아저씨에게 맡기자!"

"…고마워."

오빠에게 뭔가 부탁을 받는다는 사태에 대해서 정말 내성이 없는 막내였다.

뭐.

이렇게.

내가 하네카와를 위해서 할 수 있는 것이 있다면 오시노를 방해하지 않는 것하고 여동생들과 같이 자는 것 정도일지도 모른다.

009

그렇다고 해도 걱정이 남는 것은 부정할 수 없다. 사와리네코의 에너지 드레인은 아무래도 치사성의 스킬은 아닌 듯하지만, 그래도 지나치면 목숨이 위험할 이능력異能力이라는 점은 상상하기 어렵지 않다. 거기에 더해서, 인간의 팔 정도는 깨무는 것만으로 간단히 뜯어낼 수 있는 순수한 파워도 있다.

스피드도 점프력도 인간의 영역을 무시무시하게 뛰어넘고 있다.

즉, 일의 해결이 늦어지면 죽는 사람이 나올 가능성도 있다는 것이다.

피해자가 나오고 사망자가 나온다.

누군가가 죽는다.

하네카와가 죽일 가능성도 있다는 얘기다.

여동생들의 폭주는 내 몸을 던진 희생으로 어떻게든 막았지만, '경찰 아저씨', 혹은 '마을 유지'의 행동까지 막는 것은 나에게 불가능하다. 그런 권력이 일개 고교생에게 있겠는가. 괴물 고양이 퇴치, 괴물 고양이 사냥, 거기까지 가지 않더라도 괴물 고양이 구경에 나서는 녀석들이 늘면 늘수록 그 리스크는 커진다.

쇠약, 혼절이라면 괜찮다는 얘기는 아니지만.

사람이 죽는 것은 곤란하다.

그도 그럴 것이, 괴이라는 초자연현상을 제외해 버리면….

하네카와 츠바사가 살인범이라는 이야기가 되어 버린다.

그냥… 살인범.

…절대 사양이다.

뭐가 어떻게 되어서 그렇게 된단 말인가.

어떻게 그런 농담이 다 있냐.

참모라는 포지션 때문에 보통 사람보다 소문에 민감한 성격이라고는 해도, 단 하루의 액션으로 츠키히에게까지 그 존재가 전해져 버린 사와리네코. 아무래도 은밀하게 행동을 취하고 있다고는 생각되지 않는다.

그렇다기보다, 아마 아무 생각도 없을 것이다.

속옷차림으로 걸어 다니고 있는 것도 그렇지만, 하네카와의 그 이후의 일상생활을 조금이라도 고려한다고는 생각할 수 없다.

그 뒤.

그 뒤?

그러나 그건 무엇의 뒤지?

무엇을 해야 그 무엇의 뒤가 되지?

닥치는 대로 에너지 드레인을 하는 것도 그렇고, 사와리네코의 목적을 모르겠다.

사와리네코가 어떤 괴이인지 더 자세히 오시노에게 물어봤다면 그 부분도 확실히 알 수 있었을지도 모르지만… 아니, 내가 그런 걸 알 필요는 없나.

그런 것으로 오시노를 귀찮게 해서는 안 된다.

그 녀석을 방해해서는 안 된다.

괜찮다. 그런 경박한 성격에 껄렁거리는 기분파 아저씨지만, 그래도 프로페셔널은 프로페셔널이다.

조만간 해결해 주겠지.

하네카와가 사람을 죽여 버리기 전에… 조만간.

자세한 사정을 알고 싶으면 모든 것이 끝난 뒤에 물어보면 된다.

오시노에게나… 아니면 하네카와에게나.

물어보면 된다.

그렇지만, 한 번 생각해 보자.

나에게 그것을 알 권리가 있을까?

아니, 그 이전에 나는 그것을 알고 싶어 하고 있나?

하네카와 가에 불법침입해서 그 집의 속사정을 알아 버린 뒤에 그 정도로 혼란에 빠졌던 내가.

하네카와의 내면, 마음속에 발을 들이고—사생활에 흙발로 발을 들이고—그러고도 계속 하네카와의 친구로 있을 수 있을까?

한번 생각해 보자.

몰라도 되는 일이란 거, 세상에는 역시 있는 게 아닐까?

이 예시가 지금 상황에 맞는지는 모르지만… 예를 들어 동경하던 위인, 존경하는 역사상의 인물을 너무너무 좋아해서 좀 더 깊이 알려고 다양한 전기를 읽어 보았다가 그 위인의 추문이나 불상사 같은 것과 맞닥뜨리고 어쩐지 배신당한 기분을 맛보는 일은 누구라도 있었을 거라 생각하는데… 하지만 그런 것에 실망한다는 건 상당히 제멋대로인 행동이 아닐까?

멋대로 좋아하고, 멋대로 싫어하고.

멋대로 기대하고, 멋대로 실망하고.

멋대로 동경하고, 멋대로 환멸할 바에야.

처음부터… 모르는 게 낫지 않은가.

그때.

나는 역시 하네카와에게 깊이 들어가서는 안 되었던 것이 아닐까.

거즈 같은 것은 신경 쓰지 말고… 그렇지만 말이야.

그건 요컨대 달면 삼키고 쓰면 뱉는 거랑 다를 바 없잖아.

좋아하고, 기대하고, 동경하고 싶을 뿐.

자신은 봄방학에 그렇게나 도움을 받아 놓고… 아무리 생각해도 알 수 없었다.

번민할 뿐이다.

결국 사고는 언제까지고 쳇바퀴 돌 듯할 뿐이다. 확실한 것이 있다고 하면, 나는 봄방학으로부터 한 달 이상 하네카와 츠바사와 같은 시간을 보냈지만 그녀에 대해서 아무것도 몰랐다는 사실이다.

이래 놓고 사랑이라니, 바보 같다.

웃긴다고.

비웃음을 사겠어.

츠키히와 나눈 그 대화가, 이렇게 되어 버리니 더욱 부끄러웠다.

빗나갔다기보다는, 그냥 논외다.

하지만 그래도 지금도… 나는 하네카와를 생각하면 가슴이 찢어질 것 같지만 말이야.

어린아이처럼 인형처럼 여동생들과 같이 자면서 나는 그런 생각을 하고 있었다. 역시 지치긴 했는지, 낮에 계속 자고 있었으면서도 그날의 밤은 금세 잠들어 버렸지만.

그런 식으로 4월 30일이 끝나고 5월 1일이 찾아왔다. 골든위크라고 해도 사립고교는 메이데이에 쉬지 않는다.

5월 1일과 5월 2일은 평일이다.

월요일, 화요일.

등교해야만 한다.

같이 자고 있었던 덕에 평소보다는 수고도 시간도 걸리지 않았는지 카렌과 츠키히는 재빨리 나를 깨웠고, 나는 등교용 바구니 자전거를 타고 학교로 향했다.

수업 시작에 아슬아슬하게 교실에 도착했지만, 당연하게도 하네카와의 모습은 역시 그곳에 없었다.

결석이다.

우등생으로서의 하네카와 츠바사의 무지각 무결석 무조퇴, 정근의 기록은 이날 덧없이 끝나 버렸던 것이다.

그렇지 않더라도 하네카와처럼 주목도가 높은 학생이 아무런 연락도 없이(부모님이 의식불명으로 입원해 버린 이상, 연락이 있을리도 없다) 결석한다는 것은 나 같은 낙오자가 훌쩍 학교를 땡땡이치는 것과는 얘기가 다르므로, 담임선생님이 걱정스러운 듯 누군가 사정을 아는 사람이 없냐며 조회에서 이야기하고 있었다.

그러나 물론 그 이야기는 교실을 아주 술렁이게 만들 뿐, 아무런 정보도 돌아올 리 없었다.

당연히 나도 아무것도 말할 리 없다. 같은 반 학생들 중에는 이 시점에서 호기심이 많다고 할까, 눈치 빠른 애들이나 소문에 밝은 애들이 괴물 고양이 소문 이야기를 하지 않는 것은 아니었지만, 그래도 하네카와를 다이렉트로 연결해서 생각하라는 것은 무리한 이야기일 것이다.

그 사와리네코를 보고.

그것을 하네카와라고 단정할 수 있는 사람은 나 정도다.

아니, 나도 이미 무리일지도 모른다.

나 자신도 잘못 본 것이길, 그렇지 않더라도 뭔가를 착각한 것이길 바라고 있을 정도니까.

그러고 보니 모두 웅성거리는 교실 한 구석에서 센조가하라라는 이름의 여자애가 묘하게 재미없다는 듯한 얼굴로 담임선생님의 이야기를 듣고 있는 모습이 어쩐지 인상적이었다.

재미없다는 듯한 얼굴이라기보다, 그건 어떻게 표현해야 할까… '역시네. 생각대로야. 그 애는 그런 애야.' 라고 말하고 싶은 듯한, 동류를 꿰뚫어 보는 듯한 그런 무표정이었지만. 뭐, 그런 느낌이고.

5월 1일은, 그리고 5월 2일도 하네카와는 학교에 오지 않았다.

5월 2일의 방과 후가 가까워질 무렵에는 괴물 고양이 소문이 온 학교에 퍼질 정도로—목격담도 다수 포함되어 있었다—사와리네코의 활약상이 엿보였다.

고작 사흘 만에.

사건이 없는 평화로운 시골 마을에서 이 괴물 고양이 소동은 유감스럽게도 봄방학의 흡혈귀 소동 때처럼 여자아이들 사이에만 도는 소문이 되지는 않은 모양인지, 이대로는 과장이 아니라 괴물 고양이 사냥이 이루어질지도 모르는 분위기가 되어 가고 있었다.

파이어 시스터즈도 언제까지나 내가 잡아 둘 수는 없다. 그 두 사람이 움직이는 것은 온 마을의 중학생이 움직인다는 얘기와 동등하므로 가능한 한 제어를 해 두고 싶지만, 그 녀석들을 권위로 누르는 것에는 한도가 있다. 아니, 뭐. 권위로 누른다고 말하고 있는데, 그것에 관해서는 내 정신이 여동생에게 어리광을 부린다는 굴욕적인 환경에 영원히 견뎌 낼 수 없다는 문제도 생겨나 있지만.

어쨌든.

내일인 5월 3일부터 다시 시작되는 연휴를 앞두고, 나는 다시 한 번 오시노가 살고 있는 폐 빌딩을 방문해 두기로 했다. 아니, 딱히 미련을 가지고 뭔가를 도우려고 했다든가, 혹은 뭔가 질문하고 싶었다든가 하는 것은 아니다.

지금까지의 경과를 알고 싶었던 것도 아니다.

다른 일 때문이다. 늘 하듯이 흡혈귀 소녀에게 식사를 주기 위해 가는 것이다.

지난번이 4월 29일이었으니까 사실은 조금 더 시간이 지나도 괜찮겠지만, 내일부터의 3일 연휴는 휴일인 만큼 여동생들에 대한 감시의 눈을 강화해야 하는 사정이 있어서 재빨리 영양을 보급해 두려는 생각이다. 그저께 나를 '충전' 한 것으로 그 녀석도 배가 고파지지 않았을까 하는 아마추어 같은 추측도 있었지만.

저녁 무렵이라는 어중간한 시간대를 선택한 것은, 그러니까 오히려 오시노의 일을 방해하지 않도록… 오시노가 사와리네코를 찾으러 나가 있을 시간대를 노린 것이다.

귀신이 활발히 활동한다는 축삼시…는 아니지만.

옛날에는 해질녘을 유령과 만나게 되는 때라고 여기기도 했으니까.

그러나 이 골든위크 중의 나는 아주 아주 감이 나빴다.

감이 나쁘고.

운이 나빴다.

폐 빌딩 4층, 흡혈귀 소녀를 찾아서 우선은 요전과 같은 교실을 찾아보았더니 그곳에 흡혈귀 소녀는 없었고.

오시노 메메가 있었던 것이다.

그것도 그냥 있었던 것이 아니다.

너덜너덜하게 찢긴 걸레짝 같은 모습으로… 그곳에 있었던 것이다.

"오… 오시노!"

"응? 야아, 아라라기 군. 기다리다 목 빠지는 줄 알았어."

그러나 당황하며 달려오는 나를 오시노는 의젓하게, 정말 평소처럼 맞이했다. 드러눕듯이 쓰러져 있던 것은 단순히 체조를 하는 중에 몸을 펴고 있던 것뿐이라고 말하는 것처럼, 천천히 머리를 벅벅 긁으면서 정말 귀찮다는 듯이 몸을 일으켰다.

확실히, 자세히 보니 너덜너덜해져 있는 것은 알로하셔츠를 필두로 하는 몸에 걸친 의복들뿐이고 몸 쪽은 그렇지도 않았다. 몇 군데 찰과상이 보이는 정도다.

그러나 그렇다고 해서 내가 성급히 넘겨짚은 것은 아니었다.

오시노 메메는.

명백하게… 아주 초췌해져 있었다.

적어도 나는 이렇게 약해진 오시노를 봄방학에 만난 이래로 본 적이 없었다.

"슬슬 오지 않을까 생각했었어. 그때까지는 회복해 두고 싶었지만 말이야. 영험한 붕대는 요전에 아라라기 군에게 써 버렸으니까."

"오시노…. 대체 무슨 일이 있었어?"

나는 우선 오시노의 곁으로 달려가서 혼란에 빠진 채로 질문했다.

"무슨 일이 있었냐고? 아무 일도 아니야. 그냥 진 것뿐이야."

오시노는 평소와 다를 바 없이 표표한 태도로 내 질문에 답했다.

허세나 강한 척하는 느낌도 없다.

그냥 사실을 말하고 있는 것뿐이라는 태도다.

"져… 졌다니. 무엇에게?"

"빤하잖아. 사와리네코에게."

4월 30일 밤부터 세어서, 일수로 사흘.

그것밖에 안 되는 동안에 스무 번 정도의 배틀을 벌였고… 스무 번 정도 졌어.

씩 웃으면서 오시노는 말했다.

아니.

씩 웃었다고 말할 만한 얘기는, 사실은 아니다.

강한 척도 되지 않는다.

오히려 약해 보인다.

"그건… 전패잖아."

"전패야. 정말 볼품없지. 하하~."

오시노는 천천히 일어섰다.

발치가 정말 불안정했다.

그대로 쓰러져 버릴 것 같다.

"정말이지 여고생의 속옷차림이란, 아저씨의 눈에는 참 해로워. 그쪽에 자꾸 정신이 팔려서 제대로 싸우지 못하겠더라고."

"……."

그 대사는 틀림없이 단순한 장난이며 오시노 스타일의 농담이라

는 것은 빤히 알고 있지만, 그래도 나로서는 믿기지 않는 기분이었
다.

그나마 여고생의 속옷차림에 정신이 팔려서 제대로 싸우지 못했
다는 말 쪽에 신빙성이 느껴질 정도다.

그도 그럴 것이… 오시노가 지다니.

봄방학에 철혈이자 열혈이자 냉혈의 흡혈귀조차 완전히 마음대
로 가지고 놀았던 오시노가, 그것도 스무 번이나 연속해서 지다
니… 악질적인 농담이다.

나쁜 꿈이다.

상대가 지인인 하네카와이기 때문에 적당히 봐주고 말았다는 것
일까…. 아니면 지인이기에 방심했다든가?

……

어느 쪽도 오시노답지 않다.

이 녀석은 그런 무른 남자가 아니다.

오히려 오시노는 상대가 지인일수록 용서 없는 타입이라고 생각
된다. 내 경험 쪽으로 말하자면.

"참나. 스무 번째인 조금 전에는 상당히 과격하게 **빨려 버렸다**
고. 스치기만 해도 치명상이 될 수 있다는 건 참 성가신 특성이야.
이렇게 기력도 끈기도 바닥나서 말라 비틀어진 중년 아저씨한테서
정력을 빨아내지 말라고."

"그… 그 정도의 괴이야, 사와리네코는?"

나는 전율을 넘어 공포를 느끼면서 조심조심 오시노에게 확인했
다.

"전문가인 너조차도 압도할 정도의…."

"아니, 그렇지는 않아."

그러나 오시노는 곧바로 고개를 저었다.

내 말이 너무나도 엉뚱하다고 말하는 것처럼.

"요전에도 슬쩍 말했는데 말이지. 아라라기 군이 습격당한 흡혈귀와는 도저히 견줄 수 없어. 그렇다기보다, 비교하는 것 자체가 불손할 정도로 저급 괴이야."

"뭐…?"

저급?

저급…이라고?

한순간, 그것은 오시노가 내가 품은 불안을 불식시키기 위해서 말해 준 건가 하고 생각했지만, 그런 위로의 말을 할 남자도 아니다.

그러나.

저급 괴이?

저급 괴이라고?

"이봐, 흡혈귀에 비해서 격차가 있다고는 말했지만, 사와리네코가 저급 괴이라니. 너는 요전에 그런 말 안 했다니까?"

"거기까지는 굳이 말하지 않았을 뿐이야. 거기까지 알려 줘 버리면, 아라라기 군이 그럼 나도 돕겠다든가 하는 소릴 할지도 몰라서 거기까지 설명하지 않았던 것뿐이야. 전문가로서의 내 가치관으로 말하자면 퇴치하는 건 식은 죽 먹기야. 아니, 전문가가 나설 것도 없이, 아마추어라도 지혜를 짜내기에 따라서는 대처할 수 있는 수준의, 사실은 그런 정도의 괴이야."

"어…. 하지만."

이야기가 다르다.

요전에 했던 말과 전혀 다르다.

그러면…이라고 말을 거는 나를, 오시노는 "물론."이라고 제지했다.

"나는 그렇다고 해서 대충 하지는 않았어. 진짜로 덤볐어. 나중에 탕감해 줬다고 해도, 반장에게는 봄방학의 일로 빚을 졌다는 마음을 갖고 있으니까. 거기서 괜한 배려는 하지 않았어."

하지만 졌어, 라고 오시노는 말했다.

분하다는 눈치는 전혀 엿볼 수 없다.

실패했다는 분위기도 빚어내지 않는다.

하지만.

그는 분명히 분할 것이고… 실패했다는 생각도 하고 있겠지.

짧은 만남이라서 친한 사이인 것도 아니지만, 그래도 그 정도는 전해진다.

오시노 메메는.

자기 일에 긍지를 가지고 있다.

"사와리네코는 잔챙이야."

다시 한 번.

확인하듯이 오시노는 말했다.

"애초에 사와리네코란 건 '마네키네코招き猫'의 상대 개념으로 생각된 괴이야. 말하자면 말장난에서 생겨난 장난 같은 민간전승이

야. 복을 부르는 마네키네코에 대해, 재액을 부르는 해로운 고양이, 사와리네코. 길바닥에서 죽은 척하고 있다가, 동정해서 다가온 사람에게 달라붙지. 바꿔치기하는 계통의 괴물. 몸을 가로채는 타입의 괴이. 그리고 가난신처럼 몸의 소유주를, 본체를 불행의 구렁텅이로 빠뜨리지. 그런… 뭐, 말하자면 흔히 있는, 견본 같은 괴물이야."

"……."

사람의 양심이나 동정심을 파고드는 괴이.

그런 것은 확실히 괴이담으로서는 흔한, 흔해 빠진 이야기다. 게다가.

나에게는 경험이 있는 현상이기도 하다.

그래서 그리 새롭지도 않다.

하지만.

"그래…. 하지만 우리 반장이야."

유념하고 있었지만, 이라고 오시노는 말했다.

"들러붙은 사람이 우리 반장이었다는 점이, 이번 경우에는 있을 수 없을 정도의 이레귤러였어. 원래 잔챙이에 지나지 않았을 사와리네코를 거의 최강에 가까운, 여차하면 흡혈귀에 필적하는 괴이로까지 **끌어올리고 있어.**"

"……."

"육체를 공유하고 있는 것보다 지식을 공유하고 있는 점이 안좋지. 내가 사용하는 예스러운 괴이 대책을, 수법을, 방법을, 아주 멋지게 전부 튕겨내 버려. 그 여자애는 전문가의 전문지식을 가지고 있어. 그 애는… 뭐든지 알고 있어."

"……."

"전략과 전술을 가지고 인간을 습격하는 괴이라니, 그런 건 들은 적도 없어."

마치 자포자기하는 느낌으로 오시노는 말했다.

"처음부터 알고 있었던 일이지만 역시 보통내기가 아니었어, 우리 반장은. 사람을 습격할 때의 멋진 솜씨하며… 괴이가 하는 행동이 아니야."

"잠깐 기다려. 사람을 습격할 때의 멋진 솜씨? 오시노, 그래서는 하네카와가 마치 적극적으로 사람을 습격하고 있는 것 같잖아."

"뭐, 그런 거겠지. 사와리네코는 그런 괴이가 아닐 텐데. 다만, 아라라기 군. 내가 이렇게까지 고전한다는 것은, 실은 그리 나쁜 전개가 아닐지도 몰라."

"뭐?"

"아니, 반대로 말하면 이 전개는 사와리네코 안에 우리 반장이 남아 있다는 것의 증명이라고도 말할 수 있어. 나는 그렇게 생각하고 있어. 적어도 사와리네코 안에 우리 반장이 없고, 육체도 지식도 완전히 가로채였다면 이런 전개는 되지 않아. 아마도 사와리네코 안에는 **우리 반장의 의식이 상당히 막대하게 남아 있어.** 그렇기 때문에 강한 거지. 그리고 이건 지금은 최악의 정보임과 동시에 구원의 여지가 있는 정보이기도 해."

"어째서? 어디에 구원의 여지가 있다는 거야."

하네카와를 적으로 돌리다니, 생각해 본 적도 없다.

그래서 그 위협은 상상을 불허하는 것이 있다. 어디에 구원의 여지가 있다는 거지?

"아니, 하지만 완전히 가로채이면 이미 끝장이니까. 죽일 수밖에 없어져."

간단히.

오시노는 말했다.

죽일 수밖에 없어진다. 그렇게 말했다.

"우리 반장의 의식이 남아 있는 동안에 그 의식을 인양하지 않으면, 괴물 고양이를 퇴치해 버리지 않으면 하네카와 츠바사라는 아라라기 군의 소중한 친구는 이 세상에서 영원히 사라져 버린다는 얘기야."

010

사와리네코라는, 오시노의 말에 따르면 지극히 흔해 빠진 괴이담의 한 가지 예…라기보다는 범례를 여기서 들어 보도록 하자.

길바닥에 하얀 고양이가 죽어 있다.

굶주려 죽었는지 통행인에게 걷어차였는지는 모르지만, 어쨌든 옆으로 누워서 꿈쩍도 하지 않는다.

찢긴 꼬리를 보면, 그때까지 집고양이로 소중히 길러졌다는 행복한 경력을 가지고 있지는 않을 것이다.

그런 고양이를 불쌍히 여겨서, 길을 가던 한 남자가 그 고양이를 손에 들고.

만지고.

장소를 바꿔서 땅에 묻고, 공양이라고 할 정도는 아니지만 합장을 해 주었다…고 한다.

그날 밤부터 선량한 그 남자의 기행이 시작된다.

사람이 바뀐 것처럼 마구 날뛰고.

폭력적이 되고.

술을 마시고 사람을 두들겨 패며 대소동을 벌인다. 가까이에 있는 사람은 친구와 가족을 불문하고 근처에 있는 것만으로 완전히 지쳐 버릴 만한 상황이다.

그 고양이의 저주라며 주위는 겁에 질린다.

실제로 고양이 같은 행동도 보였다, 라든가.

이래서는 감당이 안 된다며 항복한 주위 사람들은, 견디지 못하고 기도사를 찾아가서 홀린 고양이를 퇴치해 달라고 하지만.

여기부터가 포인트.

사와리네코의 진면목.

괴이담의 지극히 흔한 진실.

선량한 그는 원래부터 고양이 같은 것에 홀리지 않았었다고 한다.

"부조리한 결말이라고 할까, 깜짝 결말이라고 할까. 이건 조금 교훈 같은 괴이담이지. 뭐, 동화 같은 것에 흔히 있는 설교 구조야. 선량하기만 한 인간 같은 게 존재할 리 없으며 자상함이란 것은 결국은 표면의 극히 일부에 지나지 않는다. 반드시 그 속이 있다. 빛

이 있으면 어둠이 있고 백白이 있으면 흑黑이 있다. 고양이는 단지 계기에 지나지 않는다. '은혜 모르는 고양이'라는 것뿐인 얘기가 아니라, 인간의 이면을 꿰뚫어 보는 듯한 에피소드라고."

인간의 이면.

오시노는 그렇게 설명했다.

하지만 어째서 고양이야? 라고 물어본 나에게 그는 빤한 설명을 하듯이,

"그야, 고양이란 건 **내숭**을 떠니까."

라고 말했다.

"우리 반장도 **고양이처럼 내숭을 떨었다**는 거잖아. 선량하고 공평하기만 한 인간 따위 없다는 거야. 오히려 그렇게 하려고 노력하기 때문에 스트레스가 쌓이지."

시커멓게 말이야.

오시노는 그렇게 말했다.

흑黑.

반장, 하네카와 츠바사의 어두운 면.

"그래도 대개 고양이는 어디까지나 가면인데, 정말 어떻게 된 건지 우리 반장은 거의 사와리네코와 일체화해 버렸어. 고양이쪽이 본체라면 일체화라기보다는, 있는 그대로 말하면 동화同化일까. 정말 강적이야. 이것도, 강적이라기보다는 무적이겠지."

그냥 말을 바꿔 가며 재미있어 하는 듯 보이기도 하는 오시노의 이야기였지만, 그러나 그것은 역시 사태의 심각성을 말하는 것일 뿐이었다.

이 녀석은 중대한 이야기일수록 가볍게 이야기한다.

경박하게… 아주 가볍게.

"얼른 끝을 보지 않으면 어쨌든 위험해. 정말 최종적으로 우리 반장 정도면 원래부터 고양이에게 홀리지 않았다…는 결말이 날지도 몰라. 우리 반장과 고양이가 완전히 융합해 버리기 전에 어떻게든 하지 않으면…."

…상황이 심각하다는 것은 알았다.

최악의 경우, 오시노의 손으로 감당할 수 없는 이야기라는 것도.

하지만 그래도… 내가 할 수 있는 일은 없었다.

그렇기에, 그런 것이며.

전무한 것이다.

나는 하네카와를 위해서 아무것도 할 수 없는 것이다.

그녀가 내면에 품고 있었다는 어둠을 알면서도… 그 심원의 나락을 바라보면서도.

나는 아무것도 할 수 없다.

결국 그 뒤에 오시노는 바로 외출해 버렸다. 나를 기다리고 있었다고 말했지만, 그것이야말로 농담이었고 사실은 고양이와의 배틀 사이에 잠깐의 휴식과 약간의 장비 보충을 위해 폐 빌딩에 들렀던 것뿐인 듯했다. 나는 오늘도 어째서인지 2층에 앉아 있던 흡혈귀 소녀에게 피를 주고 집에 돌아왔다.

흡혈귀 소녀의 눈은.

역시 나를 경멸輕蔑하는 듯 보고 있었다.

가볍게 업신여기고 있었다.

그런 기분이 드는 것은… 분명 내가 나 자신을 경멸하고 있기 때문이겠지만.

그리고 다음 날인 5월 3일, 헌법기념일.

일본국 헌법이 시행되었다든가 공표되었다든가 그런 느낌의 날이었던 기분도 들지만, 잘 모르겠다. 어쨌든 공휴일.

어쨌든 유래가 이렇든 저렇든 말이 어떻든, 이벤트 데이는 거북하다.

어린애처럼 재잘거릴 수 없으니 어른스럽게 얌전히 있어야 한다.

그러나 그날, 5월 3일. 나는 도무지 집에 가만히 있을 수 있는 기분이 아니어서 여동생들의 눈을 피해 몰래 빠져나가기로 했다.

파이어 시스터즈가 괴물 고양이 퇴치에 나서는 것은 아닐까 하는 걱정에 대해서는 일단 접어 둘 수 있다고 생각했기 때문에 내린 판단이다.

왜냐하면 어제 오시노의 이야기를 듣기로는, 그리고 츠키히에게 파이어 시스터즈의 정보망을 구사한 소문을 듣기로는 사와리네코가 에너지 드레인이라는 형태로 대량의 피해자를 내고는 있지만 실제 피해는 경미하다는 사실을 알았기 때문이다.

의식을 잃는 레벨로 사람을 실신시키기는 하지만, 그래도 입원이 필요할 정도의 증상은 아니라는 것.

드래곤볼 최종회 쯤의 베지터 풍으로 말하자면 '힘껏 달리고 난 뒤 같은 것'이라는 정도다.

특별히 피해가 컸던 것은 하네카와의 부모님, 그리고 팔을 뜯겼다는 물리적 공격을 받은 나 정도고… 즉.

지치게 만든다…는 정도다.

흡혈귀와는 그 부분이 다른 것이다. 아니, 그 부분은 아마도 의도적으로 컨트롤되고 있다. 에너지 드레인은 일부러 피해가 크지 않도록 이루어지고 있다.

상시 발동형의 특성이면서도, 혹은 그렇기 때문에 조절을 하고 있다.

의도적으로 사람을 습격한다는 오시노의 추측이 옳다면, 마찬가지로 의도적으로 사람을 죽이지 않으려고 조절을 하고 있다는 것이다.

하네카와의 의식이 남아 있다.

그것은 그런 것일까.

…그렇다면 피해가 컸던 세 사람의, 피해가 컸던 이유가 신경 쓰이는데.

하네카와의 부모님은 왠지 모르게 알 수 있다고 해도.

나는….

어쩐지 깊이 고찰하면 침울해질 결론이 도출될 것만 같아서, 사고를 절찬 정지해 두고 싶다.

뭐, 그런 이유로 나는 적어도 낮이라면, 밤이 아니라면 파이어 시스터즈가 어떻게 활동한들 커다란 문제는 되지 않을 거라고 나는 판단했던 것이다. 죽을 걱정은 없다. 그렇다면 기운이 너무 남아도는 그 두 사람은 사와리네코가 에너지 드레인을 해 줬으면 할 정도다… 라는 것은 역시 농담이고.

어쨌든.

내가 향한 곳은 학교다.

사립 나오에츠 고등학교.

내가 다니는 학교다. 특별히 용무가 있었던 것은 아니다.

그렇다기보다, 아무런 용무도 없다.

평소에 수업이 있을 때조차 빠지곤 하는 학교를 일부러 공휴일을 골라서 찾아왔으니 내가 보기에도 영문을 알 수 없었지만, 와버렸으니 어쩔 수 없다.

뭐, 그렇다고 해도 시간적으로는 상당히 대담한 지각이지만.

동아리 활동에 열심인 학생을 위해서 교문은 훤히 열려 있고, 학교 건물도 잠겨 있지 않다.

그래서 하네카와의 집에 비해서는 침입이 용이했다. 아니, 이런 표현이라면 마치 불법침입이 취미인 남자 같아서 오해를 부를 것 같지만.

그밖에 갈 만한 곳도 없다.

그래서 계단을 올라, 교실로 향한다.

역시나 교실은 잠겨 있다… 라고 생각했지만 뒷문이 열려 있었다.

어이, 너무 무방비하잖아.

그렇게 생각했지만, 잘 생각해 보니 교실 문단속은 부반장인 내 역할이었다.

평소에는 반장인 하네카와에게 맡기고 있어서 깜빡 잊어버렸던 거겠지. 이런, 이런.

나는 하네카와가 없으면 문단속 하나 제대로 못하는 건가.

기운 빠지네.

…아니, 애초에 나는 그런 일로 풀이 죽는 인간은 아니었을 것이다.

집에서도 여차하면 문을 잠그기는커녕 활짝 열어 놓고 나가 버릴 녀석이었다. 물론 이 동네의 치안이 좋기 때문에 그럴 수 있는 일이었지만.

어쨌든 그런 점에 관해서 느슨하다고 할까, 아주 대충대충인 녀석이었다.

그런데도 적어도 지금의 나는 문단속을 잊고 있던 나 자신을 반성하고 있다

어째서일까.

결국 지금의 나는 구석에서 구석까지 **하네카와에서 시작되는구나.** 봄방학 이전에 하네카와와 만나기 전까지 자신이 어떤 행동원리로 움직이고 있었는지가, 새삼 생각해 보면 전혀 떠오르지 않을 정도다.

다시 만들어진 기분이 든다.

그냥 바뀐 것이 아니라 다시 만들어졌다…. 하지만 그건 잘 생각해 보면 무서운 일일 텐데 말이야. 어째서 나는 오히려 그것을 기쁘게 받아들이고 있을까.

신기하다.

"……."

당연한 일이지만 교실 안에는 아무도 없었다.

나는 안으로 들어가서 교탁 뒤를 지나 자리에 앉았다. 내 자리가 아니라 하네카와의 자리에 앉았다.

평소에 하네카와가 앉던 자리.

수업 중에 왠지 모르게 시선을 던지게 되던 자리.

뭐, 이런 식으로 하네카와의 시점에서 칠판을 본들, 하네카와의 기분을 알 수 있는 것은 아니지만.

아무것도 모르겠어.

하아아, 하고 나는 탄식하면서 주저앉듯이 두 팔을 축 늘어뜨리고 책상에 얼굴을 처박았다.

전혀 흥이 오르지 않는다.

기분 전환할 생각으로 학교에 걸음을 옮긴 것은 아니지만, 이러고 있으니 침울함은 더욱 늘어 갈 뿐이다.

골든위크가 시작되고나서 나흘 이상 공석이 되어 있는 자리다. 하네카와의 온기가 남아 있는 것도 아니고.

다만, 나로서는 그냥 기분이 가라앉은 무기력 상태를 연기하고 있는 것뿐이지만, 이러고 있으니 마치 아무도 없는 교실에 숨어들어서 하네카와가 평소에 쓰고 있던 책상에 뺨을 비비고 있는 것처럼 보이지 않는 것도 아니네.

실은 왕가슴인 하네카와의 가슴 님께서 항상 이 책상에 눌려 있다고 생각하면, 이 구도는 좋아하는 여자아이의 리코더를 빠는 초등학생에 가깝다.

남에게 보이면 내 인생이 여러 가지로 끝장나 버릴 것 같다고 생각하면서 장난삼아, 당연하지만 낙서도 흠집도 전혀 없는 반짝반짝 새것 상태인 하네카와의 책상에 혀를 내밀어서 가볍게 핥아 보거나 하고 있는데….

"……윽!"

…보고 있었다.

엿보고 있었다.

조금 떨어진 위치의, 바로 내가 평소에 쓰고 있던 자리에 앉아서 이쪽을 응시하는 두 개의 눈동자가 있었다.

눈동자이며.

그것은 고양이 눈이었다.

"…너는 한도액이 없는 변태다냐."

그곳에서 왠지 몸을 떨면서 나를 보고 있던 것이 누구냐 하면— 대체 어느새, 그리고 언제부터 그곳에 있었는지 모를, 검은 속옷차림의— 백발의 고양이.

아니.

사와리네코였다.

"무섭다냐…. 괴이보다 무섭다냐…. 너는 지금, 여자의 책상을 날름날름 핥으며 흥분하고 있었다냐…."

"아… 아냐, 그게 아냐!"

아니지 않다.

아주 제대로 맞췄다.

괴이가 몸서리치게 만들고 말았다.

"그, 그런 것보다… 너, 어디로, 어떻게 이 교실에 들어왔어."

"그런 것보다도, 라니. 인간, 네가 주인님의 책상을 핥고 있던 것 이상의 사건이 이 세상에 있겠냐옹?"

"무슨 소릴 하는지 전혀 모르겠어! 나는 네가 무슨 얘길 하든 재판에서는 아무것도 인정하지 않을 거야! 그러니까 그런 것보다도! 그런 것보다도 너, 어디로 어떻게 이 교실에 들어왔어!"

필사적으로 말을 쏟아내는 나.

이후의 인생이 걸려 있는 만큼, 정말로 필사적이다.

"냐하하하. 바보냐옹, 너는. 살금살금 몰래몰래 걷는 건 고양이의 전매특허다냐. 너의 변태 짓을 감상하고 있었다냐."

"……."

뭐.

괴이에 대해서 '왜' 라든가 '어떻게' 라며 이런저런 확인을 해 봤자 소용없고 덧없을 뿐인가.

나는 의자에서 일어날… 생각도 들지 않는다.

갑작스런 조우.

사와리네코와의 갑작스러운 조우.

하지만… 뭐랄까. 장면으로의 도입부가 정말 말이 아니어서 도저히 감정의 전환이 잘되지 않았다.

'배틀' 이라는 분위기가 아니다.

그러나…가 아니라 애초에 나는 이 고양이에게 맞설 수 없다는 것을 빤히 알고 있다. 응전은 고사하고 저항도 소용없다. 냉정한 척을 하는 것 정도밖에 나에게는 할 수 있는 것이 없다. 오시노라면 몰라도… 아니, 오시노라도 감당하기 어려울 정도다.

적어도 여기에 사와리네코가 있다는 것은 어젯밤에 헤어지고 나서 지금 이때에 이르는 동안에는 오시노가 바람직한 성과를 올릴 수 없었다는 이야기다.

그러면 대체, 지난 밤 사이에.

오시노는 몇 번 졌을까.

"응? 뭐냐옹, 적의가 없어 보이는 낯짝이다냐… 인간."

"어차피 나로는 너를 어떻게 할 수 없으니까, 고양이. 게다가 목숨까지 빼앗기는 것은 아니잖아?"

"글쎄, 어떨까냐?"

사와리네코는 웃었다.

하네카와의 얼굴로.

하네카와답지 않게… 웃었다.

하지만 이것도 역시… 하네카와 자신이다.

하네카와 츠바사의… 어두운 면.

"냐의 에너지 드레인은 스킬이 아니라 캐릭터 설정이니까냐, 건드리는 것만으로 사람에게 해를 입혀 버린다는 설정. 스스로 컨트롤할 수 있는 게 아니다냐. 손어림은 할 수 있어도 어림의 정도는 맘대로 되지 않는다냐. 죽일 생각이 없더라도 깜빡 죽여 버리는 일도 있을 수 있다냐."

"…그래도 만나자마자 물어뜯거나 할퀴거나 하는 것 보단 낫지. 그런 일을 당하면 한줌도 안 남을 테니까."

나는 왼쪽 어깨를 감싸는 시늉을 해 보이며 말했다.

이것은 단순한 허세다.

허풍도 이만한 게 없다.

약점을 보이지 않도록 강한 체한다.

"흥. 흡혈귀냐옹."

고양이는 말했다.

"뭐, 너의 말에 따라 말하자면 냐 같은 것은 본래 대항할 수 없는 상위의 괴이다냐. 하지만 주인님 덕택에, 주인님의 전술과 전략 덕택에 프로페셔널 전문가조차도 압도할 수 있을 정도의 존재력을 얻을 수 있었지웅. 고마운 일이다냐."

"……."

"냐는 보은을 하지 않는, 오히려 은혜를 원수로 갚는 타입의 괴이지만… 이것에 한해서는 보은해도 좋겠다고 생각할 정도로 고마운 이야기다냐."

은혜를 원수로 갚는 타입의 괴이인가.

유쾌한 표현이지만, 확실히 그러네.

"고양이란 건 의외로 의리가 두터운 생물이란 얘긴 나도 들은 적이 있어. 나베시마의 고양이 얘기 같은 거. 주인님의 원수를 갚기 위해 요괴까지 되었다잖아. 개는 사람에게 붙고 고양이는 집에 붙는다고 하는데, 그건 참 괴이쩍은 얘기야."

"괴이쩍은가. 하긴 요괴니까냐."

냐하하하하, 라고 웃는 사와리네코.

으음.

나의 하네카와는 그런 시시한 말장난으로 웃거나 하지는 않는다.

재미없는 개그를 했다간 설교를 들을지도 모를 정도다.

하네카와의 이면이라.

이면… 어두운 면.

"뭐, 에너지 드레인을 특성으로 가진 자들끼리라고는 해도 사와리네코와 흡혈귀는 전혀 다르겠지."

나는 말했다. 이 부분은 오시노에게 들은 지식이지만.

"흡혈귀의 에너지 드레인은 식사고 사와리네코의 에너지 드레인은 저주지."

"흠. 뭐, 그렇다냐."

"다만 이해가 안 되는 건 네가 무차별로 사람을 습격하고 있다는 부분이야. 타입으로 이야기하자면 사와리네코는 애초에 사람을 습격하는 타입의 괴이가 아니잖아?"

"……."

고양이는 입을 다물었다.

순순히 질문에 대답해 줄 생각은 없어 보였다.

아니, 애초에 대답하고 싶지 않은 것에는 대답하지 않고, 말하고 싶지 않은 것에는 말하지 않는다면 대화가 제대로 성립하고 있는 건지 어떤지 수상하다. 도무지 의사소통이 되고 있다는 기분이 들지 않는다.

말은 통하고 있지만 의미가 통하고 있다고는 생각되지 않는다.

뭐, 사람 사이의 수다도 다르지 않다며 넘어갈 수도 있겠지만, 하지만 나로서는 그것만큼은 꼭 듣고 싶었다. 모처럼 우연히도 이런 교실에서 고양이와 만날 수 있었으니까.

…잠깐.

이거, 우연인가?

하네카와의 집 근처에서 만난 것하고 이 교실에서 조우한 것은 의미가 전혀 다르다는 기분이 드는데….

"야, 고양이. 너."

"냐답지 않은 짓을 하고 있다냐. 냐는."

그러자 사와리네코는 귀찮다는 듯이 말했다.

아주 성가시다는 듯이 다리를 꼬고.

이런 경우에 생각할 일은 아니지만… 하네카와는 다리가 엄청 길구나.

스커트를 입지 않은 탓에 맨다리가 밑동까지 훤히 드러나 있어서 그 길이가 똑똑히 보인다.

나보다 키가 작은 주제에 나보다 다리가 긴 거 아냐?

핥아 보고 싶어~.

아, 아니. 아니지, 아니야.

핥듯이 보고 싶어~다.

…수습이 안 되나?

"말하자면 지금의 냐는 사와리네코라는 캐릭터 설정을 무시하고 있다냐. 캐릭터 붕괴다냐. 아니, 설정대로 말하자면 설정대로지만, 그래도 이레귤러임에는 다름이 없다냐."

다만 이레귤러란 건 내가 아니라.

주인님이지만 말이다냐.

사와리네코는 그렇게 말했다.

그것은… 확실히 오시노가 비슷한 말을 했던가.

"냐답지 않다냐."

"……."

"별것 아니다냐. 그냥 시름을 푼거다냐."

"뭐?"

"사람을 습격하는 이유. 닥치는 대로, 무차별로 에너지 드레인을 하는 이유를 알고 싶었던 거잖냐옹? 그래서 알려준 거다냐. 그냥 시름을 풀기 위해서, 초인종 누르고 도망가기라든가냐! 벽에 낙서하기라든가냐! 그런 것과 마찬가지다냐!"

요컨대.

기분이 언짢아서 한 거다냐.

스트레스의 발산이라옹.

사와리네코는 뺨을 당기듯이 웃으면서 그렇게 밝혔다.

뭐?

뭐라고?

"스트레스의… 발산이라고? 그거… 어? 잠깐…. 무슨 뜻이야?"

"무슨 의미고 뭐고, 있는 그대로의 의미다냐. 너, 그 집 보지 않았느냐옹?"

"그 집이라니…."

"주인님의 집이다냐. 알고 있잖냐옹? 게다가 난 알고 있다냐. 고양이는 그럭저럭 냄새도 잘 맡는다냐. 옷을 갈아입으러 가 보니 온 집 안이 너의 냄새로 가득했다냐."

안 그러냐옹, 변태 스토커? 라며 고양이는 다 안다는 얼굴로 그런 소리를 했다.

옷을 갈아입으러 돌아가?

아아, 확실히 같은 흑색이라도 지금 사와리네코가 입고 있는 속옷은 4월 29일, 정확히는 30일에 조우했을 때에 착용했던 그것과는 형상이 다르다.

나는 대체 얼마나 혼란에 빠져 있는 거냐.

그런 것도 깨닫지 못하다니, 부끄럽다.

그렇구나, 역시 이삼일씩 같은 속옷을 입고 있을 수는 없겠지. 아니, 고양이가 옷을 갈아입는다는 걸 생각할 리 없으니, 그건 막대하게 남아 있는 여고생으로서의 하네카와의 의식이겠지만.

하네카와다움, 같은 것이.

아직 고양이 안에 현존하고 있는 것 같다는 사실을 알고… 나는 안도했다.

몸가짐에 신경을 쓴다는 것은 지극히 평범한 여자다운 감성이다.

늦기는 늦었지만… 아직 완전히 늦은 것은 아니다.

아직 하네카와는 되돌릴 수 있다.

막대하게 남아 있는 의식.

하네카와의 무의식.

…아니, 최악의 가능성을 생각한다면 어젯밤에 오시노와의 배틀에서 오시노가 결정적인 패배를 당했다는 가능성도 있지만—그렇게 되면 모든 것이 끝나 버리겠지만— 지금 이 고양이의 분위기를 보기로는 그렇지도 않다.

뭘까.

아니, 그보다 그렇구나.

그렇다.

29일과 다른 것은 속옷의 형상뿐만이 아니다.

마치 악마 같다고 할 정도로 폭력적인, 고양이라기보다 호랑이 같았던 사와리네코의 분위기에서 가시가 사라지고… 둥글어진 기분이 든다.

…….

스트레스의… 발산?

"그런 집에서, 그런 가정에서 주인님은 15년간 지냈다냐. 그것이 어느 정도의 압력으로 주인님을 공격해 댔는지, 괴롭혀 댔는지 상상이 가냐옹? 그것이 어느 정도의 외압이었는지 모르는 것은 아닐 거다냐. 나는 그것을 주변의 선량한 시민에게 짓궂은 장난을 치는 정도로 발산하고 있는 거라옹. 무관계하게 타인에게 폐를 끼쳐서 후련해지는 거라옹. 그런 것일 뿐이다냐. 이건 해악이라든가 저주라든가 하는 것을 도외시한 행동이다냐."

"…도외시라니."

자기답지도… 않다?

괴이가 그런 것을 아는 건가?

괴이란 건 어디까지나 설정에 충실해서, 흡혈귀가 그런 것처럼 설정을 무시하기 위해서는 상당한 무리가 필요할 텐데.

무리. 도리를 물러나게 하기 위한… 무리.

"한 가지 알려 주자면, 그 두 사람은 말이다냐."

고양이는 말했다.

"냐는 빙의계통 괴이로서 주인님의 몸을 빼앗고 있다냐. 즉 뇌를 가로챘다냐. 그래서 지식을 공유하고 있다냐."

고양이는 말했다.

지식을 공유하고 있다는 것은 그렇기에 성가시다고 오시노가 말했던 점이다.

그렇기에 위험하다고.

"주인님이 어떤 식으로 저 가정에서 15년간 지내 왔는지 알고 있다냐."

"……."

알고 있다.

알고 있는 것만… 알고 있다.

"다만 내가 알 수 있는 것은 지식뿐이다냐. 그 '알고 있는 것'에 대해서 주인님이 일일이 어떻게 느꼈는지까지는 알 수 없다냐. 일기를 쓰는 습관도 주인님에게는 없는 것 같고 말이지웅. 가끔씩 여름방학의 숙제 같은 것이나 다이어리를 쓴 적은 있었던 것 같지만, 항상 도장을 찍는 것처럼 '오늘은 즐거웠습니다'라는 한마디로 마무리하고 있었다냐."

"즐거웠…다니."

그런 집에서.

뭐가 즐거웠다는 걸까.

"그럴 리가… 없잖아."

"그래, 냐도 그렇게 생각한다냐. 내 지능은 기본적으로 고양이급이다냐. 그런 캐릭터 설정이니까냐. 하지만 그런 냐도 알아차릴 수 있는 것이 있었다냐. 그러니까 주인님의 스트레스 발산에 협력해 주고 있다는 거다냐."

"하지만… 그게 이유라면 관계없는 사람을 습격하는 건 하지 않아도…."

"공교롭게도 냐는 이 방식밖에 모른다냐."

냐쁜 짓이란 즐거우니까냐.

새빨간 냠이 곤란해 하니까 즐거운 거라옹.

"이론이 아니다냐, 억지이론도 아니다냐. 적어도 반전反轉하고 암전暗轉한 인격으로서의 냐는 다소나마 둥글둥글해져 있다고 생각하지 않냐옹?"

"…그건 생각했어."

"그렇지옹? 즉 내가 하고 있는 일은 효과적이란 얘기다냐."

그런 것이니까 안심하라옹, 이라고 고양이는 말했다.

"앞으로 **500명**만 습격하면 주인님의 스트레스 발산은 끝난다냐. 그러면 냐라는 괴이는 역할을 끝내고, 보은을 마치고 소멸할 수 있다냐. 뭐, 냐의 행동범위는 지능과 마찬가지로 고양이의 그것과 다르지 않으니까 500명이라고 해도 간단하지 않겠지만, 그래도 한 달만 있으면 끝날 정도다냐."

"…한 달."

"그렇다냐. 그러니까 쓸데없이 방해하지 말라고 그 알로하 아저씨에게 전해 두라옹. 잘 모르겠지만 그 알로하 자식, 주인님을 구하고 싶은 거잖냐옹? 그렇다면 그건 냐에게 맡겨 두라냐."

오시노는 아마도 그런 동기로 움직이고 있지 않다.

구하고 싶다는 생각을 할 리가 없다.

그 녀석이 가진 독특한 프로 의식을 제쳐 두더라도, 그 녀석은 누군가가 누군가에게 구원받을 수 있다는 생각을 전혀 하지 않으니까.

사람은.

사람은 혼자서 알아서 살아날 뿐. 그것이 그 녀석의, 인간으로서의 철학이다.

…하지만 그런 것을 설명해도 이 고양이는 그걸 이해할 수 있는 지능을 가지고 있지 않겠지.

서로 이해할 수 없다.

인간과 괴이는 서로를 이해할 수 없다.

"말하자면 냐는 주인님의 스트레스가 구현되어 냐타난 인격이라는 괴이다냐. 즉 신종이다냐. 이른바 범례로서의 사와리네코하고는 사정이 다르다냐. **전문가의 수법은 통하지 않는다냐.** 퇴치하는 것도 쫓아내는 것도 떨어내는 것도 통하지 않는다냐. 그 녀석 때문에 효율이 떨어져서 못 살겠다냐. 쓸데없는 짓을 해서 내가 시간 낭비하게 만들지 말라고 알려 주라옹."

"…하네카와는 너에게 맡기라고?"

오시노의 성격에 대해서는 말하지 않고, 나는 물었다.

"어째서 네가 거기까지 하는 거야. 너 같은 건 어차피 하네카와에게 들러붙은 악령일 뿐이잖아. 하네카와를 위해서 뭔가를 능동적으로 할 이유는 없을 텐데."

"조금 전부터 몇 번이나 말했잖냐옹? 냐답지도 않은 보은을 위해서…."

히죽히죽 웃으면서.

사와리네코는 자리에서 일어났다.

그렇다기보다, 의자 위에서 책상 위로 이동했다. 마치 내 시선 따윈 신경 쓰지 않는다는 듯이 네 발로 엎드려서 등을 뻗는 시늉을 했다.

"…라는 말은, 하지만 거짓말이다냥."

그리고.

기지개 켜기를 마치고 그렇게 덧붙였다.

"은혜도 모르는 고양이라는 내 설정까지는 그리 쉽게 무시할 수 없다냥. 괴이란 그런 것이니까냥. 흡혈귀가 피를 빨지 않고 있을 수 없는 것과 똑같다냥. 그러니까 이유는 은혜 갚기가 아니다냥. 애초에 냐는, 실제로도 지식을 준 것 이외에 대해서는 주인님에게 은혜를 느낄 이유가 없다냥."

"…어?"

무슨 소릴 하는 거야?

길바닥에, 차에 치여서 죽어 있는 것을 하네카와가 묻어 줬잖아. 너는 그 동정심과 자상함에 파고든 거 아니었어?

"그게 아니다냥. 확실히 현상으로서는 그것과 같은 일이 일어났다냥. 주인님은 길바닥에 누워 있는 냐를 주워 들고, 양지바른 자리까지 가서 냐를 묻었지웅. 그 인식 자체는 틀리지 않았다냥. 너도 옆에서 본 대로다냥. 아아, 참고로 이때 너는 주인님 옆에서 땅을 파는 것을 거들었지만, 내 시체에 손가락 하나도 **건드리지 않았**

으니까 해악이 미치지 않은 거다냐.”

뭐, 시체를 건드린다는 건 용기가 필요하니까냐. 어쩐지 저주받을 것 같고, 실제로 저주받았지만… 이라고 고양이는 말했다.

“그래…. 뭐, 내가 겁을 먹었다는 건 인정하겠어. 게다가 그렇기에 그런 것을 아무렇지도 않게 해내는 하네카와는 굉장하다는 얘기고…. 그 결과로 저주를 받았으니 정말 가슴 아픈 얘기지만. 하네카와의 자상함이 역효과를 불렀다는 거잖아.”

“그런데 그게 아니라옹.”

그런 일이 가능할 리 없었다고는 해도, 그래도 내가 그때 하네카와를 말렸더라면… 그렇지 않더라도 겁내지 말고 내 쪽이 고양이 시체를 안았더라면 이런 사태가 벌어지지는 않았을 것이다.

그런 후회도 담긴 내 말을 다 듣고, 사와리네코는 말했다.

“주인님은 그때, 냐를 전혀 동정하지 않았다냐.”

“…….”

“냐를 불쌍하다고는, 주인님은 조금도 생각하지 않았다냐. 그곳에는 자상함의 조각도 없었다냐. 이건 그 부분에 파고드는 것을 설정하고 있는 괴이인 냐는 확실히 단언할 수 있다.”

냐, 하고.

어미를 덧붙이듯이 말하는 사와리네코. 그것도 역시 설정의 하나일지도 모른다.

모에 요소인지 뭔지.

확실히 모에하긴 하지만.

그렇지만 그 요소로 인해 드러난 하네카와의 내면은, 하네카와의 어두운 면은.

너무나도 검고.

너무나도 시커멓고.

너무나도 검푸르고.

너무나도 그로테스크하다.

"주인님은 길바닥에 죽어 있는 냐를 마치 루틴 워크… 정해져 있는 행동양식대로 움직이듯 공양했다냐. 정말 무감정했다냐. 냐를 전혀 불쌍하게 생각하지 않았다냐. 즉, 내가 파고들 빈틈 따윈 사실은 없었다냐."

"아니, 하지만… 하네카와는."

"평범한 여자애로 있자, 라는 것이 주인님의 유일한 소원이었다냐."

고양이는 말했다.

"이제는 비원이라고 말해야 할까…. 이 경우에 주인님이 생각하는 보통이란 것은 윤리적으로, 라는 말이다냐. 바르게 있는 것이 주인님의 사상이다냐. 길바닥에 죽어 있는 고양이를 발견하면 묻어 준다… 뭐, 이건 확실히 올바른 일이다냐. 법칙이라고 해도 좋다냐. 방정식이라고 해도 좋다냐. 그래서 그 법칙과 방정식대로 주인님은 따랐다냐. 그것뿐이다냐."

"……."

고양이가 하는 말의 그 박력, 그 무게에 나는 전혀 반론할 수 없었다.

아니.

그렇지 않더라도 반론할 방법이 없는 것이다.

엄격할 정도로 규율이나 룰을 중시하는 하네카와 츠바사의 이질적인 구석은 나도 오래전부터 느끼고 있었기 때문이다. 그 가치관은.

그 윤리관은 확실히 말해서 상식을 벗어나 있다.

고양이는 루틴 워크, 법칙, 방정식이라는 말을 사용했는데, 내가 말하자면 그것은 **계율**이다.

특수한 가정환경에서 자랐기에 바른 길을 벗어났다고 여겨지고 싶지 않다는, 그런 소박한 의지에서 발생한, 계율의 준수…. 하지만.

"… '평범'하다면 그런 계율을 준수할 수 있을 리 없어. 그것이 옳고도 아름다운 행위라는 걸 알고 있어도, 대부분의 녀석들은 길가의 죽은 고양이를 묻어 주자고는 생각하지 않아. 아니, 생각할지도 모르지. 하지만 실행은 하지 않아. 전철에서 노인에게 자리를 양보하는 것조차 부끄러워서 못하지."

했다고 해도, 파이어 시스터즈가 하는 듯한 정의의 사자 놀이까지다. 그런 놀이가 한계다.

그리고 그 여동생들도 고교생이 될 무렵에는 역시나 그런 놀이에서는 졸업해 버리겠지.

그 녀석들도 언젠가.

평범한 여자애가 된다.

하네카와는 절대 될 수 없는, 평범한 여자애가.

"심정적으로도 능력적으로도… 가능할 리가 없어. 그런데도 하네카와는 그걸 해내지."

"그렇다냐. 해낸다냐. 무감정하게 말이지웅. 아무것도 생각하지 않은 채로 기계처럼 윤리를 완수할 수 있다냐. 무수한 공양을 받아 왔던 냐에게도 그것은 정말 보기 드문 일이었다냐. **그래서 구해 주고 싶어졌던 거라옹.**"

요컨대 변덕이다냐.

고양이 같지 않냐웅?

사와리네코는 마네키네코처럼 왼손을 들어 올리곤 그렇게 장난쳐 보였다.

"그러면 제대로 전해 달라고, 그 알로하 자식에게는 고양이의 나쁜 장난 정도는 못 본 체 내버려 두라고 말이다냐. 동물학대로 고소당하고 싶지 않다면 말이지웅. 이쪽은 못 본 체해 주고 있으니까냐."

"…무슨 의미야."

"알잖냐웅? 내가… 아니, 주인님이 진짜로 해를 입힐 생각이었다면 그런 녀석은 첫 번째 싸움에서 죽였을 거란 말이다냐. **아는 사람이니까 적당히 싸워 준 거란 말이다냐.** 너는… 뭐, 딱히 아무것도 할 생각이 없는 것 같지만서도냐."

그렇게 말하고 고양이는 책상에서 폴짝 뛰어올랐다. 단 50센티미터 정도의 높이인데도 빙글 하고 그 사이에 한 바퀴 회전해 보였다.

"뭐, 네 행동이 정답이다냐. 주인님을 위하려고 한다면 아무것도 하지 않는 게 정답이다냐. 딱히 죽고 싶은 건 아니잖냐웅?"

발소리도 없이, 나에게 등을 돌리고 사와리네코는 문 쪽으로 걸어간다. 고양이는 발바닥에 동그란 살집이 있으니 발소리를 내지 않는다고 하지만, 하네카와의 발바닥이 그렇게 되어 있는 것은 아닐 텐데도.

그것도.

설정이라는 걸까?

이론도 이유도 물리도 윤리도 초월한… 캐릭터 설정.

뭐 이런 장화 신은 고양이가 다 있냐.

"잘 있으라냐. 너는 뭐랄까… 노력해서 행복하게 살라옹, 인간."

그렇게 말하고.

사와리네코는 교실에서 복도로….

"잠깐!"

나가던 것을.

나는 무심코 불러 세우고 말았다.

응? 하고 고양이는 고개만 돌려 돌아보았다. 문자 그대로, 뒤돌아보는 미인이다.

아니, 그런 말을 하기에는 너무 의심스러워 보이는 표정이지만.

"하네카와의 스트레스 발산이 너의 목적이라면, 그런 건 무리라고."

"응? 어째서냐옹."

"왜냐하면 그 스트레스의 대부분은 하네카와의 부모님이잖아? 설령 스트레스가 전부 발산되었다 해도, 그런 건 집에 돌아가게 되면 다시 축적될 뿐이야."

지금은 입원해 있지만 그 두 사람도 언제까지나 입원해 있는 것은 아니다.

시간이 지나면.

딸이 있을 곳 없는 그 집으로, 그들은 돌아오게 된다.

"500명의 무관한 타인을 습격하든 한 달간 스트레스를 계속 발산하든, 언젠가는 도로 나무아미타불이라고."

"흐음. 뭐, 그건 그렇다냐. 그렇다면…."

아무래도 거기까지는 생각하지 않았던 듯한 고양이는, 생각이 부족한 고양이는 내 지적을 받고서… 봄방학.

그 흡혈귀가 나를 향해 자주 보였던 것과 똑같은 형태의 처참한 미소를 지었다.

"두 번 다시 돌아올 생각이 들지 않게 될 때까지, **이쪽**에서 괴롭히면 될 뿐이다냐."

그리고 오른손의 발톱을 나에게 보였다.

사람이라도 죽일 수 있을 듯한.

사람이라도 찔러 죽일 듯한, 그 날카로운 다섯 개의 발톱을.

"이번에는 에너지 드레인으로는 끝내지 않을 거다냐. 가정 내 폭력에는 가정 내 폭력으로 응해 줄 뿐이다냐. 그게 주인님의 바람이라면 말이다냐."

"그런 걸!"

그런 걸 하네카와가 바라겠냐!

나는 의자를 박차듯이 일어나서 사와리네코에게 다가갔다.

아니, 다가가려고 했다.

하지만 그 어깨를 손으로 잡으려던 차에… 간신히 멈췄다.

"…그래, 그게 정답이다냐. 건드린 순간, 해가 미친다냐. 그래서 해로운 고양이, 사와리네코다냐. 다가오지 말라냐, 건드리지 말라냐. 손가락 하나라도 건드리지 말라냐. 관련되지 않는 것이 정답이라옹. 나에 대해서도, 그리고 아마도 주인님에 대해서도다냐."

"고양이…, 너는."

"잘 있으라냐. 너는 행복하게 살라옹."

같은 말을 반복하고.

그리고 이번에야말로 사와리네코는 떠나갔다. 더 이상 나를 돌아보지는 않았다.

"……."

교실에 홀로 남겨져서.

나는 염치없게도 하네카와의 자리까지 돌아가서 일어설 때에 넘어뜨려 버린 의자를 세우고, 그리고 다시 앉았다.

고양이가 나타나기 전과 마찬가지로 책상에 상반신의 체중을 싣는다.

사와리네코를 건드린 것도 아닌데.

축, 힘이 빠졌다.

"아아…."

중얼거린다.

힘없이.

교실 안에 아무도 없는 것을 확인하고… 아니, 설령 누가 있었다고 해도 나는 상관하지 않고 같은 말을 중얼거렸겠지.

중얼거리지 않을 수 없었다.

넘쳐 나오는 듯한 이 마음은.

"틀렸어. 나는 역시 하네카와를 좋아해."

말하지 않을 수 없다.

형태를 이루게 하지 않을 수 없다.

"너무 좋아해서, 도저히 건드릴 수 없어."

손가락 하나도 건드릴 수 없다.

이렇게 책상에 뺨을 비비는 것이 한계다.

봄방학의 일이 있었기 때문이 아니다.

구해 주었기 때문도, 은혜를 입었기 때문도 아니다.

예쁘기 때문도, 하물며 불쌍하기 때문도 아니다.

그런 이유 같은 것이 아니라.

그 녀석이 좋다.

좋아하는 건가? 라고 생각하고.

좋아하는 거구나, 라고 느끼고.

좋아한다는 걸 안다.

"…하지만 츠키히가 말한 대로야."

그리고.

나는 조용히, 계속 중얼거린다.

그야말로 무감정하게, 생각나는 대로.

"그 녀석을 말도 못하게 좋아하지만… 하지만 이 마음은 사랑이 아니야."

계속 중얼거리면서… 결의를.

하나의 결의를 새롭게 한다.

그것은 아마도 처음부터 정해져 있었던 일이다.

빤히 정해져 있었던 것을, 나는 이제 와서야 깨달았던 것이다.

하네카와를 향한 내 마음은, 사모함이 지나쳐서.

이미 사랑을 넘어서 있었다.

일생 같이하고 싶다고 생각하기는커녕….

"왜냐하면 나는, 하네카와를 위해서 죽고 싶다고 생각하고 있으니까."

011

그리고 그날부터 내가 골든위크를 보낸 법을 말하면… 그렇다. 초지일관, 무릎 꿇고 빌기였다.

학교 교실에서 사와리네코와 조우한 5월 3일부터 대형 연휴 최종일인 5월 7일 일요일, 즉 오늘에 이르기까지 나는 바닥에 넙죽 엎드려서 보내고 있었다.

무릎을 꿇고 머리를 조아리는 데 심혈을 기울이고 있었다.

날짜로 말하면 닷새.

시간 단위로 표현하자면… 뭐, 정확한 건 알 수 없지만 그래도 총합 100시간 정도는 되지 않을까?

그만한 시간.

나는 먹지도 마시지도 않고, 토요일의 학교도 빠지고, 미동도 하지 않고 한숨도 자지 않고, 도중에 단 한 번도 고개를 들지 않고, 그런 형태로 조각된 석상이란 듯이 엎드려 빌고 있었다.

뭐, 흔히 있는 에피소드다.

특별히 뭔가 사건처럼 말할 정도는 아닌, 누구나 인생에서 한두 번은 경험하겠지만, 어쨌든 그런 식의 연휴였다.

…골든위크가 끝난 뒤에 어떤 휴일을 보냈는가 하는 작문을 제출하라는 숙제가 나오지 않기를 간절히 빈다.

아니, 초등학생도 아니니 그런 것은 나오지 않을 거고, 설령 나온다고 해도 역시 나는 이것과 전혀 다르지 않은 똑같은 자세로 골든위크를 보냈겠지만.

아무도 없는 교실에서의 비장한 결의를 보고, 나와 사와리네코와의 장절한 배틀을 기대했던 사람들에는 아주 미안하기 짝이 없지만, 그러나 유감스럽게도 나는 자신의 분수를 알고 있었다.

인지하고 있었다.

숙지하고 있었다.

설령 사람을 습격한다는 스트레스 발산 행동의 결과로 당초 사와리네코에게 있었던 흉악함이 다소나마 엷어져 있었다고 해도, 그래도 '인간'인 나로는 그 녀석에게 전혀 대적할 수 없고, 전혀 상대가 되지 않는다는 것은 자명한 이치였다.

오시노조차 이길 수 없는 상대다.

내가 이길 수 있을 리 없다.

그냥 죽고 끝이다.

나는 하네카와를 위해서 죽고 싶다. 하지만 그것은 하네카와를 위해서가 아니라면 죽고 싶지 않다는 뜻이다.

헛된 죽음은 당하지 않는다.

개죽음도 당하지 않는다.

굳이 말하자면… 고양이처럼 죽자.

그런 이유로, 오시노와 사와리네코가 사람을 습격하고 사람을 구하고 하면서 동네 이쪽저쪽에서 끊임없이 단속적으로 음양사스러운 이능력 배틀을 벌이고 있는 동안, 나는 전신전령全身全靈 풀 파워로, 전속전진全速前進의 풀어헤드fullahead로 무릎을 꿇고 머리를 조아리고 있었던 것이다.

참고로 무릎을 꿇고 머리를 조아리는 대상은.

이것 역시 특별히 뭔가 사건이라고 말할 정도는 아닌, 성장기를 끝낸 남자라면 설령 이런 상황이 아니어도 이른바 통과의례로서 고개를 숙이게 될 대상, 즉 여덟 살 소녀다.

여덟 살 소녀.

철혈이자 열혈이자 냉혈의 흡혈귀.

키스샷 아세로라오리온 하트언더블레이드의 애처로운 몰골이자 남은 찌꺼기.

금발 소녀인 전 흡혈귀.

그러니까 이것은 학원 옛터의 폐 빌딩, 그 4층의 한 방에 쪼그리고 앉아 있는 무뚝뚝한 얼굴의 흡혈귀 소녀와, 그 소녀를 향해 남자답게 무릎을 꿇고 머리를 조아리는 나라는 구도였다.

……

이렇게 말하는 건 뭐하지만… 100퍼센트, 애니메이션화 될 리 없는 장면임은 틀림없다.

뭘까.

미디어믹스를 더할 나위 없이 깨끗하게 포기했다는 구도가 되어 버리는 기분이 든다. 아니, 그런 소릴 하자면 이야기 첫머리의 여동생과의 팬티 보여 주기 놀이 부분부터 이미 전부 아웃이란 기분이 드는데.

전편 내내 검은 화면이 된다든가.

"뭘 하고 있는 거야, 아라라기 군은?"

실제로 오시노에게도 그런 소릴 들었다.

"말해 두겠는데, 목숨을 건다는 것하고 죽어도 좋다고 생각하는 것하고는 다르다고. 나는 아라라기 군이 봄방학 때에 이미 그런 것은 배웠다고 생각하고 있었는데 말이야."

그것도 역시 그 녀석다운 빈정거림도 비아냥거리는 느낌도 없는, 넌지시 말하는 것이라고도 볼 수 없는, 그리 경조부박하다는 느낌도 없는 지극히 평범한 느낌의 대사였다.

그렇다고 해도 이 5일간 오시노가 나에게 한 말은 이 한마디뿐이다. 오시노는 사와리네코와의 배틀이 끝날 때마다 휴식을 취하러 이 폐 빌딩에 돌아오곤 하는 것 같았지만(그 뒤에 휴식을 마치고 준비를 하고서 곧바로 나가 버리는 것을 생각하면, 그 녀석도 그 녀석대로 거의 안 자고 안 쉬는 채로 지고 있는 거겠지), 그러나 내 의도를 알아차리자 금세 아무 말도 하지 않게 되었다. 내 뒤를 지나갈 때조차도 말이 없었다.

원래부터 흡혈귀 소녀는 말이 없고.

나도… 말이 없었다.

오시노에 대해서도, 흡혈귀 소녀에 대해서도.

무언을 관철하고 있었다. 뭔가를 말할 수 있는 것도 아니다.

애초에 이것은 애원의 의미를 담아서 비는 것이 아니다. 그런 마음이 전혀 없다고는 말할 수 없지만, 사실 의미로 따지면 나는 사죄로써 무릎을 꿇고 빌고 있다.

이제 와서 미안해, 라고.

이제 와서 의지해서 미안해, 라고.

성심성의껏, 사죄하고 있다.

정말로.

무슨 낯짝으로 나는 이렇게 뻔뻔스러운 짓을 하는 걸까. 오시노가 어이없어 하는 것도 무리는 아니다. 뭐하다면 이대로 바닥에 얼굴을 비벼서 얼굴을 깎아 내 버리고 싶을 정도였다.

알고 있다.

지금 내가 하고 있는 행동이 어떤 것인지, 잘 알고 있다.

얼마나 자기 멋대로이며.

얼마나 자기중심적이며.

얼마나 자기만족인지… 알고 있다.

그렇지만 오시노는 기가 막혔는지 아무 말도 하지 않게 된 반면, 나의 그 행위를 중단시키려고도 하지 않았다.

그것은 밸런서로서의 그의 가치관 때문일지도 모르고 아주 조금은 내 마음과 통하는 구석이 있었는지도 모른다.

공감해 주었는지도 모른다.

…아니, 하지만 역시 그건 아닌가.

단순히 내가 혼자 알아서 살아나려고 하고 있는 동안에는 말릴 입장도 아니고 말릴 의리도 없는 것에 지나지 않는다.

하지만 오시노.

이것만은 알아 줘.

공감도, 하물며 동의도 결코 원하는 건 아니지만 최소한 이거 하나만은 오해하지 말아 줘.

이렇게 있는 지금도 나는 조금도 목숨을 걸고 있지 않고, 죽어도 괜찮다는 생각은 전혀 하고 있지 않아.

하네카와처럼, 하네카와가 기반을 두고 있던 계율처럼 친구를 위해서라면 죽을 수 있다는 그런 대단한 마음으로 죽는 건 나에게 불가능해.

나는 어디까지나.

하네카와를 위해 죽고 싶다는, 그런 내 멋대로의 욕망을 가슴에 안고 있을 뿐이야… 나는.

나는 욕구불만이야.

해야만 한다고, 하지 않으면 안 된다고 생각하는 게 아니라… 그냥 하고 싶은 거야.

그리고.

찰싹 달라붙은 듯이 정지해 있던 상황에 움직임이 있었던 것은 5월 7일의 태양이 완전히 가라앉은 직후의 일이었다. 돌연히, 나와 마찬가지로 총합 5일간, 무릎을 꿇고 머리를 조아린 내 앞에서 화석처럼 움직이지 않았던, 미동도 하지 않았던 흡혈귀 소녀가… 갑자기, 아무런 전조도 없이 일어나서… 머리를 조아리고 있는 내 뒤통수를 맨발로 밟았다.

뭐, 이것도 흔히 있는 이야기.

긴 인생, 남녀를 불문하고 소녀에게 머리를 꾹꾹 밟히는 정도는 누구나 경험합니다. 아직 겪은 적이 없는 당신은 이제부터 경험할 거라고.

여동생에게 밟히거나 고양이에게 밟히거나 귀신에게 밟히거나.

그런 여러 가지 일들이 있기에 인생이다.

흡혈귀 소녀는 내 뒤통수에서 발을 떼나 싶더니, 이번에는 그대로 토 킥으로 내 얼굴을 들어 올리듯이 걷어찼다.

견디지 못한 나는 엎드린 자세를 한 채로 뒤집혔다. 어쩐지 홀랑 뒤집힌 거북이 같은 기분을 맛보았다.

등을 강하게 부딪친다.

5일간, 무너지지 않았던 내 자세가.

균형이, 끝내 무너졌던 것이다.

소녀에게 걷어차인다.

상당히 아슬아슬하지만… 그래도 뭐, 이것도 없는 일은 아니다. 우주 탄생의 빅뱅에 비하면 흔히 있는 일이라고 말해도 지장은 없을 것이다.

다만.

이다음부터는, 좋지 않은 이야기였다.

공전절후라고 말해도 좋을 정도로 흔하지 않은.

나쁜 이야기였다.

"…으."

굴하지 않고 다시 무릎을 꿇고 엎드리기를 감행하려고 곧바로 일어난 내가 본 것은, 직립한 채 크게 입을 벌리고 혀를 내밀 듯이 하고 있는… 마치 옛날에 기예를 부리던 요술쟁이처럼 목구멍에서 줄줄 일본도를 꺼내고 있는 흡혈귀 소녀의 모습이었다.

긴… 일본도다.

명백히 지금 흡혈귀 소녀의 키보다도 길다.

분류로서는 오다치大太刀에 들어가겠지.

나는 딱 한 번… 봄방학에 딱 한 번 그 칼을 본 적이 있다.

하트언더블레이드.

칼날 아래… 마음이 있다.

키스샷 아세로라오리온 하트언더블레이드가 가진 별명의 유래가 되는, 최강의 존재인 그녀가 예외적으로 휘두른 '무기'.

요도 '코코로와타리心渡'.

별명은 '괴이살해자' … 칼집은 없다.

칼집 따위, 필요 없다.

쉴 새 없이 괴이를 계속 베는 숙명을 지닌 칼에 어째서 그런 물건이 필요하겠는가.

"……!"

그런 칼을.

그녀에게는 감정서와도 비슷한 자기의 증명일, 혹은 무엇과도 바꿀 수 없는 추억 그 자체일 요도를 흡혈귀 소녀는 평범한 나무토

막이라도 되는 듯이 나의 가슴팍을 향해 던졌다.

곧바로 받아 쥐는 행동 따윈 불가능했다.

서툰 공기놀이를 하듯이, 그저 아슬아슬하게 안아 드는 모습이 될 뿐이었다. 어떻게 바닥에 떨어뜨리지 않을 수는 있었다.

한숨 돌린 얼굴로 고개를 들자, 흡혈귀 소녀는 이미 원래의 자세로 돌아가 있었다.

쪼그리고 앉은 자세의 무뚝뚝한 얼굴이다.

…….

그러고 보니 나를 밟을 때나 걷어찰 때의 표정은 제대로 못 봤네…. 계속 바닥을 응시하고 있었으니 당연하지만.

요도를 토해낼 때의 그녀에게 표정 같은 게 있을 리도 없고… 뭐.

상상은 간다.

경멸이라든가 모멸이라든가, 그런 거겠지.

어차피 말이야.

적어도… 봄방학 같은 처참한 웃음은 아니었을 것이다.

아무리 우스꽝스럽고 변변찮은 모습이더라도.

흡혈귀 소녀가 나에게 웃어 줄 리 없다. 하물며 지금 같은 상황에서는.

그래도.

나는 다시 한 번 그녀에게 깊고 깊게, 사과하듯이 무릎을 꿇고 머리를 조아렸던 것이다.

"처음부터 신경 쓰였는데 말이야."

그렇게.

그때, 마치 타이밍을 잰 것처럼, 훤히 들여다 본 듯한 타이밍으로.

등 뒤에서 목소리가 들렸다.

오래간만이라고 할 정도는 아닌데도, 그리운 목소리.

당연하지만, 그쪽을 보니 그곳에 서 있는 사람은 오시노 메메였다.

"아라라기 군. 무릎 꿇고 비는 자세 말인데, 그거 틀렸어."

"어?"

"그건 다도의 좌례*라고. 대체 얼마나 예의바르게 부탁하려고 그런 자세를 하는 건지, 원⋯."

하핫～ 하고 쾌활하게 웃는 오시노.

그렇지만 역시나 알로하셔츠는 찢긴 상처투성이였다. 지금까지 본 것 중에서 가장 심했다. 고양이 100마리를 동시에 상대한 것 같은 참담한 꼴이었다.

비웃을 수 있는 상황은 아닌데도.

"아～, 다도부 중학생의 자세를 참고했으니까⋯. 잘못 기억해 버렸는지도 몰라."

"너는 다도부 중학생이 무릎 꿇고 빌게 만들었던 거야? 위험한 성적 기호를 가지고 있구나."

"특별히 좋아하는 건 아니야."

※좌례(座禮) : 다도에서 앉아서 절을 하는 예식. 무릎을 꿇고 앉아 손을 바닥에 대고 머리를 조아리는 자세.

게다가 뭐, 하고 나는 말했다.

"무릎 꿇고 빌게 만드는 것보다는 직접 하는 편을 좋아해. 상당히 충실한 닷새간이었어."

"흠. 그리고 요도 '코코로와타리'를 얻은 건가? 대단하네. 흡혈귀 양의 변심은, 내가 보기에는 예상 밖이었어."

뭐, 하지만 축하한다는 말은 해 줄게, 라고 말하는 오시노.

축복의 기색은 전혀 없었지만.

눈곱만치도 없었지만.

뭐, 그래도 마음 없는 말이라는 것도 아니겠지. 내가 보는 한, 오시노 입장에서도 상황이 절박해져 있는 것은 확실하다.

프로로서, 오시노는 더 이상 내가 하는 일을.

내가 하려는 일을, 방해 된다고 말하지는 못할 것이다.

결코.

"우리 반장의 부모님들 말인데."

오시노는 별로 대단한 사안도 아니라는 듯이 이야기를 시작했다.

"실은 이미 퇴원했어."

"뭐야, 벌써?"

깜짝 놀랐다.

그 쇠약한 모습을 보기로는 의식이 돌아오는 것도 상당히 오래 걸릴 거라고 생각했는데… 아니, 그래도 그건 결코 좋은 뉴스는 아니네.

즉, 하네카와의 방이 없는 그 집에는.

이제 그들이 돌아가 있다는 얘기가 된다.

그것이 의미하는 사실은, 만약 다시 사와리네코가 옷을 갈아입으려 돌아갔을 때에 맞닥뜨리기라도 하게 된다면.

"그리고 나는 그 부모님들하고 조금 이야기를 나눠 봤어."

"뭐?"

"퇴원 직전에 문병을 갔었거든. 사와리네코와 배틀을 하던 사이에. 뭔가 힌트가 될 만한 게 있지 않을까 해서. 뭐, 그런 건 없었지만."

"……."

내가 흡혈귀 소녀에게 무릎을 꿇고 빌고 있는 동안, 오시노는 그런 일도 했다는 건가. 아니, 듣고 보면 사와리네코에게 당한 최초의 '피해자'인 그 사람들을 방문해서 이야기를 듣는 것은 오시노에게 당연한 수순이자 당연한 수법이겠지.

나에게는 없는 발상이었을 뿐이다.

하네카와의 부모님에게 이야기를 듣는 것 따위, 하네카와의 부모님과 이야기를 하는 것 따위.

있을 수 없다.

그 사람들과는 말도 섞고 싶지 않고 얼굴도 보고 싶지 않다.

"**아무것도 몰랐어.** 그 부모님들은 자기 딸에 대해서…. 뭐, 요즘은 그런 법인가? 까다로운 나이이고 말이야."

"…가정환경이 특수하다고. 그 녀석은."

"그렇겠지. **그건 알고 있었어.** 단, 사와리네코와 싸우는 데 필요한 정보는 아무것도 입수할 수 없었지만 그 대신에 한 가지 재미있는 에피소드를 들었어."

"재미있는 에피소드?"

"응. 뭐, 의식이 막 돌아온 몽롱한 상태라 깜빡 말해 버린 거겠지. 나를 의사선생님이라고 착각했던 모양이야."

알로하셔츠의 꾀죄죄한 아저씨를 보고 의사라고 착각하는 일은 어떤 몽롱한 상태라도 없을 것이다.

그러니까 그것은 오시노가 의도적으로 연기해서 그렇게 착각하게 만들었다는 게 옳은 표현이겠지.

"어떤 에피소드를 들었는데?"

"아버님께서 우리 반장의 얼굴을 때렸을 때의 이야기야."

천연덕스런 표정으로, 오시노는 그것이 정말로 재미있는 이야기라는 듯이 말했다.

"확 열이 올라서 어른 남자의 진짜 힘으로 사정없이 힘껏 후려쳤대. 안경 테 때문에 손에 상처가 날 정도의 힘을 담아서 갈겼다지. 반장은 벽까지 날려 갔다나 봐. 뭐, 반장은 경량급이니까."

"……."

구체적으로 듣고 싶은 이야기는… 아니네.

특히 때린 쪽의 시점이라니.

상상조차 하고 싶지 않다.

"그렇게 되어서, 벽에 강하게 부딪치고 잠시 그 아픔에 신음하고 있던 우리 반장은 그 뒤에 어떻게 했을 것 같아? 아라라기 군."

"어떻게 하다니…. 그야…."

"아버지에게 불합리하게 얻어맞고도 비명조차 지르지 않고, 그저 가만히 고개를 숙이고 있던 반장이 다음에 취한 행동은 어땠을 것 같아?"

나는 대답할 수 없었다.

몰랐기 때문이 아니다. 오시노의 표정을 보고, 그리고 하네카와 츠바사라는 그녀를 생각하고 그 다음 이야기를, 그리고 결말을 진저리날 정도로 알아 버렸기 때문이다.

정말이지… 진짜.

절망밖에 없다.

"'안 돼요, 아버지.'"

오시노는 말했다.

비슷하지도 않은데, 하네카와의 말투를 흉내 내며.

"'여자아이의 얼굴을 때리면…'. 우리 반장은 생긋 미소 지으면서 그렇게 말했대."

"……!"

잠자코 듣고 있을 수 없는 말이다.

그것이.

그게 아버지에게 맞은 딸이 할 말이냐!

그런 게!

"기분 나쁘지. 소름 끼칠 정도의 선성善性이야. 아버님이 오히려 화가 머리끝까지 나서 계속해서 때린 것도 무리가 아닌 이야기야. 야마타이국*에 태어났더라면 히미코의 후계자가 될 수 있었을 정도의 성인聖人 같은 모습… 확실히 말하면 나라도 때리겠어, 그런 자식은."

무서워.

괴이보다 무서워.

기분 나빠.

오시노는 웃음을 지우고 토해 내듯이 그렇게 말했다.

"결국 말이지, 퇴근 후에 집에 가지고 간 일에 참견 운운하는 건 단순한 계기에 지나지 않았다고 봐. 그런 것이 없어도 아버지는… 어머니도 줄곧 반장을 때리고 싶어 하지 않았을까?"

"때리고 싶었다니…."

아버지가. 어머니가.

딸을.

"괴물이라고는 생각할 수 있어도 딸이라고는 생각할 수 없었겠지. 별 얘기도 없이 요괴를 기르라는 얘기를 들은 거나 마찬가지야. 자기 자식이 괴이와 바뀌는 타입의 괴담이 흔히 있는데, 이 부모님의 경우에는 자기 자식조차도 아니니까."

"…뭐야, 오시노."

나는 오시노의 긴 대사에 끼어들었다.

"그 녀석들 편을 드는 거야?"

"편 같은 건 안 들어. 중립이야. 굳이 말하자면 상황을 보는 시각이란 얘기야. 반장에게는 반장의 시각이 있고 부모님에게는 부모의 시각이 있어. 그리고 제삼자로서는 어느 쪽이 옳은지는 알 수 없어. 아니, 올바름 따윈 처음부터 없어."

※야마타이국(邪馬台國) : 고대 일본의 야요이 시대에 있었던 나라. 여왕인 히미코(卑彌呼)가 다스렸다.

있는 건 올바름이 아니라 자기 사정이지, 라고 오시노는 말했다.

반론의 여지가 없는 말이었다.

"흔한 말장난으로 표현하자면, 아라라기 군을 향해 양친両親을 내던졌을 때 우리 반장은 양심을 내던졌던 거야. 재미있지는 않지만… 하하. 아라라기 군은 우리 반장의 친구니까 반장의 편을 들겠지만 부모님의 친구들은 마찬가지로 그 부모님의 편을 든다고. 올바름 따위는 처음부터 없어."

올바름 따위는 처음부터 없다.

끈질길 정도로 집요하게, 오시노는 그렇게 반복했다.

고개를 끄덕일 것도 없다.

그것이야말로… 옳다.

올바름 따위는 없다는 얘긴, 옳다.

그렇지만.

"그래도 하네카와는. 하네카와는… 옳아."

"그렇기 때문에 무섭고 기분 나쁜 거잖아."

오시노는 쥐어짜낸 듯한 나의 반론도 간단히 논파했다.

"생태계의 밸런스를 맞추기 위해서, 나는 이번에 우리 반장 쪽에 서서 일에 임하고 있는데 말이야. 정말로 생태계의 밸런스를 생각한다면 반장은 이대로 사와리네코에게 흡수되어서 사라져 가는 편이 가장 좋다고 생각할 정도야."

"…그런 건."

뭔가 말하려고 했지만 반론할 수 없다.

그 말 그대로라고 전면적으로 긍정하는 것은 아니지만, 부정할 만한 근거는 없다.

아무것도 없다.

아무것도 없으니까, 감쌀 수 없다.

하지만… 오시노.

나는 봄방학 때 하네카와와의 그런 상식을 벗어난 점 덕분에 살아날 수 있었어.

구원 받을 수 있었다고.

"물론 우리 반장의 부모님은 칭찬 받을 만한 인간이 아니야. 이야기를 해 보고 그건 알았어. 그 사람들은 부모이기를 포기하고 있어. 그건 명백했어. 하지만 아라라기 군, 그 사람들의 마음을 이해해 줘야만 해. **저만큼이나 올바른 인간과 한 지붕 아래서 지낸다니…** 그것도 그게 자기 딸이라니 소름이 끼쳐. 십 몇 년간, 지나칠 정도로 올바른 사람이 곁에 있는 거라고. 불쌍하게도 그 사람들이 그런 인간이 된 것은 틀림없이 반장하고 한 지붕 아래서 지냈기 때문일 거야."

나는 떠올렸다.

하네카와 가에 걸려 있는 그 문패.

부모님의 이름과 조금 떨어진 자리에, 히라가나로 적힌 '츠바사'.

하지만.

적어도 처음에는, 스타트 시점에서는 그런 문패를 만들 정도는… 있었을 것이다.

설령 아주 조금이라고 해도, 있었을 것이다.

가족의… 뭐라고 할까, 원형 같은 것이.

가정적인 홈드라마가 영락하기 전의, 뭔가가.

잔해로 변하기 전의 뭔가가, 있었을 것이다.

지금의 내가 하네카와부터 시작되고 있는 것처럼, 그들도 역시 분명히 하네카와부터 시작되고 있다.

하네카와와 같이 살았기에.

지금의 그들이 있다.

그렇다면.

"아주 가까이에서 항상 절대적으로 올바른 존재를 보게 되는 거야. 그건 바꿔 말하면 자신의 추함, 자신의 미숙함을 마냥 계속 보게 되는 지옥이지. 악몽이야. 십 몇 년간이나 용케 때리지 않고 견뎌 왔다고 칭찬해 줘도 될 정도야."

"…하지만 그건 어떻게 생각해 봐도 하네카와 때문은 아니잖아."

"우리 반장 때문이야. 성토의 대상으로 삼아야 할 건 그 애 한 명이야. 힘을 가진 사람은 그 힘이 주위에 미치는 영향에 대해 자각하고 있어야만 해. 솔개가 매를 낳았다*는 옛 속담 얘기를 하는 건 아니지만, 위대한 자식을 가진 부모가 인격적으로 망가져 버리는 일은 흔히 있는 이야기니까. 그런 부분에서 우리 반장은 너무나도 자각이 없었지. 자기를 평범하다고 굳게 믿고 있었어. 평범하다고 믿으려고 노력했어. 쓸데없는 노력을 했어. 그 결과가 이 꼴이

※솔개가 매를 낳았다 : 같은 의미의 한국 속담으로는 '개천에서 용 난다'가 있다.

야."

해악을.

건드리는 것에게 해악을.

만지는 자에게 해악을.

화려하게 꽃피듯이… 초래했다.

"사와리네코라는 괴이조차 그 방향이 한껏 뒤틀리고 있어. 이번 일은 모든 것이 이레귤러야. 모든 것이 이레귤러고 반장만이 이레귤러야. 흡혈귀 양이 지금 너에게 약간이나마 협력해 줄 기분이 든 것도, 적이 우리 반장이기 때문이야. 이거고 저거고, 그거고 저거고, 전부 우리 반장 때문이야."

"…미안해, 오시노. 네 말이 맞을 거라고 생각하고 너에게 이런 말을 하는 건 잘못되어 있다고 생각하지만… 그 이상 하네카와를 나쁘게 말하지 말아 줘."

나는 말했다.

끝내, 견딜 수 없어져서.

"죽이고 싶어지기 시작해."

"그건 우리 반장에 대한 동정이냐?"

말 그대로 길바닥에 죽어 있는 고양이에게 지나가던 사람이 품는 기분이야? 라며 오시노는 입을 다물지 않았다.

내가 위협한다고 입을 다물 남자는 아니다.

참 말이 많은 남자다.

"불우하게 태어나고 불우하게 자란, 그리고 불우하게도 너무나 대단한 지능을 가져 버린 반장에 대해… 아라라기 군은 동정하는 거야?"

"…아니야. 전혀 아니야. 너답지도 않아. 아주 제대로 빗나갔어, 오시노."

흡혈귀 소녀에게 빌린 요도의 칼등을 어깨에 올리고 나는 한껏 폼을 잡으며 말했다.

"동정 같은 걸 하겠어? 불행한 여자 같은 건 그냥 모에할 뿐이잖아. 나는 그저… 욕구불만을 해소하고 싶을 뿐이야."

그렇게.

울 것 같은 기분을 참으면서.

허세를 부리면서… 폼을 잡았다.

"나는 속옷차림의 고양이 귀 여고생에게 욕정하고 있을 뿐이라고."

012

요도 '코코로와타리', 괴이살해자. 그 속칭대로 그것은 괴이를 죽이기 위한 칼이다.

괴이만을.

괴이만을 죽이기 위한 흉기.

반대로 말하면, 그것은 인간을 죽일 수 없는 흉기라는 말도 된다. 아니, 인간뿐만이 아니다. 괴이 이외의 모든 생물, 괴이 이외의 모든 기물을 괴이살해자는 벨 수 없다.

괴이가 상대라면 보기 드문 명검이지만, 상대가 괴이가 아니라면 무딘 칼이나 마찬가지다. 보기에 따라서는 무딘 칼 이하라고 말할 수 있다. 괴이 이외에는 물리적으로 충돌조차 하지 않고, 마치 존재하지 않는 유령처럼 슥 지나가 버린다고 하니까.

다만 엄밀하게 말하면 흡혈귀 소녀가 소유하고 있는 이 '코코로와타리'는 레플리카이며 모조품이다. 말하자면 흡혈귀스럽게 판타직한 초능력으로 만들어 낸 망상의 산물로서의 모조품이기에 그런 특성을 가지고 있는 것이며, '진짜' 괴이살해자 쪽은 루팡3세에서 나오는 이시카와 고에몽의 참철검처럼 이 세상에 벨 수 없는 것은 곤약뿐이라는 모양이지만.

그 얘긴 접어 두고.

괴이만을 죽이는, 괴이만을 벤다는 요도가 이번 케이스에서 어떠한 의미를 가지고 있느냐면… 말할 것도 없다.

괴이살해자를 사용하면 하네카와 츠바사로부터… 하네카와 츠바사라는 육체와 정신으로부터 **사와리네코인 부분**만을 분리할 수 있는 것이다.

고양이만을 베고, 베어 내고.

표리일체의 이중인격을.

일도양단할 수 있다.

하네카와 본인에게는 아무런 상처를 입히지 않고 사와리네코만을 퇴치할 수 있다. 자랑으로 들어도 상관없지만, 이건 전문가인 오시노 메메도 불가능한 최고난이도의 비기다.

그 오시노가 결국 이 골든위크 최종일까지 통산 백전패를 계속

했다는 사와리네코에게, 나만이 한 방 먹이는 게 가능하다.

　가능한 것이다.

　뭐, 빌린 물건인 데다 그 빌리는 방법도 소녀에게 넙죽 엎드려 빌어서 빌렸다는 사실이 있는 이상, 애초에 자랑이고 뭐고 없겠지만. 게다가.

　전혀 자랑스러운 기분 따위 들지 않지만.

　하지만.

　이야기를 끝낼 수는 있다.

　사전 준비 없이.

　복선이나 맥락을 완전히 무시하고 우격다짐으로 피리어드를 찍을 수 있다.

　그리고….

　그것만으로 족하다.

　"뭐, 그 요도는 흡혈귀 전용으로 커스터마이즈되어 있으니까 나는 쓸 수 없고…. 아라라기 군이 할 수밖에 없겠네. 괜찮지 않겠어? 나이스 아이디어야."

　그렇게 전문가가 보증했다.

　전문가의 확실한 도장이 찍힌 보증서…라고 보는 것은 그 말투로 볼 때 어려울 것 같지만.

　실제로 괴이살해자가 흡혈귀 전용으로 커스터마이즈되어 있다는 것이 사실이라고 해도, 오시노는 전문가로서 사용할 수 있을 것 같지만, 그러나 가령 그럴 수 있다고 해도.

　오시노는 해 주지 않겠지.

이런 **편리**한 아이템… 대가도 치르지 않고 결과만 얻으려 하는 도구의 사용은, 오시노에게는 외법外法일 뿐일 테니까.

반칙이고, 치트고, 룰 위반이고… 밸런스고 나발이고 없다.

"그러네. 그 말대로야. 자각이 있네? 자각이 없는 것보다는 어느 정도 낫지."

히죽히죽 웃으면서 오시노는 말했다.

"그러니까 아라라기 군에게 전문가로서 해 줄 말은 이제 없지만 친구로서, 아라라기 군의 베스트 프렌드로서 충고해 두고 싶은 것은 있을까."

"충고? 뭐야."

기분 나쁠 정도로 친근하고 뻔뻔스러운 말투에 혐오감을 느끼면서도 나는 우선 물었다.

그러자 오시노는 손가락 세 개를 세우며 입을 열었다.

"충고라고 하기보다는… 뭐, 나답게 이러쿵저러쿵 말하고 싶은 것뿐이지만. 우선 하나. 확실히 그 칼을 사용하면 반장하고 사와리네코를 분리할 수 있어. 사와리네코에게 마지막 권고를 하기에는 일단 베스트 아이디어라고 보여. 하지만 베스트 아이디어로 보이기 때문에, 반장의 입장에서 그건 가장 경계해야 할 사안이 아닐까? 내가 백전백패하고 있는 건 그 여자애의 전략과 전술 때문이야. 그리고 지식 때문이지. 계획을 전부 훤히 들여다보고 있기 때문에 손도 발도 못 대고 꼬리도 못 잡아. 그런 사와리네코니까, 끽해야 아라라기 군이 생각할 만한 계획이라면 훨씬 전에 고려하고 이미 대책을 세우지 않았을까?"

그리고 오시노는 손가락 하나를 접었다.

"…그럴지도 모르지."

자연스럽게 '끽해야 아라라기 군'이라는 말을 들은 것에 딴죽을 걸어야 할지 어떨지 망설였지만, 우선 그건 제쳐 두고 나는 오시노에게 대답했다.

"가능성 이야기를 하자면 확실히 그래. 하지만 그 점에 대해서는 확신이 있어. 아마도 잘될 거야. 절대라는 과장스런 보증은 할 수 없지만, 나에게는 나대로 책략이 있어."

"책략?"

"아니, 책략은 아닐까. 기대야."

말하자면 희망적 관측이다. 그렇게 된다면 좋겠다, 라고 그런 식으로 생각하는 것뿐이다.

제대로 된 사고思考가 있을 리 없다.

하지만 나는, 생각만으로 족하다.

"…흐음. 그렇다면 그 부분은 믿어 볼까. 괜찮겠지. 아라라기 군이 그걸로 족하다면."

"함축적인 표현을 쓰지 마. 나머지 두 개의 충고는 뭐야?"

"아, 음…. 두 번째는 취소야. 이건 말해 봤자 소용없는 얘기였어. 세 번째를 말할게."

오시노는 그렇게 말하며 나머지 두 개의 손가락을 단숨에 접었다.

뭐야, 중요한 장면에서 우유부단하게… 라는 생각은 하지 않는다.

나는 오시노가 하려고 했던 두 번째 충고가 어떤 것인지 대강 예상이 가고 있었기 때문이다. 알고 있다.

응.

그건 알고 있어, 오시노.

그러니까 말해 주지 않는다면 고맙지.

너에게 나를 도울 생각은 없겠지만.

지금이나, 언제나.

너는 나를 구해 주지 않겠지만.

"세 번째, 마지막 하나. 이게 가장 중요하고, 그러면서도 현실적이라고 생각하는데 말이야, 아라라기 군. 그렇게 아라라기 군이 임전태세에 들어간 건 좋고, 말릴 생각은 없는데 말이지. 하지만 현실적인 문제로, 이 마을의 어디에 숨어 있는지도 모르는 반장을 너는 어떻게 찾아낼 셈이야? 내가 이 골든위크 동안에 지기만 했다고 해도 사와리네코와 백 번의 배틀을 할 수 있었던 것은 내가 전문가라서 괴이의 추적, 괴이의 발견에 관한 기술을 익히고 있기 때문이라고. 녀석의 영역 의식과 행동 영역을 파악하고 있기 때문에 가능했어. 그것도 세 번에 한 번은 놓쳐. 상대가 우리 반장이기 때문에 어렵다는 것도 있겠지만, 아마추어인 아라라기 군이면 더욱 그렇겠지. 그 부분은 어떡할 생각이야? 어떻게 애초에 대전 카드를 실현시킬 거야? 설마 이 마당에 이르러서 추적과 발견에 관해서만 나에게 부탁할 생각은 아니겠지?"

"마치 부탁하면 받아 줄 것 같은 말투네, 오시노."

어깨를 늘어뜨리며 나는 말했다.

"안심해. 그것에 대해서는 단순히 기대나 희망적 관측이 아니라 제대로 된 책략이 있어. 너를 귀찮게 하지는 않아. 뭐, 여기서부터는 개별행동으로 가자고. 너는 너대로 전문가로서 사와리네코를 찾아. 나는 내 방식으로 할게."

"헤에. 아라라기 군의 방식?"

"응. 이것도 너는 할 수 없는 초고난도의 기술이라고."

"흐음."

그렇다면 실력 좀 구경해 볼까.

마음대로 해. 수라장修羅場을 연기하든 수탄장愁嘆場*을 연기하든, 방해할 생각은 일절 없어.

그렇게 말한 오시노는, 내 책략이 구체적으로 무엇인가를 물어보려고도 하지 않았다. 뭐 이런 베스트 프렌드가 다 있냐. 그리고.

그리고 그런 대화로부터 30분 후.

딱 30분 후.

나는 오시노가 그렇게 했던 것처럼 사와리네코를 찾으러 밖으로 가지 않고 폐 빌딩 2층의 한 방, 건물 안에서는 아마도 가장 좁을 작은 교실 한가운데에 멍하니 서 있었다.

해야 할 일은 이미 끝마쳤다.

그러니까 기다리는 것뿐이다.

다만, 흡혈귀 소녀로부터 너무 떨어지면 요도가 효력 이전에 존재력을 잃어서 분자적으로 붕괴되어 버릴 것 같아서 폐 빌딩 안에

※수탄장 : 연극에서 한탄하며 슬퍼하는 장면.

계속 있는 것뿐이지, 장소의 선택 자체에는 별로 의미가 없다. 우리 학교의 교실이어도 상관없었을 정도다. 아니 뭐, 너무 남의 눈에 띄면 안 좋지만.

게다가 이 교실은 의외로 괜찮은 선택이었다.

어린아이가 돌이라도 던졌는지 유리가 깨져 있어서 창틀만이 남아 있는 이 교실의 창문으로는… 마치 밤하늘을 잘라 놓은 것처럼, 마치 이름난 예술가가 완성한 한 폭의 그림처럼 검은 밤하늘을 잘라 놓은 듯한 아름다운 달이 잘 보이니까.

"…윽!"

그런 명화의 바로 옆.

바로 옆의 콘크리트를 몸통박치기로 부수며, 탄환같이 꿰뚫으며… 사와리네코가 나타났다.

흩뿌려지는 파편을 전혀 개의치 않고.

철골 따윈 간단히 부러뜨리며… 굉음과 함께.

고양이는 어려움 없이 내 정면에 네 발로 착지했다.

착지한 바닥에 금이 가며, 그대로 폐 빌딩째로 무너져 버리는 게 아닐까 생각될 정도의 충격이 공기를 통해서 나에게까지 전해져 왔다.

벽을 뚫고 등장하다니, 이 21세기에 란마 1/2의 샴푸 같은 짓을 한다.

그러고 보니 샴푸는 물을 끼얹으면 고양이로 변하던가?

그렇다면 얌전한 고양이인 척 내숭을 떨다가 고양이가 된 하네카와에 가깝다고 할 수 있다.

하얀 머리카락.

머리에 나 있는 짐승의 귀.

검은 속옷… 맨발.

고양이 눈의… 사와리네코.

존재만으로 떨게 만든다.

그래도 직립한 채로 움직이지 않는 나에게, 사와리네코는 눈을 크게 뜨고서.

"아라라기 군! 괜찮아?!"

그렇게.

초조함을 감추려고도 하지 않고, 오히려 울음을 터뜨릴 듯 필사적인, 덤벼들 듯한 얼굴로 그렇게 말을 걸었다.

지금이라도 벽을 깬 것과 똑같은 기세로 나에게 달려들지도 모를 분위기였지만… 그러나 멀쩡히 서 있는, 말 그대로 사지가 멀쩡한 나를 고양이의 시력으로 확인하고는.

"…뭐어야."

그렇게 말했다.

들었던 얼굴을, 숙이듯이 내리고 천천히 일어나면서.

"속아 버렸구나…, 난."

"…응."

그래, 라고 나는 말했다.

내가 한 일은 간단했다.

대륙의 말로 술래잡기 놀이를 '躲猫猫[*]'라고 쓰는데, 공교롭게도 나는 술래잡기도 숨바꼭질도 상대할 생각은 없었다.

굳이 말하자면 깡통차기다.

게다가 깡통은 나 자신이다.

나는 메일을 한 통 보낸 것뿐이다. **[흡혈귀에게 죽을 것 같아. 살려 줘.]**라는 내용의 메일을, 하네카와의 휴대전화 주소로 보낸 것뿐이었다.

구체적인 것은 아무것도 적지 않았다. 그렇기에 어떻게든 받아들일 수 있는, 간단한 구조 문자다. 그리고 하네카와에게는 그것으로 충분하다.

다행히 나라는 남자에게 걱정할 만한 재료는 얼마든지 있다.

아주 걱정을 사고 있는 나다.

하네카와는 가지고 있는 그 지식과 상상력을 총동원해서 멋대로 다양한 상상을 해 주겠지.

그리고 달려와 주겠지.

언제나 그랬다.

봄방학 때도.

그런 식으로 그녀는—죽어 가는, 살해되어 가는—스스로 스스로를 죽여 버릴 듯한 내가 있는 곳에 달려와 주었다.

말하자면 이 상황은 그 재현이다. 다만 문자의 내용이 새빨간 거짓말이라는 점을 제외하면.

당치도 않은 누명을 쓴 흡혈귀 소녀에게는 미안하기 짝이 없지만 지금 현재 리얼리티라는 의미에서 캐스팅할 수 있는 것은 그녀

※躱猫猫 : 숨어 있는 고양이라는 뜻의 단어. 둬마오마오라고 읽는다.

밖에 없다.

뭐, 구하고 구원 받는다는 관계를 의외로 싫어하는 오시노는, 그렇지 않더라도 기계치인 오시노는 쓸 수도 없는 기책이다.

하네카와가 나를 구하러 와 주지 않는다면 내가 하네카와에게 도움을 청하면 된다.

제삼자에게 지적을 받을지도 모르는 난점이 있다면 사와리네코가 된 하네카와가 문자를 읽을 수 있을지 어떨지, 애초에 휴대전화를 휴대하고 있을지 어떨지 하는 점이겠지만… 나는 그런 걱정은 하지 않았다.

그도 그럴 게 말이지.

여고생에게는 휴대전화가 붙기 마련이잖아.

속옷을 갈아입으러 집에 돌아가려는 생각을 할 수 있다면, 콘센트에 꽂혀 있던 충전기도 이용하겠지.

……

여유 있는 사람은 가슴 사이에 끼워서 가지고 있었겠지, 하는 상상이라도 하며 놀자.

"하핫…. 그렇다고 해도 빨리 도착했네, 사와리네코. 고작 30분 만에 납시다니, 대단해. 역시 보통내기가 아니야, 너."

"…최악이야, 아라라기 군."

사와리네코는 천천히 이쪽을 보았다.

노려본다.

"거짓말을 하고, 사람을 걱정하게 만들고… 못된 짓을 했어."

"카카…."

나는 그 말에 웃고 말았다.

악역처럼.

아수라맨처럼.

자기도 모르게 얼굴이 풀어지고 말았다.

"뭐야."

그렇게, 그녀는 내 모습을 보고 화를 냈다.

"사람이 화를 내고 있는데 뭐가 우스워."

"아니, 그것도 그럴 게 말이야."

나는 말했다. 고양이를. 사와리네코를.

"말투가 망가져 있다고, 하네카와."

하네카와 츠바사를, 가리키며.

"……."

"어떻게 된 거야, 우등생. 어미에 '냐' 나 '옹' 을 붙이는 게 사와리네코의 캐릭터 설정 아니었냐…고!"

고양이는… 하네카와는.

내 지적에 잠시 말없이 있다가… 이윽고 포기한 듯이.

"뭐어야."

그렇게 말했다.

처음과 완전히 같은 말투로.

"아니, '뭐냐옹' 이라고 해야 하나? 뭐, 됐어. 어? 어라? 언제부터 들킨 거야?"

묘하게 시원해서 아무런 꺼림칙함도 느껴지지 않는, 주눅 들지도 않은 태도였다.

그렇다. 평소의 하네카와다.

하네카와다운… 하네카와.

어울리지 않는 것도… 아니다.

아니.

하네카와가 하네카와가 아니었던 적은… 한 번도 없었다.

하네카와답지 않은 것도.

하네카와와 비슷하면서도 비슷하지 않은 것도.

없다.

의식을 막대히 남기고 있다, 정도가 아니다.

이중인격이며… 이중인격 정도가 아니다.

겉도 뒤도, 흑도 백도 아니다.

뒷면은 뒤집으면 앞면이 되고.

어두운 면은 동시에 전면적인 하네카와고.

반전하든 암전하든 어떻게 되어도 그녀는 그녀고.

하네카와는… 하네카와였다.

언제나 어디서나.

어떤 나쁜 짓도, 어떤 나쁜 일도.

어떤 나쁜 장난도.

전부 그녀 자신이 해 왔던 일이었다.

사와리네코의 괴이담대로.

속이 뒤바뀌거나 하지는 않고.

그야말로… 처음부터 하네카와는 원래부터 고양이 따위에겐 홀리지 않았던 것처럼.

유령의… 정체, 알고 보니 마른 참억새.

"처음부터 왠지 모르게 알고 있었어. 나는 너의 친구라고. 그러니까 잘못 볼 리 없어. 그러니까… 알 수 없을 리가 없어."

담담하게, 감정을 담지 않고 나는 말했다.

거의 국어책 읽기를 하듯.

그런 말투라도 아니면, 정말 바보 같아서 이런 대화는 할 수가 없다.

한없이 바보 같은 다이얼로그다.

"괴이에게 홀리든 괴이를 흡수하든 너는 여전히 너라고, 하네카와. 인격이 변하는 정도로 성격이 변하겠냐? 그게 너야. 너 자신이야. 친구로부터 도움을 요청하는 문자가 오면 어떤 상황이든 어떤 전황이든 허겁지겁 달려가 버려. 고양이가 공을 굴리듯이 본능적으로 달려가지 않고는 배겨 낼 수 없어! 그게 너라고."

"…이게."

이게 나.

그런 거야?

그렇게 하네카와는 자기의 몸을 내려다보듯이 보았다.

괴이로 화한 그 모습을.

괴물 같은 그 모습을.

"그래. 그도 그럴 것이 너는 지금 거짓말을 한 나에게 화를 내는 반면, 사실은 안도하고 있잖아? 가슴을 쓸어내리고 있잖아? 내가 죽지 않아서, 내가 살해당하지 않아서… 안심했잖아? 문자가 거짓말이라서 다행이라고 생각했잖아?"

"......."

"굉장히 자상하고 굉장히 강해. 너무 자상하고 너무 강해. 살아가는 것도 힘들 정도로 자상하고 괴이에게 혼을 팔아 버릴 정도로 너무 강해. 타인을 압박할 정도로 올바르지. 그걸 부정하고 싶은 마음은 알아. 모르지만, 알아. 하지만 말이야, 하네카와…. 하지만 말이야, 하네카와…. 하지만 하네카와, 그게 너라고!"

짊어져!

끌어안으라고!

버리지 마!

전언철회다… 젠장.

국어책 읽듯 말하지 못하고 시원시원하게 마구 말을 퍼붓듯이, 나는 비통하게 외치고 있었다.

감정을 담지 않을 수 없다.

격정에 휩쓸리지 않을 수 없다.

하네카와에게… 고백하지 않을 수 없다.

"너는 그 성격 그대로 평생 살아가는 거야! 바뀌지는 않아! 다른 누가 되지도 않고 다른 뭔가가 되거나 하지도 않는다고! 그런 성격으로 태어나서 그런 성격으로 자랐으니까 어쩔 수 없잖아! 이미 지나간 일이고, 끝난 일이고… 지금과 이어져 있다고 해도 옛날은 옛날이고… 말하자면 그냥 캐릭터 설정이야! 부정한다고 없었던 일이 되지는 않아! 불평하지 말고 열심히 노력해서 같이 갈 수밖에 없잖아!"

"…무슨 소릴 하는 거야, 아라라기 군."

하네카와는… 내 절규를 듣고.

혼란스럽다는 듯이.

곤혹스럽다는 듯이.

고개를 갸웃하며 억지로 웃는 얼굴을 만들었다.

긴장한 듯한 웃는 얼굴을.

애처롭게, 만들었다.

"말도 안 되는 소리 하지 마. 나도 괴로워. 나도 할 수 있는 일과 할 수 없는 일이 있어. 나도 인간이야."

"인간이 아니잖아."

나는 하네카와의 말을 막으며 말했다.

"너는 괴이에게 몸을 맡겼어. 지금의 네가 인간이란 소리는 하지 마."

"…잔혹한 소리를 하네, 아라라기 군."

그래도 여전히 웃는 얼굴로, 하네카와는 말했다.

나를 나무라는 듯이.

"내가 어째서 이렇게 되어 버렸는지 알고 있으면서. 이런 나에게, 그래도 노력하라니…. 너무해. 너무 잔혹해. 아라라기 군은 나를 동정해 주지 않는 거야?"

"안 해."

나는 오시노에게 했던 것과 같은 대답을, 하네카와에게 했다.

"진짜 아버지가 누구인지 모르고, 낳아 준 어머니는 자살해 버리고, 이쪽저쪽의 가정을 돌고 돈 끝에 피가 이어지지 않은 부모님과 인연을 맺지도 못하고, 차갑게 식은 가정에서 자라고, 그래도 억지로 평범하게 있으려고 하고, 또 하필이면 그런 일을 달성해 버리고… 계엄령 같은 인생을 어려움 없이 보내다니, 정말이지 너는 운이 없구나! 운이 없어, 말하자면 너무 불운해! 하지만 말이야, 뭐 어때! 그 정도는!"

뭐 어때!

그걸로 됐잖아!

너무 심각하게 생각하지 말자고!

"오케이, 오케이, 신경 쓰지 마! Don't mind! 불행하다고 해서 괴로워해야만 하는 건 아니고, 불우하다고 해서 비뚤어져야만 하는 것도 아니야! 싫은 일이 있어도 건강하니까 됐잖아! 너는! 너란 녀석은 이 뒤에 아무 일도 없었다는 얼굴을 하고 집에 돌아가서, 퇴원한 아버지와 어머니하고 이제까지와 아무것도 다르지 않은 똑같은 생활을 보내게 되는 거야! 평생 아버지와도 어머니와도 화해할 수 없어, 내가 보증하지! 만에 하나 장래가 행복하게 되어도 소용없어, 아무리 해피해지더라도 옛날이 엉망이었다는 사실은 사라지지 않아! 없었던 일이 되지 않아, 계속 질질 끌려온다고! 뭘 하든 무슨 일이 일어나든 불행은 불행인 채로 영원히 마음속에 쌓여! 잊었을 무렵에 기억나, 평생 꿈에 나와! **우리들**은 평생 악몽을 계속 꾸는 거야! 계속 꾸는 거니까… 그건 이미 결정되어 버렸으니까 눈을 돌리지 마! 길 가던 사람에게 짓궂은 장난을 치든, 속옷을 입고 스트리킹하는 기분을 내든, 그런 건 스트레스가 조금 발산되는 정도고 현실은 아무것도 변하지 않아!"

"…변하지 않는다."

변하지 않는다.

바뀌지 않는다.

화하지 않는다.

가면을 쓰든, 내숭을 떨든.

괴이가 되든… 변하지 않고 바뀌지 않고 화하지 않고.

너는 너 그대로야.

"나는 너를 절대 동정하지 않겠어."

반복해서.

몰아붙이듯이, 내동댕이치듯이, 나는.

말한다.

하네카와 츠바사를 규탄한다.

"나를 갱생시켜 주는 거 아니었냐고, 네가 비뚤어지면 어쩌자는 거야!"

고양이를 이유로 삼지 마.

괴이를 핑계로 삼지 마.

괴물을 구실로 삼지 마.

불행을 계기로 성장하지 마.

그런 짓을 해 봤자, 결국 자신이 자신을 할퀴는 짓이잖아.

괴이 따위… 사실은 **없다**니까?

그거야말로.

거짓말이다.

"그래도 스트레스를 발산하고 싶다면 내가 전부 받아 줄게. 너의 가슴을 언제나 만져 주고, 속옷차림을 어디서든 봐 줄게. 그러니까 그걸로… 참아 둬."

얼마든지 시간을 만들게.

친구니까.

그런 나의 제안을 묵묵히 듣고, 하네카와는.

하네카와 츠바사는.

"…정말, 아라라기 군은, 최악이야."

머리가 아파 와.

그렇게 말했다.

"아라라기 군은, 스타가 될 수는 있어도 히어로는 되지 못하겠어."

"스타도 못 돼."

나는 고개를 저었다.

"내가 될 수 있는 건 흡혈귀뿐이야."

그것조차… 제대로 되지 못했다.

"그렇구나."

되어 주지 않는구나, 나의 히어로가.

되어 주지 않는구나.

"전부터 생각했는데, 아라라기 군은 사실은 나를 싫어하지?"

"응."

고개를 끄덕였다.

"나는 사실은 하네카와를 아주 싫어했어."

"그래. 나도 사실은 아라라기 군을 아주 싫어했어."

그렇게 말하고, 하네카와는.

"죽어 버려."

그 시선을 나에게서 돌리고, 경멸하듯이… 꺼질 듯이 작은 목소리로 중얼거렸다.

"죽어 버려, 죽어 버려,

죽어 버려, 죽

어 버려, 죽어

버려, 죽어 버

려, 죽어 버려, …냐 같은 거, 죽어 버려."

냐옹, 하고.

하네카와는 고양이처럼 말하고… 다시 엎드린 자세를 취했다.

형상이 변한 손톱과 발톱 20개가 콘크리트 바닥을 파고들고 있다. 요전에 교실에서도 비슷한 행동을 했는데, 그러고 보니 고양이의 발톱은 넣고 빼고를 마음대로 할 수 있던가?

능력 있는 매는 발톱을 감춘다는 속담이 있는데, 고양이도 그것과 마찬가지인가.

발톱 자체가… 능력인가.

"냐하. 아라라기 군이 냐의 스트레스는 전부 떠맡아 준다니, 멋지다냐."

그 자세를 한 채로 하네카와는 말했다.

아래에서 올려다보듯이.

"그러면 죽여도 괜찮을까냐?"

"좋아. 바라는 바야."

나는 두 팔을 벌려서 하네카와의 물음에, 그렇게 답했다.

"나는 너에게 죽고 싶어."

"그래."

그렇다면 죽어.

그런 목소리가 간신히 인식된 직후, 혹은 직전이었을지도 모르지만.

소리도 없이 나는 휘날려 가 있었다.

정확히 말하면, 내 상반신이 휘날려 가 있었다.

대체 무슨 짓을 당했는지는 확실치 않다.

뭐, 아마도 발톱에 찢겼거나, 그 송곳니에 뜯겼거나, 아니면 그냥 몸통박치기라도 먹은 거라고 생각한다.

어차피 고양이가 할 수 있는 공격의 베리에이션은 대충 그런 정도다. 그리고 어느 것이나 본래는 인간의 상반신이나 하반신을 일격에 재단할 수 있을 만한 것은 아니다.

다만 그 부분이야말로 괴이가 괴이인 이유.

심장이 멎을 정도의 강한 충격을 동반한 통한의 일격에 내 몸통은 허리 뼈 주위에서 끊어지고, 신칸센과 맞먹을 정도의 속도로 등 뒤의 벽에 등을 부딪쳤다.

뭐랄까, 그거 같네.

아돌 영식*을 맞은 우스이 씨라든가, 혹은 초 사이어인을 상대로 한 프리더 님의 최후라든가… 그런 느낌.

뭐 이런 소년 점프가 다 있냐.

나는, 그래도 같은 장소에서 계속 서 있는 자신의 하반신을 시야에 포착하면서… 내동댕이쳐진 교실 벽에서 미끄러져 떨어지듯이 주르륵 하고 바닥에 쓰러졌다.

아～.

시점이 낮네.

"아파…."

조금 늦게… 나에게 통각이 작용한다.

줄줄, 그리고 번들번들하고 내장이 삐져나온 절단면이 보이면서… 농담 같은 아픔이, 상처부위뿐만이 아니라 온몸으로 퍼져 나간다.

"아…아야."

"아파아아앗!"

그러나 내가 고통의 감상을 이야기하는 것을 방해하는 듯한 외침이 좁은 교실에 울려 퍼졌다.

발정기의 고양이가 우는 소리처럼.

하울링하며… 모든 것을 싹 지워 버린다.

"냐…냐아아아아아아아아아아아아아아아아아아아아아아아아앗!"

※아돌 영식 : 만화 『바람의 검심』의 등장인물인 사이토 하지메의 기술. 상대와 아주 가깝게 붙은 거리에서 날리는 찌르기 공격.

아아아아아아아아아아아아아아아아아아아아아아아아아아아아아아

일격을 날릴 때에 아무 소리도 들리지 않았던 것이 거짓말처럼.

온 동네에 울려 퍼질 것 같은 그 비명은, 온 세상을 뒤흔들 것 같은 그 비명은, 물론 말할 것도 없이 하네카와의 것이다.

아니.

이것에 한해서는 사와리네코의 것인가.

괴이의 단말마.

"아… 아라라기 군! 뭘! 뭘 한 거야…. 나에게!"

그쪽을 보니, 나와 마찬가지로 바닥을 기는 듯한 자세를 한 하네카와가 절규를 섞어 나에게 묻고 있었다. 이제 와서 질문이라니, 이 마당에 와서 대단한 지적 호기심이지만… 그러나 그런 것은 일목요연하다.

나는 척 하고 집게손가락으로 가리켰다.

여전히 직립해 있는 자신의 하반신을.

"……!"

말을 잃는 하네카와.

그야 말을 잃겠지. 그 하반신에는, **마치 등뼈만이 그곳에 남겨진 것처럼** 한 자루의 일본도가 꽂혀 있었으니까.

뭐, 이 경우에는 일본도로 하반신을 바닥에 꿰어 두었다고 표현하는 편이 현실에 가까웠겠지만.

일본도.

말할 것도 없이… 요도 '코코로와타리' 다.

괴이살해자다.

"카… 칼을, 미리."

"그래. **미리 삼켜 두었어.** 마치 옛날의 요술쟁이가 하듯이 말이야."

흡혈귀 소녀가 그렇게 했던 것처럼.

아니, 엄밀히는 흡혈귀 소녀와는 방식이 다르다. 흡혈귀 소녀는 흡혈귀의 물질창조 스킬을 응용해서 스스로를 칼집으로 삼고 있지만, 내 경우에는 단순히 육체의 중심축이란 듯이, 입으로 칼을 찔러 넣어서 척수를 따라, 위장을 지나고 왼쪽다리를 지나고 바닥까지 꿰고 있었던 것뿐이다.

말하자면 꼬치다.

흡혈귀의 불사신 체질이 없이는 할 수 없는 짓이다. 그것도 괴이살해자로 죽었다가 수복되는 영원한 재생, 생지옥이다.

30분간, 하네카와를 앉아서가 아니라 서서 기다렸던 것은 그것을 위해서다. 몸의 주축에 척수를 따라 칼을 박고 있었기 때문에, 나는 앉을 수 없었던 것이다. 물론 무엇을 위해서 그렇게 아파서 죽을 것 같은, 상반신을 찢긴 뒤에야 간신히 편해졌다고 생각할 정도의 짓을 했는가 하면, 괴이살해자를 **감추기 위해서**다.

내 몸속에 감추기 위해서.

그리고 하네카와가 주의하거나 경계하지 않고 공격하게 만들기 위해서다.

예를 들어 말하자면, 샌드백 속에 유리 조각을 잔뜩 채워 둔 것과 비슷하다. 그런 것을 공격했으니 하네카와로서는 환장할 노릇이다.

전과 마찬가지로 팔을 노리게 해서는 의미가 없는 작전이니까, 도발하느라 고생했다고.

가슴을 만진다든가 속옷을 봐 준다든가 하는, 그런 마음에도 없는 변태 같은 소리를 하는 건 정말로 괴로웠다.

"으, 그, ㅇㅇㅇㅇㅇㅇㅇㅇㅇㅇㅇ윽! 하, 하지만! 하지만… 하지만 아라라기 군, 이 아픔은…."

"그래. 아프지 않지, 너 자신은."

나는 말한다.

"내 몸에 묻혀 있던 그 칼은 괴이살해자라고 하는데 말이야…. 흡혈귀에게 빌린, 괴이만을 베는 요도야. 네가 아니라 네 몸에 묻혀 있는 사와리네코만을 베었어."

하네카와가 몸을 웅크리고 누르고 있는 곳은 오른손 손등이었다. 그것으로 판단하기로는, 아무래도 내 상반신을 날려 버린 것은 오른손으로 날린 고양이 펀치였던 것 같다.

그러나 그 오른손에도 상처 하나 없다.

그야 그렇다.

인간을 상처 입히지는 않는다, 괴이살해자가 베는 것은 괴이뿐이다.

오시노가 고전했던 사와리네코의 특성, 스치기만 해도 치명상이 될 수 있는 에너지 드레인 정도가 아니다.

쇠약이라든가.

혼절이라든가.

그런 어중간한 결과는 부르지 않는다.

그곳에는 아무런 구원도 없다.

스친 상처 하나로 괴이를 죽이는… 요도 '코코로와타리'.

"그, 그런…."

내 설명을 듣고.

하네카와는 정말로 놀란 표정을 지었다.

"그런 말도 안 되는 칼이, 있다니."

"그래. 몰랐지?"

말하지 않았으니까.

괴이살해자에 대해서는 나도 흡혈귀 소녀에게 직접 들었다. 전승도 뭣도 아니다. 단순히 마지막을 기념해서 하던 이야기였다.

봄방학.

이 폐 빌딩 옥상에서, 완전체이던 흡혈귀 소녀와 둘이서.

단둘이 보냈을 때에 들었던 이야기.

키스샷 아세로라오리온 하트언더블레이드와의 그 대화는, 지옥 같은 체험 속에서 얼마 없는, 나의 보물 같은 추억이다.

그러니까 괴이살해자의 성질에 대해서는 누구에게도.

너에게조차.

말하지 않았다고.

"전문가인 오시노도 그 녀석이 이런 말도 안 되는 칼을 가지고 있다는 건 조금 전까지 몰랐다고. 문자 그대로 인간의 지혜를 초월한 칼이란 얘기지."

"오… 오시노 씨도."

모를 만한… 이라고.

하네카와는 신음했다.

당혹스러움을 감추지 못하는 그런 하네카와에게 나는 말을 이었다.

의기양양하게.

"만약 이런 킬러 아이템의 존재를 알고 있었더라면 너는 이런 방법에 절대 걸리지 않았겠지. 자기 몸속에 칼을 집어넣어서 덫을 치는 것 정도는 누구라도 떠올릴 수 있고, 누구라도 할 만한 일이야. 도저히 작전이라고는 말할 수 없는 얕은 지혜야."

그런데도 하네카와는 걸려들었다.

맥없이, 싱겁게.

미끼를 던지기가 무섭게 곧바로 걸려들었다.

그녀는 몰랐던 것이었으니까.

몰랐던 것…이었으니까.

"뭐, 그렇다고 해도 역시 이건 희망적 관측이었지만 말이야. 그래도 너는 어쩌면 그 칼의 존재를 나에게 듣지 않아도 알고 있었을지도 모르니까. 안심했다고, 하네카와. 너도 뭐든지 아는 것은 아니구나."

"…으."

"뭐든지 아는 건, 아니야."

나는… 숨이 막 끊어질 듯한 상태로, 말했다.

"그렇다면 뭐든지 알고 있는 것 같은 얼굴을 하고 포기한다고 하지 말라고. '죽어 버려'라든가. '나 같은 건 죽어 버려'라는 소리 하지 말라고, 웃기지 마. 너도 모르는 게 아직 얼마든지 있잖아!

그렇다면! 뭐든지 알지는 못해, 알고 있는 것만··· 이라고! 평소처럼 그렇게 말해 달라고!"

커흑, 하고.

말의 마지막에는 대량의 피가 나왔다.

몸통에서도 입에서도 대출혈 서비스, 거리의 곡예사라면 물을 소재로 하는 곡예로 이행한 모습이다.

아니, 재치 없는 비유를 들며 이야기하고 있을 상황이 아니다.

말할 것도 없이 나는 죽겠지.

이대로 참혹하게 죽겠지.

요도의 찰과상 하나로 사와리네코를 소멸시킬 수 있다고 해도, 그 전제로서 나는 몸을 관통하는(설마 상반신과 하반신이 잘릴 거라고는 생각하지 않았지만) 레벨의 공격을 받아야만 했다.

그리고 왼쪽 어깨에 대해서도 그랬듯이 에너지 드레인을 동반한 사와리네코의 공격에는 흡혈귀의 치유 스킬이 통하지 않는다.

실제로, 내 몸통부터 아래가 재생될 기미는 전혀 없었다. 그저 끊임없이 피와 내장이 흘러나올 뿐이다.

요도가 박혀 있는 하반신을 강제로 이어 맞추면 어쩌면··· 하는 상황도 있겠지만 그럴 수 있는 상황도 아니다.

애초에 그 칼을 삼킬 때와 상반신이 날아갈 때, 괴이살해자가 나의 몸에 적지 않게 상처를 입혔으므로 그 데미지도 은근히 크다. 뭐, 그런 쪽은 이미 죽어도 죽지 않는, 죽여도 죽지 않는 흡혈귀의 불사신성으로 재생이 시작되어 있겠지만··· 어떻게 되었든.

나는 죽는다.

하네카와가 죽여서 죽는다.

하네카와를 위해서 죽는다.

정말, 이 얼마나 행복한 일이냐.

"……."

물론 알고 있다.

자신이 아주 광대 같은 짓을 하고 있다는 건 알고 있다. 명확하다.

소용없다.

이런 짓은, **이런 짓**에는 기가 막힐 정도로 의미가 없다.

괴이살해자를 사용하면 확실히 사와리네코는 퇴치할 수 있다. 하지만 그것뿐인 일이다.

이야기는 완결되지만 문제는 해결되지 않는다.

하네카와가 안고 있는 스트레스가 극복되는 것도 아니고 가정의 불화가 없어지는 것도 아니다.

사와리네코라는 존재가 해소되는 것뿐이다.

요컨대 상황이 골든위크 전으로 돌아갈 뿐이다.

고양이가 500명을 습격해서 스트레스를 해소하려고 한 것과 큰 차이는 없다. 아니, 그쪽이 그나마 구원이 있었을지도 모른다고 생각될 정도다.

이런 해결로 족하다면 오시노는 아마도 100번이나 패하지는 않았을 것이다. 첫 한 번으로 결판을 냈을 것이다. 뭐 이런 타협의 산물이 다 있냐. 조금 전에 오시노가 말하려고 했던 베스트 프렌드로서의 두 번째 충고는 분명히 그런 이야기였겠지.

괴이에게 모든 책임을 떠넘기고 시추에이션을 전부 리셋하려는 행위.

말하자면 그것은 클리어하는 순서를 착각했다고 말하며 게임의 전원을 일단 끄고 세이브 포인트부터 다시 시작하려는 행위다.

〈동물의 숲〉이라면 도루묵 씨*에게 혼난다.

비겁한 짓이고, 그 자리를 넘기는 임시방편이고.

진정한 의미에서 고식적이라 할 수 있다.

하지만 그걸로 족하다.

나는 딱히 너를 구하겠다고 생각하지는 않는다고, 하네카와.

너를 살인자로 만들지 않겠다든가, 부모님을 죽이게 하지 않기 위해서라든가…. 그런 건 지금 와서 보면 나중에 붙인 이유야.

무의미하고 소용없더라도… 너를 위해서 죽고 싶어.

그것뿐이야.

뭐, 그렇지. 그, 뭐라고 해야 하나.

그래…. 아니, 뭐. 하지만 하고 싶은 말은 전부 했나.

응.

그래, 조금 전에 말한 대로야.

힘내.

힘내.

할 일이 가득 있고, 싫은 일이 가득 있고, 앞으로도 계속 하나 가득 이어지겠지만, 힘내.

※도루묵 씨 : 게임 〈동물의 숲〉에 등장하는 두더지 캐릭터. 게임을 저장하지 않고 종료한 경우에 나타나서 플레이어에게 설교를 한다.

힘내서, 행복해져.

나는 이대로 죽어 버리겠지만… 나는 나대로 괴이고 괴물이고 흡혈귀니까 사람을 죽인 것으로 세지 않아도 좋으니까 얼른 잊어 버리고.

이후로는 혼자서… 잘 하라고.

"으…냐아아앗!"

내가 자기만족과 자기도취에 빠져서 니힐한 기분을 내며 눈을 감으려고 하던 때, 섬뜩한 현상이 벌어졌다.

하네카와의 형상이 더욱 변모한 것이다.

더욱 고양이처럼… 두 팔, 두 다리를 하얀 털이 덮는다.

발톱도 송곳니도 뾰족뾰족하게 길어지며 비정상적으로 돋아난다.

고양이라기보다, 그것은 이미 화이트 타이거 같았다.

"냐아아앗!"

"……."

촛불이 꺼지기 전에 불꽃이 한순간 강하게 타오르는 것처럼, 사와리네코의 존재가 나타나 있는 것이다.

하네카와를 가로챌지도 모를 정도로.

잔챙이라고 해도, 저급이기는 해도.

죽어 가더라도 사라져 가더라도.

썩어도 괴이.

죽어 가는 고양이가 하네카와의 정신을 지금, 갈기갈기 찢고 능욕하고 있다.

상처의 아픔을 느낀 그대로 날뛰며 하네카와를 할퀴고 있다.

요도에 의해서 하네카와와 사와리네코가 분리된 것으로, 통합에 문제를 일으키고 있다.

"아아아아아아아아아아아아아아아아아아아아아아아앗!"

"냐아아아아아아아아아아아아아아아아아아아아아아아앗!"

하네카와의 비명과, 고양이의 비명이 교차한다.

겹쳐지며… 싱크로한다.

그 비명에.

나는 마음 놓고 죽을 수도 없다.

"…뭐 하는 거야, 고양이."

그게 아니잖아.

하네카와를 상처 입히면 어쩌겠다는 거야.

네가 어째서 하네카와에게 들러붙었는지, 네가 어째서 하네카와에게 흡수되어 주었는지 잊은 거 아냐?

아니면 고양이의 기억력이라서 기억하지 못하는 거야?

분명히 그건 고양이다운 변덕 같은 건 아니겠지.

다운 것도 답지 않은 것도 아니잖아.

네가 하네카와를 위해서 이것저것 해 준 것은, 고양이의 손을 빌려 준 것은 하네카와가 길바닥에서 죽어 있던 너를 **전혀 동정하지 않았기 때문이잖아.**

룰을 따라서. 윤리관에 따라서.

완전히 무감정하게.

너는 그렇게 말했고, 그리고 그 말대로지만… 그것뿐만이 아니야.

나 때도 그랬어. 흡혈귀에게 습격당해서 인간이 아니게 되어 버린 나에게도 하네카와는 정말 동정 같은 건 하지 않았어.

동정하거나 불쌍히 여기거나.

결코 가엾게 여기며… **내려다보지 않았어.**

대등하게 봐 주고 있었어.

그렇잖아? 사와리네코.

길바닥에서 죽어 있든, 흡혈귀에게 습격당하든.

"우리들은 **불쌍한 존재**가 아니잖아!"

알아.

변덕이란 게 아니야.

은혜 갚기도 아니야.

너도 그런 하네카와를 좋아하게 되어 버렸지? 그러니까.

그러니까 그런 식으로, 하네카와를 공격하는 짓은 그만둬.

그만둬.

그만둬 줘.

그만둬 주세요.

내 소원을… 들어줘.

그러면 나는, 전혀 하네카와를 위해서 죽지 못하게 되잖아.

"얼간이인가, 이 종복은. 난폭하게 전원을 꺼 버리면 기계가 손상을 입는 게 당연하거늘."

그렇게.

갑자기 그런… 환청이 들렸다.

아픈 나머지.

죽을 때에 이르러… 나는 그런 환청을 들었다.

도루묵 씨의 그것이 아니다.

그녀의 질책 같은 환청이… 들렸다.

"……?!"

아니, 정말.

정말로 환청도 이만한 게 없다. 정신이 들었을 때에는, 언제부터 있었느냐고 말하기보다는 지금도 그곳에 있는지 어떤지 알 수 없을 정도로 갑작스럽게, 괴이 그 자체라고 말해도 좋을 존재의 불확실함을 띠며, 내 머리 위에 선 모습으로 나타난 그녀가… 말할 리가 없으니까.

신출귀몰… 아니.

귀출귀몰鬼出鬼沒인 그녀.

키스샷 아세로라오리온 하트언더블레이드의 영락한 모습인, 금발금안의 소녀가.

말을 할 리가, 없으니까.

"검사도 미야모토 무사시 클래스가 되면 배 젓는 노를 검으로 삼는다지만, 네놈은 정말이지 그것의 정반대로고. 내가 자랑하는 칼을 터무니없이 쓰다니. 산 채로 괴이의 회를 떠 보고 싶었던 게냐. 참으로 웃기는군."

그녀는 그런 수다스런 환청을 계속 늘어놓는가 싶더니 우득, 하고 정말로 손쉽게 자기 왼팔을 뜯어냈다. 프라모델의 부품처럼.

물론 그녀의 팔은 프라모델의 부품 같은 게 아니므로 그 단면에서는 시뻘건 생피가 줄줄 넘쳐흐른다.

8일 전의 나를 떠올리게 만드는 그 광경에 시선을 **빼앗기고** 있으려니, 그대로 흡혈귀 소녀는 오른팔로 왼팔을 늘어뜨리듯이 잡고는, 흘러 떨어지는 선혈을 내 몸통에 샤워처럼 뿌렸다.

"……!"

이미 소개한 대로 흡혈귀의 피에는 회복 효과가 있다. 게다가 이 경우에는 순수한 순혈의 흡혈귀였던 과거를 가진 흡혈귀 소녀의 피다.

그 효과는 극적이어서… 내 몸통의 단면으로부터는 마치 도마뱀의 꼬리처럼 서서히 하반신이 생겨났다.

동시에, 그때까지 방 중앙에 요도에 꿰어 있던 나의 하반신이 증발하듯이 소멸하고… 의복과 신발, 그리고 '코코로와타리'의 너무나도 긴 칼만이 그곳에 남았다.

아니, 그렇다고 해도.

이 정도까지의 치유력을 어째서 지금의, 남은 찌꺼기 상태인 이 녀석이… 아아, 그런가.

고개를 쳐들었던 의문은 내 안에서 금방 해결되었다.

요컨대 나는 이 골든위크 동안에 이런저런 이유로 흡혈귀 소녀에게 피를 **너무 많이 주고 있었던 것이다.** 구실을 만들어서 피를 마시게 한 횟수가 지나쳤던 것이다. 조금 전에 칼을 받은 뒤에도, 결국 그 답례는 아니지만 굳이 말하자면 보너스라는 듯이 듬뿍 피를 마시게 해 줬으니… 그러니까.

그러니까 지금.

그러니까 지금이야말로.

그녀의 **흡혈귀성**이 조금 지나칠 정도까지 회복되었던 것이다.

봄방학 정도까지는 아니더라도, 분명히 그것에 비교할 수 있을 정도로는.

사와리네코의 에너지 드레인 효과를 능가할 정도로.

나는 잘못 예측하고 있었던 것이다.

주는 피의 양이 정말 아마추어의 눈대중… 눈짐작이란 수준을 넘어서 너무 대충이었다.

"이거야 원. 늘 그렇듯이 평소처럼 눈앞의 일밖에 보지 못하는 군, 이 종복은. 나를 제멋대로 살려 놓고는… 제멋대로 죽으려고 생각하다니."

멍청한 놈, 이라고 말하고.

불쾌감을 감추려고도 하지 않고 그렇게 말하고.

처참한 미소는… 전혀 짓지 않고서 그렇게 말하고.

"본보기를 보여 줄 테니 거기서 보고 있거라. 넋을 잃고 보고 있거라. 알겠느냐, **괴이살해자는 이렇게 쓰는 것이니라.**"

그것이 마지막 환청이었다.

애초에 나에게는 아무것도 들리지 않는다.

그렇게 말했다고 망상했을 뿐이다.

자기중심적이고 지나치게 포지티브한, 희망적 관측이라는 것이다.

하지만… 환청이라도 좋다.

환청으로도 최고다.

환각만 아니라면, 이 녀석이.

이곳에 있는 것만으로.

이곳에 와 준 것만으로.

너무나도 충분해서… 눈물이 난다.

"으……냐앗?!"

흡혈귀 소녀는 말없이… 지금까지 그랬던 대로 말없이, 천천히, 소녀이면서도 왕자王者의 품격으로 사와리네코에게 다가간다. 도중에 바닥에 박혀 있던 요도를 겸사겸사 그런다는 듯이 뽑아들고, 이런 호들갑스런 물건은 사용할 것도 없다고 말하는 듯이 간단히 한 입에 몸속으로 수납하면서 사와리네코에게 다가가서.

잘 먹겠습니다, 라는 말 한마디도 없이.

예의 없이, 그 목을 깨물었다.

식사다.

칼에 베인 상처의 아픔을 참는 것도 힘에 겨웠던 사와리네코에게 그것을 떨쳐 낼 여유가 있을 리 없다. 에너지 드레인은 이가 닿은 시점부터 발동하고 있지만, 그것조차 효과는 없다.

흡혈귀에게 에너지 드레인 같은 것이 통하겠는가.

아무리 정력을 빨아내 본들, 그런 건 금방 되빨려갈 뿐이다.

서로 잡아먹는 듯한 모습이지만, 스킬의 레벨 차이가 너무 크다.

지금은, 온몸을 덮어 가고 있던 하얗고 아름다운 털들이 서서히 사라져 간다. 사와리네코라는 괴이가, 괴이만이 빨려 나간다.

흡혈귀 소녀의 안으로 흡수되어 간다.

하네카와의 스트레스가… 흡수되어 간다.

"…잘됐구나."

나는 중얼거렸다.

육체는 완전히 회복되었지만, 그러나 전혀 일어날 생각이 들지 않는 상태로 혼잣말처럼 중얼거렸다.

하지만 독백은 아니다.

그것은 하네카와에게 거는 말이었다.

"잘됐구나, 하네카와. 우리들은 모두가 변변찮은 존재지만…. 아주 불행하고, 아무리 발버둥쳐도 보답 받을 수 없고, 장점 따윈 전혀 찾을 수 없지만… 평생 이대로지만, 그래도 괜찮지!"

이미 흡혈귀 소녀는 자기는 관여하지 않겠다는 듯이 그 모습을 그림자도 남기지 않고 어느 샌가 사라져서, 교실 안에는 나와 하네카와 둘뿐.

고양이 귀도 없어지고 머리카락도 검게 돌아오고.

완전히 원래대로 돌아온 하네카와는, 흡혈귀 소녀에게 해방되어서 속옷차림으로 잠들 듯이 모로 누워 있으면서.

"괜찮을 리, 없잖아."

그렇게.

잠꼬대하듯이, 그런 말을 했다.

하핫.

그건 그러네.

네 말은 언제나 옳아.

그렇지만 그래도 우리들은 이렇게, 꿈처럼 행복하게, 악몽처럼 피투성이가 되면서, 사실과 일치하는 꿈처럼 죽을힘을 다해서.

문제를 나중으로 미루기로 했던 것이다.

013

후일담이라고 할까, 이번의 결말.

간신히 마무리가 딱 떨어진, 떨어질 곳까지 떨어진 이번의 결말.

다음 날 나는 평소처럼 두 여동생, 카렌과 츠키히에게 두들겨 맞고 깨어났다. 아니, 그때는 컨디션으로 말하자면 자고 있었다기보다는 죽어 있던 것 같은 상태였으므로 깨어났다기보다는 소생했다고 말하는 편이 옳을지도 모른다.

참고로 예상대로 5월 3일부터 5월 7일에 걸쳐 카렌과 츠키히의 파이어 시스터즈는 괴물 고양이 소동을 해결하려고 마을 안을 우왕좌왕했다고 한다. 그러나 끝내 골든위크 동안에는 그 꼬리를 잡을 수 없었다고 한다.

꼬리가 없는 고양이니까 당연하다면 당연하다.

정말, 사람이 납작 엎드려 비는 동안에 무슨 짓을 하고 있었던 거냐고 한마디 해 주고 싶어지지만, 그래도 굴하지 않고 오늘부터 다시 수색활동을 계속하려는 것 같다. 뭐, 좋을 대로 하라지. 이번만큼은 굳이 말리지 않는다. 끝나 버린 이야기는 그렇게 계속 이야기되고, 이어져 나가는 것이 세상의 이치다.

나는 아침식사도 하는 둥 마는 둥 하고 자전거를 타고 집을 나섰다. 학교로 가는 것이니까 산악자전거가 아니라 바구니 자전거 쪽이다.

그러나 학교에 가기 전에 들를 곳이 몇 군데인가 있다.

그래서 일찍 출발했던 것이다.

우선 들러야 할 곳은 하네카와와 함께 하얀 고양이를 묻어 주었던, 말하자면 무덤이었다. 오시노가 텅 비었다고 말했던 그 무덤.

지리감각이 없어서 역시 조금 시간이 걸렸지만, 그래도 그다지 고생하지 않고 그 장소를 찾을 수 있었다. 그러나.

뭐라고 해야 할까. 그 장소를 지참한 모종삽으로 파내 보니, 무덤을 파헤쳐 보니, 그곳에는 멀쩡히.

고양이의 사체가 묻혀 있었다.

빛바랜 은색 고양이의 주검이… 땅속에 매장되어 있었다.

텅 비어 있지는 않았다.

부패한 냄새가 떠도는 리얼한 시체였다.

"흠."

뭐… '그러나'라고 말해 보기는 했지만, 알고 있던 일이기는 했다. 이것도 빤한 일이었다.

예상대로다.

그러면 문제는 이걸 오시노가 알고 있었는가, 어떤가인데… 아니.

아마도 역시 내 설명이 좋지 않았던 것뿐이겠지. 오시노는 착각해서 엉뚱한 장소를 파 보고 시체가 사라졌다고 착각했던 것뿐이겠지. 그 녀석도 만능은 아니다. 착각 정도는 할 것이다.

나는 그렇게 납득하고 다시 고양이의 시체에 흙을 덮어서 묻어 주고.

두 손을 모아서 빌었다.

명복을 빌었다.

"자, 그러면."

그리고 다음으로 향하는 곳은 새삼스럽게 말할 것도 없는, 학원 옛터의 폐 빌딩이다. 무덤을 발견하는 것에 시간을 좀 잡아먹어서 서둘러야 한다.

그렇다고 해도 이쪽은 긴급히 서둘러야 할 만한 용무는 아니다. 단지 어젯밤에는 내 몸의 상처가 그럴 만한 상황이 아니라서 어쩐지 적당히 넘어가 버리게 되었으므로, 가능한 한 빨리 그 흡혈귀 소녀에게 감사 인사를 해야겠다고 생각했던 것이다.

머리라도 쓰다듬어 주려고 생각했던 것이다.

복종의 증거…라고는 하지 않겠다.

하지만 그 정도는 허락되어도 좋을 거라고 생각한다. 감사 인사 정도는 분명히 해야겠다고 생각한다.

"……."

그런 나의 기대는 크게 빗나갔다.

에필로그이기에 가능한, 내려다보는 듯한 전능감은 전혀 통하지 않았다.

학원 옛터에 도착하고 4층의 교실에서 그녀와 대면해 보니, 흡혈귀 소녀는 어찌된 일인지, 원동기 자전거를 탈 때에 쓸 법한 수

수께끼의 고글이 달린 헬멧을 쓰고 있었다.

이래서는 쓰다듬을 수 없다.

"아아, 그거? 응, 흡혈귀 양이 졸라서 말이야. 뭐, 결국 고양이는 이 여자애가 전부 해결해 준 거나 마찬가지니까 상으로 선물해 줬어."

오시노는 그렇게 설명해 주었다.

무슨 짓을.

"기대가 빗나갔달까… 덧없는 희망이었구나."

나는 감사 인사도 할 수 없는 거냐.

그보다, 그렇다면 관계가 좋아지기는커녕, 오히려 골이 파인 거잖아.

어쩔 수 없지만.

이런 걸 보면 그때에 들었던 목소리도 정말 환청이었을 거라고 확신할 수 있다.

그리고 정말로… 부끄러움을 감추는 것도 츤데레도 아니라. 그녀는 나를 구해 주었던 것도 아니겠지.

봄방학 때의 일로 하네카와에 대한 강한 원한이라는 이유도 있었을 테고, 나라는 영양원의 보호라는 명목도 있었을 테고, 어쩌면 미스터 도넛 열 개를 먹게 해 준 것에 대한 보은이라는 것도… 뭐, 그야말로.

고양이보다도 변덕스러운 그녀다운 변덕이라고 말하는 것이 제일 어울린다.

좋아.

변덕도 실력에 들어간다.

언젠가 그 환청을 현실에서 듣고, 너의 머리를 쓰다듬어서 그 아름다운 금발을 헝클어뜨려 주는 것을 내 목표로 잡자.

언젠가 너와 화해하고야 말겠어.

사람이라든가 괴이라든가, 그런 장벽을 만들지 않고 말이야.

"뭐, 흡혈귀 양이 아라라기 군에게 요도를 빌려 준 것만으로도 충분히 놀랐지만. 설마 스스로 발을 옮겨 구하러 가다니⋯. 사람은 자기 혼자 알아서 살아날 뿐인데. 하하, 난 아라라기 군하고 우리 반장에 대해서는 이제 포기하고 있었는데 말이야."

"⋯⋯."

아무렇지도 않게 차가운 소리를 하네, 이 녀석.

이것도 어디까지가 본심인지⋯ 아니, 이런 경우에는 어디를 봐도 본심이겠지만.

뭐.

그 차가움이 이 녀석의 맛이다.

"애초에 그런 책략이 잘 통한 것이 기적이라고. 참견해서는 안 된다고 생각해서 말하지는 않았지만, 반장 자체가 괴이화되어 있으니까 요도로 우리 반장을 베어 버릴 가능성도 충분히 있었는데."

"뭐?! 이제 와서 무슨 소릴 하는 거야?!"

이쪽은 전문가의 보증이라고 철석같이 믿고 임했는데!

너무 차갑잖아!

"반장이 **진짜로** 트랜스되어 있었다면, 위험했어."

"……."

그야 오시노가… 깨닫지 못했을 리는 없을까.

고전할 만하다, 그랬으니까.

"그런데 오시노. 뒤처리는 전부 너에게 맡긴 이상, 시끄럽게 뭐라고 할 생각은 없는데…. 하네카와 말이야. …괜찮겠지?"

"응?"

오시노는 장난치듯이 고개를 갸웃거렸다.

이것이 학교에 가기 전의 마지막 용건이었다. 이것만큼은 확인해 두고 싶었다.

"으응, 괜찮아. 그건 보증할게. 우리 반장은 이 골든위크에 일어난 일은 아무것도 기억하지 못해. 그 부분의, 블랙 하네카와로서의 기억은 완전히 사라졌어."

그렇게 말하고 오시노는 불이 붙지 않은 담배를, 딴청 피우듯 과장스런 몸짓으로 입에 물었다.

"블랙 하네카와? 뭐야, 그건."

"**그 상태**의 우리 반장을 말하는 거야. 그걸 사와리네코라고 부르는 것은 조금 잘못되었으니까. 신종新種에는 신종의 이름이 필요해. 새로운 현대의 요괴, 블랙 하네카와."

"작명센스가 없구나, 너."

그렇게 투덜거리면서도, 나는 그것이 꽤 적확한 작명이라고 생각하고 있었다.

이름이 아깝지도, 이름에 부끄럽지도 않다.

멋지게… 이름이 몸을 드러내고 있다.

다크 블랙.

그런 속옷을 걸치고 있었기 때문이란 이유가 아니라… 아니, 그것도 물론 있겠지만, 그 이전에.

그 검고 검고 검고 검은….

암흑 같은 존재의 그녀도 역시.

하네카와 츠바사임에는 틀림없을 테니까.

"신종이라…. 뭐, **본인**도 그렇게 말했지만 요컨대 괴이 같은 것과 상관없는 진짜 이중인격이었다는 얘기가 되려나… 저런 건."

"음. 아니, 그런 게 아니야. 역시 그건 괴이야. 그렇게 설명되어야 해."

오시노는 아주 단정적으로 말했다.

"그 뒤에 의식이 몽롱한 상태의 반장을 집까지 보내 주었는데 말이지. 그 도중에 여러 가지 이야기를 나눴어."

"…몽롱하기는커녕 의식 같은 건 없었잖아."

"없었지만. 있으면 말하게 만들 수 없었지. 최면요법 같은 것이니까."

그것은 곧.

오시노의 본업인.

"괴이담의 수집…이라는 거구나."

"그래. 신종 괴이 같은 건 기계문명의 전성기인 요즘 시대에는 희귀해. 그렇기 때문에 본인에게 제대로 이야기를 들어 두고 싶었어. 뭐, 그것과는 따로, 일한 만큼의 대금 청구도 했지만 말이야. 10만 엔 정도."

하지만 기억이 없다면 청구도 할 수 없나… 라고 오시노는 농담처럼 말했다.

10만 엔이라니, 나에 비하면 너무 싸잖아… 아니, 결국 오시노도 조금 전에 말한 대로 이번 일의 해결에는 흡혈귀 소녀의 활약이 컸으니까 비율로서는 그 정도가 타당하다는 생각일지도 모른다.

아마도 필요 경비만 받는 느낌이겠지.

"그래서 뭘 들은 거야? 최면요법인지 뭔지로."

"어쨌든 이야기를 듣고 나서 한 내 추측인데…. 처음에는 단순히, 고양이는 정말로 빤한 사와리네코였다는 모양이야. 하지만 그 사와리네코 현상 자체는 금방 끝나 있었어."

"끝나 있었다고?"

"부모님을 에너지 드레인한 시점에서… **우연히 가장 가까이에 있던 인간을 해친 시점**에서 우리 반장의 의식은 일단 돌아왔던 모양이야. 그 시점에서 그 애의 바람은 이루어졌으니까, 라는 이유일까."

"바람…."

욕구인가.

부모님에게… 폭력적인 반기를 드는 것이 그녀, 하네카와의….

"**하지만 금방 돌아왔어.** 아니… 반장 자신이 강하게 원해서 스스로 떨어져 가던 고양이를 다시 데려오고, 그것도 모자라서 흡수했다는 표현이 올바를까. 씐 것을 제 것으로 삼았다. 실은 버리고 거절해야 했을 괴이를. 끝나게 놔두지 않고 계속 유지했어. 나는 사와리네코가 우리 반장에게 너무 잘 맞는다고 말했었는데, 그것을 따라 말하자면 지나치게 딱 맞았던 거지. 너무 잘 맞아서, 그 때문에 버릴 수 없었어. 요컨대 고양이의 요사스러운 매력에 매료되어… **정이 들어 버려서** 그 순간 신종 괴이, 블랙 하네카와가 탄생했다는 거지."

"그리고 그 뒤에 끊임없이 나쁜 짓에 몰두한 건가."

스트레스 해소를 위한 에너지 드레인.

밤이면 밤마다 무차별 살인마처럼.

변태처럼 사람을 습격한다.

부모님에 대한 에너지 드레인에는 그야 물론 정당하다고 말해도 좋을, 정상참작의 여지가 있는 동기가 있었다. 하지만 그 다음에 대해서는 아무것도 없다.

요만큼도, 아무것도 없다.

이유를 물어보았다면.

당시의 하네카와는 분명히 이렇게 대답하겠지.

'엄청나게 짜증났을 뿐, 이유는 없어.'

'하지만, 짜증이 났는걸.'

웃기는 이야기다.

괴이에게 홀렸을 때가 진실되고, 괴이를 흡수한 뒤 쪽이 사악하다니…. 하지만 그렇기에 인간이다.

하네카와 츠바사는 인간인 것이다.

"어쩐지 접시를 핥은 고양이가 벌을 받는다*는 속담 같네. 여러

※접시를 핥은 고양이가 벌을 받는다 : 생선을 먹은 고양이는 이미 도망치고, 나중에 와서 접시를 핥은 고양이가 벌을 받는다는 이야기로, 주범은 잡지 못하고 조무래기가 잡힌다는 뜻의 일본 속담.

가지로 하네카와의 책임이겠지만…. 저기, 오시노. 저대로 계~속 사람을 습격했더라면 사와리네코…가 아니고 하네카와…도 아닌 블랙 하네카와는 스트레스를 완전히 해소하고 사라졌을까?"

내 의문은 동시에 자신의 행위에 대한 의문이기도 했다.

뭐라고 말해야 좋을까. 쓸데없는 짓을, 주제넘은 짓을 해 버린 게 아닐까 하는 생각을 도무지 씻어 낼 수 없었던 것이다.

내버려 두면 되었을 것을, 제멋대로, 부탁받지도 않았는데도.

부탁받지도 않았는데도… 뻔뻔스럽게 나서서.

하네카와를 방해해 버린 것이 아닐까 하는 후회를 도저히 지울 수 없다.

"그렇지는 않아. 말했잖아. 그대로 놔뒀으면 고양이에게 흡수되어서 사라졌을 뿐이야. 죽일 수밖에 없게 될 뿐이야. 날뛰어서 스트레스가 해소되면 고생할 것도 없지. 나처럼 적당한 인간이 보기에는, 더 스트레스가 쌓일 만한 일이야. 스트레스란 건 **적당히** 쌓아 둬야 해. 우리 반장이 블랙 하네카와로 변한 건, 그 폭주는 오히려 부모님에 대한 스트레스가 **사라져 버렸기 때문에** 생겨난 거라고 할 수 있어."

"뭐…? 하지만…."

"인장응력引張應力이라고 하던가? 버티지 않으면 봉은 쓰러진다고 할까…. 누구보다도 자유롭다는 것은 누구보다도 부자유하다는 이야기밖에 되지 않고…. 아니, 뭐. 그런 것을 제외해도 괴이에 의지해서 스트레스를 해소하려고 한 것은 참으로 뻔뻔스럽지. 아라라기 군은 옳아."

"옳다고…."

올바름이라. 없었을… 올바름.

무엇이 누구에게 올바른가 하는 얘긴… 정말로 적당적당한 소리구나.

확실히 나는 옳았을지도 모르지만.

하지만 딱히 하네카와가 잘못된 것도 아니다.

검고 나빴을 뿐이다.

검다고 해서….

성실하지 않았던 것도 아니고.

순수하지 않았던 것도 아니다.

"그래서, 하네카와에게 좋지 않은 나쁜 기억은 블랙 하네카와인지 뭔지가 전부 짊어져 주었다는 건가? 상당히 편리한 괴이네."

"짊어진다기보다는 대신 떠맡은 거지. 연대보증인 같은 거야. 뭐, 우리 반장 자신이 만들어 낸 괴이니까. 반장의 입장에 유리하게 되는 것이 당연하지. 자작 캐릭터이기에 편의주의에 이상주의라고."

뭐, 나는 잊는다는 것이 꼭 좋은 일이라고는 생각하지 않지만, 이라고 오시노는 말했다.

"그 부모님도 부모님대로, 강렬한 에너지 드레인의 결과로 딸에게 습격당한 기억은 사라진 것 같지만… 그런 건 냄새 나는 것에 뚜껑을 덮는 임시방편일 뿐이지. 악취의 근원은 악취로서 그대로 남아 있는 상황이야."

"남아 있는 건가…."

불화도, 일그러짐도.

가정 내 폭력도 양육 포기도.

이것이고 저것이고.

남아 있는 채로… 끝나지 않고 계속 잔존한다.

하지만 나는, 그래도 지금은 그것으로 족하다고 생각한다. 잊어두는 편이 낫다.

자신을 잊을 바에야 마음을 잊는 편이 낫다.

이 골든위크 동안에 있었던 일은 지나가던 개에게 물렸다고 생각하고, 고양이에게 물렸다고 생각하고, 나쁜 꿈이라도 꾸었다고 생각하고.

아무것도 못 본 것으로 하고.

잊어버리도록 하자.

기억하고 있든 잊고 있든.

없었던 일은 되지 않고, 어차피 아무것도 변하지 않으니까.

"편의주의에 이상주의라. 요컨대 '내가 생각한 괴이'…라는 건가?"

"그래, 맞아. 그야말로 그거지. 아라라기 군도 초등학생 시절에는 자기만의 오리지널 창작 초인을 생각해 보지 않았어?"

세대가 다르다.

하지만 독자적인 스탠드* 같은 거라면 생각했었지.

"자기 입맛에 딱 맞게 자신을 구해 주는 히어로. 그걸 외부에서

※스탠드 : 아라키 히로히코의 만화 『죠죠의 기묘한 모험』의 주요 등장인물들이 사용하는 초능력을 가리키는 말.

구할 수 없어서 자기 내부에서 키워 버린 거지, 우리 반장은."

"그런 표현으로 말하면 역시 이중인격처럼 들리는데."

"그런 건 아니지만, 사실은 그렇게 들리도록 말하고 있는 거야. 그런 것으로 해 두는 편이 제일 좋으니까. 애초에 괴이란 건 그런 존재야."

"그런 존재?"

"사실은 실제와 다르지만, 너무 노골적으로 전부 이야기해 버리면 구원의 여지가 없어지니까 요괴의 소행이라고 해 두자… 라는 느낌의 책임 전가지. 우리 반장이 가정의 스트레스에 눌려 찌부러져서 기행을 저지르고 다녔다는 결론을 내는 것보다는 괴이라든가 사와리네코라든가 블랙 하네카와라든가 이중인격이라든가 하는 그런 결론을 내고, **그런 걸로 해 두는 것**이 가장 구원의 여지가 있잖아."

"그런 걸로… 해 둔다."

밸런서인 오시노답지도 않은, 그러기는커녕 이 녀석의 이론이 파탄 날지도 모르는 말이지만, 그러나 그것이 이번 일에 대한 이 녀석 나름의 타협점일지도 모른다. 프로로서 일을 완수할 수 없었다고 해도, 스스로는 생각하고 있었을 테니까.

즉 타협점이라기보다는, 타결점.

이번의 결말.

부조리하기도 하고, 놀랍기도 하고.

"유죄냐 무죄냐 흑백을 가릴 수 없는, 회색의 결판이라는 느낌이지."

그렇게 말한다.

정말 수수한 결말이다.

"어쩔 수 없어. 이거고 저거고 결국은 전부 우리 반장이 선택한 결말이야. 나도 아라라기 군도 관여할 수 없어. 그러니까 아라라기 군은 앞으로도 열심히 평소처럼 대해 주라고."

"…그렇지."

그런 걸로 해 둔다… 인가.

히어로를 외부에서 구하지 않고 내부에서 구한 하네카와를 위해서… 하네카와의 히어로가 될 수 없었던 내가 할 수 있는 것은 그것 정도인가.

그렇다.

나는 하네카와를 위해서 죽는 것조차도 못했던 것이다.

"오시노. 신종 요괴라고 말하자면… 하네카와는 계속 가족이라는 이름의 요괴에 홀려 있었던 게 아닐까?"

문득.

나는 왠지 모르게 떠올라서 그런 말을 했다.

말해 보았다.

"고양이라든가 귀신이라든가 하는 게 아니라…"

"가족이라. 하지만 우리 반장에게 부모님은 가족이 아니었잖아?"

"그러니까… 그렇기 때문에."

나에게 카렌이나 츠키히가 당연한 것처럼, 누구에게나 당연했을 가족이라는 형태가 그 녀석에게는 요괴 같은 존재였고… 그렇다면 골든위크의 9일간이란 정도가 아니라, 15년간이란 정도가 아니라 태어난 뒤로 이제까지 계속 가족에 매료되어서.

"하네카와에게 가족이란, 계속 괴이였던 게 아닐까?"

"글쎄, 어땠을까?"

그러나 오시노는 부정적으로 고개를 갸웃거렸다.

"하지만 가족 같은 건, 실제로는 상당히 귀찮은 법이잖아? 반항기도 있고 친부모라도 변변치 못한 사람도 있고…. 저기, 아라라기 군. 아라라기 군은 일본 지도를 그릴 수 있어?"

"뭐?"

아연실색했다.

갑자기 무슨 소릴 하는 거지, 이 아저씨는.

내 얘기를 제대로 듣고 있는 거야?

"그야, 그릴 수 있는데. 무슨 얘기야?"

"아니, 일본인이라면 대부분 일본 지도는 그릴 수 있겠지. 하지만 그건 일기예보 덕분이라고 생각해. 일기예보를 보는 것으로 일본인은 일본의 형태를 기억하는 거야."

"허어…."

흠.

뭐, 듣고 보면.

일본 지도를 그릴 때에 머리에 떠올리는 것은, 텔레비전에서 보는 기상도지.

"확실히 그럴지도 모르겠네. 일기예보 쪽이 지도책보다 훨씬 눈에 잘 들어오니까. 하지만 그게 왜?"

"일기예보를 보는 것으로 일본을 알았다고 생각하는 건 큰 착각이다… 라고 말하고 싶은 거야."

오시노는 말했다.

어중간한 지식으로 아는 체하지 마라, 라고 말하고 싶은 모양이다.

그런 얘기구나.

"참고로 '가족'이라는 개념을 실체화한 괴이도 이미 존재해. 네가 떠올릴 만한 일은 이미 옛날 사람이 떠올렸던 일이라고, 아라라기 군."

"그렇겠지~. 미안하게 됐어, 잘 알지도 못하는데 아는 체해서."

나는 어깨를 늘어뜨렸다.

"하지만 뭐, 고양이가 됐든 어떻게 됐든… 하네카와는 여전히 하네카와라고 생각하면 역시 여러 가지로 생각이 들어."

"결혼해 버리면 되잖아."

선뜻.

오시노는 그런 소릴 꺼냈다.

지껄여댔다.

"뭐?"

"아니, 그러니까 아라라기 군이 우리 반장하고 결혼해 버리면 되잖아. 그렇게 하면 반장은 계속 손에 넣을 수 없었던 가족을 가질 수 있잖아."

"아니…."

정말 가볍게 말하네.

결혼이라니.

"안 좋은 농담이야, 오시노."

"그래? 좋은 아이디어라고 생각하는데. 봄방학에 반장에게 도움의 손길을 받은 보은으로서는 타당한 거래라고 생각하는데."

"하네카와의 마음이란 게 있잖아."

"그야 있겠지."

시원시원하게 말하는 오시노.

놀리는 듯한 분위기는 평소대로다.

"마음이 있으니까 매료되는 거야."

"……"

"피해자도, 가해자도 되지."

괴이도 되고.

오시노는 그렇게 말했다.

"하지만 아라라기 군의 마음이란 것도, 있지 않아?"

"내… 마음."

"나는 아라라기 군이 반장을 사랑하고 있는 줄로만 알았는데."

"바보 같은 소리 하지 마."

나는 웃었다.

씩 웃었다.

그렇다.

여기서는 씩 웃고 폼을 잡을 장면이다.

"나는 하네카와를 사랑하지 않아."

"그래?"

"그래."

그런 것으로… 해 두자.

그게 제일, 행복하다.

하하, 하고 오시노도 웃었다. 가볍게 웃었다.

"응, 아라라기 군이 좋다면 그걸로 됐어. 뭐, 물어보기는 했지만 아라라기 군의 마음보다도 우리 반장의 마음이 가장 중요하니까. 사와리네코가 무슨 짓을 하든, 아라라기 군이 무엇을 하든 사람은 혼자서 알아서 살아날 뿐이니까."

"게다가 하네카와는 도움을 구하지 않았으니까…."

외부에도 구하지 못하고.

아무것도 구하지 못하고.

"…나에게 말해 주었으면 좋았을 텐데."

지고 난 분한 마음에 내뱉는 것처럼, 나는 말했다.

이것만큼은 말하지 않을 수 없었다.

"하네카와가 의지해 주었다면 나는 뭐든지 했을 텐데."

"의지가 되지 않는다고 생각한 거겠지."

아주 단적으로, 아주 신랄하게 말하는 오시노.

"그것보다도 자신의 망상 쪽이 훨씬 의지가 된다고 생각되었던 것뿐이야. 아니면, 의외로 구했을지도 모르지."

"응?"

"구해 달라고 말하지 않았다고 해서, 도움을 구하지 않은 것은 아니잖아? 좋아한다고 말하지 않는다고 해서 좋아하지 않게 되는 게 아닌 것처럼."

오시노 메메는.

늘 그렇듯이 훤히 들여다본 듯이 말했다.

"가볍게 할 수 없는 말은 누구에게나 있잖아, 아라라기 군."

"……"

"하하~. 구하든 구하지 않든, 역시 사람은 혼자서 알아서 살아날 뿐이지만. 다만 불쌍하게도 흡혈귀에게 빨려서 그 신종 괴이도 없어져 버린 건 슬프네. 어차피 역사가 얕은 신종, 돌연변이. 구식舊式의 왕에게는 당해 낼 수 없어. 오리지널인 자작 괴이 따위 뿌리내릴 때까지는 보잘 것 없는 법이니까. 기계와 다다미는 새것일수록 좋다지만, 괴이는 오래된 것이 좋아."

"괴이의 왕… 흡혈귀."

그렇게 말하면서 나는 그쪽으로 눈길을 주었다.

그러나 그녀는 나 따위는 보고 있지 않고, 그저 조용히 웅크리고 있을 뿐이었다.

"흠. 그렇지만 언제까지나 '흡혈귀 양'이나 '흡혈귀 소녀'라고 하는 건 모양새가 안 좋네. 다행히 앞으로는 미스터 도넛으로 구슬린다는 이름의 커뮤니케이션을 취할 수 있을 것 같으니, 어디 한 번 이 아이에게도 뭔가 이름을 붙여 주도록 할까."

정신을 차리고 보니 상당히 이야기에 빠져 있었다. 벌써 수업 시작 시간이 육박해 있었으므로, 나는 오시노의 그런 말을 적당히 흘려들으며 폐 빌딩을 뒤로하고 학교로 향했다.

이대로라면 지각해 버린다.

지각하면 하네카와에게 혼난다.

그래서 나는 필사적으로 페달을 밟는다. 학교에서 대면했을 때, 모든 것을 잊은 하네카와와 제대로 이야기를 할 수 있을지 어떨지는 조금도 걱정하지 않고 일심불란하게.

아슬아슬하게 학교에 도착하고, 자전거 보관소에 자전거를 세우고, 교실로 향해 조급히 계단을 뛰어올라가면서도… 나는 아무것도 걱정하지 않는다.

불안 따윈 없다.

평소대로 웃어 줄 하네카와에게.

평소대로 웃을 수 있을 거란 확신이 있다.

왜냐하면 나는… 하네카와를 좋아하지도 않으니까.

그 녀석을 좋아한다니.

평생 말할 수는 없으니까.

"…하네카와."

나는… 누구에게도 들리지 않을 작은 목소리로 중얼거렸다.

하네카와.

하네카와, 씨.

나는 언젠가 너 이외의 누군가를 좋아하게 되겠지.

너 이외의 누군가를, 태어나서 처음으로 좋아하게 된다.

너에게 남을 생각해 주는 마음을 배운 나에게, 너 이외의 누군가와 사랑에 빠질 날이 분명 온다.

하지만 나는 네가 잊어버린 이 황금빛으로 반짝이는 9일간을… 나는 언제까지나 아쉬워하며 기억하고, 분명히 잊을 수 없을 거라고 생각한다.

설령 앞으로 어떤 미래가 기다리고 있더라도 어떤 장래를 맞이하더라도 너에게 품었던 이 마음은 결코 변하지 않고 없었던 것이 되지 않으니까.

그렇게 해서, 이런 식으로.

고등학교 3학년의 골든위크, 열여덟 살의 5월. 아라라기 코요미의 첫사랑이 아닌 뭔가는, 실연失戀했다.

나는 계단을 오른다.

인간이라는 생물은 기본적으로 시야가 엄청 좁으므로 그 인생에서 뭔가 문제 같은 일이 생기면 무심코 해결하고 싶어지는 법입니다만, 인생에서 생겨나는 문제를 반드시 해결해야만 하는가 하고 자세를 고쳐 생각해 보면 의외로 전혀 그렇지 않기도 합니다. 아니, 그야 뭐, 문제는 해결하지 않는 것보다 해결하는 쪽이 당연히 좋습니다만, 세상을 넓게 둘러보면 의외로 해결되지 않은 채로 방치되어 있는 문제가 많아서, 역시 그건 문제가 될 정도의 문제를 흩뿌리고는 있습니다만, 주위 사람들은 의외로 그런 피해를 포함해서 문제를 받아들이고 있기도 합니다. 반대로 문제를 해결한 것에 의해 혼란이나 당혹이 오히려 증가하는 경우도 적지 않게 있기도 하고 없기도 하고. 사람은 설령 그것이 진화라 해도 변화를 싫어하고 어떠한 불안정이라도 안정을 좋아합니다. 하지만 그런 것이 아니라 그 이전에 문제는, 처음부터 받아들이는 게 끝난 '환경'이라고 개인적으로는 생각합니다. 그렇다기보다 까놓고 말해서 인간은 문제에 직면해서 고민하거나 난처해 하며 스트레스를 쌓고 있을 때가 가장 '살아 있다'라고 실감하고 있는 것 같기도 하고.

오랫동안 품어 왔던 계획이 성취되었을 때나 사랑이 맺어졌을 때가 아니라… 뭐랄까, '문제' 야말로 인생이라고나 할까요? 그렇다면 사람은 꿈을 이루기 위해서 노력하는 것이 아니라 노력하기 위해서 꿈을 꾸고 있는 것일지도 모르겠군요. 아니, 그런 악몽이 또 어디 있겠습니까만.

이 책 『고양이 이야기(흑)』은 〈이야기〉 시리즈의 여섯 번째 책입니다. 시리즈의 첫 번째 작품인 「히타기 크랩」이 메피스토에 게재되었을 때부터 세세하게 은근슬쩍 노골적으로 냄새를 풍기고 있던 하네카와 츠바사의 골든위크 이야기입니다. 사실은 의외로 영원히 봉인될 타입의 비화였습니다만, 덕분에 다양한 조건이 갖춰져서 이번에 발표하게 되었습니다. 감사합니다.

그러나 시리즈도 여기까지 권수가 이어지면서 역시나 이야기 전개에서 상당히 치명적인 모순을 품게 될 수도 있습니다만, 뭔가 그런 부분이 있다면 부디 여러분의 독서애로 앞뒤를 맞춰서 극복해 주시면 감사하겠습니다. 괴이는 그렇게 변천을 거쳐 전승되어 가는 법입니다(좋은 이야기를 하는 풍으로). 그런 이유로 이 책은 고양이 퍼센트 취미로 쓰인 소설, 『고양이 이야기(흑)』이었습니다. 『고양이 이야기(백)』도 조만간 나오므로 잘 부탁드립니다. 고양이 퍼센트 모순이 없도록 노력하겠습니다냐.

출판할 때 표지 및 내지 일러스트를 일러스트레이터 VOFAN 씨가 담당해 주셨습니다. 또한 이 책의 구상과 집필 중에 방영된 애니메이션 〈괴물 이야기〉에서는 다대한 자극을 받아 모티베이션을 환기시켰습니다. 감사의 마음을 금할 수 없습니다. 저만한 영상

작품에 어울리는 원작을 계속 써 나가고 싶습니다.

그러면 곧 다시 찾아뵙겠습니다.

니시오 이신

이것으로 『괴물 이야기』부터 줄곧 언급되던 '골든위크의 9일간'에 대한 이야기가 끝났습니다. 시간순으로 보면 『상처 이야기』와 『괴물 이야기』의 중간에 위치한 이야기입니다. 『괴물 이야기』가 메인이니 이 『고양이 이야기(흑)』도 훌륭한 프리퀄이라고 할 수 있겠습니다. 워낙 자주 언급되었던 터라 발매 순서가 너무 늦은 것 아닌가하는 생각도 듭니다만, 실제 발매 순서를 보면 『괴물 이야기 상 · 하』, 『상처 이야기』, 『가짜 이야기 상 · 하』 뒤에 바로 나오는 것이니 늦었다고 불평도 못하겠군요. 어쨌든 묵혀두고 있던 과거 이야기를 깔끔히 정리하며 작가 공인 '1기' 를 완전히 마무리 할 수 있어서 후련합니다.

작가 후기에서도 은근히 언급하고 있습니다만 『괴물 이야기(하)』의 「츠바사 캣」에서 나오는 회상 신의 대화와 『고양이 이야기(흑)』에서 나오는 동일 장면의 대화가 조금씩 다른 부분이 있습니다. 원문을 비교 대조해 보고 그대로 적용했는데, 약간씩 말이 더 붙거나 생략되는 정도였으니 크게 신경 쓰이지는 않을 겁니다. 혹시나 조금 신경 쓰이더라도 작가 후기에서 나온 것처럼 여러분의 독서애로 앞뒤를 맞춰서 극복해 주시면 감사하겠습니다. …아예 눈치 못 채는 분들이 많을 거라 생각하긴 합니다만.

　다음에 이어지는 이야기는 『고양이 이야기(백)』입니다. 『고양이 이야기(흑)』 다음의 『고양이 이야기(백)』이니까 내용상 이어져 있지 않을까 하고 생각할 독자도 계실지 모르겠는데, 하네카와 츠바사에 대한 이야기라는 점을 제외하고는 완전히 별개의 작품입니다. 시간상으로도 『가짜 이야기』의 뒤에 위치합니다. 이제까지의 〈이야기 시리즈〉와는 또 다른 재미를 주는 본격적인 '이야기 시리즈 2기'의 시작이기도 합니다. 이 작품도 너무 늦지 않게 찾아 뵐 수 있도록 노력하겠습니다.

현정수

FAUST BOX

고양이 이야기 黑

2012년 5월 1일 초판 발행
2018년 8월 10일 9쇄 발행

저자	니시오 이신
일러스트	VOFAN
옮긴이	현정수

발행인	정동훈
편집 전무	여영아
편집 팀장	김태헌
편집	노혜림

발행처	(주)학산문화사
등록	1995년 7월 1일
등록번호	제3-632호
주소	서울특별시 동작구 상도로 282 학산빌딩
편집부	02-828-8838
마케팅	02-828-8962~5

ISBN 978-89-258-7363-3 04830
ISBN 978-89-258-7364-0 (세트)

값 12,000원